Heibonsha Library

生命の樹

La vie scélérate

平凡社ライブラリー

Heibonsha Library

生命の樹

La vie scélérate

あるカリブの家系の物語

マリーズ・コンデ著
管啓次郎訳

平凡社

本著作は一九九八年五月、平凡社より刊行されたものです。

アルベールに

目次

パーレン括弧の割注は原注、亀甲括弧の割注は訳注をしめす。

第1部

1

私の曾祖父アルベール・ルイ、そのころはまだ誰の先祖でもなかった三十二歳くらいの美しい黒人、くらいと殊更にいうのは当時は誰もが知っているとおり戸籍など気にかける者がいなかったからで、プランテーションの人々はただ彼が恐ろしい台風――この台風はバッス＝テールでもグランド＝テールでも〔グアドループ島は西側のバッス＝テールと東側のグランド＝テールが南東をむいた蝶のかたちにくっついている〕、島中の木々も立ち並ぶぼろ小屋(カーズ)もなぎ倒し、ふだんなら人々の水瓶をみたし洗濯物を真っ白に洗い上げる以上のことはないこの穏やかなサンギーヌ川を増水させ氾濫させた――のあった年に生まれたということを覚えていて、その頭蓋は卵のかたち、顎にはくぼみが一つ、口を開けばそこには世界を食うためのたくさんの歯がびっしりのぞいていたこの本当に美しい男は、監督からうけとったばかりの一握りのニッケル硬貨をじっと見つめ、太陽が勇気づけてくれることを求めるかのように空に視線を上げると、轟くような声でいった。

「おしまいだ！　こんな端金(はしたがね)をうけとるために、ここに犬のような面をしてやってくるのは、これで最後だ！」

彼が大声を出すのに慣れている監督のイジドールは、何事もなかったかのように、労務者たちの名を呼びつづけた。

「ルイゾン・フィス＝エメ！」

しかしその場の人々は、こんどはアルベールもそれまでよく非難されてきたようにただ一悶着おこしてやれといった軽い気持ちでいっているのではないこと、その声の中にはどこかそれまでにはなかった確かなきっぱりとしたものがあることを、よく感じていた。それで、やせこけた小さなロバが泥水を飲む沼沿いにぼろ家の並ぶ路地へとつづく小道をこの男が歩み去ってゆくあいだ、人々は夢見るような目で彼を追った。アルベールの目には涙がたまっていた。ボワイェ＝ド＝レタンという名のプランテーションでの仕事を、たとえばイジドールの喉をしめその汚らしい帳簿、インク壺、いばり腐ったペンとともに土埃の中に投げ倒し、ひょっとしたら殺すかもしれないといった、はなばなしいやり方で辞められたならすばらしかっただろうが、自分の中のこの暴力は彼を怯えさせた。一生、これ以上に悪い敵に出会うことはないだろうと、彼は感じていた。やりきれなさを鎮めるために、彼は路傍の草に切りつけ、それから身をかがめて小石を三つひろうとそれを思い切り投げた。

この日のことを人々が覚えているにちがいないというのには、いくつもの理由がある。それは枝の主日〔復活祭直前の日曜日〕を控えた金曜日だった。その父親が誰なのか誰にもわからぬままある朝、人々が気がつくと籐のゆりかごの中で微笑していた八歳になる息子と二人で暮らす小屋で、ユードラはキリストの受難がつづくかぎりはつづく自分自身の受難をはじめていた。彼女はキリストとともに死に、キリストとともに光輝につつまれて復活し、そうすれば村中がそれを祝うために彼女の小屋に殺到してくるはずなのだ。こうして私の曾祖父の出発は、大きな幸福には必ず苦しみが先立つ、という考えにむすびついていたのだった。数年がすぎて、彼が母親のテオドーラをプランテーションの地獄から連れだすために戻ってきたとき、彼の出発を見ていた人々はいささかも驚かず、帰ってくることはわかっていた、と断言するようにいった。

アルベールは村に入らなかった。泣かれては自分が耐えられないとわかっていたので、テオドーラに別れを告げたくなかったのだ。またもや自分のために、母親を泣かせるなんて。

この子にはサンギーヌ川と家畜が水を飲みにくるボワ＝サン＝ソワフの池をみたすほどの涙を流させられたと、テオドーラはよくいっていた。子馬のように後足を蹴りつつ、ねばねばした被り物に髪から額をおおわれて腹から出てきた日以来、この子には絶えず泣かされてきたと、くりかえしいうのだった。四歳のとき、サテュルナンじいさんのロバを苛めたせいでこの性根はとてもやさしい獣の蹄の一蹴りを胸にずしんとくらったときには、もう死ぬばかりだと思われた。当時はまだ受難に入ることがなく、けれども人を癒すことにかけては並ぶ者のなかったユードラの助けがなければ、もう二度と目を開くことなく生から死へと移っていたにちがいない。八歳のときには、先に立って盗みを働いたというので小学校の女先生からパンの木の枝でさんざん叩かれた。枯れ葉にまみれて血だらけになって倒れているところを、助け起こされたのだ。物を盗みたいという気持ちを捨てられたのは思春期になってのことで、人々が土地に足をくりつけられていることを彼は突然理解したようであり、おそらくそうしたことを忘れるために、女たちのベッドで溺れることにふけるようになった。若い女、老いた女、さほど若くない女、さほど老いてもいない女、おかまいなし。あるときなど母娘を一度に相手にしたことがある。またあるときには、双子の姉妹を。さいわい彼の種子は実りをもたらさず、愛人たちの腹はぺちゃんこのままだった。

そうでなければ、この土地には彼の私生児がごろごろ生まれていたはずだ。女好きなだけでなく彼は喧嘩好きで性質の悪い賭けごと師、賭で小銭を失ったからといって相手に瓶の尻で殴りかかるような人間だった。テオドーラには他に息子はなく、すでに育って自分たちも母親となっている四人の娘がいるだけだった。それだけ、彼女はアルベールを溺愛していた。

午後四時だった。夜明け以来、太陽は一時も色あせていなかった。けれどもいまは、太陽がその憤怒を捨て、一息つくために空からひきこもろうと準備しているところだということがわかった。木々はIという文字のように硬く直立していた。風はそよぎもしない。ただ海だけが紫色にどよめき、灰色の岩の足許で騒いでいた。雌鶏がひよこたちをひきつれて横切ってゆく小道で、二匹の犬があえぎながら交尾している。これがアルベールに、レティシアに別れの挨拶をしていなかったことを思いださせた。彼女は彼のいちばん気に入っている愛人で、彼のために三人の息子をその子らの父親の温もりのない小屋に置き去りにしていた。彼は彼女が本当に好きだったので道をひきかえそうかと考えたが、ついでそんな時間はないと思いなおした。船は待ってはくれない。

自分の父親マノが、すっかり肉が落ちて子供の重さしかなくなった体で、腕と脚はグアヴァの樹の枝のように歪んで死んでゆくのを見て以来、アルベールは砂糖黍畑から出てゆくことを誓っていた。

ああ、マノの葬式は立派だった！　店に何か月分もの払いがたまっているテオドーラが、どうやってお金を工面したのかは、誰にもわからなかった！　けれども小屋は蠟燭の明かりで真昼のようだった。内は大変に暑くて、遠くはグロッス＝モンターニュやベル＝エピヌから、どんな逆境にもめげず微笑をまもり唇には歌を口ずさみながらこの世に別れを告げた男――だからあのような息子をテオドーラに残していったのもまるで驚くには当たらない男――に最後の敬意を表するためにやってきた人々は、汗をかき、額を拭いつづけなくてはならなかった。マノは黒い服を着て、自分の寝台に横たわっていた。アルベールはそのときいくつだったろう？ 十二歳くらいか……片隅で泣きながら父親をじっと見つめていて、父親をあんなに何度も怒らせたことをこの子は悔やんでいるのだと、人々は思った。この子がそのとき心に誓いをたてていたなどとは、思ってもみなかったのだ。マノのように生きることも死ぬこともしない、と。プランテーションを出てゆく、と。他の土地で生きてゆくのだ、と。

　そのときたてたこの誓いは長いあいだ実現することができず、こうした欲望を彼は自分の頭と胸のうちにずっと閉じこめておかなくてはならなかった。ときおり、彼はそれをこのどうにもやりきれない悪辣な人生に対する猥褻な罵り、侮辱、脅し文句の奔流として吐きだし、それで人からは「地獄口」という仇名で呼ばれるようになった。そうした欲望を満足させる機会が訪れたのは、やっと数週間前のことだった。ラ・ポワント〔グアドループの首都ポワン＝タ＝ピートル〕の淫売屋で、酒と、彼を鼻にもかけないシャビヌ〔アフリカ系の血が入っているものの肌は白く髪も明るい色の混血児。男性形はシャバン〕に対する欲望にひどく酔った彼は、硬貨や紙幣を盛大にまき散らしているサミュエルという名の男に出会った。ただちに、彼は男にたずねた。

「よう、いったい何のお祝いだい？」

　サミュエルは何の隠しだてもしなかった。酔いのおかげで、彼は気前よくその理由を教えてくれた。アメリカ人というのは恐れを知らない連中だよ。やつら、大地そのものを相手にして、両大陸を二つに切っちまうというんだ。パナマに、やつらは運河を掘っている。それができればアメリカの船は、ニューヨークから太平洋岸のサンフランシスコまでずっと早くゆけるようになる。この人間業ではない計画のために、やつらは全世界から労働者を募集している。それでフォール＝ド＝フランス〔マルティニックの首都〕のサヴァヌ〔「草原」の意味だが、フォール＝ド＝フランスの中心にある公園〕のど真ん中に、求人事務所を作ったんだ。二千七百八十名が、すでに出発した。

「契約は二年間で、時給はアメリカの金で九十セント。食事つき。宿舎つき。ものすごい話だぞ、黒んぼ（ネグル）〔黒人どうしでは親しみをこめて「黒んぼ」と呼ぶことがある〕よ、ものすごい話だ！」

パナマ、ニューヨーク、サンフランシスコといった地名をアルベールははじめて耳にし、それらは彼の頭の中で、夢のようにはためきはじめた。ついで夢はスフリエール火山〔バッス＝テールにある〕の山腹の溶岩のように固まって、もう他のことは考えられなくなった。あのサミュエルという男は、すすむべき道をしめしてくれる運命の指なのではないか？　彼は情報を集めた。週に一度、聖処女マリアの色である白と青に塗料を分厚く塗られ、船腹には細い金の線が入り、帆には聖母の肖像が描かれた「すべての美徳の女王マリー」号が、グアドループの港（ダルス）を出た。そこからマルティニックにむけて出帆し、そこには数日で着く。船賃は手の届くものだった。それに自分の人生を変えたいと望む男は、どのような犠牲だって払う用意があるものではないだろうか？

ためらいをやめ、考えに沈みつつ、いまアルベールはボワイエ＝ド＝レタンのプランテーションをあとにして、ラ・ポワントへの道をゆく。頭上には傾きはじめた太陽が輝き、彼が気づかぬ母親の心配もまた彼を追っている。息子は海をわたることになる、そのマホガニーの樹の幹のようながっしりした体をこんど抱きしめるまでには長い年月がすぎるだろうということを、テオドーラは神秘の力により知らされていたのだ。

アルベールはラ・ポワントに着くのに三日かかった。その当時は現在のようによく整備された道路がなく、人はそこを素足で歩いたからだ。町を、村を、マプーの樹や火炎樹の木陰に二、三軒の小屋があるだけの名ばかりの集落を、彼は立ち止まることなく通りすぎていった。牢獄の門のように閉ざされた顔をしたこの見知らぬ男を見ると、おちんちんまで風ざらしの素裸の男の子たちは遊びを中断し怯えたように急いで、娘たちの赤みがかったもじゃもじゃの髪をとかしている母親の粗末な服にしがみついた。夜、それでも少々の休息をとる気になったときには、アルベールは木の葉を集めた上に横になり、夜の獣たちがやってきてその匂いをかいだ。夜が白みはじめたとき、地面と海のあいだに横たわって、ラ・ポワントが姿を現した。鐘の音は勢いよく響きわたり、そのまま大いなる沈黙の中へと消えてゆき、その沈黙はキリスト復活の時までつづきそうなほど深い。港では男たちが「すべての美徳の女王マリー」号に殺到しており、そこでアルベールにはこの福音をひろめていたのがサミユエルだけではなかったことがわかった。山刀をあやつることに疲れ、牛に荷車を引かせてゆくことに疲れ、砂糖工場で汗を流すことに疲れた島中の黒人たちが、希望にむかってかすかに開かれたこの狭い扉に、われ先に入ろうとしている。

「アメリカの金で時給九十セント、ものすごい話だぞ！」

アルベールは強力な上体でがんがんぶつかりながらこの群衆をかきわけて進んだが、それにあえて文句をいおうという者はおらず、やがて最前列に出た。それで切符を売っている痩せぎすのムラート〔黒人と白人の混血児〕が、歯をほじくるのをやめて仕事にかかることにしたときには、彼はタールと油の染みのついた床に押しかける最初の一群に加わっていた。その日、「すべての美徳の女王マリー」号に乗りこもうとして、こぶしや肘や足でお互いに争いながら、たくさんの男たちが海に落ちた。中には船長が自分たちの運命を哀れに思い、自分たちを救うために船を停めてくれるのではないかという期待を抱いて、船を追って泳ごうとする者もいた。泳ぎの達者なある者はドミニカ海峡〔グアドループと南のドミニカとのあいだの海峡〕の真只中まで出てしまい、そこで大波に飲まれて、海面に何の痕跡も残さぬまま姿を消した。迷信深い者たちは、それに悪い徴を読みとり、十字を切った。アルベールはといえば泥のような眠りに落ち、それが覚めたのはやっとフォール＝ド＝フランスの波止場に入ってからだった。

求人事務所は、麦わら屋根の下に、各々が直角に組みあわさった四枚のトタン板でできていた。きれいに洗った赤ん坊のように真っ赤な顔色をした二人のアメリカ人が、通訳をつとめるインド系らしき男の両脇にいた。アルベールを一瞥すると、かれらは一枚の紙をよこした。

「Can you write?」

「字は書けるか？(ウ・サ・エクリ)」

アルベールはこくりと頭を下げた。テオドーラがこの子を町の学校にやるために血の出るような思いをしたことは、むだにはならなかった！　アルベールは美しい飾り文字できっぱりと署名し、それが私のもつ彼についての最古の文書として残っている。パナマ運河建設のための、二年間の契約書の下に記された、彼の名。年は一九〇四年、月は三月、曜日は火曜。一九〇四年三月十四日火曜日だ。

私自身は、まだ何一つかたちのない混沌にいた。私の母もそう。祖父のジャコブさえ、まだその母親の腹の中にうずくまってもいなかった。

アメリカ人の呼びかけに答えて、あらゆる人種の男たちがパナマ運河を掘るために殺到し、それは以前に地峡を横断する六十キロの鉄道を建設するために殺到したのとおなじだった。やはり両大陸を分断しようと試みながら、失敗の泥沼にはまりこんだレセップス氏〔フランスの外交官。スエズ運河建設を指揮したのちパナマ運河を計画し挫折〕率いるフランス人の呼びかけに答えたのと、おなじだった。あらゆる人種、あらゆる肌の色の男たち。白。黒。黄色。混血。何万人もの男たちが死に、それを「運河日報」は、冷徹に記載していった。

「ジョシュア・スティール、バルバドス出身、登録番号２３６４６、クレブラにおける爆発事故のため死亡」

「サミュエル・トーマス、モンセラート出身、登録番号４５６１８５、サトゥンにおける爆発事故のため死亡」

「ジョゼフ・ジャン＝ジョゼフ、ハイチ出身、登録番号５６５４８１、チャグレスにて生き埋め」

背が高くて頑健な体をしていた私の曾祖父アルベール・ルイは、発破係に配属された。というのも何世紀ものあいだ妨げられることなく成長をつづけてきた、太陽の道も月の行く手もふさぐような巨大な老木たちが、かつてはアスピンウォールと呼ばれていたコロン〔カリブ海側〕からパナマシティ〔太平洋側〕まで、すなわち大洋から大洋まで、運河の計画経路をびっしりと埋めていたからだ。そのどてっ腹に穴をあけてやらなくてはならない。発破をしかける。導火線が地上に出るようにして、土をかけておく。ついで日が暮れると、道連れにされて死ぬことがないようにと神に祈りながら、これら数百歳にもなる怪物どもへの攻撃をはじめるのだ。人間は樹木ととっくみあいの死闘をくりひろげ、それはしばしば樹木の勝利に終わった。

パナマでは、年に六か月は絶えまなく降りしきる霧雨がすべてを包み、残る六か月は土砂降りで水びたしになった。この温室のような大気のうちに、マングローヴや猛毒のマンチニールあるいはマホガニーといった樹木だけではなく、熱病や赤痢やペストを運ぶ虫たちも成長した。パナマとはそれ自体が一個の巨大な墓であり、そこでは何万という男たちが倒れ、二度と起き上がることがなかった。

コロンとパナマシティが、大洋と大洋とをむすぶパナマの、それぞれの側での玄関口だった。生まれたばかりのコロンは、ネイヴィー湾の北東の岬にあるマンサニーリョ島に建設されていた。そこでは有機物が大西洋の大波に絶えまなくもまれ、珊瑚の土台の上にしっかりと堆積して、肥沃でじめじめした土地ができていた。何世紀も経っているパナマシティのほうは、スペイン人の財宝を貪欲な海賊たちから守るために建設された町で、白い砂浜や木立におおわれた島々を見晴らす岩の突端にしがみついていた。これら二つの守備基地には、まるで似たところがなかった。一方は、泥の中に寝そべっている。もう一方は、その古（いにしえ）の栄光をよく覚えていた。

一方は、無気力で不健康。もう一方は高慢で血筋を自慢し、けれども衰えを隠せず、それはもはや何者の主人でもなくアメリカ人たちを前にその主権を放棄してしまった、パナマ人に似ていた。アメリカ人、つまり運河建設者たちの前に。

そう、パナマシティは頽落していた。

鉄道計画の前には、そこには四千から五千の住民が細々と暮らし、ゆたかな植民地白人(クレオール)と混血人たちは城砦の中で生活し、有色の人間たちは城壁のはずれ、エル・バラルという場末にひしめきあって住んでいた。すでに廃墟となっている修道院では、中庭に椰子の木が成長し、蔓植物が石を這っていた。なかば放棄された家々では、ネズミ、巨大な蜘蛛、肉食性の蟻、ゴキブリが、舞踏会を催していた。

そんな土地に、運河建設以前にはカリフォルニアのゴールド・ラッシュ〔一八四九年がピーク〕と鉄道敷設工事がふたたび重要性と活気を与えたのだが、それでもパナマシティにかつての光輝がよみがえることは絶えてなかった。

2

自分がただ悲惨の衣を、別の色のそれに着替えたにすぎないということに、アルベールはただちに気づいた。

運河会社が気を配るのは、アメリカ人従業員のことだけだった。アメリカ人にとって、会社はウォール・ストリートから金の延べ棒をもたらすものだった。それは沿岸地帯を清潔に整地し、水道のある快適なバンガローを建ててくれるものだった。アメリカ人にとって会社は、地面にこんな看板を立ててくれるものだったのだ。「白人専用」「白人のみ」

アルベールは、ガトゥン、ボイオ、バス・オビスポ、クレブラといった町々の周辺に住む同郷の者たちとおなじく泥と麦わらの小屋を建て、よどんだ水のチャグレス川に近い場所に落ちついた。毎朝、ガトゥン行きの労働者用列車に乗った。夜、小屋に戻り、墓のように冷たい寝床に横たわると、ただちに眠りという名の人を癒す死に捕らえられた。彼が店で何かを買うところは、誰も見たことがなかった。自分で釣った魚と、小屋の裏手に植えた料理用バナナを食った。グアドループやマルティニックの人間を相手にも、ジャマイカ人やトリニダード人以上につきあおうとするわけではなくて、まるで自分の内なる沈黙の中で自分専用に作り上げた言語以外には言葉を知らないようだった。土曜日がくると労働着を脱いで、パナマ帽をかぶり、コロンに出かけていった。そこで、彼はフロント・ストリートの娼館の店先に並ぶ列に加わるのだった。それだけが彼の遣う金で、人々は彼がいったいいくら貯めこんでいることかと噂した。

「時給九十セントだ！　大騒ぎだぞ、黒んぼよ！」

この暮らしが一年近くつづいた。

ある日、チャグレス川でぼろ着を洗って帰る途中、アルベールは、水の入ったバケツを両手を使わずに頭の上に載せて平衡をとりながら運んでいる娘に出会った。彼が立ち止まることもなく挨拶もせずに通りすぎようとしたら、娘はひどく吹きだしてしまい、バケツの水がばちゃばちゃと地面にこぼれた。驚いたアルベールは彼女を見たが、その若さと美しさが彼を茫然とさせた。彼はつっかえつっかえ声をかけた。

「名前はなんていうんだ?」

娘は笑いやまなかった。

「そっちこそ、何? あんた、なんて呼ばれてるか知ってる? ムドング（寡黙な気質だという評判のある奴隷のこと）だって。スバル（野生人）だって」

アルベールはくりかえした。

「ムドングかスバルだって?」

それから彼自身、爆笑した。

「ムドングかスバルだって?」

フロント・ストリートの、優美さのない、強い臭いのする娼婦たちに慣れてしまった彼の目はこの娘に酔い、彼は笑いをやめてもう一度たずねた。

「ねえ、名前はなんていうんだ?」

けれども娘は答えずに小径を走りだし、服の裾がめくれあがって、踊り子のようにほっそりとひきしまった肢が見えた。

その日から、アルベールは眠りを失った。もう食べることも飲むこともできなかった。土曜日でも自分の小屋にいて、男根は彼の股間でおとなしくしていた。やがて耐えられなくなって、彼はもう一年になるというのに声をかけたこともなかった隣人の扉をたたいた。

「じゃまして悪いんだがね！　十六ばかりの黒い娘さん、でも本当に黒いというわけではないんだが、そんな娘がいるのはどこの家だろうか？　右の頬には黒子がいくつもあって、天国を約束してくれるような目をした娘が？」

答えはすぐに返ってきた。

「ああ、ライザのことだね。アンブロシアス・シーウォールの娘だよ。ほら、あのいつも金鉱探しの話ばかりくどくどしているジャマイカ人よ！」

ある日曜の朝、アルベールはいちばんいい服の皺をのばしてそれを着込み、首筋にベイラムをつけ、アンブロシアス・シーウォールの小屋への道をたどった。

庭で妹たちの一人の髪をとかしてやっていたライザは、瓢簞の木の脇から現れた彼を見ると、櫛もヘアピンもうっちゃって逃げだし、母親のスカートの陰に身を隠した。彼女の厚かましさは、すべて消え失せていた。彼女はもはや、男の欲望に怯える、ただの少女でしかなかった。

アルベールは毎日、仕事が終わったあとにやってくるという許しをもらい、やがて列車から降りると泥道を急ぐ彼の姿が見られるようになった。やがてシーウォールのおやじさんが娘をグアドループ人に嫁にやると、人はいろいろ口さがないことをいった。グアドループの人間は英語も話せないくせに、自分らは他人より上だと信じている！

とはいっても、かれらを何よりもいらだたせたのは、この新しいカップルの明らかな幸福ぶりだった。

ライザは朝から晩まで歌をうたった。夫が仕事にもってゆく弁当を準備するときにはじまり、夫の夕食のために火を起こすときまで。アルベールが帰ってくると、笑い声がつづき、小さな叫びが起こり、浮かれた小鳥たちのさえずりがやまなかった。これほどの幸福を味わう権利など、誰にもあるはずがない！　人はそれにひびが入るのを、破局が訪れるのを待った。アルベールがコロンの娼館への道をふたたび歩くのを待った。あるいはそれよりいいのは、彼が村の他の女に目をとめること。酒に酔ったアルベールが、ライザの美しい顔をでこぼこにするのを待った。でもそんなことは、まったく起こらなかった！　そしてライザはあいかわらず歌っていた！

数か月すると、人々は彼女の腹が丸みをおびてきたのに気づき、まもなくこの小屋に三人めの住民が生まれるだろうということを理解した。すると今度はアルベールまで、歌をうたうようになったのだ！　何ということ！

列車から降りて自動小銃で武装した現場監督の指揮下に森林のじめじめした腹の中に進んでゆく前、彼は歌った！　夜、帰ってくると、焦げ臭い匂いをただよわせながら、彼は歌った！　やがて彼は森の中に四角い土地を切り開き、ただの小屋ではなく運河のアメリカ人従業員が住んでいるようなバンガローを建てる作業にとりかかった。手を貸そうというそぶりすら見せないまま、人々は彼が板を切り、鉋をかけ、それを組んでゆくのを眺めていた。バンガローがかたちをなすと、彼はそれを白く塗り、ベランダのまんなかに、コロンで買ったマホガニー製の揺り椅子を置いた。それからは、ライザは午後のあまりに暑すぎる時間、ちょっと午睡をしたい気分になったときには、そこにすわってすごすようになった。

妊娠中のライザは、しなやかなマラクジャの蔓が果実の約束に重くなったところを思わせた。

まったく新しいぎこちなさが、彼女の持ち前の閃光のような敏捷さを和らげていた。ときおり彼女は夫を出迎えるために道を歩いてゆくのだが、すると彼女の小さな足は不器用にぬかるみを踏み、あとに気まぐれな足跡を残していった。ああ、本当に！ 妊娠初期のライザは、美しかった！

ここでは女たちは経験のある産婆の助けを借りて自分の小屋でお産をするのが普通で、マラリアか赤痢かイチゴ腫にやられなければ、赤ん坊はちゃんと生まれてきた。ところがアルベールときたら、アンコンの病院でアメリカ人医師たちの下でライザにお産をさせようと決心しているのだ！ いったい自分の妻が、どんなお子さまをお生みになると思っているのだろう？ 白人の赤ちゃんだとでも？ 自分の色を忘れるのは、いいことではない。コロンで中国人から買って、アメリカ人が勧めるようにガーゼでおおった、あのゆりかごとおなじこと！ ばかげている！ こうしたことはすべて、ばかげた、思い上がった仕業だ！

シーウォールのじいさん、といってもさほど年をとっていなくてもそう呼ばれるのはフランス人の両大洋連絡運河世界会社時代からここにいてレセップス氏が去ってからは故郷に戻る方策もなくアメリカ人が事業を引き継ぐまでどうにかこうにか生き延びてきたからだが、じいさんは口の端にパイプをくわえ、こう切りだした。

「イェルバ・ブエナ、そう呼ばれていたんだよ。どういう意味か、知ってるか？ 〈良い草〉ということだ！ それからアメリカ人が鉄砲をもってやってきて、国旗を掲げ、以前にスペイン人の野郎どもがどうしたって見つけられなかった黄金を発見したのはやつらだった。それからというもの、湾には船がひしめき、馬に乗った男どもは道をつけていった。ヤンキー、カリフォルニア人、チリ人、ハワイのカナカ〔ポリネシア系先住民〕、中国人、マレー人、山師の群れがシエラ・ネバダ山脈のあらゆる支脈に入りこんでいった。ただナイフで地面を掘るだけでいいんだからな、そうすれば、ほら、金が手に入る」

ときどき、アルベールは口をはさんだ。

「金だって？　本当に金なのかい？」

シーウォールじいさんはうなずいた。

「たしかに金だよ。砂金だ。あるいは金塊、中にはこぶしほどのもある。いいか、レセップス氏のひきいるフランス人たちがおれたちを犬のように見捨ててから、おれだってここを出ていきたかったんだ。おれはパナマシティで船に乗るアメリカ人の荷物を運んで暮らしを立て、一度ならず、もう少しで後をついていきそうになったくらいさ。それから……」

「それからどうした？」

「怖くなったんだ。どうやらアメリカという国では、黒人は奴隷にされているらしいから。それも、アメリカで奴隷が作らされるのは、砂糖黍ではなくて棉花だ。何十ヘクタール、何百ヘクタールという棉花を摘みとって、背中につけた小さな背負い籠におしこむ。それは砂糖黍より辛いっていうぞ」

アルベールは肩をすくめた。

「まさか！　奴隷なんてことは昔の話だよ。うちのお袋だって、そんな目にはあわなかった。

おまえさんたち黒んぼは、昔の話を噛み直すのが大好きだからな。砂糖黍のはじっこに汁がなくなったら、吐き捨てなくちゃ！」

「昔の話、昔の話か！　アメリカ人にとってはそれは昔の話じゃないし、やつらにとっては黒人はいまだに奴隷なんだ。だからおれはあっちに行くのをやめたんだが、それも簡単じゃなかったよ、あの町がおれを呼んでるような気がしてなあ。あの町……！」

じいさんはまたいつもの繰り言をはじめた。

「イェルバ・ブエナから、あの町はサンフランシスコという名前になり、それを見た者は誰もが恋に落ちた。あの町は、彼女は、湾の奥にあるんだが、その湾の目の前を、イギリスやスペインの船は入口を見つけるまでに、何百回となく通りすぎなくてはならなかった。かぐわしく燃えるあそこを匿している、処女のようなものさ。それから、こういった話のすべてにおいてそうであるように、荒くれた傭兵どもが、彼女を奪ってしまったんだよ」

はじめ、アルベールはシーウォールじいさんの話を、民話の語り手を聞くように聞いていた。活き活きとして、滑稽味と目の覚めるような不思議を上手に組みあわせてくれるということだ。たとえばテオドーラの小屋の隣に住んでいた、ペ・テオティム〔ペは「おやじ」の意味〕のように。

ある晩のこと、ラムを浴びるほど飲み、古い友達のジェルニヴァルからさいころ博打でたんまり巻き上げた（このことを思ってはやつは暗闇の中で一人笑いをしていたのだが）テルテュリアンが家に戻ると、瓢箪の木の下に、石を三つ積んだほどしか背丈のない男の子がいて、わんわん、わんわん、熱い涙を流しておったと。

「迷子になったよ、迷子になったよ、おいらの母ちゃんの小屋に帰る道がわからないよ!」

かわいそうに思って、テルテュリアンは近づいていった。

「泣くなよ、黒んぼのちびすけよ。名前はなんていうんだ?」

「名前? ティ＝サポティだよ!〔「ティ」は「小さな」の意味〕」

そしてそれが、子供のころのアルベールが心に甘い感動を覚えながら聞いた、驚くべき冒険譚のはじまりなのだった!

そう、シーウォールのじいさんの語るあれこれも、はじめはまさにそれ以外のものではなかった! 人生のさびしさを飾りたてるための、嘘。だがついで、彼の頭の中で数々の考えが芽をふいた。こんどもまた、ふたたび旅立つよう彼にすすめるのは、運命の謎めいた声ではなかったか? やがて息子が生まれる(というのもそれは男の子に決まっていたからで、誕生を待ちながらアルベールはそれをひとときも疑わず、それにシーウォールのおふくろさんも娘のおなかにさわりながらこれは男の子だといっていたのだから)、息子が生まれてくるというのに、彼はこの泥に横たわったまま、百回も生命を危険にさらしながら、身動きがとれずにいる! 一セントを惜しみつつ倹約してきたのもむだだ、彼が何度も何度も契約を更改したとしても、彼の苦労が終わりを告げるときなどやってこない。そしてある日、彼は夫を亡くした若い女、父親を亡くした息子、涙を流す四つの目を地上に残して、疲れ切った獣のように斃れてゆくのだ。ボワイェ＝

ド＝レタンのプランテーションから逃げてきたのは、このためだったというのか？

そう考えると、彼はシーウォールのじいさんに質問を浴びせはじめた。

「地面をナイフで掘るだけでいいっていうのか？」

「掘るんじゃないよ、黒んぼ！　ひっかくのよ！　ただ刃の先でひっかいてやればいいんだ。するとと表面のすぐ下から、黄色く黄金が現れてくる……」

ライザは、父親のほら話に耳をかたむけてアルベールが時間をむだにするのを、好まなかった。そんな話は、母親や妹たちと一緒に、さんざん聞いてきたのだから！　何も食べるものがなく、からっぽの腹をごろごろと鳴らしながら横になって、彼女らは父親ががなりたてるのをさんざん聞かされてきたのだ。

「黄金だ！　黄金だ！」

するともはや我慢のならなくなった母親は、娘たちがさっさと寝つくよう、彼女らを平手打ちにするのだった。

そこでアルベールが、彼女のもとにとどまって死亡通知欄のある「運河日報」を何度も読みかえす代わりに、シーウォールのじいさんの小屋への道をたどるたび、彼女は怒り狂った。彼が十五分以上もそこにいようものなら、彼女は夫にひどく毒づき、もはや「地獄口」ではなくなっていたアルベールのほうは、おとなしく彼女の足元に横たわるのだった。

女は、まったくなんと夫を変えてしまうことだろう！

アルベールはライザに歯向かって彼女を怒らせるようなことは絶対にしなかった！　彼女がも

し、母親がひどく苦しみつつ腹から生みだしそれなのにこの世に三日と生きなかったあのユージェニア・シャルルの子のような、できそこないの男の子を生むことになったなら、どうにもならない！　アルベールの考えはすべて生まれてくる子供の周囲をめぐり、ときにはすでにその子をライザよりも強く愛していることに気づいて、彼はわれながら驚くのだった。そんなことがあるものだろうか？　子供が、父親の心から母親を追いだしてしまうとは、はたして自然なことだろうか？

妊娠五か月になると、しかしすべてが変わった！　ライザが衰弱しはじめたのだ。もう羽の生えたような歌声は聞かれず、嘆きと不平不満ばかりになった。汗。失神。すぐに彼女は、大きなおなかを突きだした、見るも哀れな姿になった。顔色は、熟れすぎたグアヴァの色になった。両目ばかりがぎょろぎょろと目立つようになった。夜、アルベールが抱きしめると、あれほど愛しあうことの好きな彼女が、夫を押し戻し、小さな疲れはてた声でそっとしておいてと頼むのだった。

こうした女たちを見てきたママ・ベアは、薬草を与えてみようと提案したが、アルベールはひどく怒った。

「おまえさんたち黒んぼは、いつになっても葉っぱだの根っこだのを使ってればいいさ！　芥子泥だの、湿布だの。そんなことをやっているから、白人どもに頭を踏みつけられるんだよ。アメリカ人の医学を見たことがないのか？」

ついで彼は現場監督に数日間の休みを願い出たが、これはやすやす認められたわけではなく、それから義父の二頭のロバのうち一頭を借りて、その背の食糧を入れた二つの籠のあいだに病んだ妻をすわらせて、空が白々と明ける早朝に出発した。それから四日四晩！　ガトゥンから、白い石造りのアメリカ人の病院が町の入口に建っているパナマシティまでは、四日と四晩かかるのだ！　元気で両手両足の自由に使える男で、四日四晩。猛獣たちが吠えながら互いを追いかける夜の森林の罠を避け、体臭に食欲をそそられた吸血昆虫にさされないように気をつけながら、四日四晩。ある場所では、チャグレス川の重い水に沿った線路を歩かねばならず、ところが線路が巨大な松の丸太をわたした橋にさしかかったときちょうど列車が大きな口を開けて襲いかかってきたなら、生きたままその餌食にならないように、欄干にぴったりと身をくっつけて避けなければならないのだ。

いまから思っても、アルベールとライザは、どれほどの苦難の道を歩いていったことだろう！　彼女は疲れた頭をひどく苦労してもち上げるのだが、首はすぐまたうなだれてしまい、その下にはおなかが突き出している。彼女はもはや食物をとることができず、アルベールはオレンジをしぼって、その果汁を一しずくずつ、色を失った唇のあいだに流しこんでやった。夜には彼女がまるで小さな子供のようにうめき泣くので、辛さに狂ったようになった彼は彼女をひたすら抱きしめるのだった！

「がんばっておくれよ、かわいい奥さん！　もうじき着いて、おれたちの太陽みたいな男の子が、おれたちの人生を明るくしてくれる……」

そしてある朝、二人はアンコンの病院に着いた。

いったい何が起こったのか？　その点について、アルベールが何も語らなかった以上、すべては想像するしかない。

運河の白人労働者むけに建てられたその病院に入ることを、拒否されたのだろうか？　無限につづく言い逃れの末にようやくライザの入院が許されたときには、すでに病状がとりかえしのつかないものとなっていたのだろうか？　それとも普通に入院し、医師たちの努力にもかかわらず、彼女は命を落としたのだろうか？

ともあれ三週間後、二人の帰りを来る日も来る日もうかがっていたシーウォールのじいさんは、小屋の前を一人のゾンビ〔ヴォドゥの呪術でよみがえらされた死者〕がよろめきつつ歩いてゆくのを見た。その顔にはぼうぼうと髭が生え、胸の高さには紙と麻布の切れはしでつつんだ、ごく小さな包みをもっている。ゾンビは自分のバンガローに入り、ばたんと扉を閉めると、たちどころに集まって彼のあとをつけていた数人の人々は、魂を裂くような、血も凍るうめき声が上がるのを聞いた。

アルベールは三日三晩のあいだ号泣し、村から眠りはなくなった。

三日めの夜明け、ライザの母親は夫の斧をもちだして、バンガローの扉を壊した。彼女が見たのはライザのために買ったマホガニーの木の寝台に横になっているアルベールで、包みはまだ開けられぬまま胸に載せられていた。義母が包みのぼろ切れをはぎとると、そこに現れたのは父親の悲しみをよく心得た、こぶしほどの大きさの顔だった。義母の両目には涙があふれ、彼女はアルベールをゆり起こした。

「あんたの気持ちはわかるよ。わたしだって、わたしのライザが彼岸に行ってしまったことを思うと、何もかも投げだしてあとを追いたいという気になるもの！　だけど、あんたは生きなくてはならないよ。この子のために！」

アルベールは体を起こし、寝台に腰かけた。ごくわずかの間に、彼の髪は真っ白になって、それが荒れはてた老人の顔にかぶさっていた。彼はすすり泣いた。

「あいつは死んだ、あいつは死んだ！」

ライザの母親は彼を、より重く、より絶望した、もう一人の乳飲み子のように抱きよせ、そっといった。

「あの娘は死んではいない、この子がいるんだから……何という名をつけたんだね？」

アルベールは明らかに、そんなことは考えてもいなかった。彼は口ごもった。

「アルベール……」

赤ん坊は、父親がサン・ブラス族のインディオから買う青トウモロコシの粥で育てられた。男手ひとつで新生児の世話ができるなどとは誰も思わなかったため、ひどく衝撃をうけた人々は、アルベールが息子に匙で粥をやるのを見ようとベランダに群がった。アルベールが仕事に戻らないことにも、衝撃をうけた。求人事務所の前の行列は長くなるばかりだというのに、アメリカ人が自分のことを待ってくれるとでも、彼は思っているのだろうか？　まったく、アルベールは自分こそ連れ合いを失くした最初の男だとでもいうつもりなのか？　出産する母親たちのどれだけの者が、チャグレス川の泥の中に横たわっているか、彼は知っているのか？　パナマは太陽と雨、太陽と月の下の、一つの広大な墓地でしかないのだ。

アルベールはついに仕事を再開した。

いまなお、ゾンビのようなようすで。かつてはあれほど大胆不敵だった彼、巨木に攻撃をしかけるときにはいつも一番乗りだった男が、ぬかるみに足をとられながら森林をジグザグにさまよっていた。彼の組の現場監督がやはり黒んぼでなかったなら、まちがいなくさっさと首にされていただろう。この監督はジェイコブという名だった。いや、黒んぼ（ネグル）ではなく黒人（ノワール）。アメリカの黒人だ！　さあ、じっくり見てやってください！　巨大で、身長は二メートル近く、肩幅が広くて、体重は百キロ近く、しかし黒人。鼻声で話し、指は自動小銃の引き金にかけている。しかし、黒人にはちがいない。

大体において、マルティニック人やグアドループ人にしてみれば、そもそもアメリカ人に黒人がいるなどとはとても理解できないことだったし、ジャマイカ人にしてもかれらよりよくそれを理解しているわけではなかった。

アルベールとシーウォールのじいさんは、そういった連中の疑問を笑った。

「なんとまあ、無知な輩がそろったもんだ！　おまえたちは、ばかではないかい？　こっちで停まっておまえさんたちの先祖を売ったおなじ船が、そのままあっちまで行って、他の白人たちが買い手になったわけさ！」

「ということは、やつらはおまえさんたちの兄弟だということだよ！」

人々は納得せず、頭をふった。

「兄弟？　おれたちの兄弟だって？　あの黒んぼ連中がかついでいる自動小銃を見たことがないのか？　あんなやつらが兄弟であるわけはない！」

けれどもこのジェイコブという男はたしかにアルベールの兄弟であり、たどるべき新たな道をしめす、運命の不思議な声なのだった。

ボワイエ＝ド＝レタンのプランテーションの人々が、いささか顔色の悪い赤ん坊を抱いたアルベールが帰ってくるのを見たのは、この年、一九〇六年ごろのことだった。赤ん坊の顔色は、母乳をもらっていないことからくる虚弱さの現れだった。

アルベールは黒いサージの服を着て、おなじ色のエナメル塗りのブーツをはき、パナマ帽の下には白いぼさぼさの髪が生えていた。まだ三十四か三十五にしかならない彼がほんのわずかのあいだに、これほどまでに老けこんでしまったことに、人は驚いた。とはいってもみんな、その容貌に注意を払うにはあまりに、彼の見事な服装にすっかり幻惑されてしまっていた。ただ観察眼の鋭い数人だけが、その唇の苦いゆがみ、喪の悲嘆に膜がかかった両目の輝きのなさに気づいた。けれども大多数の人間は、彼の貯金がはたしていくらになったかを、あれこれと推測するばかりだった。こうして帰ってくるまでに、どれだけの小金をためこんだことやら！

テオドーラがプランテーションを離れてラ・ポワントにひっこしたと知ったとき、疑念は確信となった。修理用ドック近くの四部屋の平屋建ての家で、庭の石の水盤のところに水道がひいてある。

いろいろな噂がささやかれるようになった。

アルベールが家の代金を、アメリカの緑色のドル札で現金払いにした、という者があった。彼がテオドーラに彼女の不運な人生で見たことのなかったほどのお金をわたし、そのお金に怯えた彼女はそれをカリブ籠〔ドミニカ島のカリブ族が作る名産の籠〕につめこんでマットレスの下に隠しているのだ、という者もいた。彼女が赤ん坊の面倒を見る以外の何もしないという条件で、アルベールはテオドーラにさらにいくらでもお金を送ると約束したのだ、という者もいた。

　こうして、あっというまに、テオドーラは彼女の世界、辛苦の四十六年をすごし子供たちを生み夫のマノがピンク色と黄土色のランビ貝の貝殻で囲った小さな墓の下に眠る村を、離れたのだった。彼女はひどく泣いた。けれどもラ・ポワントの瀟洒な平屋建ての家に着いたらただちに、彼女はふだんなら風ざらしになっている足の指を靴に閉じこめ、一ダースものマタドール〔クレオル風のドレス〕を仕立てさせ、何よりもフランス語、いつだって彼女の口をがりがりとひっかかずにはいない言語を、話そうと努めた。こうして私たちの島のブルジョワ階級が誕生したのだ！

3

　テオドーラは膝の上に自分の息子の最初の息子を載せていた。彼女の希望を象徴する、虚弱体質の乳飲み子だ。「フェヌトー＝レ＝グラップ＝ブランシュ」という銘柄のラム酒が一瓶と、きれいに洗われたグラス一つが置かれた、オイルクロスのかかったテーブルの反対側で、アルベールがこうくどくどとつぶやいても、彼女の耳には入らない。

「なぜ、それ以前には女を好きになったことなどないように一人の女に惚れちまうのか、さっぱりわからんなあ。他より色が白いわけでもないし、ほっそりしているわけでもないし、きれいなわけでもない。それなのに、彼女の前に立つと、主人の前に長いあいだ立たされた昔の奴隷のようになってしまう。彼女を楽しませるためなら、いくらでも踊る。許しを乞うために、頭も下げる。こうしたすべてが、あいつがおれをからかったことからはじまったんだ。「あんた、なんて呼ばれてるか知ってる？　ムドングだって。スバルだって！」おれのことをからかった女なんて、いたためしがなかった。おれの足元にひれ伏す雌犬ども、女は誰でもそうだった。それで、おれは女たちを軽蔑した。ライザ、ライザはちがっていた。あいつは、あいつは……」

「さあ、ぐっとやりなよ！　そうすれば気分もよくなるよ」

「おれはコロンの中国人の店にゆき、あいつに寝台と揺り椅子と小さな円卓と、持ち物を入れておくトランクを買ってやった。すると人は、おれをこういってからかったよ。「黒んぼよ、おまえ、それをもってどこに行くつもりだ？」って。おれはあいつをガトゥンから遠くへ連れてゆきたかった、ガトゥンてとこはぬかるみだ、ぬかるみと苦痛だ、ぬかるみと病気だ。おれはアメリカの白人たちが運河を掘るってことを聞いた、フランスの白人たちにできなかったそれを、自分たちがすべての白人の中でいちばん強いということを証明するために。だがいっておくけどね、その仕事を実際にするのはおれたち黒人の手、やつらがいうゴリラの手なんだ。掘って。切って。荷車で運んで。仕上げまで、ぜんぶ。母さん、あっちでおれは英語を話す黒んぼにも、ポルトガル語やスペイン語を話すやつにも、オランダ語を話す黒んぼにまで出会った！　だけどね、母さん、おれたちの共通の言葉はっていえば、〈悲惨〉だよ！　おれはあいつをガトゥンから遠くへ連れてゆきたかった、たぶんここに連れてきて、そして丘の上にあいつに家を建ててやりたかった。おれがあいつにそんな話をするとね、あいつはおれをからかうんだよ、からかうんだ！

「あんた、そんな考えはさっさと捨てなさいよ。あんた、自分を何様だと思ってるの？　自分の色を忘れたの？」そしていまでは、もう何も彼も遅い！」

　またもやテオドーラは、自分の息子の最初の息子を見つめて浸っていた満ち足りた幸福を、すすり泣きによって妨げられた。彼女はいらだたしげにくりかえした。

「さあ、ぐっと飲みなっていってるじゃないか！」

　奇妙なことに、アルベールの悲嘆を彼女は何とも思わなかった。その悲嘆の原因は、彼女が知らない一人の女なのだ。他の人間にはあれほどきびしい息子が、こうしてめそめそと泣きごとを並べているのを聞くと、腹が立ってくるほどだった！

　アルベールは自分で、グラスを三羽の闘鶏を興奮させられるほど一杯にみたし、ついで頬をべったりとテーブルにつけた。

「母さん、おれは息子が本当にかわいいよ。おれはこの子がいちばんいい学校にいって、いちばんきれいな服を着て、エナメルの靴をはき、白人みたいなフランスのフランス語を話せるようになってほしいんだよ、わかるかい？」

　テオドーラはうなずき、アルベールは口を開いたまままいびきをかきはじめた。

　その夜、小さなアルベールは祖母のたっぷりした脇腹にぴったりとくっついて眠った。それで海の上を吹きすさぶ大風のうなり声は聞かなかった。深夜に子供たちの生き血を吸おうとさまよう、貪婪な獣の蹄の音も聞かなかった。この子はそれまで父親の、鼻をつく陰鬱な臭いの中でしか眠ったことがなく、それは彼を悪夢から守ってはくれなかったので、この子にはこれがはじめて知る平和の眠りだった。

テオドーラはというと三十三歳も若返り、まだやっと妊娠四か月になるかならぬかのうちに自分のおなかの壁に頭と二本の足をぶつけはじめた胎児をかかえていた時期に戻ったように感じ、こんどこそついに、自分が味わってきた人生のすべてのあさましさを埋めあわせてくれる男の子をもつのだという気になった。そんな子はもったことがなかった。アルベールは、ただでさえ千もの刃によって責め苛まれてきた彼女の心を、さらに突き刺す以外のことはしなかった。しかしこんどこそ、と彼女は確信しているのだ！　あの子が連れてきたこの赤ん坊こそ、自分の人生をつぐなってくれるものだと。

そしてアルベールは、アルコールの靄が消え去り、夢にもはやさざ波が立たないあの平穏な地帯に入ってしまうと、自分がふたたび幼年時代に戻ったように思うのだった。幻滅や恨みつらみを女たちの体に溺れることで忘れようなどとはせず、人生とは目をみはるべき驚異の連続だと信じていた、あのころに。

4

「地震とそのあとの大火事で、町全体がめちゃくちゃになっちまったんだよ！」

「誰からそんなたわごとを聞いた？」

「たわごとじゃないぞ。新聞にはっきりそう書いてあったのを読んだし、旅行者たちももっぱらそのことばかり話している。サンフランシスコは、もはや廃墟だ」

アルベールは言葉を失った。まるで愛しいライザをふたたび失ったように思えたのだ、なぜなら彼女とこの都会は二人の姉妹、いずれもシーウォールのじいさんから生まれた姉妹にほかならなかったのだから。一方は精液から、もう一方は想像力から！

彼はぼそぼそといった。

「おれたちの人生をどうしろっていうんだ？」

ジェイコブは肩をすくめた。

「だってさ、おまえの話はもう見込みがないよ、カリフォルニアにはもう黄金はないんだから。黄金の女神さま（マザー・ロード）〔金鉱の主脈〕の乳房は婆さんのおっぱいみたいに干上がってしまい、はいつくばって危険を冒してでも一山当てようという黒んぼなんて、もういない」

アルベールは幻滅にめまいを感じながら、くりかえした。

「おれたちの人生をどうしろっていうんだ？　蚊には好きなだけ血を吸われ、蛆虫や毛虫には骨までかじられ、シーツみたいに真っ白になるまで陽ざらし雨ざらしの毎日を忘れるために、おれたちはどんな夢を見ればいいっていうんだ？」

ジェイコブは何とも答えなかった、逝ける女＝都市の代わりとして、さしだせる何ものもなかったからだ。

「男の子でありますように！　男の子を！」と神に祈るテオドーラの拷問にかけられたような両腿のあいだをアルベールの頭が通った三年後、ボワイエ＝ド＝レタンのプランテーションから遠く離れたマサチューセッツ州の森林で、ジェイコブは一本の樹の下で産声を上げたのだった。南部での迫害を逃れて北にむかう途中だった母親のセシリアは、もうそれ以上はこの子を腹にかかえてゆけず、そこで松葉の床に横たわった。アルベールとはちがってジェイコブは与太者だったことはなく、口が達者で、だがおとなしく、学校で教わることをよく覚えた。それでついには、彼はアメリカ人の運河会社が雇っている数少ない黒人の一人となり、とはいっても白人に比べると給料は少なく、それでもやはり、あいかわらず時給九十セントで汗を流しているアルベールの目からすれば相当な額をもらっていた。

アルベールとジェイコブのあいだのこの友情、アメリカ人とグアドループ人のあいだ、現場監督とただの労働者のあいだのこの友情は、ある日、思いがけず生まれたものだった。妻を失った苦悩で何も目に入らなくなっていたアルベールは、爆破予定地帯にまっすぐに足を踏み入れていたのだ。ジェイコブは自動小銃をその場に置いて、ただちに救出にむかった。

「ヘイ、マン！　おまえ死にたいのか？」

これだけのことだったのだ！　アメリカ人の現場監督は、たとえ黒人だといっても、発破係のグアドループ人労働者と友人になったりするものではない。ところが奇跡が起きて、二人の男は無二の親友となった。

仕事がすんでしまえば、ジェイコブはシーウォールのじいさんとおなじくらい話好きだった。止まることを知らない言葉の風車、言葉のつまった袋だ！　ルイジアナ、沼地、水と恐怖をしたたらせる逃亡奴隷の尻に食いついて離れない犬どもの話、つきることがない。彼は身振り手振りで熱演し、バンジョーを弾きながら歌をうたった。

走れよ黒んぼ、走れ、追手は近い
走れよ黒んぼ、もう夜明けだ
走れよ黒んぼ、走れ、みすみす捕まるな
走れよ黒んぼ、走れ、なんとか逃げ切るんだ……（アメリカ黒人の俗謡）

アルベールはため息をついた。

「ああ、まったく。おまえさんたちのほうも、こっちとおなじきびしい暮らしだったんだな。そっちのほうがもっときびしかったかもしれない！　だがね、アメリカはそれだけじゃないぞ。聞いてくれ……」

それから彼は自分の頭の周囲をぐるぐると踊りめぐって離れない、シーウォールのじいさんから聞いた繰り言めいた話を朗誦しはじめた。

「イェルバ・ブエナはサンフランシスコになり、これ以上に美しい都会など、どこにもありはしない。湾のいちばん奥深くに位置し、湾の入口はゴールデン・ゲイト海峡で閉ざされている。

〈金の門〉だ。金の門！　おい、わかるかい？　どうもあっちでは、白人も黒人もないらしいんだ！　黒んぼだって、ナイフの先っちょで地面をひっかくだけで金持ちになる。ぼろを着て、尻丸出しの格好でやってくるだろう。出てゆくときには、何頭も馬をひきつれてる！」

ジェイコブは肩をすくめた。

「そんなことはぜんぶデマだよ！　カリフォルニアは、黒人にはよくない。〈北〉に……」

グアドループで息子を自分の母親にあずけてから帰ってきたアルベールは、ライザがいたころに手に入れた人生の甘美さを、すべて捨てた。家具はコロンの中国人に売り戻し、古いインディオの毛布にくるまって薄汚れた床に寝た。家はネズミだの虫だの寄生植物だのの天国になった。ベランダの板をつらぬいて生えてきた一本のバナナの木が、紫色の花と小さな果実を輝かせた。植物があまりにびっしりと繁茂して、もう庭に出てゆきようがなくなると、アルベールはバサッ、バサッ、と山刀を大きく振りまわして、それを切った。つかのまのんびりするのは、週末に親友のジェイコブとすごすときだけだった。土曜の朝になるとジェイコブは村の通りに姿を見せ、まったくのアメリカ人なのにアルベールの汚らしい住処につきあって、ミガン（アンティーユの料理）をクイ（半分に割って中身をくり出した瓢箪で食器として使用する）まで使って食べ、ラムとブランデーをしたたか飲んで、やがて嘔吐物まみれになって穴のあいたハンモックに倒れいびきをかきはじめる。はじめ、アルベールはクリストバルまで出かけていた。これは花の咲くこざっぱりとした地区で、そこにジェイコブは同国人たちからは健全な距離をおいて住んでいた。だがほどなく白人たちは、ぼろをまとった黒人男がここらに姿を見せるのを許しはしないということを、あからさまに知らせるようになった。

アルベールは四年のあいだガトゥン周辺のぬかるみに住み、獣のごとく働いて、一銭たりともむだ遣いをしなかった。

ある朝、彼は誰にも何も告げずに姿を消した。ジェイコブとの尽きることのないやりとりを除けば、彼がふたたびライザと出会う以前のムドング、スバルに戻っていたのだということを、改めていう必要があるだろうか？　人々ははじめ、彼が息子に会うためにグアドループの母親のところにいったのだろうと噂しあった。しかし数週間がすぎ、やがて数か月がすぎても……アルベールは戻らなかった。彼のバンガローはすっかり自然に帰り、入口にはパンヤの樹、窓にはマンゴーの木を生やし、ベランダの支柱には巨大なブーゲンヴィリアがからみついた。

シーウォールのじいさんとその妻は怒り狂い、聞く耳をもつ相手には誰にでも、こうわめき訴えた。まったくアルベールは悪い黒んぼだった、非道な黒んぼだった！　あの赤ん坊の世話を最初にしたのはシーウォールのおふくろだったじゃないか、自分の娘が生んだ子なんだから！　それが、野郎の仕打ちといったら、このとおりだ！

ある日曜の朝、髪を乱した男が村の真ん中に姿を見せると、二つのこぶしでシーウォールの扉を叩いた。その前の晩、コロンの町で、男はアルベールとジェイコブにばったり出くわしたのだ。いいか、驚きなさんな、あの二人は事業を起こして、うなるほどの金を儲けてるぞ！　事業だと？　どんな事業だ？　葬儀屋だよ！　現場の事故だの、伝染病だの、アル中だので、コロンで毎日死んでゆく人間の数を思えば、これほど儲かる商売はないぞ！　前の年なんか、コレラだけで二万の柩が要ったというんだから……。

それ以来、コロンに立ち寄る者はみんな、鉄道の終着駅から遠くないところにあるアルベールとジェイコブの店を見ようと足を伸ばすようになった。本当のところ、それはあまり見栄えのする店ではなかった！　それはまあ、柩が山と積まれた通路のようなもので、柩の出来はぞんざいなものもあれば、少しは念入りに装飾され金塗りの把手がついたものもある。入口の前には骨と皮ばかりの二頭の馬が二輪馬車につながれていて、馬たちは死骸を最後の住まいにむけて運んでゆくとき以外は、道路に劣らず憂鬱で黒い糞をたれていた。この事業には三人めの男、マノエルがからんでおり、これは父親も母親も殺してきたといった雰囲気の混血(メティス)のパナマ人だった。それにまたセンティネラという女もいて、おそらくどこかの娼館を逃げだしてきたこの女が店で客の応対をすることになっており、それは葬儀社（社といっていいすぎでなければ）の二階のぐらぐら揺れる部屋でおこなわれた。

アルベールが死体の運搬人に転身したことは、深い衝撃を与えた。人々の考えでは、それは病的な仕事だ。死者の霊は、死体に手をふれる人間にとりつく。そんな商売をやっている人間から生まれる子供は怪物ばかりだし、腐敗する体から滲みだす刺激臭は、かれらの商売に差別の烙印を押す。

そうはいっても、まるでアルベールとその仲間たちをよろこばせ、かれらの所得を増大させるためのように、コロンで新しい伝染病が発生した。これにかかった人々は、口から鼻から肛門から紫色で吐き気を催させる胆汁を噴きだしたのち、眠ったまま死んでゆくのだ。遺体安置所には屍が山と積まれ、アメリカ人は手にゴム手袋をはめた焼却部隊を雇った。夜も昼もなく、火葬の長くたなびく紫の煙が立ちのぼり、天を襲った。

実際、アルベール、ジェイコブとマノエルは、大金を儲けたのだ！

そんなとき、マーカス・ガーヴィーという名のジャマイカ人〔一八八七―一九四〇年。アフリカへの帰還を説いた黒人運動指導者〕が、運河掘削に命をすり減らしている不幸な同胞たちを見舞うためにやってきた。この男は非常に早く祖国をあとにし、ラテン・アメリカ諸国を旅してまわった。彼はコスタリカですでに、面倒をわが身に招いていた。プランテーションで働く兄弟たちの置かれた状況を、激しく批判したからだ。人がいうところでは、彼の言葉は火山の山腹を呑みこんでゆく溶岩のように流れ、彼の滔々たる演説を聞いたあとでは、それまで人生のどうしようもない辛さ淋しさにうなだれていた者たちも頭を昂然と上げて、突如として自分もまた反抗という冒険のために身を投ずることができるのだと気づく。

労働者の群衆にまじって、アルベールは彼の演説を聞くためにバイア・ソルダードの町まで出かけていった。

マーカス・ガーヴィーは色が黒く、闘牛場の牡牛のような脚をした背の低い男で、演壇に跳び上がると、話をはじめた。すると彼の言葉は現在を変容させ、未来を建設するのだった。

「ある日、いつかきっと、黒い人種が世界を驚かせるときがくる……」

すっかり心を奪われたアルベールは、フリホーレス、ゴルゴネス、バス・オビスポ、パライソと、兄弟たちに話しかけるマーカス・ガーヴィーを、自分からはあえて直接話しかけようとはせぬままに、追って歩いた。港の倉庫、反乱者の腹にあらかじめ自動小銃の照準を合わせている運河地帯警察の厳重な警備下におかれたバラックで、マーカス・ガーヴィーは、彼が現れるまでは誰も聞いたことがなかったような言葉を、はっきりと述べたのだ。正義。自由。アルベールは「ラ・プレンサ」を購読しはじめた。これはガーヴィーが苦労しつつ出版している新聞で、土曜日になるとジェイコブと酒を飲むのを断って、それに読みふけるようになった。あるとき彼は、「アフリカ・タイムズ」や「オリエント・レヴュー」といったしわくちゃになった出版物を売っているガーヴィーのつつましい事務所の付近をうろつきにゆき、何度もためらったあげく、ようやく中に入ってみた。折り悪しくガーヴィーその人は不在で、代理の者がアルベールの手に一部一ドルの小冊子をわたしてくれただけだった。

マーカス・ガーヴィーは、この肌が黒くてゆたかな白髪をもつ、陰鬱で無口で、泥まみれの運河労働者たちの風体とは対照的に優雅な格好をした黒人の大男に、ちゃんと気づいていた。アルベールはダンディーな身だしなみを整えるようになっており、それが彼に近づく人に非常に強い印象を与えていた。あれはいったいどういう人間なのか、とガーヴィーが知りたがると、側近の一人が、あの男はグアドループの者で、病人と死人を飯の種にして大金を儲けているアメリカ人ぺてん師の仲間だと教えた。それでマーカス・ガーヴィーはアルベールに対する興味をすぐに失い、私の曾祖父の運命を根底から変えたかもしれない出会いは、結局起こらずじまいだった。

やがてマーカス・ガーヴィーは、アンティーユ〔カリブ海の島々〕の人間の悲惨な状況に対してイギリス領事の注意を喚起しようとしたことで、パナマから追放された。アルベールは、ガーヴィーを船まで見送る悲嘆にくれた小さな一隊に、離れてついていった。その後で彼は中国人の店に寄り、極細の筆を一本、インク、そして一巻きの紙を買った。ついでジェイコブとマノエルは、彼が葬儀屋の店を大急ぎで通り抜け、二階の自分の部屋に閉じこもるのを見た。一時間後、彼は大声でジェイコブを呼び、壁に貼ったばかりの掲示を判読させた。I shall teach the Black Man to see beauty in himself.(私は黒人に、みずからのうちに美を見いだすよう教える。)

ジェイコブは腹をかかえて笑った。自分のまわりを見わたせば、醜悪と堕落以外には何も見えないのだから!

「おいおい! そんなことより、おれと一杯やろうぜ。ついさっき、最後の部屋におさめてきた仏さん、足が臭くってよ!」

アルベールは額に皺をよせて彼についてゆき、その晩は口をきかずに何杯もグラスを空けつづけた。

その日以来、私の曾祖父アルベールは、もはやおなじ人間ではなかった。酒をやめ、あいかわらず底無しに飲むジェイコブを強くたしなめた。英語もスペイン語も懸命に勉強して大変に上達したので、ジャマイカ人だと思われることも、パナマ人だと思われることもあった。数学の本や自然科学の本さえ、開いているのを見ることがあった……。

彼はマーカス・ガーヴィーがどうなったかを知ろうとした。しかし、ジャマイカ人社会とのつきあいをすっかりやめていたので、どうにもわからない。それで夕方、死者たちを相手にした商売が終わると、ジェイコブの証言を求めるのだった。

「おまえさんの考えでは、あの人はいまどこにいると思う?」

誰かがマーカス・ガーヴィーはアメリカはニューヨークのハーレムにいてそこで黒人に暴動を起こさせているのだといっていたが、ジェイコブは疑わしい顔をして、そんなことはどうにも信じられないといった。

「ジャマイカ人が？　うちの国で？」

そしてまた、アルベールが白人に対してひどい憎悪をあらわにするようになったのも、そのころからだった。ジェイコブのいうことにさして関心をしめしたためしのなかった彼が、ジェイコブにいろんな質問を浴びせるようになった。

「話してくれ！　話してくれ！」

ついで彼はジェイコブに、黒人だけでなくアジアの黄色人種やアメリカ先住民（インディアン）を襲っている不幸が、いかに白人の仕業であるかを、説明した。彼はその数年前、鉄道建設のためにやってきた中国人たちの自殺の様子を、事細かにたっぷり述べて聞かせ、ジェイコブの胸を悪くさせた。

「ある者は、弁髪で自分の首を絞めた。髪を首に巻きつけてから、樹の枝で首を吊った者もいる。さっさと溺れられるようにポケットに石をつめて、チャグレス川に身を投げた者もいる。山刀で切腹した者もいれば、マレー人に金を払って殺してもらった者もいるんだ」

ジェイコブにしても白人が嫌いなことではひけをとらなかったが、いかんせん必要悪として白人とともに暮らさなくてはならない以上、アルベールのいうことをどうにもしようのない狂気と見なすようにしていた。彼が怒ったのは、アルベールが葬儀屋の仕事を非白人のお客相手にかぎろうといいだしたときだけだ。

「そりゃだめだ！　おまえ、商売が台無しになるぞ！　それにな、仏さんには、もはや肌の色なんかないんだよ！」

アルベールはまた娼館に出入りするようになった。肉体にはそれ自身の法則があり、一人の死んだ女に対する世界のすべての愛を集めたところで、それを曲げることはできない。彼が好む館は、レセップス氏の時代からあるものだった。貧乏くさい赤いビロードに包まれて、そこで人はフランス語で愛をおこなった。というのはそこにいる娼婦たちはブレスト〔フランス、ブルターニュ地方の港町〕から来ているからで、あまり美しくはなく、すでに大方峠をすぎた女ばかり、だが享楽を与えることには長けていて、母親や妻の乳房をもたないすべての男たちの心の傷を癒す術をよく知っていた。

その一人であるマルトは、アルベールに対するひいきを隠したことがなかった。彼をよろこばせたあとで、彼女は彼が夢見るようにつぶやくのを聞くのが好きだった。彼の子供時代の話だ。

「だから、おれにはこの地球があまりに卑しくて、だらしないものだと思えたんだ。おれは涙が出てくるのもかまわずに空の太陽をじっと見つめ、こうつぶやいた。「お日様のいるあたりは、きっとすばらしいにちがいない！　ベケ〔植民地の白人〕もいないし、監督もいないし、酔っぱらいの親父もいない。」ある日、おれはココナッツの葉で自分につける翼を作り、パンヤの木に上って、そこから飛び下りたんだ。パン、と音をたてて、地面に落っこちた！　自分の血で溺れ死ぬところだったよ！」

彼の愛した、ライザについて。

「あの女は〈愛の苦悩（アンティーユのお菓子）〉だったよ。すべてが彼女において一つに溶けた、口から足の指先まで。おれは飽きることがなかった。おれはあいつにいったよ。「おれの人生の花よ、嫌気がさしたかい？」あいつは笑った、あいつはいつだって声をたてて笑ってた、ああ、とても美しく！　枝にとまった小鳥の歌さ。「さあ、頼むよ！　おまえがくれようというものを、くれよ。おれはよろこんで、それをもらおう」」

サンフランシスコについて。

「あそこまでたどりつけることはないって、わかってるさ！　どこにそんな金があるんだ？　だがね、あの街が、彼女が、たしかにあるっていうことを、彼女がゴールデン・ゲイトに閉ざされた湾のいちばん奥に横たわっているということを、おれは自分にいいきかせずにはいられない。さしだされてはいるものの、近づくことはできない、緋色のビロード張りの長椅子に横たわる王女のように。あの街が、彼女があるから、おれはコロンやチャグレスやガトゥンを耐え忍ぶことができる……こうしたすべての、不幸と破滅の土地を。いいかい、おれはここに黄金を実らせるためにやってきたのに、見つけたのはマングローヴだけなんだ」

ところが、ある晩のこと、マルトが一緒に上にあがろうと彼を親しく誘うと、アルベールは彼女に跳びかかり、こう叫びながら思いきり殴りつけたのだ。

「悪魔め！　おまえは悪魔の人種の一人じゃないか！　だがな、おれたちはいつかきっと、おまえらを追いだしてやるぞ！」

この事件は大評判になった。

「スター&ヘラルド」および「ラ・エストレーリャ・デ・パナマ」という、それぞれ英語とスペイン語で出ている当時の代表的新聞二紙は、多数の読者からの投稿を載せた。それどころか一方は、アンティーユ出身の黒人をパナマから一掃せよと、アメリカ領事館に訴えるにいたった。やつらはこの国にうようよとはびこり、おまけに黒人娼婦たちは、名誉あるヨーロッパ人の淑女たちと競合することになるというのだ。

しかしながらアメリカ政府もパナマ政府も迅速な対応を見せる気配がなかったので、ある晩、男たちがアルベールを襲い、コロンの街路のぬかるみに並べられている空き瓶の床に、じっと動かなくなった彼を放置していった。それでもアルベールは、病院に運ばれることは拒否するという意志を見せた。彼は家でジェイコブ、マノエルとセンティネラの手当てをうけたが、センティネラは彼のありさまを見て泣いた。もはや彼が瀕死の状態だと思ったセンティネラは、リモン湾のサン・ブラス族のインディオのところまでいって各種の木の葉、根、乾燥させた薬草を一抱え持ちかえり、それで煎じ薬、軟膏、湿布薬を作った。

四か月後、アルベールがふたたび店に出ている姿が見られた。葬儀屋はこの間にも、天然痘の流行のせいで繁盛していた。何度も殴られた彼の右脚は、三か所で骨折していた。骨のくっつき方が悪くて、彼は松葉杖をつかなくてはならなくなった。顔には傷痕がいくつか残ったが、逆説的にもそれで彼の容貌が恐ろしくなったわけではなく、かえって彼のもろく傷つきやすい雰囲気を目立たせることとなった。生涯、アルベールはこれらの骨折や傷の後遺症に苦しまなくてはならなかった。パシフロリンダ〔時計草〕の根の煎じ薬が、彼の気分の悪さを血から追いだしてくれて彼にはいちばん効いたようだったため、事件後に住んだ家では、いたるところにそれを植えて世話をしていた。パシフロリンダの花は薄紫色でかすかな芳香がするが、花にはたいした医学的価値はない。薬になるのはその枝と、特にその根だった。

5

この間もラ・ポワントでは、例の修理用ドックのそばの平屋で、タールと海の匂いに包まれて、息子が成長していた。

あまりがっしりしたほうではなく、むしろか細いくらい。けれども、ちょうどマルフィニ〔鷹の一種〕のように活発で元気いっぱいだった。この子がテオドーラの幸福だった。老婆はこの子を、日向水にひとつかみのコロッソルの葉をひたしておいた風呂に入れた。こうすれば落ちついた午睡ができ、ぐっすり眠れるのだ。彼女は乾いた草のような彼の髪の一房ごとに椰子の油を塗り、それから体じゅうをベイラムで摩擦してやるのだった。彼はこのひんやりした液体の口づけに、小さな歯をいっぱいに見せて笑いころげ、するとこんどはテオドーラが、彼を食べてしまうかというほどの口づけを浴びせた。彼女はこの子が肋膜炎に罹らずにすむようにと聖処女マリアにご加護をお願いしたので、この子は大きくなるまで白と青〔聖母マリアの色〕しか身につけない。

午後になると、小さな王子さまのようにおめかしした彼は、ブルジョワジーの子供たちに混じって、ヴィクトワール広場で遊ぶのだ。

6

アルベールの夢とジェイコブの夢は、おなじ色で描かれてはいなかった。ジェイコブが望むすべては、ドルがたんまり貯まったなら、コロンの娘と結婚することだけだった。この町には混血の女たちがいくらでもいて、男の肌の色などそれほどは気にしないから！ というのも彼はこのままパナマに腰をすえるつもりであり、家からの便りで近況を聞くたびに、その思いは強くなっていた。数か月のあいだに、アメリカ南部では六十九件のリンチがあり、怯えた黒人たちは巨大な波となって南部を離れ北の都会に押し寄せているのだった。ニューヨーク、デトロイト、シカゴ……。

アルベールはというと、あのシーウォールのじいさんから話に聞いた都会を、いまなお頭の中でうっとり見つめていた！ それで二人の相棒同士は、終わりのない論争をつづけるのだった。

「イェルバ・ブエナからな……」

「よせよ、マン！ もう黄金はないんだ。馬の蹄鉄の下に、黄色い砂ぼこりがあるだけさ……！」

二人に和解させ、ともかく出発の用意をさせることになったのは、「青い手」と呼ばれる事件であり、これは代々の歴史家たちを困惑させてきたものだ。

運河地帯全域で、アンティーユ出身の労働者に対する虐殺がはじまったのだ。夜、かれらの村に火がつけられた。朝には、くすぶる煙と焦げた匂いに包まれて、ぬかるみの中から、舌と性器を切りとられた男たち、強姦されてから殺された女たち、胴体を真二つに切断された子供たちが見つかった。ついで「青い手」はコロンとパナマシティを襲った。ゴンサルボ・ボボという名のパナマ人の神父は、この虐殺を説教壇から批判し、すべての人間は兄弟であるということを説いた。彼は主祭壇のすぐ下で暗殺された。アンティーユの人間で、故郷に帰る船賃を払える者はごく少なかったため、かれらは自分たちの村の周囲に石と泥の壁を築き、その上にはガラス瓶の破片を植えた。ある者は逃亡奴隷(マロン)だった祖先のことを思いだして、溝を掘りそこに毒を塗った杭を打ちこみ、その上を草で覆い隠した。

ある夜、コロンで、病院に勤務するジャマイカ人の看護人全員が、喉を切られた。それ以降、恐怖は絶頂に達した。

こうして一九一一年九月のある朝、アルベールとジェイコブは汽船オレゴン号に乗りこんだ。波止場ではマノエルとセンティネラが、ハンカチをしきりに振った。二人は両目いっぱいに塩と水をためていた。特にこの場にいる三人のならず者の全員と寝たことがあったセンティネラはそうで、彼女は自分が一度に二人分の寡婦になるのだ、と感じていた。

ジェイコブがあれほど何度も語ってきたにもかかわらず、アルベールはこれまでジム・クロウ氏(アメリカの人種差別法全体のこと)に出会ったことはなかったのだが、ただちにその存在を知ることになった。ちゃんとした緑色のアメリカ紙幣で料金を払った船室から、アルベールはその連れとともに締め出されたのだ。白人客たちは、こんな黒んぼ連中が隣の寝台にいるのを許すことができなかった。

そこでアルベールは船旅のあいだじゅう、甲板の一角で鉛のような海の壁を見ながらすごした。こうしたすべてを平然と達観してうけいれているジェイコブが、乗客や乗組員の食事が終わったときに台所でもらってくる残り物を、彼は食った。用を足すのはバケツで、それは船縁から海に空け、晴れていようと荒れていようと目を大きく見開いてじっと空を見つめたまま眠った。航路を半分ほどいったところでジェイコブは、かれらを憐れんだ乗客の誰かが出してくれたモロッコ毛布をもってきた。風が冷たくなってきたからだ。アルベールはそれを使うことを拒否し、傲然と、かたくなで、傍目にもはらはらするほどだった。

船旅は何週間もつづいた。

海。空。海。風は突風となって吹きすさび、怒り狂った海に溝を刻んでいった。あるいはぴたりと止んで、ずっしりと重い沈黙にしずんだ。

ついにクジラやアザラシの姿が見えるようになり、陸地がさほど遠くないことがわかった。サンフランシスコ湾に入ったときは、霧が深く、ナイフで切れば切れそうなほどで、水面にたなびいていた。我慢しきれない乗客たちは甲板にひしめきあって、かれらをとりまくねっとりとした灰色一色の世界を、透かし見ようとして、はたせずにいた。突然、船が波止場に着こうというときに、ヴェールが破れた。太陽と都会が姿を現し、アルベールは思わずひざまずきそうになった。失った妻の美しさが、そこに甦ったからだ。

イェルバ・ブエナ。サンフランシスコだ。

この都会を愛する住民たちは、彼女が何年か前にこうむった、大地と火がすさまじい勢いで結託して襲った凌辱の傷痕を、よく癒していた。薔薇色や赤や白の家々が、薄紫色の空までつづく丘陵の急斜面に立ち並んでいた。

あえぎながら、もはやジェイコブのことなど気にもかけずに、アルベールは桟橋に飛び下り、群衆を肘でかきわけて、路面電車に振動する、人のひしめく大通りに身を投じた。イェルバ・ブエナ。サンフランシスコだ。ついに！ 彼はあらゆる侮蔑の記憶を洗い流してくれる、美しさのみなぎる土地にやってきたのだ。この都会が彼に、まるで真新しい硬貨のようにぴかぴかの生命をとり戻させる。足をひきずりながら、彼は高く、より高く、斜面を上ってゆき、唐突に一種の見晴らし台のようなところに出た。正面にあるのはジョン・フレモン〔十九世紀アメリカの軍人、カリフォルニア調査で知られる〕が、ここから東洋のすべての富がどんどん流入してくることを夢見た狭き門だった。ゴールデン・ゲイト。シーウォールのじいさんの言葉が、彼の記憶の中をふたたびぐるぐるとかけめぐった。

「イギリスやスペインの船が、湾の入口を何百回となく通りすぎた。まるで燃えたつ芳しいあそこを隠している、処女のようなものだ」

この間、路面電車の轟音や馬のギャロップや武装した巡査の外見に恐れをなしたジェイコブのほうは、より散文的に、メイコン・デニスとかいう人物の経営する黒人むけの下宿屋を探していた。この街は彼に、何もいい印象を与えなかった。ここは白人の都会だった。熱気と友愛にみちた黒人街は、ここにはなかった。この都会はいちばん金払いのいい客に体を売る、冷たい売女だった。贅沢と不正に手に入れられた富の匂いがした。

二人がどうやってポーツマス広場で出会うことができたのかは、誰にもわからない。一人は幻惑され、もう一人は幻滅して、というのもジェイコブのほうは例の下宿屋探しが失敗に終わったから。この迷宮のような街路のどこにも、メイコン・デニスの痕跡はなかったのだ！　夜が湾の上に黒々と降りてきて、かすかなガス灯の明かり以外の照明がなくなるころ、二人の男は部屋を探しはじめた。ポーツマス広場はチャイナタウンに接しており、二人はこの「天の帝国〔中国のこと〕」に入った。

中国人は、パナマにもいくらでもいた。アルベールとジェイコブは、したがってこれらのひそやかに動き、礼儀正しく、伏目がちで、額を剃り、肩甲骨のあいだにゆたかでつややかな黒髪の蛇にとぐろを巻かせている人々にまぎれこんでいても、居心地の悪い思いをすることはなかった！　その反対だった。だから二人がチールー・リーなる、髭を生やした、金銀の糸で飾られた絹織物の衣服を着た大柄な中国人と会話をはじめることになったのは、ごく自然だった。この男は手にした茶碗をいくどとなく回しながら、かれらに一つの物語をかたって聞かせ、その物語はアルベールの頭にたくさんの反響音を呼び覚ました。リーが語るこの話は、自分のことではないだろうか？　それともアルベールもまた、一人の中国人なのではなかったのか？

人は自分自身と自分に身近な者の悲惨しか知らない。ほとんどおなじである他のいくつもの悲惨が、よろこびなき邦の硬い陽光の下で、牛糞のようにからからに乾いてゆくことを知らない。そこでもまた、その遠く大洋を隔てた土地でも、人間はおなじ心をもっているというのに！

「私の父、祖父、その前には祖父の父親は、広東省で米を作っておりました。これは広州を都とする地方です。かれらは背中が曲がり、掌には胝ができ、人生は生まれたときから何の希望ももてないものでした。私もやはりかれらとおなじように、水田の緑の地獄で人生をはじめました。ついである日、私はすっかりうんざりしたのです。太陽を見上げ、太陽にむかってこういいました。「おまえさんは、おれのためにも輝いてくれているんじゃないのか？　だったら、おれに力をくれ。こんな生活は、もうたくさんだ」私は金を借りて、金山行きの船に乗ったのです……」

「金山？」

「そう、私どものほうではサンフランシスコをそう呼ぶのです！　いずれ緑色の紙幣が十分にたまったら、私は家に帰ります。妻が待っているし、すでに子供も一人いるのです！　男の子がね！」

いつそういう話になったのか、気がつくとチールー・リーは、一緒に阿片のパイプを吸うためにアルベールとジェイコブを自分の家に連れ帰っていた。

翌朝、朝霧を横切って、アルベールを幸福な朦朧のうちに置き去りにして、ジェイコブはチールー・リーの家を出た。メイコン・デニスの下宿屋をなんとしても見つけようと、固く決心して。アルベールのほうは、すでに心を決めていた。このままチャイナタウンにとどまるのだ。この地区こそ、彼が生まれ変わるための母胎だった。ここに住む。寺院のような屋根をした木造の家の二階、彫り細工の手すりのついたバルコニーのある、湾を望む部屋を借りよう。生姜と醗酵した魚と葱の匂いを、呼吸しよう。甲高く、神秘的に友愛にみちた声が、なぐさめになるだろう。商店の軒先にある神聖文字だって、飽くことなく眺める。ジェイコブが、商売がまずまずうまくいっている大工であるメイコン・デニスを連れて帰ってきたとき、アルベールはかれらと一緒にゆくことを即座に断った。まもなくアルベールは、ワシントン通りで洗濯屋をやっているチールー・リーの仕事の共同経営者になった。シーツ類を洗濯しアイロンをかける仕事は中国人に独占されており、かれらは洗濯物を入れた籠を背負って家から家をかけ回った。しかしアルベールには、考えがあった。彼がパナマで身につけてきたことは、むだではなかった！　彼はチールー・リーに痩せこけた馬を一頭と、洗濯物を配達するための二輪馬車を買わせた。これにより、かれらはつねに一番でいられたし、街の有力者たちはそのことに気づいた。チールー・リーは三人の「兄弟」を雇い、給料としてはただ椀に一杯の米と五杯のお茶の葉だけを与えていた。アルベールはさらに三人を雇い入れ、米を与えることをやめた。

二人の共同経営は、大いに儲かった。

アルベールは、サンフランシスコで、幸福だった。彼はこの都会の美に、絶えず酔いを感じていた！

毎朝、杖をつきながら、彼はエンバルカデーロ〔スペイン語で「乗船場」を意味する。サンフランシスコの波止場〕沿いを歩き、心をマストの森にさまよわせ、鼻には波止場独特の海とタールと脂とバーボンの匂いをいっぱいに嗅いだ。バーバリー・コースト〔有名な歓楽街〕のたくさんの居酒屋には、どこにも入らなかった。威厳と自信にみちて歩いていったので、すれちがった人々はこの強い印象を与える、隙のない服装をした黒人をふりかえった。カリフォルニアという土地は黒人に甘すぎる、やつらと鼻をつきあわせるためにこんなに遠くまできたのではないと考えている人々すら、一種の恐れにとらわれ、彼にむかって嘲笑や侮蔑の言葉を投げかけようとはしなかった。アルベールはエンバルカデーロの端から端までを四度歩き、こうして血が温まったら、パレス・ホテルで一杯のレモネードを飲んでそれをさますのだった。ここ、七千の窓をもつ大理石の宮殿、その豪壮ぶりはニューヨークやワシントンといった東海岸の都会にまで喧伝され、ブラジル皇帝が泊まったこともあるという場所で、彼はひとかどの富豪のように給仕をうけるという贅沢を味わった。別に彼のお金は、悪い臭いがするわけではないのだから。ホテルで立ち働く黒人の従業員たち、給仕、ドアマン、メッセンジャー、配達係、ベルボーイらは、ビロード張りの肘かけ椅子に体を沈める彼を険しいまなざしで見つめた。あいつは、黒んぼの母親から生まれてきたということを忘れているのか？　自分がどっちの側の人間であるかを思いだささせるような微笑を見せることも冗談をいうことも、けっしてしない！　実際には、アルベールはかれらが思うほど傲慢なのでもエゴイストなのでもなかった。ただ、自分によみがえってくる力をじっと味わい体じゅうの血を沸騰させようと神経を集中しているアルベールには、かれらが目に入らなかったのだ。ときにはアルベールは散歩をつづけてテレグラフ・ヒルにまで上り、それからワシントン通りの洗濯屋に帰るのだった。日曜ごとに、彼はジェイコブについてクレイ通りとハイド通りの角にある黒人バプティスト教会にいった。それまではいつも、アルベールは神とは白人の搾取者たちを守る存在にすぎないと考えていた。そこにいきなり、あるいは神は黒かったのかもしれない、ということを彼は学んだのだ。そこで心から、彼は両膝を床につき、神に彼の人生を祝福してくださるよう祈った。礼拝をつかさどり「スウィング・ロウ、スウィート・チェリオット……」を歌っては木造の丸天井をふるわせているケリー牧師は、メイコン・デニスとおなじくヴァージニア州出身で、礼拝のあとでみんなが彼の家に集まると、彼は親類からうけとった手紙を声高く読んで、熱い涙を流すのだった。

「南北戦争は何の役にも立たなかった。何も変わらなかった……」

妻のハリエットは彼をなぐさめてから、たっぷりと量のある食事をふるまい、それには必ず最後にサツマイモのパイが出て、彼女がアルベールにむけるまなざしに気づく者は誰もいなかった。

7

サンフランシスコ、一九＊＊年六月十五日

尊敬すべきマーカス・ガーヴィー様

あなたがパナマにおられるとき私はあなたについて歩いておりました。私はこのさびしい地球という惑星の表面に住みあなたの言葉に心をゆさぶられる無数の黒人の一人です。私はあなたのおっしゃったある言葉を、頭に、心に、つねにたずさえております。

I shall teach the Black Man to see beauty in himself.（私は黒人に、みずからのうちに美を見いだすよう教える。）

あなたが黒人の地位向上のための協会を設立されたことを知りました。どうか詳細をお教えください。私は私のいる砂漠から、あなたにむかって叫ぶのです。


これが、曾祖父に関して私がもつ第二の文書だ。私は曾祖父が投函することなく終わったこの書簡を、黄色く変色し、ところどころほとんどかたちの崩れた状態で、見積り送り状の包みのあいだから発見した。

この手紙は、彼が自分の夢をあきらめたわけではなかったこと、そして癒されつつあるかのような外見の下で、彼のうちにはまだ精神の動揺がつづいていたことを、私に証明してくれる。

8

ジェイコブ・アームストロング、私の曾祖父アルベールの友人である彼は、ものしずかな男だった。彼はルイーズ・グラスホッパーという、メイコン・デニスの妻のいちばん下の妹でクレイ通りの黒人小学校の先生をしていた女性と結婚する決心をした。コロンではしばしばちょっとした財産をなくしていた、賭トランプ・パーティーの日々は終わった。たっぷりお金を与えて愛人をかこっておくこともやめた。月曜ごとに、彼はウェルズ・ファーゴ銀行にゆき、給料をそっくり預金した。

彼にはただ一つの弱点しか残されていなかった。酒を飲むのだけはやめられないのだ。ときおり彼はバーバリー・コーストの無数の飲み屋の一軒の扉に入り、強い安酒(ミッキー・フィン)を何杯もたてつづけにあおった。ジンは頭の中にいくつもの太陽の泡を開花させ、海は子供の夢の中でのように薔薇色に染まった。彼にはいまから、ルイーズのほっそりした薬指に結婚指輪を通し、その指先には貝殻のような爪があり、ついで彼女とベッドに入って彼女の乳房をわしづかみにしながら大洋のまんなかを垂直に沈んでゆく、自分が見えた。それからかれらは五人の子供を作る。男の子が三人、女の子が二人で、女の子はサブリーナとファビアーナと名づける。彼はイタリア名前が大好きなのだ。

ある日、ありきたりなはじまり方をした一日、太陽が霧から姿を現してから別にいつも以上に早く空をわたってゆきはしなかった一日に、彼はウォーフ〔波止場〕という名の飲み屋に大急ぎで入っていった。ここは他の店よりも危ないということはなかったし、彼はここでは顔馴染みの客だった。

しかしながらテーブルにつくと、牛でも殺せそうな手の甲で口を拭い、サクラメント〔カリフォルニア州都〕の黄色い砂ぼこりを長靴につけたままの、一群のいかつい男たちがいるのに気がついた。アメリカの黒人として生まれ育ったジェイコブは、目の前にいるのが危険な人種差別主義者だということを、人に教わるまでもなくただちに見抜いた。どうしてわかるのか？　この場合は、辺りを陰険にうかがう豚のように小さく濁った目の上で、不健康な被り物のような髪の下にある、長方形の額の狭さによってだった。

ジェイコブは背中を丸め、目立たないようにと努めた。喉が焼けるほど急いでミッキー・フィンを飲み干すと、出口の扉に走った。大男たちの一人がすでに扉に背中をもたせかけていて、この男が店内にむかって声をかけた。

「地獄と不幸の色をした面がこのへんをうろつくの、見てて楽しいか？」

沈黙が濡れたカーテンのように下り、もはや乳房をむきだしにした給仕女たちを撫ぜ回すことを夢想している者は、一人もいなかった。ジェイコブのひきつった笑い声が起こった。

「ひっ、ひっ、ひっ！　地獄と不幸の色か、それはまったく、うちのおふくろがいってたことだよ！」

「おまえの売女のおふくろか？」

沈黙のあと、ジェイコブの笑いはまた高まり、それもたぶんこんどは、いっそう強く軋んでいた。大男が彼の腕にさわった。

「売女だったって認めな、おまえのおふくろがよ。さあ、そういうんだ!!」

ジェイコブはためらった。おそらく彼自身、自分の中で起こっていることを理解していなかったのだ。生き延びるための用心深い配慮と、白人を相手には自分の感情を隠さなくてはならないという子供時代からくどくど叩きこまれてきた忠告が、押し寄せてくる！　彼自身の奥深くからなだれ落ちてきた激流が、彼を激昂させる！　跳びはね、岩々にぶつかって泡立ち、虹の色をした真珠となって右に左にはじけるのだ。古い恐怖をたずさえて！　拒絶、反抗、怒り！　ジェイコブは大男のでっぷりとした腹に、頭から突っこんでいった。

銃弾で穴だらけになり、さんざん蹴られた顔面がひどく変形した彼の死体は、カーニー通りの側溝で泥まみれになって発見された。

この事件は、大きな反響を呼んだ。支部がロスアンジェルスに創設されたばかりのNAACP〔全米黒人地位向上協会〕は、カリフォルニア州政府に徹底捜査を要請した。サンフランシスコの小さな黒人コミュニティは代表団を組織して市長に面会し、市長は真相究明を約束した。高名な白人弁護士のルドルフ・ドウィンドルが、この正義のための戦いをひきうけると名乗り出た。だがこうしたすべては、何の役にも立たなかった。ジェイコブを殺した男たちは、二度と見つからなかった。

アルベールにはもっと悪いことが起こるのではないかと、人々は心配した。

アルベールが街に出ていって、目に入る白人をかたっぱしから銃で撃つことを防ぐためには、彼をしばりつけておかなくてはならなかった。彼はセオドア・ローズヴェルト宛に手紙を書き、返事がもらえなかったため、以前の大統領たちがどのように暗殺されたかを人にたずねた。それから、何も食べずに餓死しようとした。顎をあまりにぎゅっと閉めているため、献身的なチールー・リーが流しこもうとするお茶さえ、中に入ってゆかなかった。摂取するのは阿片だけで、おそらくその麻薬の煙の中に、失った親友の姿をよみがえらせているのだった。

ある朝、ハリエット・ケリーは子供たちを学校に送りとどけると、アルベールの部屋に入っていった。

本当のところ、彼女がここで彼と二人きりになるのは、これがはじめてではなかった。彼女がその服を脱いで重い綿入りの掛け布団の下にもぐりこみ、裸の体を彼に押しつけるのも、はじめてではなかった。それでもこれまでの逢引きは、快楽を分かちあうのが目的であって、ただ痛みをなだめるためではなかった。

ジェイコブを除けば、この二人のあいだのこんな関係は、誰一人として思ってもいなかった。

はじめのうちアルベールは、自分の習慣に忠実に、娼館への道を通っていたのだ。彼はデュポン通りにある店を選び、そこでリマ〔ペルーの首都〕やバルパライソ〔チリの港町〕から流れてきた、シェルブール〔英仏海峡に面した港町〕出身の娼婦たちとフランス語をしゃべった。ある日、日曜の礼拝のあと、台所でサツマイモのパイを切りわけながら、ハリエットは彼にむかって非難するような黒い目をむけた。

「白人女と寝るなんて恥ずかしいと思わないんですか?」

アルベールは啞然とした。ハリエットは追いうちをかけた。

「白人は私たちを棍棒で殴り、ゆきあたりばったりに殺す。それなのにあなたは、かれらの女を抱いている!」

アルベールは、どもりつつ答えようとした。

「おれは金を払って、金を払って……」

「そう、それなら私が、ただでしてあげるわ!」

それ以来、週に二回、牧師の夫が子供の合唱隊にゴスペルの勘どころを教えているあいだ、ハリエットはすでに放蕩の経験をつんでいるアルベールも知らないような、ある種の非常にアメリカ的な愛撫の手ほどきをするのだった。ことを終えると、アルベールはへとへとになった。

「ああ、とんでもない女だ!」

二人が息をとり戻すと、頭を彼の肩のくぼみにすっぽりと埋めながら、ハリエットは彼にヴァージニア州のサザンプトン郡で起こった、ナット・ターナーの大反乱〔一八三一年、神の啓示をうけたターナーの率いる六十人の奴隷が兵器庫を襲撃した〕の話を聞かせた。

「あの人は聖人であり、正義の人だった。聖霊が、彼についていたのよ」

それに対して、ハリエットはマーカス・ガーヴィーのことは、これまでに一度も聞いたことがなかった。

ハリエットが生まれたばかりの赤ん坊を抱くようにアルベールを抱き寄せると、アルベールは大声で嗚咽を上げ、彼がまだ流すことのできずにいた涙が、頬を伝って落ちた。

「ジェイコブのやつはおれが、人生に太陽を輝かせてくれるすべてを失ったときに、おれの前に現れたんだよ。「ヘイ、マン！　おまえ死にたいのか？」って。そういっておれに声をかけたんだが、本当はおれがたしかに死にたがっていたんだということを、あいつは知らずにいた。人生、おれにとっての人生とは、一個の泥沼で、おれはどうにもそれに満足することができなかった。いったいなぜ、おれにとっていちばん大切なものばかりが、殺されてゆくんだ？」

「黙って！　黙って！　死んだ人の話はしないものよ」

次の日曜、礼拝のとき、この小さな黒人バプティスト教会の信者たちは、ハリエットによってささえられ、ひきずられながら、苦しみによってやつれはてた、けれどもその声を讃美歌の歌声にまじえることに同意した巨大な一つの肉体がやってくるのを見ることができた。

永遠の主が、正義を測っている
神は悪人たちの上に、燃える炭
火、硫黄を雨と降らせる
燃える風が吹きつける、それが悪人に定められた運命！

けれども、神の火が彼の親友にして兄弟ともいうべき男を殺した者たちを焼くことはないだろう、そしてこの犯罪は大きな渦の中のごくごくささやかな不正義の一粒にすぎないだろうということを、アルベールが確信してしまうと、彼はウェルズ・ファーゴ銀行での口座を解約し、パシフィック汽船会社の事務所にゆき、コロン行きの一等切符を一枚買った。そこから、グアドループへの船に乗るつもりだったのだ。

出発の前夜、彼は足をひきずりひきずりテレグラフ・ヒルの上までひさしぶりに上り、この都会に別れを告げた。ああ、この街は、彼女は、まんまと一杯くわしてくれた。彼はここで生まれ変わり、赤ん坊のように幸福への道を見つけ直すことができると信じた。だが彼女は彼をだまし、裏切った！　また大地震が起きて彼女をすっかり壊滅させ、人間どもの記憶からこの街を消してしまうなら、どんなにいいことか！　そう思っているとまさにそのとき、太陽の火の鷲がついに霧に打ち勝ち、鷲は湾に君臨するように悠々と空を翔けて、このすべての美が、アルベールの苛まれた心を引き裂いた！　残酷、なんて残酷！

旅路は何事もなくすんだ。こんどはアルベールは船室から追いだされることもなく、フランス人商人のグループと同室ですごした。かれらは出張から、何の成果もなく手ぶらで帰るところだった。

私は、曾祖父が甲板の波しぶきに包まれて、紫色のインクの入ったインク壺をロープの上に固定してつけた日記をもっている。その日記には、文学的価値はまったくない。構文はもたつき、綴りのまちがいは多い。だからその抜粋をわざわざここに書き記すことはしない。その日記はただ私に、アルベール・ルイとはどのような男だったかを教えてくれただけだ。

頭は並みよりもずっといいが、残念ながら読書によってそれがゆたかに育てられるということがなかった。感受性は、ぴりぴりしている。独学者ならではの、傷つきやすい自尊心をもっている。導いてくれる人がいなかった。遠くから一瞥したマーカス・ガーヴィーを除けば、お手本になる存在もいない。要するに、この日記は一連の疑問と考察からなっているのだが、それは教養ある人の目から見ると、ただ微笑する以外にはどうしようもないものなのだ。

コロンへの寄港中、アルベールはかつての共同経営者であるマノエルを訪ねていった。だがこの間に事業は破綻し、このパナマ人がどうなったかを知っている人は誰もいなかった。それから彼は労働者用の列車を使って、ガトゥンへの道をふたたびめざした。

彼のことを覚えている者が誰もいないこの村では、彼はシーウォールのじいさんがすでに亡くなり、その妻は娘たちの一人とともにバス・オビスポに住んでいるということを知った。

彼はライザの墓を探しにいった。これはチャグレス川の水を定期的にかぶる土地の小さな墓地にあり、敬虔な人々がそなえていった真珠の十字架や造花の束や瀬戸物の手燭台は、洪水のたびに流されていった。墓地で、彼は悪い脚を延ばしたまま地べたにすわり、死んだ妻にむかって彼の人生が経験してきた苦い薬の味を、話して聞かせはじめた。さいわい、息子がいた。

「おれはあの子を男に育てるよ。マプー（アオイ科の樹木）のように頑丈な男にね。セグ（西アフリカ、バンバラ族の歴史的王国の一つ）の椰子の樹のように高貴で堂々としている。その頂は他のすべてを凌ぎ、おまえは、おまえはそれを見て、しあわせに思うんだ……」

これらすべての根を失った男たちの疲労に飽いた汽笛が、ぐったりした空気をつんざいて長々と響きわたったとき、彼はポケットから小さな皮袋を一つとりだし、それに土をつめた。それから、ぎこちないようすで立ち上がったが、それは苦痛のせいという以上にぎくしゃくしていた。

その年、運河は完成し、世界中がアメリカ人のなしとげたヘラクレスの偉業に目をみはった。

9

子供はこの父親にまつわる、驚くべき数々の話を聞きながら育った。父は誰もいったことのない土地、怪物を追いつめるティ＝ジャン〔小さなジャン。カリブ海フランス語系クレオル語の民話の主人公〕すらいったことのない土地で暮らしたのだ。アメリカで。そこでは赤い肌をした人間が、上体と髪に油を塗って、樹にハンモックを吊るしたり、大河のものうい水を下ったりしていた。ときにはかれらは、人間の体をした動物にむかって矢を射かけた。

ある日、彼はまばゆいばかりに清潔でベチベルの匂いのする下着をはかせられ、ついで青いビロードの半ズボンと、レースの胸飾りのついた、袖口には本物のカフス・ボタンのあるシャツを着せられた。それからひどく苦労して、縮れ髪に丹念に分け目を入れてもらった。ところがこんなにきれいになった自分を鏡の中に見ても、彼は笑わなかった。恐かったのだ。父親が帰ってくるのだと知っていたから……。

四時ごろ、波止場にむけて出発した。テオドーラが先に立って日傘をさして歩いてゆき、人々は彼女にたずねた。

「いよいよ今日（セ・ジョディ・ラ）かい？」

彼女はうなずき、腕のはじっこにビロードのハンドバッグをぶらぶらさせながら、得意気に胸を張った。港では、黒と赤の巨大な船が接岸し、船を陸へとむすびつけるタラップは男たち、女たち、子供たち、荷物運搬人たちで、黒山の人だかりだった……。するとテオドーラが、分娩中の女のようにうめき声を上げた。

「わたしの息子（ピティット・ムウェン）や！　わたしの息子（ピティット・ムウェン）や！」

子供は、ひどく暑かった。額から流れる刺すような汗が目に入ったが、彼はそれを袖口で拭おうとはしなかった。汚したくなかったから。気が高ぶっていたテオドーラが、彼を花柄のインド更紗のカーテンのうしろに隠してある陶器の背の高いおまるにすわらせてから出てくるのを忘れたので、彼は殉教者のごとく苦痛に耐えていた。

突然、彼は高い、白い襟のあるシャツを除いては全身黒ずくめの服装をした男が出現するのを見た。襟は男の喉をしばり首のように締めつけている。髪の毛はごく短く刈ってあるので頭の地肌が見えるくらいで、相当の体重を銀の握りのついた杖に預けていた。男はタラップをぎくしゃくした重い足どりで降りはじめ、そのまなざしは灯台の光のように、休むことなく、取り乱した家族たちの大海の上をかけめぐっていた。この灯台が自分を見てじっと動かなくなり、その光で彼を包囲し、顔の細部をきわだたせ、あれこれの遊びや喧嘩で作った手足の傷を照らしだしたとき、子供は震えた。男は自分の手で触れようと彼に近づき、それからいまやハンカチで顔をおおいながら嗚咽しているテオドーラを見ると、こう声をかけた。

「ずいぶん小さいんだな！」

アルベール・ルイが十年におよぶ外国生活から帰ってきたとき、彼は銀行に大変な金額のアメリカ・ドルを預けたので、白人の支店長自身がその緑色の洪水を見るために自分の室から出てきたと、人々は噂した。また彼がラ・ポワントの西の不衛生な土地をただ同然の値段で手に入れ、みずから仕事を指揮し、労働者にはマニオカの粉と油で潰したアヴォカドを一口食べるために手を休める時間すら与えないで、巨大な長屋（ラクー）を建設しているとも噂した。このタイプの住居は、現在ではもう見られない。この物語の時点では、それはプランテーションを離れて都会での社会的上昇をめざすすべての者たちに、とりあえず身を置く場所を提供したものだった。ついでアルベールは、サン＝マルタン〔グアドループからは北西にあたるフランス領の島〕の白人が経営していた輸出入品店を買いとった。妻を失くしてひどく打ちのめされていたこの白人は、後継者の肌の色まで気にする余裕がなかったのだ。黒んぼの貿易商！　ラ・ポワントの住民たちの記憶ではこれは前代未聞のことであり、人々はルイ＝フィリップ桟橋に続々とつめかけて、アルベールとその三人の従業員たちが塩漬けの鱈、米の袋、油の樽などといった、彼が一財産儲けることを保証してくれる品々をうけとるのを見物した。

ついには彼はラ・ポワントの、まだほとんど価値がないものと考えられていた地区の、海沿いの土地を買い占めるようになった。トラック何台もの労働者をそこに運び、何もない地面に二階建ての住宅を建てさせた。人の住める屋根裏部屋と、各階にバルコニーのある家、ここで私の母は育った。

九月のある静かな朝、ラ・ポワントの人々は、燃えたつ道路に延々とつづく運搬人の一隊を見ることができた。巨大ないくつもの箱の重みに、脚はたわみ、背中は曲がっている。それはアルベール・ルイの家具で、ボルドーから直送されてきたのを、運搬人たちは波止場の船の腹からこうして運んできたのだ。アルベールの指示にしたがって、かれらはこれらの家具を新居の十二の部屋に配置していった。バルコニーにアルベールが鉢植えのブーゲンヴィリアとシ・モワ＝シ・モワ（ポインセチア）を植えると、人々の怒りが湧き起こり、あふれ出た。

もちろんラ・ポワントには、高い地位について政治に大きな影響力をもっている黒人が、いなかったわけではない。けれどもそれは医師や弁護士や教師といった、教育の力で現在の地位にまで上りつめていった人たちだった。ところが、アルベール・ルイとはいったい何者だ？ もとはといえば砂糖黍の刈り手、その母親はもともと砂糖黍の括り手で、マタドール・ドレスを着てはいても字は読めない。かわいそうなテオドーラ！ どこの客間でも、彼女はもの笑いの種にされていた。笑い声の中で、人は彼女のフランス語のまちがいを何度もくりかえし語った！ 彼女はこういうのだ。

「あらまあ（ボン・ディエ）、もすこしで手を切るちょんとこだった（ジュ・スュイ・ファイイ・メストロマン）！」

「毎朝（レ・マタン）、お茶を少々ゆれるんですよ（ジュ・フェ・アン・プティ・ペ・テ）……」

「どうにもおったまげてしまいました（ジュ・スュイ・レステ・モフォワズ）！」
アルベールのたくさんの姉妹たちに関しては、彼女たちが雇われている家、出している屋台、カウンターを磨くと同時にときには急ぎの客にそれ以上のサーヴィスを提供してもいるバーから、彼女たちをひっぱりだして、指さして見せるのだった。そして人前に出せるのはただ、ポール＝ルイの縫帆手と結婚しているマルーシアだけだと、強調した。ある日曜日、誰かが新しい、たちまち知れわたった報せを運んできた。なんとまあ、アルベールが呪術（キャンブワ）をしていたというのだ！この言い出しっぺの男は自分の目で、アルベールが墓地の離れた一隅にすわり、死人の埋まっていないそこでチュベローズの一株に涙で水をやり、それから自分の周囲の土に口づけし、唇をむすんだまま歌うような呪文を唱えだすのを見たという。この噂から、アルベールの財産の由来を得体の知れない魔術で説明することまでは……ほんの一歩だ！

　こうしたすべてにアルベールはまったく気づいていないようで、波止場の自分の店から大文字のIのように背筋を伸ばして出るのだが、店の正面は塗り直し、次のような看板を掲げて花を添えていた。

アルベール・ルイ
輸出入業

そこからフォーブール＝デヌリーの家にむかう途中で、遠まわりして郵便局に立ち寄り、毎日サンフランシスコのハリエット・ケリーに宛てて手紙を投函するのが常だった。テオドーラはというと、これは天国にでもいるのではないかと思うほどだった。特に静かな一日、バルコニーに腰を下ろして孫をゆすってやりながら、プランテーションの黒人たちが楽しんできた数々の物語の粋をこの子につめこむときは。その幸福には、ただ一つの影しかなかった！　彼女自身の息子ときたら、彼女のことをまるで気にかけていないのだ！　食事のときには、彼は樫のテーブルの、彼女の反対側の席につき、押し黙ったまま口を動かすのだった。店から帰ると、彼は自分で書斎と呼んでいる二階の一室に閉じこもり、彼女が少々のお金をもらおうとマホガニーの階段をおずおずと上がると、そこにいるのは「民衆の声」紙の背後に身を隠した、不機嫌な彼だった。ああ、ちがう、彼女が待ち望んでいたのはこんな生活ではない！

テオドーラが知らずにいたのは、彼女の息子が苦痛の霧の中で日々を生きているということだった。その苦痛は恥辱と後悔からなり、彼は口髭の下で固くむすばれた唇の城壁の背後で、次のような子供じみた嘆願を絶えず発しているのだった。

「仇をとってくれ！　こうしたすべてについて、おれの仇をとってくれ！　やつらの父親たちのほうがおれの父親よりも先に字を覚えたからって、それはおれの罪なのか？　おれたちはみんなおなじ腹から、一列になってボッサル（奴隷船から降りたばかりの、未受洗の奴隷）として出てきて、それから山々（モルヌ）をゆたかにするためにばらまかれていったのではないか？　やつらの笑いに、仇をとってくれ！　どうしておれは、この妻もなく友人もいない土地に戻ってきたんだろう？　かれらは地面の下で眠っている、おれの愛したあの二人は……」

「おれはチャイナタウンで、生姜と胡椒の匂いの中で暮らした。おれの窓から見える店には、この世のものとは思えぬ名前がつけられていた。〈平和と富裕〉とか、〈信仰と慈愛〉とか。夜がくればおれは阿片の甘美さの中に横たわり、あるいはトントィ（一種の富くじ）の煙のうちにおれの金を失いにいったものだ。ここでは、おれは孤独の中を歩きまわっているだけだ！」

10

子供は、か細いまま、十歳になろうとしていた。ある日、学校からの帰りがけ、彼はヴァタブル運河沿いに一列になった男たちが行進しているのを見た。みんなとても若く、明らかにおなじ年齢で、カーキ色の制服を身につけ、いかにも白人らしい赤い耳をした数人の白人に指揮されている。ひどく驚いた彼は、隣に突っ立っている野次馬にたずねてみた。

「あれ、何？」

男は彼を見た。

「兵隊だよ！」

「兵隊！」

「そうだよ、ちびすけ、兵隊だよ！　本土では戦争になってるのを知らないのか？」

そう、子供はフランス史の本でナポレオンに率いられた戦場の兵士たちを見たことがあった。だがその兵隊は、まず黒人ではなかったし、ここにいるようなどうにも歩調のそろわない若造たちには、似ても似つかなかった！

彼は走って家に帰ると、こう叫んだ。

「おばあちゃん、兵隊を見たよ。本土では戦争なんだ……」

不幸にして、本来なら店にいて貸方を勘定しているはずだったアルベールが、このときは家にいて、箪笥を発注した家具職人のナルシスと話をしていた。子供がそういうのを聞くと、アルベールは悪い脚が許すかぎりす早くくるりと回り、猫の子を捕まえるように彼を捕まえると、横面に三発のびんたをくらわした。

「戦争があろうがなかろうが、そんなことは白人の勝手だ！　それに二度とフランスのことを本土だなどと呼ぶんじゃない」

子供は口から流れる血を拭った。はじめて、彼は父親をにらみ返し、ついで二階への階段をかけ上った。自分の部屋で、彼はベッドに倒れ、枕を噛み、しゃくり上げながらこういった。

「あんなやつ大嫌いだ！　あんなやつ大嫌いだ！」

11

サンフランシスコ、一九＊＊年三月二十四日

親愛なるアルベールへ

私たちの小さな社会が、最近また少し大きく育ちました。三つの新しい家族がアラバマ州からやってきたのです。かれらは騾馬に引かせた荷馬車で邦を横断してきたわけですが、生命の危険を強く感じていたため、移動は夜間にして昼間はじっと身を隠していたそうです。先週、ケリー牧師は十二人近くもの人に洗礼をほどこしましたが、会衆が白い服を着て手を打ちあなたがあれほど好きだったゴスペルの「ジーザス・イズ・マイ・ロード」を歌うようすは、見ていて本当にすばらしいものでした。

けれどもこれを除けば、私たちにとって事態はむしろ悪くなっています。新しい経営者の人種差別的な方針で、パレス・ホテルでは黒人従業員が全員やめさせられました。でも私たち黒人の、男たちには何の元手もなく、女たちは人の二倍も働かなくてはなりません。市内では住むところが見つけられなくなったため、湾をわたってオークランド（将来、ブラック・パンサー党が生まれる場所）にひっこさなくてはなりませんでした。ここはところどころが沼地で、それ以外には非常に樹木が多いといった土地ですが、私たちは苦痛を前に尻ごみしません。すでに教会と、子供たちのための学校と、病人のための無料診療所を建設しました。NAACPの代表者が一人ロスアンジェルスからやってきて、私たちの努力を励ましてくれました。この国の他の地方で起こっていることを考えれば、カリフォルニアはまだまだ天国だということを、彼は思いださせてくれました。何百人という私たちの同胞が殺された、東セント・ルイスの虐殺について、聞いたことがありますか？　たぶんこうした事件は、あなたの住む遠いグアドループには、まったく伝わらないのでしょうね！

私は命あるかぎり毎日、あなたのために祈っています。少々の幸福を与えられるにふさわしい男がいるとすれば、それはまさにあなたなのですから。

あなたを愛するハリエット

これが曾祖父の書類の中で私に発見できた、ハリエットからの唯一の手紙だ。とはいっても、二人のあいだの文通は、一九三六年にハリエットが早世するまでつづけられていたように思われる。

12

三月のある朝、彼がラ・ポワントに戻ってから一年ちょっとになるころ、アルベールはテオドーラの部屋に入り、頭の血をきれいにするためにアンモニアを吸っていた彼女にむかって、こういった。

「母さん、おれ結婚するよ」

テオドーラがおったまげた（モフォワズ）のは確実だ！　彼女はつっかえつっかえいった。

「どうしてまた？」

アルベールはその問いに正面からは答えず、つづけていった。

「名前はエライーズ・ソフォクル。小学校の先生だ」

子供は四時に学校から帰ってきて、テオドーラが紫色の、アヒルの卵ほどに腫れ上がった目をしているのを見た。子供は身震いした。

「父さんが何かしたの？」

「結婚すると！　結婚したいんだと！」

エライーズ・ソフォクルは翌日の六時ちょうどに、将来の義母と義理の息子に対面するためにやってきた。つきそってきたのはその母親で、この人はスカーフをつけていたが、それ以外の服装はヨーロッパ風だった。エライーズはやっと二十歳になったばかりといった年頃で、一見したところ醜くて平凡、垢抜けない青のドレスに体を窮屈にしめつけ、たっぷり油を塗ったゆたかな髪はうしろにひっつめにしてから丸く巻き上げ、鼈甲のピンで止めてあった。しかし彼女が勇気を出して、すべすべした夜の色の肌よりも明るい栗色の視線をむけるとき、口が左右に引かれて翳（かげ）と甘さにみちた微笑を作るとき、それを手に入れた者は一個の宝石を手にしたことになるのだと、はっきりわかった。

彼女の母親ルイーズ・ソフォクルがクレオル語〔フランス語とアフリカ系言語が混成し独自の文法と語彙をもつにいたった土地の言葉〕で会話をはじめたところ、テオドーラはそれをフランス語に誘導した。自分の娘がどういう家庭に入ることになるのかを、思いださせるためだ。その瞬間以来、この二人の女はお互いを憎みあい、やがて生まれてくる赤ん坊のゆりかごの周囲で、それは命懸けの戦いとなった。

エライーズ・ソフォクルは、私たちの邦の有力政治家の一人の私生児で、この人物はレジティミュが下院議員に選出されたときの選挙で惨敗を喫し、この敗北をあまりに耐えがたいものと思ってカプステールにひきこもり鶏を飼いはじめたという人物だった。父親はエライーズのことをまったく意にも介さなかったので、感心なルイーズはサツマイモのパイや大理石模様のケーキをサン＝ピエール＝エ＝サン＝ポール大聖堂の裏手で売りながら、子供を育てた。こんな商売で、娘を教師に仕立て上げるだけのお金を稼いだとは、驚くべきことだ！ いずれにせよ、エライーズ・ソフォクルは彼女の世代で初等教育修了証書をとった最初の者の一人となり、この免状が教職への道を開いたのだった。

ルージェ＝ド＝リール街にある自宅の小さな客間で揺り椅子に腰かけながら、母親であるルイーズは数多くの男たちが行列をなして娘をくれと頼みにくるのを見てきた。彼女はかれらの話を丁寧に聞きながら、やがてかれらの銀行預金と将来の見込みに、話をもってゆくのだった。それから、返事を与えた。返事はいつも否だった。こんなことが二年ほどつづき、人々がエライーズはいずれ結婚せぬうちに大きなおなかを抱えて母親に報告にゆくことになるぞと笑いはじめたとき、この狭くてごちゃごちゃした客間をアルベールが訪れるようになったのだった。エライーズの意見は聞かれなかった。ある木曜、彼女が朝寝坊していると、ルイーズは娘にお碗に入ったコーヒーを運んでやり、こういった。

「四時にね、アルベール・ルイがおまえに話にきます」

そして彼女には、それがどういうことなのかがわかった。

アルベールの求婚期間は、ちょうど三か月つづいた。彼は一日中たっぷり汗をかいた黒い服を着替えるためにフレボー地区に戻り、それからゆっくりした歩調でルージェ＝ド＝リール街に出かけ直すのだが、途中でメラニーの店に寄り、母親のルイーズが好きなシャデック〔ザボンの皮の砂糖漬け〕

かよく煎ったピスタチオを買っていった。

彼はエライーズには一言も声をかけなかった。この先の長い年々のすべての月、週、日、時間、分、秒を彼女のそばですごすのであり、その長い時を言葉でみたしてゆかなくてはならないとわかっていたからだ。そして彼女は、この恐ろしい未知の男の前に裸身をさらし腿の震える肉を彼に割かせなくてはならない恐怖の瞬間については、あえて考えもしなかった。

エライーズとアルベール・ルイの婚約の告知は、噂の的となった。アルベールの評判は相当にいかがわしいものだったため、エライーズに初聖体をさずけ毎週毎週木曜には彼女の若い娘の罪の告解を聞いてきたアルトマイエル神父が、司祭館からわざわざ出かけてきて、母親のルイーズに子供を金で売ろうという誘惑に気をつけよと注意した。娘に首ったけだった税務署職員のヴィクトール・アシルは、絶望にかられて母親に彼女を満足させるだけの銀行預金を与えようとしたところ、発作に見舞われていきなり倒れ、そのまま残った麻痺はアルベールのキャンブワのせいだということにされた。

結婚に先立つ一週間は雨がやまず、ラ・ポワントの町を陰鬱な水で分断するレゼルブ川が増水し、濁流で海に大量の土砂が流出した。ところが婚礼の日曜日になると、空は家の上に雲一つなくひろがり、生まれたばかりの太陽は歯のない口に泡をためて笑い声を立てるのだった。

フォーブール＝デヌリー街の家、私の母が育ったその家の客間の壁の一つに、この婚礼の写真がかかっており、母はそれを、あまりによく知っているがためにまったく注意を払わない何かを見るときならではのやり方で、見るともなく見てきたのだと思う。とても小さなエライーズの隣にいる、とても大きなアルベール。とても光にあふれた、もはや去ることのない美しさを身につけた彼女の隣の、とても暗いアルベール。侮辱と苦痛の思い出にどっぷりと捉えられたままのアルベール。とにかく早く赤ん坊のもぐもぐというおしゃべりの光がさし染め頰笑みかけるのを見たいと期待している彼女。

午後の終わり、柳細工で包んだ大瓶のフェヌトー＝レ＝グラップ＝ブランシュが何本も飲みつくされたころ、アルベールはエライーズとともに二人乗りの二輪馬車に乗りこみ、ポール＝ルイへの道をたどった。それは彼の姉のマルーシアと夫の縫帆手が家をもっているところだ。ところで、その向かいの家はたまたま喪に服しているところだった。戦争省からの電報で、長男の戦死を知らされたのだ。

ガストン・フィリベール。二十三歳。

理由も知らぬまま、一九一四年から一八年の大戦で塹壕のぬかるみの中に埋もれていった、千六百三十七名のグアドループ人の一人だ。

この家になぜ黒幕がかけられ女たちは泣き、男たちは憂鬱そうに酔っぱらっているのかをアルベールが知ったとき、彼は狂ったように海にむかってかけだした。ようやく深夜十二時が鳴ってから、か弱く、しかし本能的に抵抗するエライーズの体を襲い奪うために、ラム酒の匂いをぷんぷんさせたアルベールが帰ってきた。美しい赤い血がベッドの真ん中に染みをつけ、このとき私の祖父ジャコブが孕まれたのだ！　ジャコブ！　レバノン人の名前、最初の子にそんな名前をつけるなんて、アルベール・ルイのような変わり者でなければありえなかっただろう！　ジャコブ、エライーズが生むことになる男の子たちの最初の子、あとにつづくのはセルジュ、ルネ、ジャン！

その夜、死者のライザは怒り、激しく泣いた。けっして何も恐れたことのなかった彼女が。なぜなら彼女は、この不釣り合いなカップルのあいだに愛が生まれつつあることを感じたからだ。それは言葉に表されることはけっしてなく、甘いささやきとなってあふれることはない愛。それでもやはり愛、生命そのもののように強い愛だった！

13

これまで、子供はか細く、背も小さかった。突然、彼は強く、大きくなりはじめた。テオドーラよりも頭二つ、エライーズより頭一つ大きくなり、アルベールとおなじ高さのイロコ（樹木の名）のようにすっくと背が伸びていた。もうアルベールにむかっても、視線を上げる必要はなかった。逆説的にも、このときになってはじめて、みんなはかつてエライーズが決めた愛称でこの子を呼びはじめたのだった。ベール、だ。

ベールは厳格ないくつかの原則にしたがって育てられた。それらの原則は、けっしてはっきりそう語られることはないものの、まるで一つ一つが目には見えない信号でもあるように彼をみちびくという、特殊なものだった。

白人とも、ムラートとも、つきあってはならなかった。白人は生来の敵であり、ムラートは父親からその傲慢さをうけつぎ自分が黒人女の腹から生まれたことを忘れている憎むべき私生児だからだ。

だがとりわけ、他の黒人たちからも逃げなくてはならなかった。というのも黒人はいつだって自分の同胞を憎んできたのであり、全力をもって同胞を傷つけようとしているのだから！

したがって、一人で生きなくてはならない。見事なまでに孤立して。

そこで、ベールは読書に逃避した。朝、太陽の最初の光を逃さぬように窓を開けるときから、テオドーラがこういって彼に声をかけるまで。

「坊や（ドウドウ）、お茶が入ったよ（ジェ・フェ・アン・ティ・ディ・テ）！」

学校から帰ると、あの退屈なラテン語の変化を「ローサ、ローサム、ロサエ……」と覚える代わりに、エライーズがこう声をかけるまで。

「宿題はすんだの？」

そして父親の顎が規則的に往復して一言も発しないまま揚げた魚やクリストフィヌ〔瓜の一種〕のグラタンや鶏のフリカッセを嚙み砕いているのを無視しようと努めて、エライーズの約束に重くふくらんだおなかとその太陽の微笑ばかりをじっと見つめてすごす夕食が終わった後で。

その年、二つの事件が起こり、そのあとでは彼はもはやおなじ少年ではなく、ひそかに思春期に突入していた。

毎週、テオドーラは息子のラクーの部屋代を集金にゆき、お金は直接、金庫のある店のほうにもってゆくことになっていた。彼女はまたアルベールに、住人たちからの苦情も伝えるのだが、アルベールがそれに注意を払ったことはなかった。ある土曜日、老いた両脚が思うように動かないという口実のもと、彼女は代理としてベールを送りだした。ベールは父親がラクーをもっていることすら知らず、奇妙な悪い予感にみたされて、シノボル〔英語の「スノーボール」から来た名で、氷菓子〕売りたちの声も耳に入らぬまま町を斜めに横切り、港ではマリー＝ギャラント〔ポワン＝タ＝ピートル沖約四十キロに隣接した島〕の帆船を見るために立ち止まり、それから小石をサッカーの真似をして蹴りながらまた歩きはじめた。

ラクーは二軒の小屋にはさまれた、悪臭のする小径によって、通りにつながっていた。前の晩、雨が降っていたため、ぬかるみには板切れで橋がわたしてあったが、足元のおぼつかない人はご用心！　この小径の先にあるのは石鹸箱のような二階建ての方形の建物で、ぐるりととりまくバルコニーには料理に忙しい女たち、乳を吸ったり足元にまつわりついていたりする子供たち、獰猛で歯のない意地悪なおかみさんがたむろしており、彼女らはベールを見ると部屋で寝ころがっている下着姿の夫たちに声をかけた。ベールは息がつまりそうになった。すでに叫び声、笑い、罵りが、どっと湧きおこっている。

「こっちに来い、金玉を潰してやるから（ヴィニ・プ・ムウェン・カセ・グラナウ！）」

それにつづいて起こったことは、宗教心のまるでないベールの心にも、人の子イエスが十字架への道をたどる姿を思い起こさせた。欲しけりゃこっちからさっさとやって帰りたいくらいなのに、彼はこれからお金をとりたて、きちんと数え、あらかじめ用意してあった受取をわたさなくてはならないのだ。それも、下品なひやかしや侮辱が雨あられと降りそそぐのに耐えながら。十回、ベールは気を失いそうになった。十回、彼はもう少しで手すりから身を乗り出して、父親に対する嫌悪感と憎しみをげろげろと吐いてしまうところだった。どうにかこうにか持ちこたえた。

役目がすんで、約束の土地のように輝く通りに出られる廊下にたどりつくと、背中にずしんと容赦なく石がぶつけられ、彼はしゃっくりをするように血を吐いた。ふりかえると、一人の大男がこっちにむかってくるところだった。彼は一目散に逃げだした。

「あいつを殺さなくちゃならない。殺さなくちゃ！　あいつの血だけが、今日あいつがぼくにやらせたことを洗い流してくれる！」

とはいっても、十一歳の少年に父親を殺せるものだろうか？

怒りと苦痛に酔って、ベールは父の君臨する家に流星のような早さで飛びこみ、階段をかけ上り、二階の踊り場で産婆のラバステール夫人とテオドーラにぶつかった。テオドーラの哀れな脚は奇蹟的に良くなっており、にっこりと頰笑んだ彼女は金歯を盛大に見せながらいった。

「来て、見てごらん！」

いわれるままに彼がそれまで入ったことのなかったアルベールとエライーズの寝室に引きずられてゆくと、アカシア製の家具が部屋のほとんどの空間を占め、小型の円卓は飾られた写真で埋めつくされている。こんなこともまるで知らなかった。写真の一枚には若い、帽子をかぶっていない父が写っていて、その脇にはあけっぴろげな微笑を浮かべた男がおり、背景は見たことのない通りで、アジア人の子供たちがわれらが王イエス・キリストのような服装をして立っている。フレボー通りとおなじくらい幅広いベッドにいる、疲れ、やつれ、そのやつれにおいてすら美しいエライーズの胸の上に、彼はレース編みとイギリス刺繡とリネンの布にくるまれて、濡れた毛をした子猫の三角形の無愛想な顔を見た。エライーズがつぶやいた。

「キスしてあげて！」

彼にはそれができず、それから一生、彼は心の中で、この生まれたばかりの弟に口づけを拒否したことを後悔しなくてはならなかった。

14

そのときまで、ライザは息子ベールのことをかまわずにいた。突然、彼女は彼を苦しめはじめた。彼が夜中に目を覚ますと、ベッドの足元で彼女がため息をつき、魂を裂くような泣き方をしているのだった。読書にふけろうと思えば、彼女が手をさしのべてページをおおってしまい、文字が目の前で濁った。彼が笑うと、彼女はみぞおちのあたりを意地悪く叩き、彼の笑いはすすり泣きに変わる。彼は影に怯えるようになった。静寂のうちに、彼にしか聞こえない声を住まわせるようになった。それからというもの、いつもぎこちなく、警戒し、ごくささやかな物音にも跳びはね、彼だけの目に見えない死刑執行人をじっと待ちうけている彼の姿が見られた。彼は痩せ、背丈はさらに伸びた。頬はこけ、周囲の者はそれを思春期のせいだとした。

憶測だが、私はこんな説明を考えている。ライザは、彼女の息子がテオドーラに対して抱いていた愛情に、嫉妬したわけではない。その反対だ。息子が甘やかされ、きれいな格好をさせられ、気まぐれで、わがままな子になるのを、よろこんでいた。テオドーラは年齢をかえりみず、地面に膝をついて子供を背中にのせてやり、子供は大声で笑いながら彼女に鞭をくれるのだった。けれどもライザは自分の息子が、すでに彼女から夫を奪った女を愛することには、我慢がならなかったのだ。ベールはエライーズが大好きだった。

それ以外に、どうありえただろうか？　夫はエライーズの二倍の年齢だ。夫は、その日のできごと以上の話はせずに、彼女を抱いた。毎週、夫はどんどん成長をつづける家族にとってはお話にならない程度の額のお金を彼女にわたし、彼女は四年生を教える自分の教師としての給料の最後の一スーまで家計のために使わなくてはならなかった。こうしたすべてにもかかわらず、エライーズは花のように、香水のように、やさしさを放った。ほっそりとして静脈の浮きでた手を彼女が病人に置くだけで、すべての痛みは消え、やすらいだ気持ちになる。日曜には、アルベールが行きたがらないのでただ子供たちだけを連れてゆく教会で、彼女がとても美しく歌うため、人々は彼女にその才能をみんなのために使えるよう、教師仲間で結成されたばかりの「松明会（ラ・トルシュ）」や「炎の会（ル・フランボー）」といった芸術グループに参加してほしいと頼んだ。

エライーズは泉の水であり、海上で起こりそのすずしさで汗に濡れた額を冷やしてくれる風だった。彼女は川沿いに生えた竹林が作る、島の竹笛だった。そう、ベールは彼女が大好きだった！

それはラ・ポワントのすべての人々もおなじだった！

彼女が死んだとき、人々は口をそろえていった。

「ああ、そうだ、アルベール・ルイの奥さん、あの人は本当の天使だった……」

そして通りは、白い服を着て手にはたくさんの薔薇と百合をもった、今日では彼女の名前のつけられている小学校の生徒たちでいっぱいになった。

「そう、あの人は神さまの子でした！　地獄に住む悪魔たちにも、それぞれの天使がいるものです。あの人は、アルベールの天使でした……」

驚くべきことに、ライザは死者の嫉妬心のあまりの倒錯で、ベールの愛を肉欲と近親相姦の夢でいっぱいにした。ジャコブにお乳をやるためにあらわにされたエライーズの美しい乳房を、ベールに物欲しげにうかがわせ、毎週木曜に中庭で彼女がお風呂を使いテオドーラに両肩と背中を木の葉のついたままの枝で叩いてもらうときには、その姿を物陰から盗み見させ、夜には熱い夢を漂ったあとで股を濡らして目が覚めるという経験をさせた。あわれなベールはもはやどうすることもできず、理性のいうことを聞かないこれら肉体の欲望に疲れ切って、ある日、こううめくようにいった。

「あなたがぼくの本当の母さんじゃないなんて、なんていう不幸だろう！」

その意味をとりちがえたエライーズは、深靴をはいた足でくるりと向きを変えた。

「何をいうの！　きみの母さんはね……きみの母さんはね……」

「本当は、どういう人だったの？」

エライーズは不意打ちをくらい、自分の知っているごくわずかなことをつなぎあわせて、こうつぶやいた。

「イギリスの黒人女でね、きみの父さんがパナマで知っていた人よ……」

この言葉は魔法のように効いた。それ以来、死んだ女は息子の生活に入りこみ、息子はその夢を二人の女のあいだで分割した。生きている女はものしずかで、彼の額に手をあてて恐怖をしずめてくれるのに対し、死んだ女は激しく、つねに苛立っており、少年は優しくおとなしくもなれば昂(たかぶ)ることもあり、聞き分けがよくもあればむやみに反抗的にもなって、どの聖人に自分の加護を祈ればよいのかも、もうわからなかった。

アルベールが、ひいきにしている新聞で、パリで開催される地球のすべての黒人、アフリカから両アメリカまで世界じゅうの代表団が集まる大きな会議のことを知ったとき、彼は理性も判断力もすっかり失ってしまった。傲岸のせいでもあれば慎重さのせいでもある節度を保ってきた彼だが、今回はこの会議に出席すると思われる政治家たちにあてて手紙を書いたのだ。栄光を奪われたこの人種の名誉回復という高揚をさそう使命を自分は心から支持するということ、そして教育のない身で僭越ながら自分も同行の用意があるということを伝えるためだ。長い長い二週間、彼の手紙には何の返事もこなかった。

ついで、完璧なアンサンブルぶりで「真実(ラ・ヴェリテ)」「自由派(ル・リベラル)」「市民(ル・シトワイヤン)」「民衆(ル・パープル)」各紙に、つまりそれぞれ傾向のちがう当時の大新聞すべてに、民衆の友というけばけばしい衣装をまとったつもりのシャイロック〔シェイクスピア『ヴェニスの商人』のユダヤ人高利貸し〕、陣営を変えたふりをする搾取者を弾劾する、稀な激しさの記事が掲載された。アルベールの名前はいちども出さないまま、記事は十分な給料も払わずに三人の従業員をこき使う店のようすや、屋根から雨漏りがして仕切り壁には森虱が巣くっているラクーの悲惨な雑居ぶりを描写し、それをフォーブール＝デヌリー通りの家の豪壮と対比させていた。

特に「ル・パープル」の論説委員は、こう結論していた。「いったい誰を欺こうというのか？搾取者に、肌の色はない。搾取者は黒人でも白人でもムラートでもないのだ。グアドループの人間は、奴隷時代の夜を抜けでて以来、すでに何度となくその政治的成熟を証明してきたのであり、もはや人を欺く仮装行列にやすやすとひっかかることはない。しっかりと肝に銘じておくがよかろう！」

それでもなお十分ではないというように、夜明け前、道行く人はといえば自分が抱えこむ苦痛を神に告白しようと急ぐ信心深い老嬢老婆ばかりという時分に、何者かの手先どもが縁までたっぷり入った肥桶をアルベールの店の前にぶちまけていった。意地の悪い悪漢は、ベークライトの表札まで、完璧に汚した。カーテンを上げるために最初の従業員が到着したとき、彼は糞尿の中でスケートをするはめになり、ただちにまだ自宅でコーヒーを飲んでいるアルベールに報告にかけつけたため、アルベール自身はそんな目に会わなくてすんだのだった。

友人のジェイコブが死んだ直後とおなじく、アルベールは錆びたカービン銃を壁からはずし、政治家とジャーナリストどもを撃ち殺してやると口走った。ついで熱が冷め、彼は病気になった。まるまる一週間、エライーズは書斎の扉をこつこつと叩き、少しでもいいから何か食べてちょうだいと哀願しなくてはならなかった。それからやっと、彼は隠れ家から出てきた。

一九二〇年の新聞キャンペーンは、私の曾祖父の性格を変えてしまい、彼はふたたびスバルという仇名にまったくふさわしい人間になった。もはや誰も、彼の声を聞くことはなくなった。彼の会話はだいたい、満足、苛立ち、怒りを表現する、二種か三種の短いうめき声だけになった。

身につけた。

逆説的にもこの時期に、ハリエット・ケリーへのお決まりの手紙を投函したあとでドナ・フロールという新しい花屋に入り、妻のエライーズのために蘭の花束を買ってやるという習慣を、彼は身につけた。

子供たちは、大人たちの喧嘩にはめったに関わりをもたなかった。リセでは、ベールは概してそっとしておかれた、仲間はずれにされるということはあったかもしれないが。ところが、何者かの手先どもが彼の父親の店先の歩道にものすごい糞尿をまき散らしたということが知れわたると、この休戦は破られた。ベールが校庭のマンゴーの樹の下に姿を見せると、生徒たちは声をそろえて叫ぶのだ。

「ああ、臭えなあ！」

ベールは足元が揺れるような気がし、ベンチに行って腰を下ろしたが、その視線は遠くをさまよい、定まらなかった。鐘が鳴ると、彼は立ち上がった。彼のクラスのための場所に彼が近づいてゆくと、悪餓鬼どもは四方八方に散って、鼻をつまみながら叫んだ。

「わあ、臭えなあ！」

打ちひしがれたベールは、父の恥辱の重みの下に背中を丸め、出口にむかったが、そのとき混乱の中からジルベール・ド・サン＝サンフォリアンが現れて、大声でいった。

「こいつが臭いんじゃないぞ！　臭いのはおまえらだ、おまえらの汚い親どもだ！」

それが、生涯つづくことになる友情のはじまりだった。ジルベール・ド・サン＝サンフォリアンはムラートで、非常に名声が高いために島じゅうでただ「サンフォ」といえばわかる弁護士の、息子だった。この父親の弁護士は、牛と山芋を盗んだ貧しい男たちが牢獄送りになるのを救い、使用人の女を強姦し殺した容疑のベケをさんざんやっつけてやったことで、リベラルな人物として通っていた。結局のところ、この大罪を犯したのは冷たくされた恋人だったとわかったのだが、サンフォの大胆さは伝説として残った。ところで人が期待するのとは反対に、何もかも自分の自由にまかされているジルベールは、腕白小僧だった。鉄砲玉だわ、と彼に名前をつけた女性は、ため息をつきながらいっていた。木曜には、鞄とヴァイオリンをヴィクトワール広場の砂箱のうしろに隠し、マドモワゼル・アルテミスの家に閉じこもってレッスンをうける代わりに、広場を斜めに歩み去るか、あるいはどこまでも直進するのだった。こうなれば彼は歩道の支配者、街角の風に旗をはためかせ、教練用ショーツにはたちまち汗が染み、靴下はずり落ち、美しい巻き毛はぼさぼさのアラブ人小僧の髪になって頭を飾り、一方、乳のように白い歯はほとんど日焼けしていない顔の真ん中で笑っていた。それまではボタンを首筋までとめていたベールは、服装を崩しはじめながら彼を追い、父親やエライーズの友人の誰かにばったり出会ったらどうしようかと思うと、突然こみ上げてくる恐怖で胃がしめつけられた。

この陽気なお二人さん、こんどはロレッタのところにいる。彼女は熟しきったダーム＝ガブリエル（娼婦）だが、若い子が大好きだった。それに、よく覚えていること！

「ベールはベッドに入るときすごく恥ずかしがってね、頭も尻尾もうなだれてた！　きちんと準備させてやるまでが、一苦労だったわ！　私は彼をからかってやり、こういったわ。「まあ、なんてことだろうねえ！　おまえさん、自分が黒んぼだってことも忘れちまったの！」」

でもロレッタが知らなかったのは、ベールは彼女を抱きながらエライーズを夢見ていたということだった。父の位置にとって代わり、あの泉に喉を潤すという望みを、あきらめつつ。

「ああ！　彼女と寝たなら、どんなにすてきな味がするだろう！　彼女のシーツのあいだに身をすべらせ、彼女の肌にぴったりとくっついて！　このどこもかしこもゆるんだ肉体の代わりに、子供を産んだとはいえしっかりとしまった彼女の肉体を抱き、彼女の乳房のこぼれるような二つの杯を手にして！」

私はまた二人の足跡をゴジエ〔近郊の海辺の町〕でも発見する。漁師たちがアルコール分五十五度のラム酒で喉を洗い自分の味噌歯とおなじくらい茶色い煙草のすいさしを吸うバーから、ボクシング場まで、というのも弁護士の息子で裁判所書記の孫だったジルベールは、将来はボクサーとしてやってゆきたいという夢をもっていたからだ。世の中、そうしたもの！　ベールは以前よりたくましくなっていたが、やはりそれほどがっちりした体格でもなく、ボクサーとしてはサニーを名乗った友人がこてんぱんにやられるのを見、自分のハンカチで彼の鼻から流れる血を拭いてやるのだった。

そして私にわかっている二人の姿の最後のものは、食料を積んだ小舟を小島にむかって漕いでゆくところだ。

ついで、息子が赤インクで記された零点ばかりをもらってくるのにうんざりし、このままでは家名がはずかしめられることに気づいたド・サン＝サンフォリアン夫妻は、ジルベールをパリのあるリセ〔高校〕に送ることにした。二人の友人は、毎日手紙を書きあった。

ベールへ

パリという都会は、きみには想像もつかないぞ。おれたちみんなが深く愛している、われらが小さなラ・ポワントは、ここにきたらやっとカルチエ〔地区〕といえるかどうかってとこだね。はしけがたくさん浮かんだ川がこの街を二つに切っていて、世界中からやってきた鳩がいろんな記念碑にとまっている。夜は暗くならず、真夜中近くになっても空全体に光があるんだぞ。ああ、きみがいればなあ……！

ベールはこうした何通もの手紙を枕の下において眠った。父親に見つかることを怖れて。なんという話だ！　息子がムラートのともだちだなんて。それもよりによって、なんというムラート！　土地の新聞の犬どもを、鎖から放った連中の一人にちがいないのだ！

大戦後の砂糖価格の急落で破産したプランテーション経営者から、ジュストンにある六ヘクタールほどの土地をアルベールが買ったのは、この時期のことだ。北米材の小屋が建っていて、それ以来、土曜日になると彼は息子をそこに連れてゆき、小屋に住みついた鼠を狩らせるのだった。やり方は、まず鼠を餌でおびき寄せ、やつらが巣穴から鼻先を出したら、その頭を棍棒で叩き割るのだ。それから、鼠の死体を焼く。毎回、ベールはもう少しで気を失いそうになって、歯を食いしばって吐き気をこらえるのだった。サンギーヌ川――この川はジュストンの付近も流れている――まで走ってみてもむだで、鼠と血と焦げた肉の匂いは消せなかった。

月がなく静寂がないジュストンでの夜、コウモリのきいきいという叫びや蛙の鳴き声や海の怒りの歌の中で、ライザとエライーズはすさまじい戦いをくりひろげていた。すっかり熱くなったベールがエライーズの上に体を横たえて彼女とまさにいま一つになろうとしていると、逆上したライザは彼の尻にぴしゃりと意地の悪い一発をくらわして、快楽のすべてを彼から奪ってしまうのだ。彼がエライーズの肩に抱きついて毎日の陰鬱さを口ごもりながら話すと、ライザが彼を肘で殴り彼は口の中が切れて血があふれ、暗闇の中であえぐことになる。ときには、眠れないまま、彼は回廊に出た。漆黒が彼を包囲した。テオドーラにさんざん聞かされてきたプランテーションの民話が頭の中でぐるぐると輪になって踊り、彼はもはや自分の目も耳も信じられなかった。いまのは太鼓(グウォカ)の音か、それとも何かの翼の音なのか？　いまきらめいた光、あれは蛍、それとも道に迷った霊？　イラン＝イランの樹のてっぺんにうずくまっているのは何だ？　突然三匹のヒキガエルが逃げだし、思わず息を飲んだ彼は、急いで中に戻った。部屋では、時間を短くするためにラム酒をむりやり空けてしまったアルベールが、回る独楽のうなりのようないびきをかいていた。この騒音もベールを安心させることはできず、彼はただ朝になって明けの明星と太陽が上るのを待つのだった。

15

アルベールの姉妹の一人ニルヴァには、父親のわかっていない他の十二人の子供とはちがってレティシアという、印刷屋のジャン・ルパンティール——彼自身印刷屋のジャン・ルパンティールの息子——という男を父親にもつ娘がいた。この男の正妻は、聖地ルルド〔フランス南西部の町。聖ベルナデットの聖地で巡礼地として有名〕への二度の巡礼とノートル＝ダム＝デュ＝グラン＝ルトゥール〔マルティニック、グアドループ、ハイチなどを巡歴する聖母像〕への九日間の祈りにもかかわらず、また自宅の庭で作る薬草の数々の煎じ薬だっていうまでもなく試したが、どうしても彼に嫡子をもたらすことができなかったので、ジャン・ルパンティールはこの妾腹のレティシアを目に入れても痛くないほどかわいがっていた。自分の姓を除けば、彼は彼女にすべてを与え、十六歳になると、本当のところあまりぱっとしない成績ではあったけれども、ラ・ポワントの高等女学校に入れた。ある日、学校帰りのレティシアが、どうせ家に帰っても乳房の萎びつつあるニルヴァがぶつぶついうのを聞かされるだけだからとぶらぶら歩いていると、すれちがった若者がいきなりこういった。

「名前を教えてください、でなければ、ぼくは死ぬ！」

彼女は歩みを早めた。

この若者はある市会議員の末弟で、名前をカミーユ・デジールといい、リセの自習監督教師だった。彼は兄や父親とおなじく、「レ・ゼリュ・ドクシダン〔西方のエリートたち〕」というフリーメーソンの支部に属していた。

彼とレティシアの結婚の日から、私の曾祖父アルベールに対する人々の攻撃は止んだのだった。婚礼はフォーブール＝デヌリー通りの家でおこなわれ、大聖堂に決まった席をもちその墓地に墓がある誰しも認める有力者のルパンティール家とデジール家の親戚友人一同がはじめて集ったその日から、ここはわが街の有名な住宅の一つに数えられるようになった。だがこうしたすべてはアルベールにとってはすでにあまりに遅くやってきたことで、彼はただ自分の書斎に上がり、そこに閉じこもっていた。これまでいろいろ耳にしたアルベールについての誹謗中傷からその人物像を思い描いていたカミーユ・デジールは、彼に会おうと書斎に上がったが、そこには襟を開き、ラム酒の瓶からラッパ飲みしているアルベールがいた。理由は謎だが、一見したところお互いに理解しあえるところがあるとも思えない、そして年齢も大変に離れているこの二人の男のあいだには、友情が燃え上がった。その日以来カミーユ・デジールは、アルベールの話の聞き手、助言者としての役目をつとめることになったのだ。

「おれはこういった類の、ハバナの葉巻を吸うやつらだの、フランス風のフランス語をひけらかす連中だの、シャッペな肌（明るい色の肌）をした女どもと結婚する輩だのといると、居心地が悪くてならんのだよ！　おれはいわばグロッス・カイ種のヤマノイモでね、生えてくる地面とおなじく黒いんだ。おれはおれの人種を愛しているし、それがいつまでもつづくことを願っている……」

「ぼくだって嫌いだよ、きみがどう思うかはともかく、ぼくは自分があいった人たちとおなじだとは考えていない。ぼくは共産主義者だ。きみはマルクスを読んだことがあるかい？」

アルベールはその名を聞いたことがなく、相手が人種が問題ではないのだ重要なのはただ階級だけなのだと語るのを、そんなことは信じられないという顔で聞いていた。彼は首を強く振った。

「いや、いや、いや！　おれが嫌われるのはおれが黒んぼだからだ！」

これが二人の、終わりのない論争のはじまりだったにちがいない。

いまのところは、二人は生まれたばかりの友情にラム酒で洗礼をさずけ、ついにはカミーユ・デジールは酔っぱらって、新妻をもらいうけるために階下に降りていった。もちろんその前には、マーカス・ガーヴィーについてのお決まりの長い演説を聞かされずにはすまなかったが。

「あの人はね、おれが誰の口からも聞いたためしのないことをいったんだよ。「I shall teach the Black Man to see beauty in himself」とね。きみは英語はわかるか？　それがどういう意味だかわかるか？　黒人は美しい人種だ、ということだ。黒人は偉大だ、ということだ。黒人がいつか世界を驚かす、ということなんだ」

カミーユは肩をすくめた。

「何をいってるんだい？　あらゆる肌の色をしたプロレタリアが、ある日復讐をとげ、宇宙を驚かすのさ！」（これはいまもまだ決着を見ていない論争だ！）

テオドーラの老いた心は、孫娘がこれほどの学のある男と結婚したことで生まれた誇らしさに、耐えることができなかった。心は屈伏した。婚礼の二日後、彼女はベッドから転落し、以後二度と起き上がることができなかった。エライーズがすっかり取り乱してしまったので、口が痛くなるきちんとしたフランス語を話すのも忘れ、テオドーラはエライーズにクレオルでこうささやきかけた。

「あんたたちはこのまま進みなさい（セ・ドゥヴァン・ソ・カレ・ア・プウェゼン）。私はこれでもう行けるわ（ムウェン・ペ・パチ）」

彼女は幸福の微笑を浮かべて、こと切れた。

アルベールが発狂すると、人々は思った。

結婚以来もはやテオドーラにまるで声をかけなくなっていた彼は、もう毎週のお金をわたす必要もなく、馬にまたがり、大ギャロップで何処へか駆けていった。ジュストンを探してみたが、彼はいなかった。茂みを叩いてもみた。ヴィクトル・ユーグ〔フランスの軍人。一七九四年、グアドループをイギリスから奪還〕の小径をスフリエール火山の麓までたどって、木生羊歯の根元にある泥の小山も一つ一つ調べてみた。砂糖黍畑に火をつけて、そこからいずれ害獣のように飛びだしてくるのを待ってもみた。人々がもう望みを捨てかけていたとき、彼は目をカイエン・ペッパーのように真っ赤にし、蝿を殺すほどの荒い息をつきながら、正しく作法にかなったかたちで喪に服している親戚や友人一同の前に、ふたたび姿を現したのだった！

夫の性格を知っているエライーズは、棺は開けたままにしておいて夫の目の前で蓋をするようにと、強く主張していた。最後の釘が打たれ、老いた温厚な顔が永遠に視界から消えてしまうと、彼は崩れるようにひざまずいた。

右袖に喪章をつけて片隅で立っているベールには、誰も注意を払わなかった。

この若者は、毎日をひどい孤独の中で生きていた。二人めの男の子、私の大叔父にあたるセルジュを産んだばかりのエライーズは、下痢を防ぐための重湯を哺乳瓶で与えるのと、じんましんを防ぐためのカッサバの粉をはたくことに、かかりっきりだった。それで彼女はベールの額にハチドリのように、軽い上の空のキスをする以上の時間は、まるでなかったのだ。

リセでは、先生から質問されることもめったになかったため、彼は何時間も口を開くことすらなくすごすのだった。ともだちは一人もいない。パリの寄宿学校にいるジルベールはすっかり影がうすくなってしまい、十枚にもなる長い手紙をくれても、それでその不在が埋めあわされるわけではなかった。

だから彼には、このいつもたっぷり愛情を注いでくれる老婆しかいなかったのだ。そこにこんどは彼女が彼を残して逝ってしまって、彼は本当に一人ぼっちになった。

世界に、ただ一人。

それでベールは、父親からうける嫌悪感を克服して、彼とまた仲良くしようと思った。土曜日には歯を食いしばって、鼠たちを殺した。ある晩、ライザがいつも以上に彼を苦しめるので、彼は回廊の暗闇でパイプを赤く灯らせているアルベールのそばに一息つきに行った。アルベールは彼のほうに頭をむけなかった。けれどもちょっとして、その軋むような声がこういった。

「おまえは目の前のおれをそんな目で見るが、おれが石の心をもった人間だと思ってるんだろうな? それはおれがどんな目に会ってきたかを知らないからだよ! やつらはおれの女房を殺した。おまえの母親だ。やつらはおれの親友、実の兄弟とも思っていた男を殺した。やつらとは誰かって? もちろん、白人どもさ! やつらは悪魔だ、けっして近づくんじゃない。おまえの血を、けっしてやつらの血で汚すんじゃない! ああ、おれはまったくゾンビみたいだった! そこに彼女、エライーズが、粗塩を一つまみ舌にのせてくれたので〔自分の意志を失っているゾンビは塩で正気をとり戻すといわれる〕、おれはまた生きた人間らしくふるまえるようになったんだ! 金か! 子供か! おまえ、学校で英語はやってるのか? だったら、これを訳してみろ。「I shall teach the Black Man to see beauty in himself...」」

それからアルベールは立ち上がり、残されたベールは茫然として、夜に一杯食わされたのではないかと思った！　彼は急いでジルベールに手紙を書き、するとむこうもただちに返事をよこした。

親愛なるベールへ
きみがどこでその言葉を見つけてきたのかは知らない。いずれにせよ、それは美しく、意味深い。それをおれたちのモットーにしようか？
きみを愛する友人
ジルベール

父と息子の歩み寄りは、突然に終わった。
地元の新聞に大々的な反響を呼んだある論争が、アルベールの希望にまた火をつけ、彼を自分のこと以外にはまるで無関心な、つっけんどんな人間にしてしまったのだ。アメリカの黒人知識人デュ・ボイス〔NAACPの創設者〕、セネガルの国会議員ブレーズ・ディアーニュ、そしてグアドループのある下院議員が、マーカス・ガーヴィーの思想をいかに支持しなくてはならないかについて、議論を戦わせた。マーカス・ガーヴィー！　こうしてアルベールは彼の英雄が生きていること、ぴんぴんして活動していることを知ったのだ！　それ以外のすべてのことは、もうどうでもよかった。パン＝アフリカ会議と呼ばれるものがロンドン、ブリュッセル、パリで開かれたことも、グアドループからの代表に「黒いフランス人たちの指導者」なる賛辞が浴びせられたことだのなんだのは、一切どうでもよかった。ただ、この情報だけに意味があった。マーカス・ガーヴィーはニューヨークで生きている。彼は政界に出入りできるカミーユ・デジールにもっと情報を集めてくれと催促した。カミーユは、ガーヴィーが新聞を発行しているといい、その「ザ・ニグロ・ワールド」紙を一部手に入れてくれ、またガーヴィーはすべての黒人をアフリカに連れ帰るための船会社をもっているともアルベールに話した。

これを聞いて、アルベールは目をぱちぱちさせた。

「アフリカだって？　なぜ？」

カミーユ・デジールは空を仰いだ。

「だってわれわれの祖先がやってきた土地じゃないか！　きみの英雄マーカス・ガーヴィーはね、ぼくの聞いたところではどうも危険な狂信家らしいが、彼は三世紀が経って、長い長い時がすぎてしまったことを、無邪気にも忘れているんだな！」

実際は、アルベールはその考えに当惑しているのではなかった。彼は奔流のようなよろこびに、有頂天になっていたのだ。子供のように跳びはねていた。彼はただちにマーカス・ガーヴィーに宛てて流れる川のように長大な手紙を書き、彼がパナマでガーヴィーを追っていたことにふれ、どうにも癒されがたい兄弟の死について語り、夢中にさせられずにはいないガーヴィーの事業の実現に対し財政的援助を申し出た。

この手紙は宛先にちゃんと届いたのだろうか？　どうも疑わしいようだ。

いずれにせよ、アルベールは何週間ものあいだむなしく返事を待ち、日が経つにつれて顔は険しくなり、ぶつぶつというつぶやきはより間隔が長く、聞きとれないものとなっていった。ある晩、ベールが勇気をふりしぼって彼に近づき、一緒にジュストンにゆかないかとたずねたところ、彼はベールをものすごい勢いで杖で打ちすえ、眉のところを切ってしまった。これで、エライーズが怒った。紅い鮮血がほとばしっているベールの額に唐辛子の葉の小さな膏薬を貼ったあとで、彼女は息子たちの部屋に布団を運びこんだ。彼女は二週間、そこで寝た。二週間めの終わり、店から戻ってきたアルベールは、口を開かず突っ立ったまま、アラム〔草薬〕の束を彼女にわたした。彼女は盛大に涙を流し、夫婦の寝室に戻っていった。その夜、妊娠されたのが私の大叔父ルネで、この人はごく短い人生を送ることになった。

16

そのころ、私の祖父ジャコブは六歳になろうとしていた。無口で残忍な子で、母親がデュブシャージュで授業をしているあいだ、女中をひっかいたり、玩具をどんどん踏みつけたりしていた。人々はそこに父親の性格がよく現れていると思い、子供相手の愛撫や甘ったるい言葉をあえてその子にしようかけようという人はいなかった。

彼は容赦なく醜かった。いったいどこでこれほどの醜さを身につけてきたのか、と誰もが不思議に思った！　醜く、黒かった。イカコの実〔スモモの一種〕のような、青みがかった黒だ。おそらくそのせいで、彼はエライーズのいちばんのお気に入りで、彼女はその小さなかわいげのない顔を両の乳房に埋めて、こう歌ってやるのだった。

　母さんの小さなコンゴ（ティ・コンゴ・ア・マンマン）
　あたしの小さなコンゴはどこ？（オラ・ティ・コンゴ・アン・ムウェン）

そのお返しに、小さな男の子は指を母親の両目、鼻、口にはわせながら、片言でやさしい言葉をたてつづけに浴びせるのだった。

「ママン――甘い（ドウドウ）――大好き（シェリー）――かわいい（ココット）――ぼくの好きな（シュブロット）……」

17

ベールは「良」の成績で、科学部門バカロレア〔大学入学資格試験〕の第一部に合格した。

エライーズはありったけの涙をふりしぼって、このすばらしい日にテオドーラが立ち会えなかったなんて、と泣いた。ああ、先祖代々砂糖黍の括り手をしてきたテオドーラは、なんと大股で歩き、砂糖黍畑を遠く離れてきたことだろう！　そこにはもはや、人間の不幸によりあまりにおとしめられているため、パンダヌスの木々が花咲く入江ですらそれを美しく飾ることはできないような、黒んぼ小屋の不健康なひしめきあいは、もはや見られなかった！　ついに人はアビタシオン〔プランテーション経営者のお屋敷〕の高みに上がり、丘のてっぺんに上りつめたのだ！　黒人の、バカロレア合格者！　ラ・ポワントに、さらにはグアドループ全体に、何人バカロレアに合格した黒人がいるだろうか？　ニルヴァは恩寵を讃えるミサを上げてもらった。アルベールはエライーズに命じて、この免状取得者に五十センチの長さの鎖で吊るし裏には「J・H・A」というイニシャルが彫ってある、金の懐中時計を手渡させ、一方カミーユ・デジールは彼にマルクスとエンゲルスの全集を送った。ご丁寧にもいくつかの文章には、赤インクで下線を引いて。でもベールは、この恐ろしくつまらない厚表紙の数巻の本は、ページをめくることすらしなかった。ジルベールが帰っているのだ！　ジルベール・ド・サン＝サンフォリアン、バカロレアに落ちても屁とも思っていないこの劣等生は、休暇をモンテベロの、両親の別荘ですごしていた。二つの家それぞれの偏見に勇敢に反抗し、ジルベールは酢漬けニシンと塩漬けの鱈の匂いがする店に出かけていってベールを自分のところによこしてほしいと招待し、この薄地の絹の服を着た颯爽とした若いムラートの大胆さにアルベールはうめき声を一つ出し、それをまた相手はさっさと同意だと理解してしまったのだった。

　モンテベロ！

　工場主イアサント・ド・ベローの私生児アドリエンヌ・クレスパンと結婚することによって、ジルベール・ド・サン＝サンフォリアンは、ヤマノイモの植わった十二ヘクタールの土地と、カレールへの分岐点に位置する主人用の家を、妻の持参金としてカリブ籠に入れてうけとっていた。ジルベールはこのムラート一家の封土に閉じこもっているつもりなど毛頭なく、それをすみやかにベールに知らせた。ところがそのベールのほうはすっかり陶然としていた、というのも夜にはサン＝サンフォリアン夫人がピアノを弾きながら歌を聞かせ、セイレン〔ギリシャ神話の海の魔女。美しい歌声で船をおびき寄せ難破させた〕のような髪をした乙女である従姉妹たちが屋根裏部屋の、蚊帳の純潔な囲いの中で眠っていたからだ。

月は人をあざ笑うかのように片目でこちらを見ている。二人の若者は隙を見て台所の扉から逃げだし、番犬のシェパードどもにさんざん吠えさせた。丘(モルヌ)を半分ほど降りたところで、オメールが飲み屋をやっている。そこではジルベールは誰彼を苗字ではなく名前で呼んでいた。

「ティ＝ポール、元気か(カ・ウ・フェ)？」

丘の麓では、セリュタの寝床は二人で寝そべるに十分な大きさがある。プティ＝ブールの町にはデリスという名のひどく黒い黒人女がいて、その恥丘の火山は溶岩の代わりに燃えるように熱い海水を噴きだす。少しずつエライーズへの執着から癒されていたベールは、快楽の絶頂による短い死を、九月の雨が打つこの女の低い屋根の下で発見した。彼女は覚えている、デリスは！

「まるで競走馬が自分のギャロップの優秀さに、あるいは闘鶏用の雄鶏が自分の蹴爪の力に、目覚めはじめたといった感じだったわ。私はあの子にいったの。『まあ、どういうつもりなの、黒んぼ(あんた)！　私を殺す気？　もう三度も、あんた聖ピエールの鶏みたいに鳴いたじゃない！　いいかげんにして、眠らせてよ！』でも彼は聞いてもいなかった」

酒盛りと酒盛りのあいだ、女遊びと女遊びのあいだには、ジルベールは酔っぱらいのまじめさで、親友にお説教した。

「色は関係ないね。ムラートだろうがニグロだろうが、そんなことはまったく意味がない！　憎むべきはブルジョワジーだ、小ブルも中ブルも。つまり、きみの階級と、おれの階級だ！　どちらもおなじように、民衆に背をむけている！　さて、すべての英知をもっている彼を、またぐっとやるか……」

ベールはこのはったり屋が何をいおうと、まるで気にしなかった。彼は自分の肉体にすっかり目覚めてしまい、体の芯では樹液が煮えたぎり、もはや冷たく孤独に自分を握りしめるのではなく、怒り狂ったような肉と肉の戦いにおいて、それがあふれでるのだ！

八月十五日、プティ＝ブールの町のお祭りの日〔聖母被昇天の祝日〕、通りをぶらついていた二人のちんぴらは、射的で小さな矢をみごとに真ん中に命中させ、シャンパンの栓を抜き、ついで言いたい放題にさんざん酔っぱらったあとで、グランド＝サヴァヌに奇襲をかけ、ニスを塗ったようにつややかなバナナの葉に載せた屋台料理を食べた。

この休暇のあいだ、ライザは息子にまったくかまわなかった。息子があちらこちらと跳ねまわり、精液をばらまき、サン＝サンフォリアン夫人の『平均律クラヴィーア曲集』のページをめくり、従姉妹たちには紳士らしくふるまおうとするのを、彼女は放っておいたのだ。息子に甘く、突然おだやかになり、死者が生きている係累に別れを告げなくてはならないその時まで、枕元にすわって彼女はこの幸福な疲労にいびきをかいている子を、じっと見つめるのだった。はじめは一週間の予定だったこのモンテベロでの休暇は、四週間におよんだ。五週間めのはじめ、郵便配達の馬の蹄が、長いココ椰子の並木道のコンクリートに火花を飛ばした。父親の、ごくそっけない一言が、息子に家に帰るようにと命じた。すっかりしょげかえって、デリスとのあいだに最後の肉と肉の衝突を味わったあと、ベールは最終の帆船でラ・ポワントに帰った。小さな波止場でジルベールはハンカチを振り、その白さが迫る暗がりの中で目を射た。ベールは夜とともにフォーブール＝デヌリー通りに着いたが、夜明けとともにコーヒーを入れるために起きなくてはならない女中は、すでに藁布団の上で切り株のようにぐっすりと眠っていた。

次の朝、アンリ二世風の家具が覆いごしにお互いを睨みあっている食堂でショコラを飲みながら、ベールがエライーズにすごしてきたばかりの、でもすでに遠く夢だったかのように思える日々の楽しさを語って聞かせていると、アルベールが部屋を横切りつつ立ち止まりもせずに、おまえはアンジェ〔フランス北西部の都市〕の工業学校に勉強にゆくのだ、と告げた。強い衝撃をうけながら、ベールはなんとか力をふりしぼってこういった。

「もうリセには戻れないの？　どうして？」

アルベールは答えもしなかった。

外では道路にその日のざわめきが起こりつつあり、馬の蹄につけられた蹄鉄はかちかちという音を立てはじめていた。今回に限っては反抗したい気分にかられたベールの目がエライーズの動揺した視線に出会うと、エライーズはどうにもお手上げだという大げさな動作をして、小走りに部屋から出ていってしまった。

ここに一つの謎があると、認めておこう！　なぜアルベールは、快調な出だしを切った息子の学業を、中断させたのか？　アンジェの工業学校という考えを彼の頭に吹きこんだのは、誰なのか？

一族の中の勇敢な者、アルベールを真正面から見すえることのできる全員が、店かフォーブール＝デヌリー通りの家を、次々に訪れた。カミーユ・デジールはマルクスとエンゲルスはひとまず置いて、午後いっぱいかけて、ベールがバカロレアの第二部まで修了すれば、そのほうがいっそうよくわれらが人種のためになると説いた。そうすれば医者、弁護士、国立土木大学出身の技師になることもできるし、高等専門学校（グランド・ゼコール）〔フランスの教育システムでは大学より格が上〕の扉を堂々と開き、そこにこれまでは黒人に禁じられてきた席を得ることもできる。アルベールは、光のない目の瞼を閉じたままパイプをくゆらし、何とも答えなかった。ポール＝ルイの縫帆手マルセルの妻マルーシアは、甥を大変にかわいがっており、あっさりとは引き下がらなかった。彼女はこれまでマルセルが巻きこまれてきた紛糾した問題――中でも厄介だったのはあるヨットクラブとのあいだの訴訟沙汰――をいくつも片づけてくれた、マン・メリッサに相談にいった〔マンは「夫人」の意味〕。マン・メリッサは、部屋の中が真昼のように明るくなるほどたくさんの蠟燭をつけた。床には聖水がふり撒かれ、仕切りには聖処女マリアと幼子イエスとリジュー〔フランス北西部の巡礼地〕の聖テレーズの絵が貼りめぐらされた部屋で、マン・メリッサは渋い顔をした。

「この子は行くべきではないよ！　行ったら、それはこの子にとって嵐と難破を意味する……」

「どうすればいいでしょう？」

マルーシアの声には苦悩が響いた。だがメリッサは、落ちついていた。

「あんたの兄弟、あれはふつうの黒人ではない。あれはランビ〔巨大な巻貝でその貝殻は法螺貝のように舟の汽笛代わりに使われる〕のように自分の貝殻の奥で小さくなっていて、あんたにはどうすることもできない。まったく、どうにも！　それにね、いまはあれは何事かを警戒していて、眠るときもヒキガエルのように目を開いたままだろう！　あれが愛している相手が、誰かいるかね？」

一瞬のためらいもなくマルーシアはいった。

「エライーズ！」

そこでエライーズにも秘密が打ち明けられた。それ以来、彼女はアルベールの食事やおやつやコーヒーやハーブ・ティーに、パパイヤの粉、鶏の心臓、その他数々の成分からなる、その性格を和らげるための粉薬を混ぜた。何も効かなかった。

一九二四年九月三日、アルベールは息子にむかって、ルアーヴル〔フランス北部セーヌ川河口の港町〕行きの定期船シェルブール号の三等寝台を一つ予約しておいたと通告した。出発は明日だ。

その夜、ライザは荒れに荒れた。

彼女は屋根裏部屋の窓の一つにとまり、その叫びは海の上を吹きすさぶ風の轟々といううめき声となって響いた。心配になった人々は、眠りながら体を動かした。嵐がやってくるのだろうか？

それからライザは子供たちが寝ている階に降りてゆき、かれらの瓢箪頭に悪夢を植えつけていった。それはあまりに恐ろしい悪夢だったので、こんどはかれらが叫びだし、ベッドを台まで濡らした。ついには彼女はアルベールとエライーズの部屋を襲った。息子に対する不正を怒った彼女は、自分自身も不正を働き、罪のないエライーズに、寿命よりもずっと早く、血を失い全身が蒼白になって死んでしまうような病をぶつけた。彼女はアルベールにも容赦しなかった。けれども古い恐怖や永劫の苦しみがぶりかえしてくる悪夢や不眠に慣れっこの彼は、別にさほど動揺することもなかった。

私の祖父ジャコブは、他の誰にもまして、この魔女の狂乱に耳をかたむけていた。だが彼はそれがテオドーラのせいだと思っていた。おばあちゃんが大好きだった彼は、彼女が棺の中で腐敗しふくらんでいるのを見てから、彼女を恐れるようになっていたのだ。テオドーラの顎はしっかりした木綿の細紐でむすんであった。そうしなければ顎が開いて、ギアナ産の金でできた歯が見えてしまうからだ。彼は自分のベッドの上で縮こまっていたが、おしっこでびしょびしょのシーツが肌にくっついて仕方がないので、ついにはベール兄ちゃんのベッドに避難所を求めてゆくと、そのベールは枕を涙浸けにしていた。

18

私の祖父ジャコブの記憶が本当にはじまるのは、一九二八年、彼が十三歳のときだ。それまでは挿絵のない本のようにさびしかった彼の人生は、彼の記憶に何の糧ももたらさぬままにすぎていたのだ。七時十五分前になると、エライーズがこう声をかける。

「ティ＝コンゴ、起きなさい!」

彼は立ち上がり、シーツを濡らさなかったかどうか確かめ——というのはもし濡らしていたら、彼に恥をかかせるために女中がそれを中庭の洗濯紐に吊るし、彼は父親の杖を味わうことになる――それから降りていって冷たい水で顔を洗い、ふたたび上がって前の晩に椅子にかけておいた服を身につけ、学校鞄に手当たりしだいに本をつめこむ。それから、朝食の試練。毎日の錬金術とでもいうか、父親アルベールの視線はヤ・ボン・バナニア〔朝食用の飲料〕を吐き気をもよおす胆汁に、編み模様のパンを舌と口蓋をかゆくさせるイラクサの塊に、変えてしまうのだ。それからやっと、彼は弟セルジュの手を引いてぜんぜん好きではない学校にゆく。ぜんぜん好きではないが、少なくともそこにはアルベールがいない。彼は母親を熱愛していた。ああ！　なのにいまでは三人も、たちの悪い弟どもがいる！　それで彼が心から必要としている母の注意は、おやつのマーブル・ケーキの一切れ一切れのように、きちんと計られ限られているのだ。それで、できるときにはいつも、彼は母親に飛びついてゆき、いったいどこの泉から湧いてきたのか自分でもわからない涙をいっぱい目にためて、ありったけのキスをするのだった。はじめは、彼女のほうもお返しをくれた。ついで、彼女はきびしい声になり、そっと彼を押し退けるのだった。

「さあ！　もういいわよ！」

なぜ、もういいの？　彼のほうはまた彼女の体の中に姿を隠したい、母のおなかに帰っていってずっとそこにとどまりたい、外の世界で生きてゆくことを拒否する永遠の胎児になりたいとばかり、夢見ているのに。

一九二八年、彼が十三歳の年、彼にとってはどうしてもそれぞれ切り離して考えることのできない、三つの事件があいついで起こった。個々の事件がもたらした恐怖、苦痛、苦悩が、彼の心たずねた。

四年前のベールとおなじく、ジャコブはその父親の視線に耐える力をなんとか見いだして、もはやリセにはゆかなくていいと告げたのだった。

姿を現すと、ジャコブのことを果物についた蛆虫だとでもいうような目でじっと見て、おまえはの空洞で一つに入りまじり、彼の脳のひだの奥深くに忍びこんだ。ある朝、アルベールが食堂に

「もうリセには行けないの？　どうして？」

アルベールはもちろん何も答えず、扉にむかって進みつづけ、その扉からセルジュは小さな脚で大急ぎで遠ざかろうとした。絶望が与えてくれる大胆さに武装して、ジャコブは何とか説明を得ようと外に出た。

低く鉛色をした空の下で、トタン板が爪のように風を切り、「ユッフー」と叫びながら追っかけっこをしていた。風に髪を乱した背丈の低い家々は吹き飛ばされそうになり、ふだんは通りの端をふさいでいるしずかな海が、いまは怒った獣のように背中を丸めて右を左をひっかいたり噛みつこうとしたりしている。すごい勢いで、雨が降りはじめた。恐れをなして、すでにベルトまで水びたしになってしまった彼は、家に入り、叫んだ。

「お母さん！」

中庭でシーツをとりこんでいた女中が、彼に意地の悪い声をかけた。

「そっとしときな、キティェ・トランキル！」

彼は大急ぎで階段をかけのぼり、天の水がいたるところから漏れている部屋で傘をさしている

エライーズを見つけた。セルジュ、ルネ、ジャンは、彼女にぴったりと身を寄せている。彼女はうめき声を上げた。

「彼が死んだ！　死んだのよ！　ベールが死んだ！」

ジャコブは口ごもった。

「ベールが！」

エライーズは、いっそう強くすすり泣いた。

「父さんが、子供たちには教えるなといったのよ！　約束して、約束して、ちょうだい、これは私たち二人の秘密にしておくって！」

彼はぽろぽろと涙を流した。

「どうして死んだの！」

「事故よ！　ひどい事故！」

そのとき、家のバルコニーがトタン板のバリバリという大きな音とともに崩れ落ち、弟たちは悲鳴を上げた。

次の朝（まだ朝にもなっていなかったが）五時半に、エライーズが彼を起こしにきた。

「ティ＝コンゴ、起きなさい！　私と一緒にミサに来て、彼のために祈って！」

少年はそれにしたがった。

トタン板、木の板切れや動物の死骸がごちゃごちゃと散乱している通りに、細かい雨がまだ降りしきっていた。一頭の牡牛が歩道をふさぐようにうずくまっていて、二人の男がその角に紐をむすびつけて引いてゆこうとしていた。

一九二八年の台風とそれにつづく高潮は千五百人の死者を出し、さらにそれとおなじくらいの行方不明者と一万人以上の負傷者を出した。いくつかの町では棺を作るための木材が足りず、各小教区の司祭は「ディエス・イラエ〔死者ミサの聖歌〕」を歌うのに、声が嗄れてしまうほどだった。サン＝ジュール教会の前庭にはテントが張られ、水びたしになったぼろを着た女たちが、疲れた体に鞭打って子供にお乳をやろうとしていた。エライーズは目が涙で溺れるほど泣きながら一人の女から別の女へと声をかけてまわっていたが、ジャコブは愛の本能によって、彼女が泣いているのは何よりもう一つの別の傷によるのだと知っていた。ジャコブはミサのあいだ、棺の中で硬くなっているベールを想像してすごした。彼の顎も、おばあちゃんのみたいに括りつけられて、鼻の穴には綿をつめたのかしら？　お通夜は誰がやったんだろう？　受け皿に脂をたらす蠟燭は、何本立てられたのか？　それに、ラム酒はちゃんと用意できたんだろうか？　エライーズが彼女について聖体拝領台に来るようにと手招きするので、彼はあえて断りはしなかった。じつはこのところ毎晩、シーツの下で硬くなったおちんちんを長いあいだいじっていたのだが。その恥ずべき行為の匂いが彼の胸を悪くし、彼はすすり泣きはじめた。エライーズはその意味を取り違えて、彼を抱きしめた。

「泣かないで！　あの子は永遠の平和にいるのだから！」

教会を出たとき、無垢な青空がラ・ポワントの上にひろがった。エライーズはジャコブの額にキスし、ささやいた。

「このことは誰にもいわないって、約束しなさい！」

彼はうなずき、店にむかった。店の主任だったジュリアンの代わりをつとめるためだ。ジュリアンは、妻が子供を産んだあと昇給をアルベールに断られ、すっかり頭に血がのぼり、アルベールなどいずれ犬のようにくたばるだろうと捨てぜりふを残して出ていったのだ。

強い臭いのする洞窟、その奥にはアルベールが怪物じみた蜘蛛のようにうずくまっていて、飽きることなく帳簿を点検している――ジャコブは早速、そんな店を憎みはじめていた。だが彼はここがまた神を祀る神殿でもあり、その神をやがて彼自身がアルベールのように、アルベール以上に、熱心に信じるようになるとは、知らずにいた。その神の名は、お金！　鱈、ニシン、油、ラード、米、挽き割りにした紅や緑の豆の商売は、はなばなしいものではなかったかもしれないが、お金になった。札束につぐ札束、それはたぶん悪臭ぷんぷんたるものかもしれないが、ともあれその札束を銀行に閉じこめておけば、そいつはそこでさらにどんどん多くの札束を生む。それなら悪臭も何のその！　いくらもたたぬうちに、ジャコブこそ真の主人、真の指導者となり、信用貸しを認めるも断るも彼しだい、従業員の要求をはねつけあるいは休みを認めてやるのも彼の仕事となった。彼の権力は増大した。彼はラクーをひきうけることとなり、代替わりの手はじめにと、台風ですべてを失って家賃を払えなくなった六家族を追いだしした。

息子がこうして変身しつつあるあいだ、父親のほうも姿を変えつつあった。いまや年老いたアルベールは、ありあわせのものを着て、不精髭を伸ばし、靴には泥をつけているのだ！　あれほど身だしなみに気を配っていた彼が！

人々が、この変化に気がつかないわけはなかった。いったいそれは、いつからのことだったろう？

元従業員のジュリアン、例のジャコブが代理をつとめることになった当人だが、彼がいうにはすべては二年ほど前にアルベールがうけとった一通の手紙とともにはじまったそうだ。その手紙を彼は自分の小さな事務室で読み、読みかえし、それからトクトク蟻にかかとを刺されたとでもいった慌てぶりで外に出ていった！　それからというもの、他に手紙が届いても、彼は開きもせずに引出しに溜めてゆくばかりだったという。

子供たちにたずねたなら、かれらもやはり話すことはいくらでもあっただろう。ある晩、母親が何度も心配そうな目で柱時計を見たあとで、かれらは父親なしで食卓についたことがあった。ついでアルベールが入ってきて、ドミニカ海峡に浮かぶ小舟のように揺れながら、目に見えない櫂を操りながら、食堂を横切った。理由もなしに、彼は杖をあわれなジャコブの頭にふり下ろし、それに抗議するためにエライーズが大きな身振りで割って入ると、はっきりとこう叫んだのだ。

「あいつを殺してやったほうがよかった！　殺してやることこそ、おれのすべきことだった！」

それから彼は階段にむかい、エライーズは後を追った。

エライーズは降りてこなかった。子供たちは女中の監督のもとで脂っこいスープを食べ終え、めそめそ泣きながらたんこぶをさすっているジャコブを除けば、このときとばかりクレオルのいろいろな罵り言葉を連発し、ふざけ、騒いだ。

その日から、すでに沈んでいた家庭の雰囲気は、いよいよ重苦しくなった。アルベールはもはや、うめき声すら出さなかった。魂の抜けたゾンビだった！　子供たちの首をベイラムで拭いたり、髪のほつれをほどいてやったりしながら、エライーズが歌をうたうこともなくなった。それどころか、彼女は絶えずため息をついているのだ！　その上、彼女は子供たちに罰としてびんたをくらわすようになり、それは父親からうけるいつもの杖の一撃で跡がつくよりも、ずっと痛かった……。

アルベールがエライーズのために自動車を買ったのは、その年だった。シトロエンのC4、栗色にクロームめっきの飾りがあって、ボンネットのひしゃげた鼻面の両側に、お鍋のように直径が異なるヘッドライトの組がついていた。

エライーズはまず、機械に強い甥に、教会まで送らせることからはじめた。しかしやがて、神に祈りにゆくのにこれではあまりにこれ見よがしだと考え、またもとどおり日傘をさして歩いてゆくようになった。

それで、C4は錆びついた。蜘蛛は座席の隅に巣を張り、座席の革には緑や白のかびが生えた。クラクションのらっぱの中には小鳥が巣を作り、ある日、たまたまうしろのトランクを開けてみたら、そこで牝猫が何匹も子猫を産んでいた！

私は、蘭の花やアラムの束よりもずっと高くついたこの贈り物を、あまりにぎこちない哀願だったと考えている。アルベールには、赦しを乞わなくてはならないことが、あまりにたくさんあったのだ。

第2部

1

年を追うごとに、私の祖父ジャコブは、ルイの店の堂々たる主人となっていった。

人々はいった。

「あいつはおやじより性が悪い（イ・ピ・モヴェ・キ・パパイェ）！」

そして本当にそうだった！　彼はラクーの部屋にベニヤ板の仕切り壁を作らせ、室数を二倍にし、同時に入居人の数を二倍にした。店の三人の従業員をやめさせ、ニルヴァおばさんの息子の一人をその代わりに雇い、三十すぎで子供が五人いるこの男を、十八歳の自分が顎で使った！　アルベールがジュストンにもっていた土地の周囲に六ヘクタールの土地を買い、そこで食用野菜作りをはじめ、さらに兎小屋、鶏小屋、豚小屋、牛の囲い場を建てさせ、エライーズがもう他所で食料を買わなくてすむようにした。もちろん余分はたくさん生じるので、それはジュストンの地元の女たちに売り、彼女たちはこんどはそれをゴイヤヴやプティ＝ブールの市場に売りにゆくのだった。ジャコブはドミニカ原産の、水気が多くて種子のない種類のグレープフルーツを、ここで栽培することに成功した。

息子がすべてをひきうけるようになったので、アルベールは完全にぶらぶらする余裕が生まれた。背中を丸め、足をひきずり、鼻の穴や耳には白い毛の房が生えてきた。彼はこれまでも週末はいつもジュストンですごしていたが、いまでは週の大部分をそこですごすようになり、授業がないときにはエライーズもそこに来るようになった。もっともエライーズは田舎が大嫌いだった。この終わりのない夜、トタン屋根にやかましく打ちつける雨、犬の吠え声のコンサート、煙を焚いたくらいでは逃げない、貪欲に血を吸う蚊、息子たちがいたるところから追いだしてくる、頑固な嚙り屋のネズミたち。そして何より、そこでは他の場所以上にライザの存在が感じられるから、彼女はそこが嫌いなのだった。彼女は敗者であるこのライヴァルの女が、夜、その仇をとる。食事時に、彼女は徘徊した。昼にはベッドの上でくるくると円舞を踊り、その輪をしだいに狭めて、アルベールがあいかわらず気前よくくれる快楽を台無しにした。エライーズは不意打ちをくらうことを予想していたので、ある朝、目が覚めてみると自分がどくどくと血を流していたのにも驚かなかった。アルベールはいつもどおり夜明け前に起きていて、ヤマノイモに添え木を当てていた。彼女は息子たちの誰かに来てもらおうと声を上げたが、ようやくはっきりしないうめき声になっただけで、そのまま力なく、彼女をとりまく紅の大洋に漂い出ていった。九時ごろになって、彼女が朝寝をまったくしないことを知っているジャコブがいぶかしく思ってやってきて、扉を開けかけ、そのままふらりと膝をついてしまった。

これがエライーズの大出血の最初のものだった。

いちばん大切な存在に打撃をうけた家族が、うめき、すすり泣き、神に祈ったり、呪術師に相談しているあいだに、看護婦のジャンヌ・ルメルシエがその世話をひきうけ、医者の処方箋に加えて自分で考えたいろいろな療法を試した。というのは彼女はマリー＝ギャラント出身だったからで、この島には病を癒す木の葉がたくさんあり、それで数週間のうちにエライーズは、弱ってはいても微笑しながら、ベッドの脇においた揺り椅子に腰かけられるようになった。この看護婦には一人娘がいてユルティマと呼ばれていたが、これは同時に長女でもあれば末っ子でもある娘にとってはいい名前だった〔ユルティマとは「最後の」という意味〕。母親が病人を徹夜で看病したり世話をするのを手伝っていた彼女は、傲岸で気難しい少女で、母親が紹介するまじめな黒人男を一人一人断ってゆき、人々は彼女は自分とおなじ肌の色が嫌いなのだと噂した。ある日、エライーズの枕元で、ジャコブはティマの美しさに真正面からぶつかってしまった。彼は踊り場にひき下がり、このすばらしくも残酷な苦悩の一撃にあえぎつつ立ちつくした。彼はそれまで自分の母親以外の女をよく見たことがなかった。それが突然、その未知の女を自分のものにしなければ自分は死んでしまうということを、理解したのだ。

なんと美しかったことだろう、私の祖母のティマは！　肌は黒く輝き、密林のようにゆたかな髪は大きな「ヴァニラ豆のさや」にゆってカラパの油を塗ってあり、瞳は成り上がりたいという欲望と官能の火に燃えていた。人々は、彼女は私の祖父のジャコブに、なんら愛情を抱かぬままに結婚したのだという。結婚した理由は、銀行預金、貿易商の店、ラクー、二軒の屋敷、そしてジュストンのヤマノイモが植わった何ヘクタールという土地のせいだというのだ！　それにジャコブが大人になったからといって男前が上がらなかったのは本当で、どうにも妙ちきりんな服装をし、大きすぎる植民地風の庇つき帽子をかぶってそれが鼻先までずり落ち、足には傭兵のような長靴をはいているのだった！

ティマにとっては、儲けを上げつつ物を売る以外のことは何もしてこなかったこの生半可な知識しかない若者が、絨毯や置物や屏風に関する目利きだということになった。彼は灌木や樹木をごく小さく育てるということを考えつき、極楽鳥花、麦わら菊やジャカランダ、グレナダの黒人から種を買った青い花の咲く火炎樹などが、鉢植えにされた。彼はフォーブール＝デヌリー通りの家に最初の浴室を作らせた。タツノオトシゴのかたちをした蛇口と単彩画のタイルを選んだのは、彼自身だった。ジュストンの、北米材を使ったあばら家を、サン＝クロードのベケたちの別荘にまったくひけをとらない本格的な別荘に作り替えたのも、彼だった。

結婚の一週間前、ジャコブは自分が、テーブル掛け（シュマン・ド・ターブル）に刺繡をしているジャンヌ・ルメルシエの目の届くところでティマとあたりさわりのない会話をし、しまいには頰に純真な口づけをして別れるという時期から、ついに二枚のシーツのあいだの恐ろしいほどの親密さへと移行するのだということに気づいた。ところで、十九歳になるのに、彼は女を抱いたことがないのだ！　どうやって乗り切るか？　彼は本能的に女性を非常に尊敬しているので、娼婦のところにいって少々の経験を積んでくるという考えは、思い浮かびもしなかった。したがってティマをジュストンに連れてゆくため二輪馬車に乗りこんだときには、彼は不安に戦（おのの）いていたのだ。馬たちはガバールの橋をわたりながらいななき、尻尾をもち上げて馬糞をどっさり排泄し、おもむろに十二キロの道のりをギャロップで走破した。恐ろしさにもったいぶった態度を捨てたティマはジャコブにしがみつき、馬どもを御しつつ愛する女の恐怖をなだめているジャコブは、生まれてはじめて雄々しく、力強く、無敵だと、自分を感じた。だがいざジュストンに着いてしまうと、彼自身が指揮していちばんいい部屋に入れさせた天蓋付きの巨大なベッドの前で、このふだんもったことのない自信は、もう少しで彼を見捨てそうになった。ところがさいわい、蚊帳の中ではムカデがのたくっているようで、彼はティマがふたたび恐怖に跳び上がるのに乗じて、彼女を抱きしめた。そのあとは、ひたすら処女を奪うための大騒動……。

結婚の翌日から、エライーズは家事の指図をすっかりティマにまかせ、ティマがただ一人の、本当のルイの奥さまとなった！　母親として遇したエライーズを除けば、ティマは家中の者に君臨した。女中は目を伏せることと、絶対に口答えしないことを覚えた。ジャコブの弟たちは自分でベッドの支度をすることと、屎瓶（しびん）を始末すること。親類縁者は、招待されないかぎり勝手にたずねてこないこと。唯一これにしたがわなかったのは、いうまでもないことだがアルベールで、磨き粉で磨いたばかりの床を泥だらけの靴で歩き、パイプを吸った唾を部屋の隅に吐き、中庭で小便をするためにたくましい男根をさらけだした。嫁と義父のあいだは、ただちに戦争状態に突入したが、劣勢なのはいつも嫁のほうだった。

私の祖父ジャコブと祖母ティマの結婚は幸福なものではなかった。二人の性的不一致が、すべてをだめにしたのだ。

彼女の味を知ると同時に、ジャコブはティマに対する飽きることのない欲望を抱いてしまい、夜の闇の中でも、よろい戸をぜんぶ閉めても暗くはならない白昼の昼寝の時間にでも、彼女をそっとしておくことができなくなった。彼は彼女の体の隅々まで探索し、すべての穴に入れてみた。自分の物がうなだれてしまって用をなさなくなっても、彼は舌と指を使い、与えることのできなかった快楽の絶頂でたゆたいながら、いつまでもめくるめく気分を味わった。彼には自分がティマをうんざりさせ、うるさがらせ、疲れはてさせているのがわかっていたので、自重することにした。ところが罪人がみずからの罪に落ちてゆくように、彼はまたいつしか自分の欲望へと落ちてゆくのだった。結婚の六か月後、ティマの肉体は、この絶えまない攻撃にできるかぎりの反撃を試みるかのように、胎児を排出した。さらに二度、ティマの体は濃くてどす黒い流産の血を腹から流し、それからやっと、反抗心が強くきわめて頭のいい娘が、この世に生まれてきたのだ。私の母だ。あえていえば、彼女はティマがお勤めを猶予されている時期に孕まれたのだと、私は考えている。

　結局私が会うことのないままに亡くなってしまった祖母のティマについて考えるとき、私はあることに衝撃をうける。それは彼女が働いていなかった、ということだ。エライーズならば八時ちょうどには教室にいて、大騒ぎしている子を黙らせたり眠っている子を起こしたりするために机をものさしで叩き、それから「われらが祖先ゴール人〔ゴールは古代ローマ時代のガリア、現在のフランスやベルギーなどを含む地域〕」だのその類のどうにも退屈な話を暗唱させ、フォーブール＝デヌリー通りに帰って自分のいたずら小僧たちに食事をとらせ、午後一時には日傘をさしてまた出かけ、デュブシャージュを離れるのはようやく港が紫色に染まった夕方、生徒の一人がみんなから集めた帳面の山をもってついてきて、こんどは女中が夕食の支度をするのを監督しつつその帳面を直さなくてはならず——というのも正午には食事をとらないアルベールは気むずかしく一口食べただけで皿を脇に押しやるかもしれなかったから——それと同時に忘れっぽい息子たちの宿題を見てやっていたものだが、ティマは働かなかった。女たちもまた男たちに劣らず、黒人の名誉をかけて一所懸命に働いていたこの階級において、ティマがやることといったら使用人、義兄弟、母親をうるさく責めたて、義父とさんざん争ってから、バルコニーに腰を下ろし、指のあいだにはやりかけの刺繡をもって、こう口ずさむことだけだった。

ラモナ、私、すばらしい夢を見たのよ……

それは尻尾も脚もない、一人のセイレンだった。もはや道行く人々を魅惑することのなくなったセイレン。惨めにもただ時間をつぶしているだけの、セイレン。

2

アルベールはつねにあからさまにジャコブを嫌い、セルジュとルネには完全に無関心だったものの、一九二八年の台風の直前に生まれた末っ子のジャンには愛情を抱いているようだった。ジャンは美しい子で、その美しさをいったいどこで拾ってきたのかと思いたくなるほどだった。人々は感嘆の声を上げた。

「この子が女の子だったら（シ・セテ・アン・ティ・フィ）ねえ！」

彼はエライーズそのままの明るい栗色の、ときおり黄金の剝片をちりばめたように見える目をして、その目はまるで母親が毛抜きで整えてやったかのごとく完璧な弓形の眉の下で、アーモンドのかたちに開いていた！　この目で、人に与えることを知らないこの家族の中にあって、彼は人をとまどわせるほどの性格の良さをしめすのだった！　彼はエライーズや、アルベールさえもが、シノボルやキリビキ〔ココア味のアンティーユのお菓子〕を買えといってくれる小銭を、ル・ボヌール・デ・ダーム〔「婦人たちの幸福」の意味〕百貨店の前で靴に鉄を打ちつけているいざりにやろうと、遣わずにとっておくのだった。ジュストンでは、兄たちと鼠を狩る代わりに、彼は土地の農民たちの小屋に入ってゆき、ぼろぼろの服や、年齢よりずっと早い皺や、胝(たこ)だらけの手に驚くのだった。私たちの一家を憎んでいた農民も、かれらにむかってクレオルで話しかけようとし、かれらの太鼓グウォカを手で叩きながら歩いてみせるこの小さならず者だけは、例外として扱った。これに対し、アルベールは非常に怒った。ジャンがこの気まぐれな冒険から帰ってくると、アルベールは彼にきっぱりと平手打ちをくらわせ、それから正午の太陽が照りつける中で罰として立たせた。子供はだらだらと汗をかいた。日射病のせいで蠅が何匹も目の前で踊りはじめたが、大切にしているヤマノイモ畑に出かけるアルベールの姿が見えなくなると、彼はまた村にむかっていった……。

　ジャンはまた、十二歳近くも年齢のちがう兄のジャコブにも、ひどくかわいがられていた。兄弟の中の、もっとも醜い者ともっとも幸運な者とのあいだに、特別な絆があるとでもいうように。ジャンが、その小学生の暮らしの苦痛と光輝を話して聞かせる相手は、ジャコブだった。彼はまたジャコブの読んだ本を借りたがった。何でもむさぼるように読んだのだ。カミーユ・デジールがベールに贈ったまま片隅で埃をかぶっていた、余白に書き込みのあるマルクスとエンゲルスの全集を読んで知識を得たのは、他の誰でもなくジャンだった。二人の兄弟のあいだを曇らすものは、ただ一つしかなかった。それはジャコブがティマを妻に選んだことで、ティマをジャンは本能的にひどく嫌い、結婚式でドレスの裾をもつことすら断った。それでも二人のあいだの兄弟愛は深かったので、どちらもこの話題にはけっしてふれず、岩礁を巧妙に避ける船乗りのようにその障害物を避けるのだった。

ある日、ジャンがジャコブに会いにきて、一枚の写真を見せた。

「これ、誰?」

この質問はジャコブを驚かせ、ジャコブは叫んだ。

「誰って、ベールに決まってるじゃないか。おれたちの兄さんのベールだよ」

「エライーズ母さんの息子じゃなくて?」

いよいよ驚いたジャコブは、突然、ベールのあらゆる映像はもともとの枠から消え去り、その名前すらもはや口にされることがなくなっていたのだと気づいた。彼は口ごもりつついった。

「いや、父さんがパナマで知っていた、イギリスの黒人女の息子だよ。事故で死んだんだ」

「どんな事故?」

この時点で、二人の兄弟は、一個の謎の存在に気づいた。それは故意の削除、何トンものコンクリートの下にわざと埋められた一つの墓だった。今夜、母親にそのことをたずねてみようと、二人は約束した。だがそれは、はたされなかった。その日、エライーズは担架で運ばれてきたのだ。午後四時、彼女は教室の黒板の前で倒れた。真紅の流れが、怯えた生徒たちの足元で、蛇のようにのたうっていた。

これがエライーズの二度めの大出血だった。その一年後にやってきた三度めのそれが、彼女を連れ去ることになる。

二度めの大出血のあと、藪医者どもは自分たちにしかわからない用語を使いながら、彼女の腹を開き、何の関係もない臓器をいくつか切った。二度めの大出血のあとでも、彼女は頑固に、ふたたび学校に出はじめた。けれどもすでに彼女の寿命は限られており、そのことをよく知っている家族の五人の男たちは、毎朝それぞれが自分の神に、あと一日だけ彼女を自分たちの許にいさせてやってくださいと祈るのだった。あと一日、あと一日だけ。

この間、アルベールの五人の姉妹、ニルヴァ、メリタ、サンドリヌ、ジェルダとマルーシアは、一分たりともむだにしなかった。それまでは、娘の一人の嫁ぎ先であるマリー＝ギャラントにゆくためにすら海をわたったことのなかったニルヴァが、ステラ・マリス号の甲板に足をふんばり、カップ＝アイシアン〔ハイチ北岸の港町〕の有名な薬草医に相談に行った。この機会に彼女はあるペリスティル〔アフリカ系宗教とカトリック信仰が混淆したヴォドゥ教の教会〕に連れていってもらい、そこで何個もの瓢箪に山盛りにしたマンジェ＝ロア〔ヴォドゥの神々に捧げられる食物〕を奉納した。エライーズはおとなしく手当てをうけていたが、だまされることはなかった。ベッドの天蓋の上に陣どっているライザの残虐な微笑が、エライーズの敗北をはっきりと教えていたからだ。

四十二の歳で逝ったエライーズ・ルイ、旧姓ソフォクルの早すぎる死は、悪辣な生が私たちの家族にもたらした、もっとも卑劣な打撃だった。

アルベールが、妻の死につづく数週間にわたって陥っていた茫然自失の状態から立ち直ったとき、彼はジャコブ、このまったく愛してはいないが仕事熱心なところには感心せざるをえない息子に、銀行預金と資産一切の代理権を与えて、自分はジュストンへの道をたどっていった。

それからさらに十年生きたとはいうものの、アルベールの人生はすでに終わっていた。

3

死んでしまったエライーズは、死者どうし、ライザと仲直りして、愛するアルベールの面倒を見てやろうということで合意した。

まだ朝靄の濃い時間、というのもアルベールはまるで眠くなくて五時からイラン＝イランの樹にむかって小便をしにゆくからだが、彼女らは代わる代わる火を起こしてやった。彼が自分ではどうにも火の扱いを学ばなかったからだ。それから彼女らは、古い青い琺瑯(ほうろう)のコーヒー沸かしでコーヒーをいれ、彼がビスケットの箱にしまっているカッサバのケーキを温め、燻製のニシンを出した。彼がフェヌトー＝レ＝グラップ＝ブランシュの瓶をおっぱいのように飲んでいることは、大目に見た。少々のラム酒なら、別に悪かったためしはない。それどころか、人生に対する最高の処方箋ですらある。アルベールはいつものようなはっきりしないつぶやきで彼女らに礼をいい、彼女らにブリキのコップと食器を洗ってもらうことにして、すでに太陽の下で汗を流している労働者たちに加わった。労働者たちは、彼が近づいてくるのを苛立たしく思いながら見ていた。というのは、こうしていればかれらはずっと監督されていることになり、それなのに彼自身は鍬も山刀も真剣に使うわけではなかったからだ。彼はむしろ、子供がするように土と戯れているだけだった。土をこね、火打ち石のように輝く爪のある、土とおなじくらい黒い指のあいだからそれをこぼし、そこに穴を開ける。目を閉じたまま、ヤマノイモの根元の盛土にさわることも、カボチャの腹の重みを手で計ってみることも、樹の下で集めたモンバンやコーヒー・プラムの実をしゃぶることも、彼は好んだ。午前の半ばになると、彼はサンギーヌ川に降りてゆき、小さな竹林に入って裸になる。それから、いくらでもいる蛭（ひる）のことなどまるで気にせずに、ゆったりとした流れの中で水浴びをした。

ときには、おなかがすいたのをまぎらわそうと思い切ってここまでバンレイシの実を探しにきた子供が、彼が丸太のように浮かんでいるのを見て、肝をつぶして逃げていくのだった。

さっぱりした気分になって、彼は家に上がっていった。パンの実のミガンが、すでに塩漬けの豚肉の切れはしとともに、鍋の中でとろけていた。だがアルベールは妻たちがよそってくれた椀（クイ）には手をつけず、また例の瓶をお乳のようにらっぱ飲みし、それから回廊で口を開けたままいびきをかきにゆくのだった。彼は何時間もつづけてこうしていびきをかいていて、コウモリが屋根からパンヤの木へときいきい鳴きながらジグザグに飛ぶころ、また目を開けるのだった。

本当の人生は、夜の闇とともにはじまった。

アルベールと二人の妻はつきることなくおしゃべりをし、昔は一度も話したことのなかったいろいろな秘密を明かし、実現しないままに黴が生えてしまったさまざまな古い夢の包みを荷ほどきした。明らかに、三人の中では、いちばんよく話したのはアルベールだ。彼には強迫観念があった。

「おれはぅなるほど金を儲けてやろうと思っていたんだ。ところが、流れたのはおれの兄弟の血だった。それでもう、あいつが死んだ土地で暮らすのは嫌だと思って、故郷に帰った。故郷か！　それで、何が見つかったと思う？　エライーズがいなかったら、おれはまた海をわたっていたよ。たぶん、ジャマイカかキューバなら、黒んぼも少しは性質がいいからな」

ときおりアルベールは興奮し、意味のない言葉を連ねた。

「あいつ！　あいつ！　あの小僧、おれに何をした？　おれが歳をとってからの支えの樹（マプー）になるはずだったあいつが。殺してやればよかった！　それも、生まれたその日に。そもそも、あいつがおれを殺すことになると、おれは予測しておくべきだったんだ！　すでに自分の母親を殺していたんだから！」

こうなるとエライーズとライザは、フェヌトー＝レ＝グラップ＝ブランシュをぐっと一息にやらせて彼をしずめようと急ぐのだった。二人はそれぞれが彼の片腕をとって彼を散歩に連れだし、空の星座を見上げさせては、この地上のことを忘れさせようとするのだった。大犬、子犬、牡牛、鶴、舟、北の冠、鯨。彼がそんな散歩を好むようになったので、二人はさらにヴィアールの海岸にまで彼を連れてゆき、ラ・ポワントの光がまたたくのを見せた。かれらが笑い、おしゃべりをしながら通るのを聞いたジュストンの人々は、十字を切った！

そう、人々はスバルを恐れていたのであり、彼については、どれほどの噂がささやかれたことだろう！　陽の目を見ることができずに出てきたばかりの闇へと帰っていった赤ん坊、ライムの樹から落ちて頭を割った無分別な少年、漁師たちを乗せたまま沖で波に翻弄されている小舟、こうしたすべての不幸はアルベールのせいだとされた！　夜、姿を見せるヒキガエル、月に吠えたり紐でつながれずに勝手に徘徊している犬などは、彼の化身なのだった。

いたるところにいた、アルベールは、いたるところに！　身を守るために、臆病な人々は自分の土地の四隅に聖処女マリアのための祭壇をもうけ、そこに花や聖水の小瓶をぎっしりとそなえた。

本当のところ、このような悪評も三人組を苦しめはしなかった。恋敵である女の肉と骨が片づいて、ライザはまた若いころのおしゃべりと冗談をとり戻した。あるときエライーズを相手に、散歩とラム酒とおしゃべりの力で彼女らの男を眠らせたあとで、ライザはパナマでの生活の潑剌とした物語をたっぷり聞かせたことがあった。身持ちの固い女の娘であり、その母親の監督下からアルベールの監督下へとそのまま移ったエライーズは、この話にいくぶんかのうらやましさを感じながら耳をかたむけた。エライーズ自身の人生には、それほどたくさんの笑いはなかったから！

土曜日にジャコブは畑で働く人々への給料をもってやってくるのだが、母親を失ったことに耐えられない彼、そして来る日も来る日も猫いらずやテレビン油やマニオカの根のことばかりあれこれ考えている彼が、ここでは身も心も軽くなるのを感じ、死んだ母親が戻ってきたかのように、ほとんど快活な気分になるのだった。そう！　彼女は炭火の炎の中で腰を伸ばしていた。彼女はイラン＝イランの樹の蔓からぶら下がっていた。彼女は屋根のトタン板の上で、雨音とともに騒いでいた。

彼女はいたるところにいた。いたるところに。

それからジャコブは父親のほうをむき、もはや自分が心に痛みも怒りも抱いていないことに驚くのだった。それでよく、彼はジュストンの甘美さの中にぐずぐずととどまり、顔をしかめて彼を待っているティマのもとには、真夜中すぎまで帰らなかった。

十一月の豪雨で、彼は二晩ジュストンに泊まらざるをえなくなった。砂糖黍畑が水浸しになり、バナナの木が流され、道路にも水があふれただけではなく、ガバールの橋が切れ、それはマングローヴの林にまで流されていった。父親と息子は野ヤギのコロンボ〔カレー味の料理〕と炊いた米を並べた席につき、料理の味はジャコブを驚かせ、これまでは絶えてなかったことだが、二人は話をした。自分たちについて。このやりとりには、とげとげしさはまるでなかった。アルベールはしわがれ声でいった。

「おまえはおれを感情のない黒んぼだと思っている。胸には心臓の代わりに石が入っているのだとな。そうだろう？　それはおれがおまえの歳のころ、この人生という狂った女がおれにけっして与えてくれなかったものを待ち望んでいたからだ。いいかい、人生は、この女は、おれがもっとも愛していた二人めの人間までも奪っていった。さいわい、死んでしまえばそれ以上に失うものもないわけだ……」

ジャコブもそれをうけて、口ごもるようにいった。

「そしてぼくのことは、父さんは、いつもぼくを踏みつけてきた。ぼくの体の上の自分の足がぼくを痛がらせているかどうか、けっして立ち止まって考えてみようとしなかった。さいわい、あの人がいた、もういまではいないあの人が……」

「もういない、というのか？　死の裏側をよく見てみるがいい……」

ジャコブは黴くさいベッドで眠ろうとして何度も寝返りをうったが、次々に現れる夢は非常に甘やかで、よろこびにみたされた彼は、また目を見開いた。彼はあれほど悼み慕ってきた彼女が、元通りの美しさでよみがえり、自分が六歳のときのように枕元にすわっているのを、はっきりと見たのだ！　ジャコブは口ごもった。

「母さん、戻ってきたの？」

彼女は頬笑んだ。

「ティ＝コンゴ、何をいってるの？　私はどこにも行きはしなかった！」

4

一個の卵子がティマの子宮に着床し、男か女かはまだわからないが時がみちれば生者たちの地獄にはなやかに登場してやろうと決意したとき、ヨーロッパでは不安な噂がささやかれはじめ、それはまもなくグアドループにまで伝わってきた。「戦争」という単語が、カミーユ・デジールのような消息をよくわきまえた人々の口から発せられた。それをそっくり耳にしたジャンは、なんとかジャコブの注意をうながそうとした。だがジャコブは、月を追って丸みを増し体の線が出るドレスの下で真実の山をかたちづくっているティマのおなかにばかり、気をとられていた。子供だ！　子供！　ジャコブは女の子がいいと思っていた。それはまず、ルイ家にはもうずいぶん長いあいだ、将来のための硬い道具を股間にもった男の子しか生まれなかったためだ！　そしてまた、娘であれば、それもその子がエライーズに似ているなら、彼は母親に二度めの生命を与えたという幻想を抱くことができるから。自分を生んだ女の父親となるのだ。

しかしながら戦争の噂はいよいよ確かなものとなり、軍靴の行進の音に変わっていった。こうなると、ジャコブも注意を払わないわけにはゆかなかった。彼は風向きを見きわめようとした。抜け目のない彼の頭脳は、もしフランスがドイツ人によって侵略されたなら、島にはもはや物資の供給源がなくなるということを理解していた。油もなく、砂糖も、小麦粉も、米も、ヤ・ボン・バナニアもなくなる。それで早速、彼は在庫確保に乗りだし、深い考えのない小さな店々の貯蔵分を買い戻しはじめた。同時に、彼はジュストンでの食料生産の増強にとりくんだ。とりわけ力を入れたのはよい粉がとれ保存がきくマニオカで、またサイザル麻、棉花、トウゴマを作った。それ以来、金曜の夕方になると、すでに身重になっている妻を離れて、労働者とともに自分の土地を歩きまわっている彼の姿が見られるようになった。

こうしたすべてによって、なぜ彼の名がソラン知事〔ヴィシー政権時代のグアドループの知事〕のいう「神の協力者」の上位を占めるにいたったかが説明できる！

「農園主ならびに小作人のみなさん、元帥はあなた方に最大の敬意を表しておられます。なぜならゆたかなフランスを、ゆたかなグアドループを、いま一度作りなおすのはあなた方だということを、よくご存じだからです。

元帥はわれわれ全員がよく知っているとおり、植物を生やすのが神であるなら、あなた方はその栽培によって神の仕事を手伝っているのだということを、ご存じなのです。[……]」

「神の協力者、か。これ以上に立派な称号はないよね?」

エライーズの死後にやってきたこの戦争が、私たちの一家をばらばらにしはじめた。ここまで、私はセルジュとルネのことはまったく語らずにきた。かれらは物語のない若者で、美しくも醜くもなく、天才でも劣等生でもなく、ただリセと女たちのベッドに自分なりの道をつけていったというにすぎない。

ところが驚いたことに、そのセルジュが平和主義を唱え、黒人が犬死にするはめになる白人たちのこの戦争をきびしく批判し、一方ルネのほうは「祖国のために(プロ・パトリア)」委員会の思想に共鳴して、「降伏主義の精神」を捨てよと説くのだった。言い争いは、毎日のこととなった。二人の少年はお互いに跳びかかり、喉をしめあい、キューバの闘犬のようにお互いにかみつき、ときには台所から包丁をもちだして相手の背中に突きたてようとさえした。ティマは怒鳴り、こんな騒ぎがやまないのであればおなかの子ごとこの家から出てゆくと脅した。

ある晩、ルネは部屋を出て、ラ・ロージュ丘の裏手で、おなじ年頃の少年たちの一団と落ちあった。かれらは、ドゴール将軍の軍勢に加わることを決意したのだ。一隻のボートがトロワ=リヴィエール〔バッス=テール南岸の岬〕でかれらを待ち、ドミニカ〔グアドループからは南南東に位置する〕へと運んでくれる。そこからイギリスにわたる便を探そうと、考えているのだった。この出発は、もしもう一つの事件がおなじ夜に起こったのでなければ、ジャコブの心をまちがいなく引き裂いたにちがいなかった。ところが夜の十一時ごろ、まだ数週間はおなかをひきずって歩くはずだったティマが、破水したのだ。恐れをなしたジャコブは階段を転げ落ちて、眠る女中をたたき起こし、ただちに産婆のマランファン夫人を呼びにゆかせた。彼がまたもや大急ぎで上に戻ると、もう小さな女の子がむにゃむにゃいいながら自分のへその緒をいじっているのだが、そのへその緒は彼女の首に三重に巻きついていた。

テクラ・エライーズ・ジャンヌ・ルイ、私の母だ。

洗礼は婚礼に似ていた。アルベールすらが、この機会には「女の子だ、女の子だ！」と、まだ手元にあるうちでいちばんいい服を着て、髪を整え、ジャン＝マリ・ファリーナのオーデコロンの残りをつけ、目に見えない二人の妻に付き添われて降りてきた。

洗礼は婚礼に似ていたが、家族はこれらすべてのよろこびの真只中に死がいることを知らなかった。それはティマの腹に隠れ——ティマは以後二度と妊娠することがなかった——ルネの出発の中に隠れていた——それは結局最後の別れとなり、ルネはＳＯＥＦ作戦（フランス解放特別作戦（スペシャル・オペレーションズ・エグゼクティヴ・フォー・フランス））の際に敵弾に倒れたのだ。洗礼は婚礼に似ていた。ポムリーのシャンペンが、おびただしく流れた。テクラが唇いっぱいにつけた知恵の塩を満足げに吸いながら教会から帰ってくるとき、はじめて、ティマは夫に感謝の視線をむけた。

洗礼は婚礼に似ていた。人々は何リットルものショド〔ヴァニラ・クリーム味の飲み物〕を飲んだ。ジャコブはいたるところに愛しい母親の存在を、まるで彼女がニルヴァの代わりにテーブルの中央の席についているかのように、まるで彼女がか細くも美しい声をもつレティシアの喉を借りて歌っているかのように、感じた。

この洗礼の三か月後、娘に哺乳瓶をくわえさせ、お尻に粉をはたいてやり、おむつを替え、わけもないその微笑を待ち望んで、どうにも滑稽な父親ぶりを発揮しているころ、ジャコブはソン知事からの書留郵便をうけとった。彼の有能ぶりが、政府高官の目にとまったのだ。ジャコブはいくつかの委員会に加わり、ニューヨークに出張する経済特使団の一員となるように、招待されたのだ！　母なる祖国フランスのお乳を奪われて、この島は別の栄養を求めている！　経済特使団の一員としてのジャコブ！　何という名誉だろう！　じつに、すぎたる名誉だ。二十四歳にして、彼がこれまでに故郷を離れたのはドミニカに行くときだけ、そしてその度ごとに、荒れる海の腕にゆられて、はらわたとともに魂すら吐きだしてしまうのではないかと思ったものだ！　それればかりか、この不穏な時世にティマやテクラと離れ離れになることは、彼を恐れさせた。それで彼は、この光栄な招待をさっさと断ろうとしたのだったが、そこにティマが彼の意見とは反対のことをすすめ、承知させた。

どうにも仕方なく、意気消沈したまま、もっとも大切なものをセルジュ――まだ二十二歳の若者で相当の放蕩者で大変な女好き――の世話にまかせてニューヨークに行ってくると彼がアルベールに告げにゆくと、アルベールは息子がこれまでついぞ聞いたことのなかった、はっきりと聞こえる、雄弁な口調でいった。

「ニューヨークに行くのか？　だったら、おれからの手紙をマーカス・ガーヴィーに届けてほしい。事務所があるんだ！　おまえ、マーカス・ガーヴィーという人を知っているか？」

その名を聞いたことのなかったジャコブは沈黙を守り、父親はさらになめらかに声高にいった。

「歴史上、もっとも偉大な黒人だ！　ああいう人物は空前絶後、二人とはいない！」

それから彼はセット・ペシェ・キャピトー〔七つの大罪〕という名の雑貨屋兼飲み屋に急ぎ——そこでは農民たちが彼の姿を見て思わず十字を切りそうになったのだが——そこで便箋と封筒一枚を買った。アルベールは、希望と忠誠を心に深く植えつけられていたのだといわなくてはならない！　ジャコブはあいかわらず驚きに茫然としたまま、父親が達筆に幸福感にあふれた脈絡のない言葉を、「アンティーユ灯油〔砂糖黍からとったアルコールのこと〕」の煤っぽいランプの光で書きつけてゆくのを見ていた。

非常に親愛なるマーカス・ガーヴィー様

私は、もう貴殿に生きてお目にかかることはないでしょう。しかし息子がこの手紙をあなたにお渡しし、人を高揚させる貴殿の教えから、私などにはけっしてできなかったほどの、大きな利益を得ることができることと思います。私は人生において何もなしとげませんでした。それでもなお、貴殿とおなじく、私もわが人種を誇りに思っています。自尊心をもつ白人が純粋なる白人種を信じるのと同様、私も純粋なる黒人種を信じております。だからこそ私は、心の底まで傷ついてきたのです。現在、私は野蛮人のように生きていて、口はきけず、耳も聞こえません。私はふたたび彼女が笑ったあのムドング、スバルになったのです。しかしながら私はつねに、われらが人種は今日なお日々こうむっている侮辱のすべてに、いつか復讐をとげると信じています。われわれが作り上げる歴史が世界を驚かすであろうことを、私は知っているのです。

(私はこの手紙そのものをもっているわけではないが、その内容については容易に想像がつく。)

ラ・ポワントに戻るとすぐ、ジャコブはジャンにマーカス・ガーヴィーについて調べさせた。この博識な少年にも、聞いたことのない名前だった。この小さな詮索屋は、すばらしい仕事をした。彼はすでに廃刊になった新聞や瀕死の新聞から記事を切り抜き、カミーユ・デジールのような知識人に話を聞き、市立図書館に閉じこもって、この偉大な男の悲劇的で異様で絢爛たる足跡を、再構成してみせた。

「彼はね、すべての黒人がアフリカに帰ることを望んでいた……」

ジャコブは恐怖とともにいった。

「アフリカへ?」

弟はもったいぶった言い方をした。

「われわれの祖先はそこから来たんじゃないの? アンティーユの人間は、この点に関して、非常に意見が分かれているんだけどね。このアドルフ・マテュランという人の書いた、非常に雄弁な論文を読んでみるといい! そしてそれから着想を得た、アンドレ・ベトンの記事を! だがカンダスとサティノーはそれに反論した。さらには共産主義者たちときたら！」

こうしたすべては、他に心配事のあるジャコブにとっては、とても複雑なことに思えた！ 自分がいないあいだ、店を仕切るのは誰にまかせようか？ ラクーの家賃の取り立てはどうするか——それは泣き言を並べたり同情をひくような話でごまかそうとしたりする店子に対抗して、毎週彼自身が牢獄の扉のように閉ざされた顔で臨むことなのだが？ ジュストンの農作業の監督は誰がするのか？ それにもし、かわいいおちびちゃんが病気にでもなったらどうしよう？ ジャコブにはすでに、藪医者どもが娘を切り刻んでいる姿が見えていた……。それにとりわけ、いったい誰がエライーズの墓の掃除をするのだ、雨の日も晴れの日も自分が欠かさず参っては、花瓶の水を取り替え、茎の萎れた部分を切り取り、月下香やフランジパンやアラムや百合の花束をいきいきとさせておくよう気をつけているというのに？

それぞれの町の門のところに位置するグアドループの墓地は死者たちの邦で、フィラオ〔モクマオウ〕という枝垂れた美しい樹が、亡くなった人々を見守っている。そこでは大理石と硝子と丁寧に白く塗られたコンクリートが、輝きを競いあっている。墓所には水盤があり、花が飾られ、十字架か真珠の王冠が置かれる。死者たちの写真の両側には小さなランプがつけっぱなしにしてあり、そのはかなげで頑固な光が、生きている者たちの愛情を象徴するのだ。

エライーズの墓は、王妃にもふさわしいものだった。

そういうわけでジャコブは出発前の数週間、気を揉みっぱなしだった。そうだ！ 彼がいないあいだ、いったい誰がその世話をするのだろう？

5

「コントラストの都会だ、清教徒的であり放縦、秩序あるアメリカと野生の大陸、東洋と西洋の二重の映像。五番街の豪奢からほんの三歩のところに、ここ薄汚れてでこぼこした八番街がある。ニューヨークはアメリカを象徴し、その人口の半分は外国人だ……。ニューヨークは大きく、新しい、しかし大きくて新しいといえばアメリカの全体がそうだ。ニューヨークにおいて最高に美しいもの、真に独自のもの、それはその暴力だ。暴力がニューヨークを高貴にし、正当化する。暴力がニューヨークの俗悪さを忘れさせる。なぜならニューヨークは俗悪で、他の何よりも強く、よりゆたかで、より新しく、けれども卑俗なのだ。都会の暴力は、そのリズムの中にある！」

これを書いたのは、もちろん私の祖父ジャコブではない。これは一九三〇年にニューヨークを訪れたフランス作家、ポール・モランの文章だ。

以下、ジャコブからティマへの手紙。

愛するティマ

ぼくたち代表団一行はパーク・アヴェニューのアンバサダー・ホテルに宿泊中。食事はとてもうまい。

ニューヨークは大変大きな都会で大変清潔だ。五十七丁目と十二番街の角にある中央ゴミ焼却場の見学に連れてゆかれたが、そこでは毎日何トンというゴミばかりか、野良犬までもが焼かれる。何という恐ろしい光景！　明日はぼくたちは警察署を見学にゆく。摩天楼の高さにはびっくりしたよ。父さんに、まだ例の手紙はわたしていないけれども絶対に忘れないからと伝えてくれ……。昼も夜も、テクラときみのことを考えている。

きみを愛する夫より

かれらはまず小さな船でロゾー〔ドミニカの首都〕にゆき、そこから汽船カタリナ号でアメリカめざして出航したのだが、そもそものロゾー行きのはじめから、議員団、太鼓腹に勲章を飾った成熟した年齢の明るい色の肌の男たち〔つまり中産階級をなすムラートたち〕は、このジャコブ・ルイなる青二才、アルベールとかいう評判の芳しくない黒んぼの息子に、おまえはわれわれの仲間ではないぞということを、はっきりと悟らせていた。船での食事時、かれらはジャコブに声をかけなかった。かれらはただ、彼がスープをぴちゃぴちゃと飲み、アスパラガスを根元のほうから食べ、チーズを素手で割るのを、放っておいた。バー＝喫煙室の聖域で、かれらはハバナ葉巻をくゆらせながらポートワインを飲んでいたが、そこに彼が入りかけても、無視した。そしてかわいそうなジャコブは、すっかり考えこんでしまった。

「なぜだ？　なぜおれを、まるで九柱戯（キーユ）〔ボーリングに似たゲーム〕のじゃまをする犬みたいに、邪険に扱うんだ？　おれが黒人だからか？　やつらは、自分の母親や祖母さんが黒人だったことを忘れたのか？　おれに教育がないからだろうか？　そうはいっても、おれの銀行口座は、やつらのに十分匹敵するのに！」

怒りと、反抗の萌しが、彼の頭でふくらんできた。背中を丸め、両手をポケットにつっこんで上甲板を歩きまわりながら、彼は実際に口にすることはないものの、辛辣な言葉の一撃をくらわしてやることを想像しつづけた。

四日めの朝、海は歯をむきだして跳びかかり、めちゃくちゃに暴れまわって、ジャコブはよじれる体と吐き気にすっかり気をとられて、他のことを考える余裕はとてもなくなった。すっかり打ちのめされたまま、ジャコブはともかくも五十丁目のゆきどまり、九十番桟橋に着き、そこは怪物じみた大きさで見える自由の女神からは石を投げれば届く距離だったが、彼は視線を上げるのを避けた。

本当のところ、代表団一行の中の太鼓腹で勲章を飾った議員連中は、目先のことしか考えになかったのであり、このごくありきたりな風体の若い黒人男を見くびっていたのは大きなまちがいだった。グレープフルーツのプランテーションをやっているせいでしばしばドミニカに出張していたジャコブは完璧な英語を話し、一行のうち通訳なしですませられる唯一の人間だった。それに彼は、商取引に関しては、信じられないほどの才覚をもっていた。フランスの駐アメリカ大使閣下その人が見る前で、アメリカの生産者たちに対して、島むけの緊急救援物資として最重要産物の長期信用売りを要求する段になると、彼のぎこちなさは消えた。ジャコブの攻撃的で食いついたら放さないという態度がなければ、この代表団の任務は、失敗に終わっていただろう！

商売の話で忙しくないときには、ジャコブはこの滞在を文字どおり夢のようにすごしていた。

いまにもびっくりして目が覚めれば、隣にはティマが寝ていたり、テクラに哺乳瓶をくわえさせていたり、トランプ遊びでジャンに負かされたりしているのではないかと思うのだ。家族の者に宛てて書く味気ない手紙の代わりに、ニューヨークが自分に与えている魅惑を、かれらにも実際に味わわせてやれたなら！　だがニューヨークを描写するには霊感に富んだ芸術家でなくてはならず、それなのにジャコブはただの商人にすぎないのだ！　空を石の靴で蹴っている摩天楼の神経質な長い脚を、どのように描写すればいいのか。治水された川の上に青くかかる鉄橋の勝ち誇った建築を、警官を乗せて自由自在に動きまわる馬を、乞食たちの道化師のようなぼろ着を、そして公園にあるむっとするほどよく茂ったこの名も知らぬ樹を。たった一万人の人間が住む集落にしか住んだことのない彼は、このすさまじい数の男女のどよめく流れに恐れをなし、熱狂していた。流れは彼のまわりでくるくる回り、人間の藁くずとなった彼を、まるで用のない方向へと運び去ってゆくのだ。都会の絶えまない喧噪が彼の耳をつぶし、彼はいまにも盗まれ、身ぐるみ剝がれ、殺され、溶けたアスファルトの中に放置されてゆくのではないかという危険を、つねに甘美に感じていた。

ある日、彼は赤や薔薇色や緋色や林檎の緑に塗られた、飾りのあるベランダの下が回廊になっている形式の、木造の家々が並ぶ通りに迷いこんだ。切れ長の目をして油をつけた長髪の男たちが彼にむかって謎めいた微笑を浮かべ、種々の草や激しい匂いのする果実を並べた台を指さした。それは彼に、父親の事務所で忍び見たことのある、何枚かの写真を思いださせた。一時間ほども自問しつづけたあげく（いったいどんな驚くべきアメリカに自分はやってきてしまったのか？）、ついに彼が一人の男の子に声をかけると、少年は丁寧にハンチングを脱いで、ここはチャイナタウンですと教えてくれた。

彼はそれから何度かそこを訪れた。そうとは知らずに、まるで血の中の何かがその習性を伝えたかのように、ずっと以前に父親がこの国の別の空の下で感じたような魅力を、この中国町に感じて。彼は「金龍」という店で一杯のお茶を飲み、通りの片隅にしゃがんで、金色に塗られた木製のチェス板の上で羽の生えた馬のかたちをした駒を真剣な面持ちで動かす人々を、じっと見ていた。

書類鞄の底の、アルベールから託された手紙に彼の指がぶつかったのは、滞在二週間めの中ごろのことだった。

百三十八丁目、西百十四番地。ジャコブはそれほど北のほうまでは、行ったことがなかった。地下鉄に飛び乗り、長い、はてしない通路をつまずきつつ進み、階段を上り、下り、ようやくふたたび太陽を見たところは草木のない広場で、油で汚れた紙屑が散乱し、見すぼらしい人々が陽射しで暖をとっていた。

まったく、こんどはまたどんな新しいアメリカに、彼はやってきてしまったのか?

彼の息をつまらせたのは、その一帯の汚さではなかった。工場の煙のように重い、この貧しく投げやりな空気でもなかった。それはこの男たち、女たち、老人たち、子供たちの顔が、彼のそれとおなじ色をしていたという点だ。まるで彼を歓迎するために、かれら全員がそれにふさわしい仮面をつけているとでもいうように。だが、何という仮面！　獰猛で愚弄的、グロテスクで絶望的！

ニューヨークにおける黒人の存在が、エレヴェーター・ボーイからホテルのドア係、靴磨きから新聞売り、傘をさした路上のネクタイ売りからタクシーの運転手まで、この都会に着いた当初からジャコブを驚かせていたとはいえ、ここハーレムの中心で彼がうけた衝撃は、そんなことでは予想もつかないほどのものだった。

彼は歩みを早めた。

百三十八丁目はひどく臭い大通りで、通り沿いにゴミバケツの摩天楼が、白昼だというのに歩哨に立っていた。百十四番地の一階に、UNIA（世界ニグロ地位向上協会（ユニヴァーサル・ニグロ・インプルーヴメント・アソシエーション））という表札が出ていた。ジャコブがおずおずと扉を叩くと、扉が開いて不格好な大男が姿を現した。両目は黒眼鏡で隠され、上等なポマードで髪をなでつけた男は、黙ってジャコブの話を聞き、それから涙を流し、しゃくりあげた。

「Marcus just died, man! In London!（マーカスはついさっき死んじまったんだよ！　ロンドンで！）」

6

ジャコブはもともとつねに目先のことしか考えない人間で、その目先はといえば、溺れるほどの愛に震えながら娘と妻を見つめるとき以外には、燻製ニシンの箱やラードの缶や雑草とりをしなくてはならないプランテーションの土地にしかむけられていなかった。その彼が、アメリカには何百万という、彼とおなじく祖先がここに金を生やすためにアフリカの土地から引き離されてきた人々が住んでいることを、発見したのだった。さまざまな拷問やリンチ、人種差別の物語を聞き、プランテーションから都会のゲットーへという、新しく発見したばかりの兄弟たちの長い道のりをたどりつつ、彼は嗚咽した。生きながら焼かれ、吊るされ、首を切られ、鞭打たれ、不具にされたこれらすべての黒人が、彼から眠りを奪い、彼はまだ夜も明けぬうちから苦痛の叫びを上げて目を覚ますのだった。例の黒眼鏡をかけて髪をなでつけた不格好な大男、ブラザー・ベンは、じつはきわめてやさしく愛想のいい男で、悪夢で汗をかいたジャコブの額を拭ってやりながら、こう驚きを口にした。

「いったいこういうことを教わりもしなかったとは、おまえさんのお国というのはどこの穴ぐらなんだ？」

ジャコブはため息をついた。

「信じてくれよ、おれたちが教わったことといったら、セーヌ川がどんな風に蛇行しているだの、アルプスの粉雪はどんなに白いだのといったことばかり……」

曾祖父アルベールとはちがって、祖父のジャコブは、日記をつけようという気を起こしたことは一度もなかったようだ。けれどもいろいろ調べてみると、私にはいくつかの発見があった。

百三十八丁目をたずねていった翌日、彼はアンバサダー・ホテルを去っている。太鼓腹で勲章を飾った議員団は、ジャコブ抜きで自由の女神の松明やエンパイア・ステイト・ビルディングの展望台に上り、模型のようなニューヨークを眺めた。ジャコブはブラザー・ベンとそのコカインで鼻の穴が白くなった弟とともに、本で埋まった薄暗い小部屋を共同で使うことにし、地元新聞をぱらぱらめくる以上の読書をしたことのなかったジャコブが、むずかしすぎる単語については辞書の助けを借りながら、マーカス・ガーヴィーの演説の解読にとりかかったのだ。ときには、このあまり熱心とはいえない学習にとりくむうちに彼は眠ってしまい、ブラザー・ベンは開いた本の上で彼がぐうぐうといびきをかいているのを見つけることがあった。すると彼はジャコブを起こし、こうきびしくお説教するのだった。

「ほら、おまえさんがそうして居眠りしているうちにも、われわれの人種の敵どもは眠りはしないんだぞ！　やつらはマーカスを殺したんだぜ、おい！　おれたちが任務をひきつがねばならん。それなのに、おまえさん、そこで居眠りしてるとはな！」

それを除けば、ブラザー・ベンとジャコブは、おなじ葛湯で育った兄弟のように仲良くなった。ジャコブはブラザー・ベンに連れられてあらゆる種類の会合、抗議集会、行進、記念式典にゆき、それらの場では白人たちがおこなってきた悪事が、終わることなく議論されるのだった。

「アメリカを守れという話になったなら、おれたち黒人の血だって十分赤いということにされちまう！　それ以外の時には、四つ角ごとでおれたちを殺しているくせに」

ジャコブはベンが大好きなグリッツ〔挽き割りトウモロコシのお粥〕やコラード・グリーン〔青菜の一種〕や、ハム・ホック〔豚足の燻製〕といった食物（いずれもアメリカ南部の黒人に親しまれている食物）を楽しむようになり、話す英語にも鼻にかかったアメリカ訛りが少々まじるようにさえなった。

彼が女たちに投げかける視線に気づいたベンは、彼を百四十七丁目に住む、あまり男のより好みをいわないシスター、ルイーズのところに連れていった。それでもルイーズは、ジャコブがひどく黒くてひどく醜いとぶつぶついうので、彼はこの肉の交わりはわれらが人種にとってじつに有用なのだと一席ぶった。そして愛するティマの額に角を生やす日がくるなどとは夢想だにしたことのなかったジャコブは、たちまちのうちに不貞の夫となったのだった。そう、このニューヨーク滞在は、ジャコブを新しい黒人に作り変えた。

私はといえば、祖父の人生におけるこの挿話、彼の存在の息のつまるような牢獄に吹きこんだ一陣の風を、うれしく思う。他所の土地にむかってつかのま開かれた窓を、よろこばしく思う。けれども、ああ、窓はすぐにまた閉められた。それでもやはり、誰にも語らないままに、彼がビルの谷間にかいま見た四角い空の思い出をずっと心にたずさえていたことは、私はたしかだと思うのだ。

彼の変身に最初に気づいたのは、太鼓腹で勲章を飾った議員連中だった。帰国の日、かれらがどこからともなく現れたジャコブに気づくと、彼はハーレムの黒人の本物の代表団にとりかこまれていて、その代表団は軽蔑の視線でこちらをじっと睨んでいるのだった。黒人の一人はジャコブを抱擁したあとで、説教をはじめたが、十二週間にわたる滞在のあいだにもまるで英語の進歩がなかった議員連中には、それはただの一言も理解できなかった。汽船ポーツマス号の乗客としてのジャコブは、往路に汽船カタリナ号で旅をした彼とは、何の共通点もなかった。彼は「こんにちは」とも「こんばんは」ともいわずに、かれらの目の前を通りすぎた。離れたテーブルに一人ですわり、読書にふけっていた。海がお得意の演し物にとりかかり牙をむいてみせても、彼は孔雀のように威厳と自信にあふれて、上甲板を歩きまわった。彼のこの変化に次に気づいたのはルイ家の人々で、出迎えにこなかったアルベールを除けば全員集合したかれらは、タラップの下に壁のように一列に並んでいた。彼はみんなが見た覚えのない軍隊式の歩調で降りてきて、ボクサーの拳のかたちでジャンの指を強く握り、こうささやいた。

「土産話はどっさりあるぞ、弟よ！」

刺繍のあるネグリジェを着て貞潔に眠っていたティマは、夜毎の責め苦が短くなるようにと神に祈ることを再開しなくてはならなかった。すると、ティマに拒絶され冷遇され頑なに放っておかれるのを埋めあわせるために、彼は愛人を作った。フローラ・ラクールという美しい赤い〔カリブ海先住民の肌の色〕黒人女でル・ボヌール・デ・ダーム百貨店のレジ係をしており、この女を彼はヴァタブル通りの上等な妾宅に囲った。

やがてラ・ポワント、そしてそれのみならずグアドループ全体の人々が、ジャコブのこの変身を実見することができた。噂によると、なんでもジャコブ・ルイは政党を結成したという。「立ち上がった黒人党」というのだ。

「立ち上がった黒人党？　そりゃ、どういうことだ（カ・サ・イェ・サ）？」

政治家とは、作れるものではない。何世代も前から巧みに嘘をつき選挙の不正を操作してきた家系に生まれなくてはならない。投票箱に、死者の票をつめこむ術を知っている者。あらゆる策略を心得ている者でなければならないのだ。ジャコブ・ルイは、いったい自分を何様だと思っているのか？

この政党の綱領がかなり漠然としたものだったとは、認めなくてはならない。それは一言でいってマーカス・ガーヴィーのあの有名な言葉「I shall teach the Black Man to see beauty in himself」に要約され、それは私の意見ではかなり平板に、次のようにフランス語に訳されていた。「私は黒人に自分を美しいと見るように教える（ジャプランドレ・オ・ノワール・ア・ヴォワール・キ・レ・ボー）」と。実際は、それはただ白人やムラートには「恐るべき第三者（テリブル・トロワジエーム）」と呼ばれた黒人党派の創設に際してレジティミュが唱えたモットーを、ふたたび取り上げたものにすぎなかった。

息子が政界に入るつもりだということを知ったアルベールは、はるばる隠居所をあとにして、髪も髭もぼうぼうのまま酒臭い息をしながら、店に顔を出した。

「やめておけ！　やめておけ！　おれたちは嫌われているんだ！　やつらは、おれたちが砂糖黍畑を離れたことを、許してはくれない。やつらが見たいのは、おれたちが手に鞭をもって牛車に乗っている姿なのさ。やつらはおれにそうしたように、おまえも糞まみれにするにちがいないぞ！」

ジャコブは肩をすくめた。

明らかにアルベールのいうことが正しかった。ジャコブに対する攻撃は、熾烈で、多方面からやってきた。すべての党派のすべての新聞が、このときばかりは一致して、怒りをぶつけた。なかでももっとも痛烈だったのは、共産主義者たちだった。シリウス・シレウスなる人物の批判は、ペンにインクの代わりに胆汁と硫酸をつけて書いたのではないかというくらい、辛辣をきわめた。彼は貧窮した人々が搾取され、ごくわずかな家賃滞納すらけっして容赦されず追いだされてゆくラクーの実態を、ことこまかに描写したのだ。店の従業員とジュストンの農業労働者の賃金の数字を出してきた。この人物は、口答えしたからといってティマに暇を出されたばかりの女中のインタヴューにゆき、その言葉をそのままに記すことまででした。

「あの人たちが黒いのは肌の色だけですよ。あの人たちは白人よりも悪い」

自分の社説の仕上げとして、この筆者は私の大叔父のルネがドゴールの軍に加わるために島を出てゆき、ルイ家の者がフランスに「血税」を払ったという事実は、都合よく忘れたようなふりをしていた。ジャコブがニューヨークへの経済使節団の一員だったことを理由として、ルイの一家全員を「ヴィシー派」で「コラボ〔対独協力者〕」だと決めつけたのだ。

映画館兼劇場のリアルト座では、有名な議員のサテュルナン・フィルコストが、帝国主義の尖兵たちに対する警鐘を鳴らし、その激しい演説をこうしめくくった。

「グアドループのみなさん、グアドループのみなさん、あなた方が平気で蛇を飲む〔何でもはいはいと信じこむ〕わけではないのだということ、膀胱を提灯だととりちがえる〔とんでもない勘違いをする〕わけではないのだということを、見せてやりましょう。この素性の知れないラード売りを、彼自身のインチキ天秤で量ってやろうじゃありませんか」

はじめジャコブは平然として、演説会につぐ演説会を催した。たとえ会場には興味本位の十二人ばかりの人間がいて、彼を笑っているにすぎないとしても。どうやら、演説のうまい人ではなかったのだろうと思われる。記憶力に自信がなかった。それで彼は最初から最後まで、小学生用の帳面に紫色のインクで丁寧に書いた演説（私はそれを一つも見つけることができなかった）を読み上げるのだった。

彼が落胆したのは、カプステールの町での事件があってからだ。集会のために借りていた部屋、そこにはジャンの他に五、六人の若い野次馬が来ただけだったが、彼がそこを出ようとすると正面に小群衆が待っていて、彼に石をぶつけはじめたのだ。石の一つは、もう少しで彼の右目をつぶすところだった。別の一つは右の頬を切り、血がほとばしって付け襟に飛んだ。さらに一つは腹に当たって穴を開け、彼はぬかるみにうつぶせに倒れ、一方襲撃者たちは暗闇に乗じてまんまと逃げおおせたのだった。

こうなると、彼も教訓を得た。彼は美しい思想をしまいこみ、いさめるティマの言葉をじっと聞いていた。

「さっさと死にたいんだったら、つづければいい！　パパなしの子供を私に残してゆこうと思うんだったら！」

数か月のうちに、彼は父親にひけをとらないほど老けこみ、遠くから見たなら人がまちがえるほどになった。不格好に着こんだ教練服は、しだいしだいにぶかぶかになってきた。額は、永遠にかぶっているコロニアル風の庇付き帽子の下で、いつも汗をかいていた。もはや彼は金儲け、つねにより多くの金を儲けることと、かわいいテクラを甘やかすことしか考えていなかった。ほどなく、愛人のフローラ・ラクールは二人の男の子を生んだが、彼がほとんど関心をしめさなかったので、このあわれな母親は嘆き悲しんだ。

「こんなこと、何にもなりはしなかった（ア・パ・テ・ラ・ペン）！」

彼はけっして愚痴をいわなかった。誰にも心を開かなかった。それでも、彼の目を見た者は誰でも、その水の中で一つの大きな夢が溺れたのだということを知るのだった！

7

ジャンも、ジャコブに劣らず苦しんだ。

かつてはよく笑った子が、エライーズの死、そしてルネがさよならもいわずに消えてしまったことで、まったく性格が変わってしまった。大好きな本を除けば、彼にはもはや話し相手といってもジャコブしかおらず、そのジャコブは何週間でも口を開かぬまますごすことのできる人間だった。ジャンの唯一の気晴らしは、バ・デュ・フォールの浜辺までまっすぐ歩いてゆき、そこからゴジエの小島まで猛烈な勢いで泳いでゆくことで、島には十二分十三秒で着いた。この規則正しい運動で、彼には筋肉がつき、体ができてきた。運動選手の体だ！

ある朝、彼は店にやってきてジャコブの小部屋にすっくと立った。ジャコブが一行一行、帳簿を確認してゆく部屋だ。

「聞いてよ、ぼくは師範学校に行くことにする。小学校の先生になりたいんだ」

目線を上げながら、ジャコブは反対した。

「小学校の教師だと！　しかしおまえはクラスで一番じゃないか！　何年かすれば、おまえはバカロレアに合格して、それから……」

ジャンはさえぎった。

「バカロレアなんかどうでもいい。ぼくは小学校の先生になりたい」

ジャコブが口をぽかんと開けているので、末の弟は説明した。

「やつらが兄さんにしたようなことを、ぼくはされたくないんだよ。ぼくは遠くに住むよ、やつらから離れて遠いどこかの町に、集落に、村に……」

ジャコブはそれ以上は何もいわず、目から涙を拭った。

こうして四年後、戦争がルネを帰さぬまま終わると、ジャンはグラン＝フォン＝レ＝マングルにむかった。これはグランド＝テールの村で、大洋の中の岩のように、砂糖黍畑の真只中にぽつんとあった。土地の農民たちは、教師などまるで好かなかった。けれどもこんどの先生はひどく若くて、たいそう美男なので、かれらはうけいれてやることにした。村人たちは、彼が屋根のトタン板を修繕し、雨水溜めの苔を落とし、藁布団にうごめくムカデを殺すのを手伝ってくれた。かれらは村の娘たちの一人をくれさえした。アナイーズといって、胸がふくらみはじめたばかりで、肌はシナモンの香りがする娘だ。女のことは何も知らなかったジャンだが、なんとか期待されたとおりの役目をこなした。ほどなく、アナイーズの腹を見て、人々は予想を述べるようになった。

「女の子だよ（セ・アン・ティ・フィ）！」

この乾燥して、電話局の電話聴取板のようによく音の響く田舎を、ジャンはすっかり気に入りはじめた！　ここでは、雨はまったく降らなかった。島中が洪水になる十一月でさえも。

授業の初日、彼は洟を垂らし陽に灼けて髪が赤くなった四十人のいたずらっ子を集め、こういった。

「ぼくが何も知らないということを、きみたちは知らなくてはならん。ぼくは何も知らないから、きみたちに飲み物や食べ物を与えてくれる人たちについてきみたちが知っていることを、学びにきたというわけだ！　あの人たちこそ、本当にものを知っている人たちだ……」

何ておもしろいでたらめをいうんだろう！　子供たちは、うきうきした気分になって、お互いの顔を見た。しかしそれでも、先生が本気でそういっているのだということに、かれらはすぐ気づいた。それから少しずつ、子供たちは先生にすべてを話すようになったのだ。

最初は、いろいろな物について。どうやって、ココナッツから油と石鹼を作るか。すずしくて、しかも雨漏りのしない小屋を、小枝を使ってどうやって建てることができるか。ヘチマが、いかに肌をなめらかにしてくれるか。カラパの油がいかに髪のもつれをほぐし、煙で燻さなくとも色を明るくしてくれるか。ベチベルの茎を使って、どうやって籠を編めるか。そして、あのすべての秘密のことがら、ほとんど言葉にされることはなく、主として女たち――母親たち、祖母たち、曾祖母たち――によって伝承されてゆく、あのことについて！　傷の手当てをし、癒し、あるいは病気にさせてやる方法！　病気どころか、死、さえもたらす方法！

ジャンはこうしたすべてを書きとめてゆき、百ページのノートが次々に埋まっていった（これらのノートはやがて『知られざるグアドループ』という題名の著作として自費出版された）。

やがて子供たちは、人から聞いた話を話すだけではなく、ジャンをその話の元の場所へと連れてゆくようになった。自分の住む小屋、両親のところへ。ジャンは土間にすわり、ミガンをクイによそって食べ、大人たちの皺だらけの顔、貧困に痛めつけられ、それでもなお非常に美しい顔を、自分の目で、間近から見つめた。毎日、彼は金儲けの心配とティマやテクラへの愛情によってラ・ポワントにしばりつけられているジャコブに宛てて手紙を書き、自分の幸福を語って聞かせた。

やすらぎ。貧しさ。貧しさ。やすらぎ。

ある日、アナイーズの父親がくれた、いつも眠っているようなロバのメルキオールにまたがって、ジャンはアンス・ラボルド〔アンスは「入江」の意味〕から帰ってきた。泳いできたのだ。漁師たちの二隻の小舟に泳ぎ勝ち、それから沖へと出てゆくかれらと別れてきた。ある別れ道にさしかかると、突然メルキオールがいななき、腰をいきなり激しく振って、彼を地面に叩きつけた。立ち上がったジャンはひどく怒り、ロバをこらしめようとしたが、そのときマンゴーの樹の下にうずくまっている一人の女の子が目に入った。この子は本当の黄金色のシャビヌで、帽子の下ではブロンドのお下げが踊っていて、虹色の目をそばかすがとりまいていた。ジャンは肌の色の明るい人々は避けるという習性が身についていたので、とはいえ礼儀正しかったから短い挨拶だけはぼそぼそと口にして、ふたたびロバにまたがった。と、そのとき何かが彼に襲いかかり、少女を改めてじっくりと見させ、彼をその場に釘付けにしてしまった。彼は自分がこういうのを聞いた。

「こんにちは、お嬢さん、どっちに行くの？　乗せていって上げようか？」

彼女は冷たく答えた。

「お先にどうぞ！　何も頼んでいませんん！」

その出会い以降、ジャンはおなじ人間ではなくなった。もう生徒たちにあれこれたずねることもせず、生徒の親たちとひそひそと話をすることもなくなった。学校がすむとただちに、彼はメルキオールの背に乗って、砂糖黍畑のむこうへと姿を消した。朝、鶏小屋で雄鶏が鳴いてからなおしばらくして、眠らなかったせいで赤い目をした彼が、ようやくまた現れた。夫がすっかり変わってしまったので、アナイーズはありったけの涙を流して泣きじゃくり、母親の意見をたずね、母親はただ我慢するように勧めた。こんなことが数週間つづいたあと、ある土曜日の乾燥してしずかな午後――この光景をアナイーズは一生覚えていることになるが――メルキオールがその背に巨大なカリブ籠を乗せて姿を現し、その籠を前後からはさんで支えているのはジャンと一人の少女であり、その少女の顔を見たアナイーズは茫然としてしまった。マリエッタじゃないか、マリオの娘の！

マリオというのは誰もその素性を知らない白人で、フランス人なのかイタリア人なのかイギリス人なのかすらわからなかった！　ある人は、彼は自分の国で誰かを殺してきたのだといい、またある人は、彼は銀行強盗をして連れのアデリア、髪のようすから見て黒人の血がずいぶん入っているにちがいない女とともに、身を隠しているのだといった。この二人は、どうやって生計を立てているのか？　みんなが不思議に思った！　マリオは大体いつも両足を頭より高くしてハンモックに寝そべり、アデリアはそのかたわらにいた。子供は二人いて、野良猫のように育てられていた。アデリオという、ある朝姿を消してしまった息子（噂ではマリオが自分の祖国にやったのだという）。そしてマリエッタ、ル・ムールからアンス・ベルトランにいたるすべての村の男どもが夢に見る少女。

私の大叔父ジャンとマリエッタの結婚、というのはこれはアナイーズの場合とはちがって教会での正式な結婚なのだが、これは私の家系をとりまく肌の色の壁に、大きな穴をうがった。ルイ家の兄弟たちは、あらゆる色合いの黒い肌をして、母親のおなかから次々に生まれてきた。ここにマリエッタが赤っぽい肌に縮れ髪のシャバンたち、そればかりかマリオお祖父さんに似た顔立ちのムラートの子供を、付け加えることになったのだ。

弟の結婚を知ったジャコブは、急いで店のシャッターを降ろし、テクラを脇にすわらせて、グラン＝フォン＝レ＝マングルまで送らせた（彼はティマ奥さまにふさわしい乗物としてシトロエンを買ったばかりだった）。兄弟は二十年来の習慣で手をつなぎ、行き当たりばったりに散歩した。突然、ジャコブが沈黙を破った。

「アナイーズに恥をかかせてはいけないよ。おまえが彼女を辱めるなら……それはね、ちょうど……辱めることになるんだ……おれたちの母さんを！」

ジャンはうなずいた。

本当は、マリオは誰も殺してはいなかった。ただある日、自分が住む世界を見まわし、それが非常に醜く、膿を吹くおできだらけの顔をしていると思ったのだ。それで彼は船を買い、パラマリボ〔南米カリブ海岸のスリナムの首都〕に接岸したとき、そこで娼館からアデリアを奪った。それから二人で出帆し、グアドループまで航海してきたのだ。もちろん、ジャンとおなじく、彼もマルクスやエンゲルスを読んでいたが、かれらよりもルソーを好んだ。

「グアドループの農民のことを考えてみるよ、漁師でもいいが！ 農民か漁師。そいつは気弱な心をもち、頭は気前のいい考えでいっぱいだ。この男を学校の椅子にすわらせる。襟をつけ、ネクタイをしめさせる。フランス語を教える、するとそいつは猛獣になり、心は石、牙は血に飢えている！ 黒人、ムラート、白人、どれだっておなじことさ、お決まりのプロセスだ！」

ジャンはそれはもっともだと思い、それに答えて、自分の父親、ついで兄が、どんなにぼろぼろにされたかを話したのだった！

木曜日には授業がないので、ジャンはアンス・ラボルドの村に下りてゆき、そこで義父と婿がいつまでもおしゃべりをしていると、この終わりのない無駄口にうんざりしたアデリアが、こう叫ぶのだった。

「いい加減、口をつむったらどうなの！ それからね、ジャン、あんたは女二人を満足させなきゃならないんだから、あの娘たちのそばにいるべきなんじゃないの！」

私としては、このマリオの影響は決定的で、ジャンを甘い反抗的な夢想家、ガーヴィー思想の混じったルソー主義者に仕立て上げることになったと考えている……。私の不幸な大叔父は、人が彼に演じさせた役割を、けっして運命づけられていたわけではなく、彼がやがて殉教者として死ぬことになったのは、彼の責任ではなかったと思うのだ。

グラン＝フォン＝レ＝マングルの住人たちは何気ない顔で、ジャンが二人の妻とどうやって仲良くやってゆくのかを見ようと、寄り道をしていった。かれらの興味を引いたのは、数ではない。男は誰だって、二人あるいはそれ以上の妻をもっていたのだから！　村ごと、町ごとに妻を一人ずつ置いている男たちだっていた！　そうではなく、二人の女がおなじ屋根の下で、飲んだり食ったり眠ったりしているのが、どうにも気になったのだ。かれらは小屋に入り、きれいに磨き上げ木の葉の匂いのする三つの部屋を点検した。二つの寝室が隣あっていて、間の薄い仕切りに開けられた通路には木製の珠を連ねたすだれがかけられ、ちゃらちゃらと音をたてながら目隠しになっている。部屋の一つには二つの鉄製のベッドがあり、その間にゆりかごが置かれていて、そこにはまだアナイーズのおなかの中でうごめいている小さな存在が、やがて眠ることになる。鉄製のベッドは狭く貞潔で、まるで一緒に成長しおなじ蠟燭の明かりで本を読む小学生の姉妹ののようだ。そしてアナイーズとマリエッタは、事実うまくやっているようで、仕事をすべて平等に分かちあい、それはどうやら肉体の快楽についてもおなじだった……。たらいに入れた青い水で洗濯物を手で洗うとき、アナイーズの瞳の奥に、翳りはなかった。一方、愛により手なずけられたマリエッタのほうは、野良猫のようなところがなくなり、歌をうたいながら中庭を掃いたり、庭で薔薇を作ろうと試みたりした。ジャンは、まるで暖かい寝床でぬくぬくとしている雄鶏のようだった。結局、人は自分が望むとおりの顔を、幸福に対して与えるものなのだ。

8

このころ、私の母テクラ・エライーズ・ジャンヌ・ルイは、八歳になろうとしていた。誰もが美しいと認める少女だったが、美しすぎてまったく魅力に欠けていた。何らかの欠点、ぺちゃんこの鼻や分厚い唇やピンク色の歯茎（黒い歯茎が美しさのしるしとされる）があったなら、と願いたくなるほどだった。そうすれば、その瑕（きず）そのものが顔立ちに生気を与えたのに。その代わりに、氷のようにひややかな完璧さ。母親に似てゆたかでいつもカラパの油できちんとなでつけてある髪の下に、丸くて大きなおでこ。まばたきもせず正面を見据える、大きなアーモンド型の目。ほとんどまっすぐな鼻。強い唇のある口、でも強すぎるということはなく、それがときどき微笑とともに開かれては、とても白くて並びのいい歯が見えた。

それに加えて、どうしようもなく甘やかされていた。ティマからもジャコブからも、けっして何一つ断られたことがなかった。ジャコブは黄金のような価格でフランス産の林檎やマスカット葡萄を買ってやり、少女はおなじ年頃の腹をすかせた貧しい子供たちが樹になっているバナナやマンゴーをとって食べていることさえ知らなかった。ティマは、もしこの娘を失うことがあったならという恐怖のせいで十二歳までは白い服しか身につけさせないという願をかけていて、それで娘はエナメルの深靴、レースの刺繍のあるオルガンツァの服で、日傘と学校鞄をもった女中に手をひかれて、ヴェルテュー姉妹がやっている私立学校に送られているのだった。むりにそうさせられるとき以外は他の子たちはこの娘の隣にすわらず、彼女をじろじろ見ながら悪口をいった。

「あの子、自分の子守に唾を吐きかけた！」

「うちのパパはラ・ポワントをそっくり買えるくらいお金がある、っていったよ！」

「怒って地団太を踏んでた！」

「あの子がいったんだけどね、……」

日曜にはティマと一緒に歌ミサに行ったが、そのために髪は前日から熱い鉄ごてを当て薄葉紙で巻いて痛めつけられ、つや出し加工した木綿のつば広の帽子の下に押しこまれていた。四時になると、日曜の昼餐に招待された大きな従姉が、映画館のラ・ルネサンス劇場に連れていってくれ、彼女よりもその従姉のほうがよろこんで、シャーリー・テンプルの主演映画を観た。六時になるとこんどはジャコブが彼女の手をひいて、エライーズ母さんのお墓の花の水を替えるのに連れてゆくのだった。

平日には、ピアノ、ヴァイオリン、舞踏、歌、教理問答と、おまけに算数も教わっていた。直角三角形の斜辺の二乗ということが、どうしてもわからなかったからだ。

彼女、私の母が、自分の子供時代を憎んでいたのもむりはない！

9

戦争が終わったからといって、私の大叔父のルネが帰ってくるわけではないことが明らかになると、ジャコブはフレボー通りに住むイタリア人のグイディチェルリのところに、テクラの洗礼のときにとった写真をもっていった。グイディチェルリは、彼の店の設備がごく簡単なものだということを思えば、驚くべき仕事をしてくれた。洗礼盤の上で生まれたばかりの子を抱いているルネの顔だけを切りとり、それを引き延ばしたのだ。こうして引き延ばした写真は、どうしてもぼやけてはいたが、唇をひきしめ眼鏡をかけ固い襟をつけた若い男の、まだ天使とも野獣ともつかぬ未完成な顔だちを、よく復元してくれるものとなった。ジャコブはそれに黒い枠をつけさせ、以後それはフォーブール゠デヌリー通りの家の客間の人目につくところに飾られた。それを壁にかけながら、ジャコブは奇妙な印象をもった。別のもう一人の男を忘却し、その男に家族の記憶という名誉を拒んでいるような気がしてきたのだ。胸をつかれる思いで、彼は異母兄のベールのことをふたたび思いだした。どんな状況で死んだのだろう？　動揺した彼は、次の土曜日にジュストンに行ったとき父親に聞いてみようと決心した。けれどもそんなことを実際にするわけがないのは、わかりきっていた。

おなじ日の午後、ティマはジャコブのところに女中を急がせて、弟のジャンの妻、アナイーズが死んだと知らせた。

死んだ？

ジャコブは、化石の森のようにしずかな村にやってきた。三か月前、この付近のすべての女たちのお産を手伝うママン・ジョルジーナが、丸々としたほっぺたの大きな赤ん坊を目に見える世界に登場させたのだが、その子はたったいまくぐり抜けてきた変身に、まるで怖じ気づいていなかった。三つの晴れやかな顔がのぞきこみ、三組の目がきょろきょろと動いて、この小さなぽっちゃりした体をよく調べようとした。異常なし。冒険の準備、完了だ！

洗礼の日、ラム酒もショドも気前よくふるまわれ、ジャコブを除けば、ジャンの生き方をまるで認めていなかったルイ家の人々はその不在によって目立っていたのだが、マリオのほうはちゃんと出席してコルシカの歌をいくつもうたって聞かせた。

愛の島よ……

それから、人々はアナイーズがブラウスのホックをはずし、息子デュードネにお乳を与えるのを見た。そしてまた、小学校の子供たちが、ジャンが考えた地元の歴史を、大声で暗唱するのを聞いた（この当時、学校ではグアドループの歴史は教えられていなかった）。

「むかし、わたしの邦、わたしの島グアドループは、カルケラと呼ばれていました。他人を殺したり傷つけたりすることを知らない人々が住んでいました。みんなは海や美しい水の流れる川でとった魚を食べていました。煙草、マニオカとトウモロコシを栽培していました」

人々は、マリエッタが小屋の軒下の調理場で忙しく働いているのを見た。

それなのに、何が起こったのか？

アナイーズは、ハリエンジュの木でできたベッドの上に横たえられていた。彼女の母親の作った屍衣を着せられて、それが顔と奇妙なコントラストをなしていた。若い。やすらかだ。ジャコブは嗚咽した。

「おまえ、この娘に何をしたんだ？」

ジャンはお手上げだという身振りをした。アナイーズの死体は、三日三晩にわたる捜索の末に見つかったのだった。男たちは松明を灯し、いくつかのチームに別れて探した。あるチームは砂糖黍畑をくまなく歩いた。またあるチームは、あらゆる小屋の扉を叩いてまわった。さらに別のチームは、アンス・ベルトラン、ル・ムール、サン＝フランソワまでも足を伸ばした。誰も海だとは考えてもみなかったが、舟を出そうとしている漁師たちが彼女を見つけたのはある入江の底で、その恥丘には海草が絡まっていた。

アナイーズが死んで、この自殺した女が生命を愛していたことの逆説的なしるしとして、七日七晩にわたって土砂降りの雨がつづいた。六月、つまり硫黄の色に枯れた砂糖黍畑の上に光がきらめく月、ラ・ポワントの町では水がとだえる火事の月、途方もない暑さの月に、空は壊れた樋のように水をぶちまけたのだ。大地はもうたくさんというまで、ふんだんに水を飲まされた。人々は晴れ間を待って、三日三晩アナイーズのお通夜をつづけた。それから雨はどうにも上がらないと観念して、葬列はぬかるみをぱちゃぱちゃと音を立てながら動きだした。雨の滴は小石のつぶてのように棺ではね、頭を低くしてあとをついて歩く者は、雨傘やバナナの大きな葉、あるいはジュートの袋さえかぶって身を守ろうとしてもむだで、たちまちのうちに骨までずぶ濡れになるのだった。アナイーズが自殺したことを、彼女を洗礼し聖体拝領をつかさどり毎週木曜日には少女のささやかな罪の告解を聞いてきたルブリ神父は非常に怒り、また自殺者である以上は教会の儀式は何もおこなえなかった。花も、棺の上に置く花環もないままに、汚辱の箱でしかない彼女の棺は、墓穴に投げこまれなければならないのだ。だが彼女を愛した者たちは、そんなことは許さず、それは誰も見たことがなかったほど美しい埋葬となった！　人々は、一九二八年の台風よりもずっと前にマタルパという娘、カドリーユをとても上手に踊ったマタルパが、花の齢で死んだのを思いだした。そのとき彼女はすべての人の心に悔いを残し、忘れることのできない数々の歌が生まれたのだった。しかしその場合ですら、埋葬はこれほど美しくはなかった！　空から落ちてきた、このものすごい水にもかかわらず！

アナイーズの死は、私の大叔父ジャンを決定的に書物と思想と考察の世界に追いやった。授業が終わってしまうと、自分の父親とおなじく、彼はもうまったくといっていいほど口を開かず、マリエッタに意志を伝えるにも、ほとんど聞きとれないようなつぶやきをもらすだけだった。たくさんの方面からの情報を整理するにはじゃまの入らない場所がいるという口実のもと、彼は自分だけの手で、助けを断って、小枝作りの小屋を建て、そこに閉じこもった。夕食を温めなおすのにうんざりしたマリエッタが、真夜中すぎに呼びにくると、こぶしを腰にあてながら彼はゾンビのように立ち上がり、彼女についで大きなベッドにゆき、そこで彼女を抱いた。（この言葉なき抱擁によって、それでも十人の子供が生まれた。）

アナイーズの死は、ジャコブとジャンをいっそう近づけた。少なくとも月に一度、ジャコブはラ・ポワントからやってきた。兄弟は小枝作りの小屋にこもり、少年時代のように、ジャンは本のページをめくったり、自分の考察を書きとめた文章をジャコブに読んで聞かせたりした。（彼の著作『知られざるグアドループ』はジャコブにささげられている。）

そしてしばしば、ジャコブとジャンは会話した。ジャコブは、そのカラスのような声で言葉をはっきりと発音し、ジャンは鍛冶屋がめったに扱わない金属を使うかのように言葉を使った。

「変だろう？　彼女がいなくなって、それ以来、彼女のことをずっと身近に感じるんだ！」

「おれもエライーズ母さんのこと、そう思うよ！　ときどき、ジュストンでね、母さんが絶対におなじ部屋の中にいると思うことがある、おれのやっていることをぜんぶ見ているって！」

ときには、ティマの意見にさからって、ジャコブはテクラを連れていった。ところが、少女はラ・ポワントで送らされる生活を毛嫌いしていたくせに、グラン＝フォン＝レ＝マングルに滞在するのは、それよりはるかに嫌っていた。汗くさくて、クレオルを話し、べとべとした唇でキスしてくる農民たちが、少女は大嫌いだったのだ。父親は、いつもこういって叱った。

「ほら、お行儀よくしないか！　こんにちは、っていいな！」

彼女は食事に使うクィが大嫌い、夕食のあとで歯も磨かない従妹弟たちに混じって地面にじかにしいて寝る藁布団が大嫌いだった。なかでも大嫌いだったのがマリエッタで、この人は金髪で裸足で万事おかまいなしで、いつだって身ぎれいにし朝七時からきちんと髪をゆっているティマとは大ちがいだった。少女はマリエッタの目の中に、次のような自分に対する軽蔑が読みとれると信じていたが、それはおそらく少女自身の奥深くにしかないものだった。

「そんなにもったいぶってみたってだめよ！　おとぎ話の蛙みたいにうんと体をふくらませてみたって、むだ。いつになったって、あんたは縮れ毛の黒んぼ娘以外の者に、なりようがないんだから。それも、とっても黒い肌の、ね……」

10

世界はおそらく一九五三年を、ヨシフ・スターリンの死の年として覚えているにちがいない。その死は世界中で報道された大ニュースだったから。けれどもその出来事は私の祖父ジャコブの心にはほとんどどんな位置をしめることもなかったし、それはかつてはマルクス主義、人種、階級をめぐる言葉に夢中になっていた私の大叔父ジャンにとってもおなじだった。この年、一九五三年がかれらにとって忘れがたいものとなったのは、かれら以外の人にとっては別に意味のない事実が相次ぎ、それらがロシアの一独裁者の死などよりもはるかに、二人のそれぞれの人生を曲げてしまったからだ。一九五三年一月十三日、大叔父ジャンの著書『知られざるグアドループ』第一巻が刊行された。彼はこの本を書くのに、七年半の歳月をかけていた。給料をつぎこみ、マリエッタには子供たちの靴の底をはり替えるお金すら拒んで、彼は印刷屋のジャン・ルパンティールが要求する額をなんとか用意していた。今日では古典だと考えられ、修士論文や博士論文を書く学生たちには好き勝手に剽窃されているこの著作は、二百部のみ印刷され、これをひきとるためにラ・ポワントに降りていったジャンは、それをどうにかこうにかスーツケースにつめることができた。それから彼は波止場に回り道をして、その一部をジャコブに進呈したが、ジャコブのほうは弟がスーツケースを大事そうにかかえこんで、聖体拝領台から帰ってくる人のように胸がいっぱいのようすをしているのが、なぜなのかわからなかった。ジャコブを訪れたあとでジャンは、いまでは共産党の有力メンバーとなっているカミーユ・デジールに会いにゆき、「炎(ラ・フラム)」紙でこの本について書いてくれと頼んだ。『知られざるグアドループ』は、彼にとっては民衆という永遠に埋もれたままの存在の、創造性の記念碑なのだった。カミーユは他のことに頭がいっていたのだが(何しろ、スターリンが死んだのだ!)、とにかくできるかぎりのことはしようと約束し、ユベール・モンデジールの書店に二十部ほど置いてもらうことを勧めてくれた。

「炎」に記事は出なかった。しかし「ル・ヌーヴェリスト」や「民衆の声」その他二、三の刊行物に掲載された書評は、この作品の文体とそのおめでたさ(おやおや、超自然的なるものをめぐるこの件(くだり)はどうだ!)を嘲笑し、自分を知識人だと信じこんでしまったこの一介の小学校教師君はさっさと原っぱに帰りたまえ、と論ずるのだった。

こうした書評を読んで、ジャコブは涙を流した。

「なぜ、なぜやつらはおれたちをこうまで憎むんだ? もうやめておこう、という気にはならないのか!」

その結果、モンデジールの店に預けられた本は店晒しのまま黄色くなり、それから隅に片づけられた。しかし、『知られざるグアドループ』に目をとめた人が、いなかったわけではない。

一九五三年三月二日、県の連絡をうけた大学区視学のベナール氏が、グラン＝フォン＝レ＝マングルの学校にやってきた。彼は教室のいちばんうしろの席にすわり、たっぷり三時間、フランス語の授業、歴史の授業、実物教育の授業を聞いた。それがすむと彼は帰ってゆき、報告書を作成した。

結果はすぐに出た。一九五三年四月十七日、書留をうけとったジャンは、教員資格を剝奪されたことを知った。したがって現在住んでいる家をただちに空けて、新しい教員に提供しなくてはならない。

その晩、ジャンとマリエッタは子供たちと家財をまとめて、近所の人に借りた牛車に積みこみ、生徒たちとその親たちのさびしい視線に見送られながら（ぽろぽろ泣いている者もいた）、マリオとアデリアの住むアンス・ラボルドへの途についた。

三日後、この不幸の報せをうけたジャコブがアンス・ラボルドに突然姿を現すと、マリオはいつもどおり両足を頭よりも高く上げてハンモックに揺られており、マリエッタとその母親は毎日の口論に忙しく、ジャンは木の枝を切って小屋作りの材料にしようとしているところで、それを息子たちがおもしろそうに見ていた。

「ジュストンに来いよ！　家は片づけておいたぞ！」

ジャンは頭を振った。

「おれが家の財産を管理しているだけだということは知っているだろう。いま、財産を分けてやろうか？」

ジャンは頭を、いっそうきっぱりと振った。

「せめて少しでも、何かさせてくれよ」

ジャンはアナイーズの生んだ息子、デュードネをじっと見た。それでジャコブにはわかって、この子の手を引き、そのままラ・ポワントに連れて帰った。

生計を立てるために、ジャンは代書屋になった。インク壺と主計曹長（セルジャン＝マジョール）印のペンだけをもって、彼は市場のそばで腰を下ろしていた。ここで彼は、農民たちのためには納税通知書を準備し、女たちには兵隊にいった許婚者に宛てた短い恋文をしたため、店子には大家に出す嘆願書を書いてやった。社会保障の書類には、くたくたになった。何をどう書けばいいのか、誰にもわからないのだ。

けれども彼は代金をもらうのを忘れることがよくあり、人の同情をひこうとするどんな嘘でも、それを現金の代わりにうけとるのだった。じつはこうしたすべては彼にはどうでもよかったのだ。真の人生がはじまるのは夜九時、小枝作りの小屋に一人でこもって、『知られざるグアドループ』の続篇を執筆するときだった。

こうしてしばらく時がすぎると、マリエッタもどうにかしないわけにはゆかなかった。わずかのあいだ学校に通ったとき以外には手にしたこともなかった絵筆をもって、彼女は一所懸命に、二枚の貼り紙を書いた。一枚には大きく「どんどん注いだ（ア・ヴェルス・トゥージュール）」という店の名。もう一枚には小さく「信用は死んだ（掛け売りお断り）」。払いの悪い連中が殺したのです」。それから彼女は、ジャンがみすみすとり逃がしたお金を自分の店でとり戻そうと、「一杯飲み屋」をはじめたのだった。

デュードネの泥だらけの足が自分のぴかぴかの床を歩くのを見て、よろこんだのはティマだった！ ジャコブの顔色を見れば、抗議することはできないとわかっていたので、彼が出てゆくのを待ってから、ティマはこの不幸な少年の両手に水の入った桶とたわしをもたせた。ピアノのお稽古から帰ってきたテクラは、この闖入者が床に膝をついて、頬を泡だらけにして泣いているのを見た。それを見て、どういうわけかはよくわからないのだが、彼女の心の琴線が弾かれ、そのこれまで聞いたことのない音はしだいに強くなってゆき、彼女をすっかりみたした。彼女は小さな従弟をしっかりと抱きしめ、それ以来、母親の爪からこの子をなんとしても守ろうとするようになった。

小学校（プティ=リセ）の子供たちは、グラン=フォン=レ=マングルからやってきた、ひどいフランス語を話しノートはあちこちに染みをつけたこのぽっちゃりした頬の男の子を見た。たちまちのうちに、かれらはこの子にネグ・マウォン（マロン（山に住む逃亡奴隷）の黒んぼ）という仇名をつけた！

一九五三年十二月二十日、みんなすでにクリスマスのことしか頭になく、子供も親も待降節（クリスマス前の四週間）の賛美歌を歌ってすごしていたころ、ジャコブは店に立派な身なりをした未知の人物の訪問をうけた。ジルベール・ド・サン=サンフォリアン氏、最近パリから戻り、父親の弁護士事務所をひきついだばかりの人だ。かれらは二人きりで、四時間も部屋にこもったままだった。それからジャコブが酔っぱらった黒んぼのようにふらふらと出てきたかと思うと、車の運転席にすわり、下手糞なドライヴァーらしく二、三度車をがくんがくんとさせたのち、町を出てゆく姿が見られた。人々はその日のことを覚えているにちがいない、なぜならものすごい速さで突っ走ってゆくその車を見て、誰かが思いつきでルイの家が火事なんだと口にしたせいで、ラ・ポワントの町は大騒動になったからだ。

ジャコブはマリオとアデリアの家の前で、ひよこのために地面をあさっていた雌鶏を逃げまどわせながら車をとめ、大声で呼びかけた。

その声がただごとではなかったので、アンス・ベルトランの市場から帰ってきた弟は不幸があったのではないかと思い、あわてて走り寄ってきた。

「父さんがどうかしたのか?」

ジャコブは吃った。

「殺した! 彼を殺したぞ! 彼を殺したのは、父さんだったんだ!」

「ジャン! ジャン!」

ジルベール・ド・サン゠サンフォリアンの話

ベールが、はるか以前に父親がサンフランシスコで買ったコートに首を埋め布張りのスーツケース一個をもって、港湾列車からパリのサン゠ラザール駅に降り立ったとき、彼はひどく裏切られた気がした。あらかじめ到着を知らせてあった親友のジルベール・ド・サン゠サンフォリアンが、迎えにきていないのだ。少し前からあわれなジルベールがルマン〔パリの南西一五〇キロほどにある都市〕のイエズス会経営の寄宿学校ですっかり萎れており、無断外出など思いもよらない境遇にあることを、ベールは知らなかったのだ。会えると思って、本当によろこんでいたのに! それでもベールは見捨てられていたわけではなかった。カミーユ・デジールの友人が、小さな紙に名前を書いたのをもって、待っていてくれたから。この人はジャン・ジョゼフといって、植民地の物産の仲買人だった。

雨が降っていた。

輝く街路は、霊柩車のように陰気な自動車の群れ、黒い雨傘をさした女たち、円い帽子をかぶった男たちでいっぱいで、そうしたすべての舞踊を、重いペルリン〔頭巾つきのマント〕を着た警官が指揮していた。ベールはこの灰色の大都会を、激しい恐怖を感じながら見つめた。ジルベールの熱のこもった描写を思いだしながら、親友が自分をだましていたのではないかと訝（いぶか）らずにはいられなかった！　でもそれから、都会というものはたぶんそこで生活する人間それぞれの体験によって変わるものなのだと、自分にいい聞かせた。

ジャン・ジョゼフに手を借りて、路面電車に乗った。汚水の色をした服を着た群衆が、ふりかえってこちらを見、げらげらと笑った。それにはかまわず、ジャンはもう十五年前に離れた故郷のようすを知りたがった。彼が島を出たのは戦争の前、ずっと前のことなのだ！

「やれやれ」とベールはぼんやり思った。「たぶん、そのうち慣れるだろう！」

さしあたっては、人々のこの視線が彼を侮辱し、拷問にかけ、これまではさほど気になることもなかった自分の黒い肌を、苦痛とともに意識しなくてはならなかった。一人の金髪の女が、彼の顔に手を伸ばし、撫ぜ、感嘆の声を上げた。

「まあ、本当にすばらしい色じゃないの、これは！」

するとみんなが、ジャン・ジョゼフさえもが、大声で笑ったので、ベールは衝撃をうけた。黒人は自分自身を嘲弄しなくてはならないのだろうか？

ジャン・ジョゼフの商売はさほど繁盛しているようではなかった。住まいがものさびしい通りにあったからで、その名前をベールはラ・ロケット通りと読んだ。そこには子牛の頭が積まれた肉屋やハンチングをかぶった男たちが酒を浴びるビストロが立ち並び、洟をたらし麦わら色のぼさぼさ頭をした子供たちが駆けまわっていた。ベールは、エライーズの最後の口づけを思って嗚咽がこぼれそうになるのをこらえた。ジャン・ジョゼフは、ひっきりなしにしゃべっていた。

「おれはこないだ黒人防衛委員会のメンバーに指名されたんだがね、これがどういうことかっていうと、フランス帝国主義の尖兵たるグラシアン・カンダス氏にも、おれの名前が嫌でも耳に入るということだよ！　黒人は誰でも、こっちに着いたその日から、たった一つの考えしかもっていない。白人の女とやる、ということだ！　こういう冗談知ってるかい？　オルガスムに達するときに、黒人はこう叫ぶんだとさ。「シェルシェール万歳！」ってね〔シェルシェールは奴隷解放に尽力した人物〕」

ベールはお愛想で笑った。心の中では、自分の父親だといってもおかしくない年齢のこの男のことを、ずいぶん軽薄だと思った！

「サンゴール〔セネガルの文人政治家。アフリカ人としてははじめてアカデミー・フランセーズ会員となる〕だって、ピカルディー出身の女と結婚してるもんな！　おれはちがうよ、おれの女房はきみやおれとおんなじ。黒人だ！　そこから、おれたちの誇りがはじまる。伴侶の色に対する誇りだな」

通りは広大な墓地にぶつかり、ベールはもの悲しく墓標に飾られたこの森にぞっとし、はじめて故郷から遠い土地での死、悪い死について考えた。彼の墓石の上には、誰が腰を下ろすだろう？　花瓶には、誰が花をそなえてくれるだろう？

六階までやっとの思いで上がってゆくと、ひどく暗いアパルトマンで、ジャンは彼の黒人の妻を紹介してくれた。といっても、この人はじつはマダガスカル人〔一九六〇年までフランス領だったマダガスカルの住民は主にマレー系〕で、絹のような髪を肩までたらしていた。こんな髪をした女性を見たことがなかったベールは、思わず見とれてしまった。ジャンはあいかわらずおしゃべりをつづけた。

「明日は、ゴトン・リュニオン氏に挨拶に連れていってやろう。偉大なグアドループ人だよ」

マダガスカル女は涙をためたベールの顔を両手ではさみ、口にやさしくキスをした。

「おい、この子にかまうんじゃないぞ！　それに、おまえさんたちの戯言（たわごと）を、この子の心にやたらにつめこむなよ。それくらいならフィ＝フィでも聴きに連れていったほうがましだ！」

実際には、ベールはどちらにもゆかなかった。朝早く、彼は外にすべりでて、ジルベールを探しにいったのだ。手紙にあった住所は、胸ポケットにもっていた。アルジェ通り五十一番だ。日曜日だったので良心がとがめるのを感じた彼は、最初に目についた教会に入ってみたが、それはサン＝ピエール＝エ＝サン＝ポール大聖堂の石の内壁とはずいぶんようすがちがったので、祈ろうという気持ちはすっかり失せてしまった。それでも彼は初聖体以来もっている数珠の銀の珠をすべてつまぐってから、ふたたび歩道上の冒険に出発し、通行人にどんなに嘲笑されようが気にすまいと努めた。どこでどうなったのかは知らないが、やがて彼はどうもルーヴル美術館だと思われる巨大な建物の前に出た！　この付近のことは、以前にジルベールが長々と書いてよこしていたのだ。

「カルーゼル広場は一六九二年にできた。その名前がついたのは、ルイ十四世がおこなった騎馬パレード（カルーゼル）のためだ。一六〇〇年にはそこはパルテール・ド・マドモワゼルと呼ばれる、城壁と埋め立てた堀の上にできた庭園だった。一七九三年には、そこはフラテルニテ〔友愛〕広場と呼ばれた。マラー〔フランス大革命時の左派の巨頭〕を記念する記念碑がそこに建てられたが、一七九五年には消えてしまった……」

ベールはものすごくがっかりした。こうしたすべてが緑がかった灰色で、いっそう暗い色の筋がたくさんついていた。すべては大仰に時代がかっていて、何世紀もの時の底によどみ腐った歴史の匂いがし、彼には何の趣も感じられなかった。こんな怪奇の館のようなところで、時間をむだにしなくてはならないのか？　彼はきっぱりと背をむけて、また歩きつづけた。

ヴィニョン通りでは若い女たちが、金ぴかのスパンコールをちりばめたハンドバッグを腰でゆらしながら、歩道を行ったり来たりしている。はじめて見るにもかかわらず、これは悪徳の顔なのだと、ベールにはわかった。女たちの一人がこう声をかけると、

「まあ、かわいい黒ちゃん！　あんたなら半値でいいわよ！」

彼は臆病にも大急ぎで歩み去った。

アルジェ通りでは、管理人が彼を非常に冷たくあしらい、上には誰も住んでいないと告げた。不格好でちっとも温かくないコートのポケットに両手をつっこんで、ベールは一日じゅう、東洋のバザールのようにざわめいている都会を歩きまわった。自分ではそんなつもりもないのだがつい立ち止まって、アジア人の顔をすぐ近くからじろじろ見たり、むこうからもおなじように見返されたり、ヴェールで顔を隠した女の人を見てはそのヴェールをさらに引き上げさせたり、小人や、力こぶを出してぐるぐるまわしている大男に見とれて、相手を大よろこびさせたりもした。

突然、もう夜の十時になっていることに気づき、彼は急いでラ・ロケット通りに帰った。寒く

て暗いアパルトマンに、ひとけはなかった。台所には、パンとチーズがお皿に載せてあった。彼はそれに手をつけず、一晩じゅう泣いてすごした。

翌朝、ジャン・ジョゼフは彼をアンジェ行きの列車に乗せた。

アンジェの町はバルザックにとっては霊感の源だった。彼はこう書いている。「フランスの歴史のすべてが、そこにはある」

おなじくその町は、数多くの版画家や石版師に霊感を与えた。一八二六年、毎年の旅の途上にありロワール河をナントからオルレアンへと遡上しているところだった、かのターナー〔イギリスの風景画家〕が、徒歩でこの町に着いた。彼はスケッチブックの五ページをクロッキーでみたし、それからこのクロッキーをもとにして青い紙に一連の水彩画を描き、それを『ロワール河畔彷徨』と題したものだ。

しかしアンジェは、ベールには何の霊感ももたらさなかった。駅では、黒ずくめの服装をした男が彼を待っていた。生徒監督のピエドリュ氏だ！ 駅を出るとき、彼は雨傘を開いた。雷雨になっていたからだ。その晩、他に心を打ち明ける相手のいないベールは、ジルベールに手紙を書いた。

親愛なるジルベール

どこにいるんだ？ 何をしてる？ どうやったら、会えるんだ？

ぼくがどんなに不幸か、きみにわかったなら！ ラ・ポワントでの生活を憎んでいると思っていた、このぼくが！　この町を、この学校を、ここの教師たちを、そして人種差別主義者で自分たちのロワール地方以外のことはまるで何も知らないここの生徒たちを、ぼくがどれだけ憎んでいるか、わかってくれたらなあ。こんな空を、ぼくがどれだけ憎んでいるか……

けれども完全な絶望で明け暮れた最初の数週間がすぎたら、ベールは河の流れ、黄金色の島々、新奇なかたちの脚をもった橋々の美しさに気づき、また一人の友人もできた。トゥールの実業家の息子、グザヴィエル・ド・ラノワだ。

グザヴィエルは母親にアンティーユ出身の友人ができたと告げた。つまり黒人だということだが、彼は頑固に主張して、いつか日曜日の昼食に呼んでもいいという許しを得た。ラノワ夫人は家中の者、特にグザヴィエルの弟たち妹たちに、お客さまの肌の色について誰も不用意なことをいいださぬようにと、きびしく釘をさしておいた。

学校の前に物見高い連中が二重の人垣をなしているところまで迎えにきてくれた車から、ベールは降りた。すると家の使用人は全員が、それぞれの仕事部屋や別館や台所から集まり、猟番は森から、娘たちは私室から、子供たちは玩具部屋から、司祭はチャペルから、この黒人を一目見てその信じがたい色に驚こうと、こぞって出てきたのだった！　あらかじめ母親から説明をうけ、どうふるまうべきかを教えられていたにもかかわらず、ラノワ家の末娘で五歳になるゾフィーは、長い恐怖の叫びを上げ、子守の手をふりはらうと、家具の下に隠れてしまった。

それを除けば、すべてうまくいった。ベールは魚にはどのナイフとフォークを使えばいいかを心得ていたし、ラノワ氏は彼にマダガスカルの占領と、すでにセネガルでの活躍により高名を馳せたガリエニ氏という人物について、詳しく話して聞かせた。食事がすむと、ときおり馬鹿笑いしそうになるのをこらえながらベールとのおしゃべりにふけったグザヴィエルの姉妹たちは、彼が非常に礼儀正しく、大変な読書家であることに驚いた。彼が帰ってしまうと、彼女たちは遠慮なく口々にいった。

「あの人、なんてフランス語が上手なの!」

これをグザヴィエルは怒り、それにはベールがすっかり気に入った父親も加勢して、彼はフランス人なんだよ、といった。

グザヴィエルはベールに舞踏会を教えてくれた! 月に一度、町のいろいろな学校の生徒たちは舞踏会にいって、たっぷり羽目をはずす。それは、すべてのブルジョワの家からかけつけてきた若い女中たちを共犯者として、毎日欠かさぬ自慰でもなお余っている、精液を発散する機会なのだ。ジルベールと外で遊びまわったのを除けば、ベールは節度のある少年であり、ついで若者だった。だいたいアルベールにむかって、舞踏会にゆく許しを乞うなどということは、とても考えられなかった! 彼の育った家では、こうした乱痴気騒ぎはまったく歓迎されなかったのだ! やりたい放題という気分にいちばん近かったのは、たぶんレティシアとカミーユ・デジールの結婚式のときだろう。ところで、それまでは自分をぐずでのろまだと思っていたベールが、血の中に踊りの炎が燃えていることに気づいてしまったのだ! ワルツ、ボストン、チャールストン、彼にはすべてが気持ちよかった。かかとには翼が生え、彼の大きな体はそのぎこちなさを失い、蔓植物のしなやかさを身にまとうのだった。彼はつむじ風のように回り、ここかと思えばまたあちら、飛び跳ね、ついでつま先でくるり、うっとり見つめる人々の輪の中で、両足で軌跡を描いていった。そのとき、彼はすべてを見返していた。父親の残酷さ。日々の孤独。じろじろ好奇心で見られること。嘲笑。人を見下しつつ温情で置いてやっているのだといわんばかりの、この国の態度。

サント＝ロザリーの祝日、ムーラン・デュ・パンデュ地区で舞踏会があった。

ベールとグザヴィエルは、盛り上がるまでの時間はそこいらの連中にまかせて、十一時ちょうどに到着した！

お祭り騒ぎの会場にベールが登場すると、それはいつもさまざまな反応を呼び起こした。驚きあきれる者、大笑いする者、そして彼の才能を知っている人たちは、幸福な予感につつまれるのだった。チャールストンになった。敏捷な足をもたない者には、致命的にむずかしい踊りだ！得意満面のベールは、胸をそらし、上着の前を大きく開けて、胸をときめかせた女の子たちの人垣の前でポーズをとり、彼が踊りのパートナーを選ぶあいだ彼女らは息を飲んで待った。突然、これらのよく知った顔が並ぶ中から――門の陰で抱いた大柄なリュリュ、屋根裏の自分の部屋に入れてくれたナナ、彼のためにジョゼフィン・ベイカーの真似をしてくれたフィフィ――彼はあまり美しくない、乳色をした丸顔の中にある、明るい灰色の二つの目にひきつけられた！その目にあふれた感情の昂りに彼は気をよくし、彼は美しい王子のように腰を落とした。

「踊りませんか？」

「はい、アルベールさん！」

「どうしてぼくの名前がアルベールだってわかったの？」

「だってあなたを見るの、はじめてじゃなかったもの、あなたのほうが私に気がついたのははじめてだとしても！　私、舞踏会は嫌いなのよ、私たちを馬鹿にしてるお坊っちゃんたちが！　工場のともだちがむりやりひっぱって来なかったら、私は絶対に来なかったわ。私はブルターニュの人なの。瓶工場で働いているの。ああ、村に帰りたいな。それも、あなたを連れて帰れたなら！」

マリーは鉄道のプラットホームから遠くない屋根裏部屋に住んでおり、それ以来ベールは後見役のジャン・ジョゼフのところで週末をすごす代わりに、土曜の昼食後から月曜の明け方まで、そこにこもりっきりになった。

ベールが苦しんでいた病には、ただ一つの名しかなかった。孤独だ！

エライーズからは月に一度かせいぜい二度、手紙がくるだけで、その手紙は書きはじめたと思ったら子供の誰かが熱を出して中断、また書きはじめてはまた中断、それからやっと三年生のクラスを教える彼女の給料からとった金額の為替をそえて送られてきた。というのはアルベールは息子の寄宿費用と学用品代は出したものの、衣服のことなどはおかまいなしで、ましてや気晴らしのことなどまるで頭になかったから！

「彼はいつも風邪をひいていた。ぼくの母は、彼が非常に自尊心が強いことを見抜いていたので、彼を傷つけるのを恐れて、暖かい洋服を上げることができなかった。その上、小遣いはまったくもっていない。ビストロにゆけば、いつも彼の勘定はぼくが払った！」

こう語るのはグザヴィエル・ド・ラノワだ。

おまけに、ジルベールはルマンに幽閉されている！

それでこの孤独な青年は、化粧水のように新鮮な気分にしてくれるマリーのこの愛の中で、泳ぎ、潜り、それを思い切り浴びたのだ！　甘い言葉のばかげた連禱にも、飽きることを知らなかった。

「あなたは私のアフリカの王さま！　私だけの、大きくて強い黒んぼちゃん！」

けれども肉体の面では、あまりうまくゆきはしなかった！　マリーはとても白い肌をしていて、ベールはそれがこぼれた乳のように差しだされたのを見ると、本物の嘔吐感がこみ上げてきて、怠け馬みたいにだらりとした自分の男根に鞭打って、彼女を満足させなくてはならなかった。彼女はそれに気づき、消え入るような声でこぼした。

「私が学校に行ってないから！　私なんか、ただの女工だから！」

ベールは天を仰ぎ、ついで懸命に彼女をなぐさめたが、そうしながらも唇をとりまく蒼白な線を避けるのだった。

ある朝、マリーは微笑を失った。目の下には隈ができた。頰がこけた。いっそう蒼白くなった。屋根裏部屋に入ったとき、ベールは彼女が衛生桶にかがみこんで体を二つに折っているのに出くわした。

ようやくの思いで、彼女はささやいた。

「ベール、私、妊娠してる!」

妊娠! ベールは動揺した。それから、なんとか落ち着きをとり戻した。薬があるんじゃないだろうか、あの、下剤というか、嘔吐剤というか……? マリーは首を振った。

「ぜんぶやってみたわ!」

ベールが最初にとった行動は、逃げることだった。彼はびっくりしているグザヴィエルからお金を借りて、パリ行きの列車に乗った。ジャン・ジョゼフは、夕食の時分にたずねてきた彼と会った。

「いまとなってみれば、私に助けを求めにきた、というかあるいは少なくとも、自分が苦しんでいるこの問題についての私の意見を聞きにきたんだと思います。しかしそのときには、私たちはひどく忙しかったんですよ。私は黒人防衛委員会の支部を訪ねるため、マルセイユへの旅支度をしているところだった。使える時間がどうにもなくて、あのかわいそうな子は、ほんの一時も、私と二人きりになれるときがなかったんだ!」

これはジャン・ジョゼフのせりふだ!

誰にも打ち明けることができなくて、ベールは酔うためにラ・ロケット通りの無数の居酒屋の一軒にいった。アプサントと赤ワインに酔った彼は、歓声を上げる人々の輪の真ん中で、テーブルの上で踊った。ある晩、彼が街灯に上ると、その光景に感心してしまった野次馬たちは、こう声をかけた。

「おおい、黒んぼ！　そのココナッツの樹から下りてこいよう！」

ある午後、彼はトルコ式の蒸し風呂屋にゆき、男色者たちにおかまを掘られた！　別の日には、ごろつきどもに殴られ、瀕死の状態でデ・ザール橋に倒れていた。

この混乱と苦痛の日々は二週間つづき、その間に、実業学校はアルベールにご子息が出奔したと知らせることを決定した。

ルマンで、ジルベールは一通の手紙をうけとり、ただちに壁を乗りこえて出発した。

親愛なるジルベール

ぼくは不幸に襲われた。もう一巻の終わりだ。これがばれたら、父はぼくを殺す。子供ができてしまったんだよ。彼女は白人で、瓶工場で働いている。

きみの絶望した友人より

ジルベールがアンジェに着いたとき、婚姻公示が出された。ベールは一九二五年十二月十五日、マリーと結婚した。フランスにやってきて一年ちょっとだった。式の前の晩、グザヴィエルとジルベールは、こんな愚行をおかすのはよせと、ベールを説得しようと努めた。おじの一人がタヒチの行政官をやっているジルベールは、さっさとずらかっておれのおじのところに身を隠せ、といった。グザヴィエルは、必要なお金を用立ててしてやった。

ベールは、こうして起きてしまった不幸について、アルベールに一度しか手紙を書かなかった。その行動を抑えるためか？　むしろ、あまりに怯えてしまったベールは、この義務を一日延ばしにし、土壇場まで追いつめられてようやく覚悟を決めて、そうしたということだろう。このあわれな青年がついに父親に宛てて書いた手紙も、父親から彼がうけとったその返事も、ジルベール・ド・サン＝サンフォリアンはもっていない。彼がもっているのは、人のよいジャン・ジョゼフが気持ちを和らげようとアルベールに宛てて書いた手紙の写しだけだ。

二人はおそろしく貧しい暮らしをしています。妊娠のせいで、娘は工場での仕事を辞めざるをえなくなりました。私もあなたと同様、マーカス・ガーヴィーの思想を信奉しています（氏は、訪問に反対する動きにもかかわらず、ありがたくもパリ来訪を計画しておられます。）私は、自尊心をもつ白人が純粋なる白色人種を誇りに思うのと同様、純粋なる黒色人種を誇りに思っております。われわれの誇りは、まず伴侶の色からはじまると、私は考えているのです。しかし、そうはいっても事は貴殿のご子息、その生命、ならびにやがて生まれようとしている罪なき子の生命に関わることでございます。何卒、哀れと思ってお赦しいただけませんか！　二人を救うために、為替を送っておやりなさい……

この手紙に返事はなかった！

ベールは、パン屋の仕事を見つけた。白い仕事着を着て、顔も髪も小麦粉で真っ白にして（その姿がどんなで、どのような冗談の種になったか、その気になればいくらでも続けられるそれを、ジルベールは省略した！）。毎朝、ベールはハンチングをかぶり、重い襟巻きを鼻が隠れるほどまいて、布袋を肩から斜めにかけると、機械的な大股で仕事に出かけていった。そればかりか、妻のつわりがひどかったので、彼がすべてをこなしたのだ。食事の支度。洗濯。掃除。買い物。サン＝ピエール市場の商人たちは、町中に知れわたった二人の事情をよく心得ていて、気の毒そうな顔をして彼に痛んだチーズや野菜をそっと手わたしてくれた。

「どうだい、あの娘は、マリーは？」

彼が一息つけるのは日曜日だけで、人々は彼が川沿いを飽きることなく歩きつづけ、夜霧に強いられてようやく屋根裏部屋に帰ってゆくのを見た。

親愛なるジルベール

こんな生活をしていて、いったい生きている意味があるのだろうか？……

ここまで語って、ジルベール・ド・サン＝サンフォリアンは泣いた。その涙を、大切にうけとろう！

ベールの息子、アルベール・ルイは、この名をもつ三人めの男子として、一九二六年三月三日に生まれた。復活祭の祝いを欠かしたことがない良きキリスト教徒で根っから親切なグザヴィエルが名親となった。グザヴィエルがつてを頼んで、おかげでベールはフランス電力に就職することになった。田舎の電化を進めるのだ。電柱をたくさん立ててゆく！　鳥たちのために、電線をどんどんはりめぐらせる！

それ以来、ベールは工具をもって、周辺の村々へと自転車ででかけていった。

ある日、彼は電柱のてっぺんに上っていて、きっと目がまわったのにちがいない。だって平衡を失って墜落し、首を折ったのだから。

事故？　自殺？

自殺だ！　ジルベール・ド・サン＝サンフォリアンは、そう断言している。

「彼の手紙は、すべてとってあるんだ！　こうして毎日少しずつ縮んでゆくばかりのあら革のように追いつめられた人生を、想像してごらんなさい。かつては生き生きして好奇心がいっぱいだった彼が、どうにもならない状態で苦しみながら！　来る日も来る日も、この彼を愛している女が目の前にいて、でもね……！」

11

二人の兄弟は、顔を見合わせた。

「どうしようか？」

ジャコブは動揺した。彼には父親の恐ろしさが、重く気にかかっていたのだ。杖で何度も叩かれた記憶、そしていっそう辛い、あの軽蔑のまなざし！　彼は少し勇気を出すことにした。

「話さなくてはならないな！　土曜だ。ジュストンまで一緒に来てくれ！」

ジャンは頭を振った。

「いや！　そんなに待てないよ。今晩はもう遅いけど、明日、夜明け（ピピリト・シャンタン）（「鳥が歌いはじめたら」という意味！）に出よう」

彼は兄の手を握った。

「ぼくが話す！」

その夜は長かった。ベールがアンジェに行ったあとで、そしていまわかったところではその死のあとで生まれたジャンは、その兄の記憶の不在を問いなおさずにはいられなかった。何ということだ。その名前がジャンの前で発せられたことは、一度もなかったのだ！　彼がやったかもしれないいたずらを聞かされたことも！　彼が関わっていたかもしれない出来事について、話してもらったことも！　彼は、家族の者たちに代わって、自分にも罪があると感じた。ジャコブは、いつものごとく、自分自身を責めている。ジャコブはその大きな兄を愛していたのだ、肩車をしてくれ、アヴォカドの種で牛車のおもちゃを工作し、テニスラケットの一撃で熟れたマンゴーの実を落としてくれた！　それなのに、ジャコブもやはり、兄をみすみす死なせてしまったのだ！

その夜、風が荒れた。海上で起こった風は、しだいにふくらんでから思い切り吹きつけ、家々と庭のバナナの木を倒した。それから風はおさまり完全に沈黙し、こんどは雨が声を手に入れ、トタン屋根をありったけの重みで叩き、ごくわずかな隙間から屋内にしみこんで藁布団を濡らした。そしてついには、雷鳴の怒り狂った足踏みが聞こえた。自然力のこの巨大な怒りの中で、ジャコブは父親の巨大な怒りを思い、怯えた子供のように、このまま夜がいつまでも明けなければいいと願っていた。

おなじ恐慌におそわれたまま、ジャコブとジャンは洗いたての青空の下の澄みきった朝の中を、車で出かけていった。

とはいっても、二人が父親に敢然と挑むことがけっしてありえないという運命は、すでに定まっていた。ジュストンに着くと、父親は空っぽの瓶が散乱し陶器の屎瓶の中には大便が浮かんでいるぼろぼろの部屋で、口はきけず目は見えず耳は聞こえぬまま、藁布団代わりにしている麻布の切れ端の上に倒れていたのだ。心臓はまだ動いていた。いつ発作にやられたのかはわからなかった。農業労働者たちは、やかましい監視がいなくなったことにもちろん気づいてはいたが、その平和がいつはじまったのかはよく覚えていなかった。二日前か？　三日前か？　一週間になるか？　一時はひどく恐れたあの説明はたぶんしなくてすむだろうとかえって安心したジャコブとジャンは、プティ＝ブールの町から医者を呼んだ。

スバルは、さらに数週間生きた。ある朝、一晩つきっきりで看病した姉のマルーシアは、つい枕元で頭をこっくりこっくりとしてから、はっと目を開けた。スバルは亡くなっていた。

人々は、死には道理があり、犬のように生きたアルベール・ルイは、やっぱり犬のように死んだ、といった。教会から臨終の秘蹟もうけずに。パナマで黄金を探していたころから疚しく思っていたはずの、身の毛もよだつ罪を、告白せずに。そして蠟燭に囲まれ、刺繡のある布の上に硬く横たわった彼は、たしかにひどい顔をしていた！　一家の女たちはできるだけのことはした。

重い遺骸を洗い、ドレッドロックになった髪を短く刈り、顎や耳の毛を剃って。彼の生命の樹（リグヌム・ウィタエ）の根のように太い足と、癩病患者の溶けた脚ほどもある突き出した足の親指を入れるために、長靴を切り裂かなくてはならなかった。

だがじつは、人々はまちがっていたのだ。スバルはついに幸福になった。他人の目から解放されて。これからは永遠に、彼を愛する二人の妻のまなざしだけをうけとめて、スバルそのものとして、吝嗇（りんしょく）で、まったくの独学者だった、彼自身の本来の姿でいればいいのだ。その上に、生命がつきたあとではじめて手にすることができる、あの英知をよく身につけて。

ラ・ポワントで埋葬する亡骸の出棺式をすませた夜から、ジュストンの人々は笑い声や、よろこびの叫びや、幸せのささやきが、彼の地所の木々からはじけ飛んでは、その上をアラベスク模様をなす雲のように漂うのを聞いた。ついで小鳥たちやフーフー〔ハチドリ〕やカササギがそこに集い、太陽が蒼白な顔をして出てくるまではつづく、このコンサートに加わるのだった。月が肥えている夜には、いっそうひどかった。この大騒ぎが、子供も大人も眠らせなかった。ところが、これが驚くべきことなのだが、誰もそれを恐ろしいとは思わなかったのだ。なぜなら、その騒ぎはダンセ・レウォズ〔グアドループの民俗舞踊〕のように快活で、「丘のフルート〔竹笛のこと〕」の音色のように魅力にあふれていたからだ。それを耳にした者たちは、地所への龍血樹の垣を飛び越えたり、もはや何を守るわけでもない錆びた鉄格子の扉を押し開けたりすることは、つつしまなくてはならなかった。

棺についてゆく二人の息子のうち（私の大叔父のセルジュは不在だった、トゥールーズで、戦争のせいで遅れた、医者になるための勉強をしていたのだ）、ジャンの目が乾いていたのに対して、ジャコブのそれは何日も涙にぬれたままだった。彼はどうにも話すことすらできなかった。涙は頰をつたい、それがティマを苛立たせた。彼女の考えでは、男には人前で泣くよりも他にやることはあるのだ！　それにまさか、ジャコブは世間にむかって父親の死を悔やんでいるとでも思わせるつもりではあるまい！　またもや、彼女には理解できないことだった。ジャコブは、まさに心に悲しみがあまりになさすぎることを感じて、泣いていたのだ。悲しみの代わりに、深い安堵感。自分にはきちんと罰してやることができないとわかっているときに、罪人を逃がしてしまって感じる安堵と、おなじもの。だいたい、アルベールがのっけから激昂したりしないようにするには、どうやって話を切りだせばよかっただろうか？

「父さん、ベール兄さんのことを話してほしい。あんなに短かった、彼の一生のことを。どうやって死んだのかを。ぼくらは、何も知らないんだ。せいぜい、父さんがパナマで知りあったイギリスの黒人女の息子だということだけ……」

ともあれ、この恐ろしい会談は、起こらずにすんだわけだ！

けれども、目を見えなくするほどの涙にもかかわらず、ジャコブは気が動転して理性を失っていたわけではない。彼は財産を平等に三分割し、セルジュ、ジャンと自分とに分けた。だがジャンは、彼らしい頑固さで首を振り、こういった。

「ぼくはピンセットでだってさわる気はないね！」

そして自分の住むグラン＝フォンに帰っていった。

ある晩ティマが、自分ばかりが楽しんで彼女にはよろこびを与えてくれなかったことに怒って彼に背中をむけたままようやく眠りについたと思ったら、ジャコブがティマの肩に手をふれた。

「本国（メトロポル）に行くぞ！」

ジャコブがある決定を彼女に伝えたときにはいつもとりあえずぶつぶつと文句をいうティマだが、このときばかりはあまりうれしかったので、くるりと向きを変えると子供のような有頂天の声を上げた。

「本国に！」

それから大急ぎで起き上がると、たちどころに親戚一同への挨拶まわりに出かけ、それは名目上はかれらに別れを告げるためだったが、実際にはルイ家がいかに金持ちかを思い知らせるためのものとなった。だって、そんな風に自分で大西洋航路会社の船賃を払ってパリに行くなどとは、そんじょそこらの帽子もかぶらない犬ころにできることではないのだから！　ところが彼女がポール＝ルイにたずねていったマルーシアは、いつも通りなんでも知っているという顔をしてこういったので、ティマはひどくいらいらした。

「ああ、そうでしょう。アンジェに用があるってジャコブがいってたわ」

アンジェですって？

パリじゃなくて？　フランスの都会って、パリ以外にあるの？

12

子供たちの学校のことを気にしたジャコブは、テクラとデュードネをカミーユ・デジールにあずけてゆくことにして、ティマとともにコロンビー号の二等船室の客となった。

旅は非常に幸先(さいさき)よくはじまった。十二日間、青空つづき。絵のようにおとなしい海。それからジャコブとティマはパリのアンシエンヌ＝コメディー通りに、その前にもグアドループ人が住んでいた、居心地のいい三部屋を借りた。ティマはラ・サマリテーヌ百貨店のバーゲンをたっぷり楽しみ、サン＝ピエール市場やタンプルの衣料品市場にまで足を伸ばした。ジャコブは、植民地物産の商人、ピエール・ペリュタンと組むことにして、もってきたコーヒー豆その他まだまだ珍しかった品々を彼に売った。ところが、七か月目には、すべてが台無しになった！　トゥールーズ〔フランス南西部の都市〕に住む弟のセルジュを訪ねていった彼は、南フランスへの謎めいた旅から暗鬱な顔をして戻ってきたのだが、そのとき書留が届いて、ラクーで火事があったということを知らされたのだ！　そのころ、火事はラ・ポワントでは日常茶飯事だった。人の多い地区では、火を見ることなく四旬節〔灰水曜日から復活祭までの春先の期間〕がすぎることはなかった！　だからジャコブは火事があったと聞いても、別に気にすることもなく眠っていることもできたはずだ。もし、その火事で入居人の一家族全員が死んだのでなければ。すっかり黒焦げになって！　デストレラン社の工場にまじめに勤めている父親、母親、それと五人の子供が！

またもや右翼も左翼も全新聞が一致して、同胞たちの血を吸う黒いシャイロックにして、しばらく前には厚顔にも黒人の擁護者のような面をしていた輩に、攻撃を加えた。罵られ、脅され、波止場の店のシャッターを一日じゅう下ろしっぱなしにするしかなくなっているジャコブの従業員は、帰ってきてくれといっている。

それで、帰った！

タラップを降りたところで、ジャンがこうひとこと声をかけた。

「どうだった？」

ジャコブは肩をすくめた。

「いずれ話すよ……」

というのは彼の目は、島アーモンドの樹の下でプラカードをもって彼を待っている組合活動家のほうを横目で見ていたからで、それにはこう書かれていた。「人殺し。人間による人間の搾取に否を」

本国から帰ってきた私の祖父ジャコブを見た人々は、いったいあっちで何があったのか、と思った。

アウシュヴィッツやダッハウの強制収容所から出てきたユダヤ人だって、これほど惨めな顔はしていなかっただろう。やせこけて。顎が胸にくっつくほど頭をすっかりうなだれて、絶望に曇った目をして歩いていた。それに対して、ふわりとした袖に袖口のしまった濃い紫色のドレスを着たティマのほうは、これほど晴れやかに見えたことはなかった。それでもティマにだって、心配事はあったのだ。娘のこと。テクラのこと！　娘はすっかり変わっていた。ティマが真実を知ったなら！　ある週末のこと、父親に会いたくてたまらなくなった従弟のデュードネについて、彼女はアンス・ラボルドに行ってやることにした。

小枝作りの小屋の中で、ジャンはジェスネルのいうことを書きとっていた。ジェスネルとは太鼓の名人で、どうやって樹を切り倒し、切りわけ、くり抜いて、はじめてそれが心臓のようにどんどんと鼓動を打つようになるかを説明していた。ジェスネルの隣には、息子のジェスネル・ジュニアがすわっていた。

人が誤って子供の恋と呼ぶ——だってそこにはすでに大人たちが経験する情熱の痛みと苦しみのすべてがあるのに——こうした恋を、私も経験してみたかった！　ジェスネルとテクラがお互いを一目見たそのときから、溶岩の燃える流れが二人の身を焦がした。ジェスネル・ジュニアは、父親と元の先生をそこに置き去りにした。

「散歩にいこうか！」

従弟たちか叔父たち以外の男性に自分から口をきいたことのなかったテクラはそれについてゆき、すぐに自分の生活がいかに退屈なものかを物語る自分の声を聞いた。

こうして、私の母とジェスネル・アンブロワーズの恋がはじまったのだった。彼女が情け容赦なく翼を切り落とした鳥のような愛。彼女が籠に閉じこめた愛。しかしその歌を聞かなければ、彼女の毎朝が永遠に暗くなってしまうような。

この愛が成就したのは、そのおなじ夜だったのだろうか？　小枝作りの小屋で？　遠くで海鳴りが響きはじめ、屋根の上では鼠たちが走りまわった。

「強く抱きしめて、怖い！」

いずれにせよ、ティマは娘が急に田舎に夢中になった理由を見抜き、娘の下着を注意して調べるようになり、赤い染みがついていればとりあえず安心し、それからまた四週間後には新たに気をもむのだった。グアドループが一つの邦なのだということを私の母に教えたのは、十四歳で学校を退学になったジェスネルだった。ここは一つの島。まわりはぜんぶ海。それまで、彼女はそんなこと、気にしたことがなかった！

「いいかい、マンゴーはマンゴーの樹になるし、ライムはライムの樹になるんだ。雨が降ったら、地面は薔薇色や白のラッパキノコでいっぱいになり、蟹たちは鋏をふりかざして穴から出てくる。黄色い目をした犬がいたら、すぐ目をそらさなくてはいけないよ。邪眼〔視線を合わせると悪いことが起こる〕かもしれないからな」

ジャンもやはり、このろくでなしという評判の、おかげで父親のジェスネルはその子を小学校教師にすることをあきらめたというジェスネル・ジュニアと、自分の姪とのあいだに進行している事態に、よく気づいていた。ジャンはこのことをよろこんでいた。それがティマに対する一種の復讐、自分たちの出発点だったつつましいぼろ小屋（カーズ）への健康な帰還だと思われたからだ。ルイ家の人間は一般の民衆に背をむけ、それでいて他のどこにも、うけいれられることがなかった。もともとの場所に、帰らなくてはならない。それで、テクラとジェスネルの関係につけこんで、彼はテクラの心に肌の色や人種や階級をめぐる長々しい演説をつめこみ（そうしたことをテクラはそれまで誰からも聞いたことがなかった)、それどころか哀れなベールからうけついだマルクスとエンゲルスの全集を手にとらせようとさえした。私は、私の母の頭に巣くっていた混乱は、大叔父ジャンの責任だと考えている。その混乱とは、貧しい普通の人々に対する蔑視、社会的上昇への猛烈な欲望と、黒人の解放という夢とのあいだの矛盾から生まれたものであり、その矛盾を母は一生解消することができなかった。

私は、母の客観的な肖像を描いてみようと思う。もちろんこのような立場では、客観性などというものがほとんど論外であるのはわかりきっているものの。私の感情が、人にはありきたりな母/娘の葛藤だと映ることはよくわかっているし、それはおそらく正しいとも思う。私が母を恨まないですませるには、母はあまりに少なくしか、私を愛さなかったのだ。

母は、曾祖父アルベールのように社会の役に立ちたいと思ってはたせない無力な欲望も、祖父ジャコブのような混乱した感じやすさと謙虚さも、ましてや大叔父ジャンのような鷹揚で素朴な理想主義も、もちあわせていなかった。自分自身を疑っていたからこそ、傲慢だった。自分がそれを手に入れることはできないとわかっていたので、ブルジョワへの敬意を軽蔑するふりをしていた。満足させることのできない欲望がありすぎたため、自分が除け者にされていると感じていたのだ! 私から見れば、母は頭がおかしかった!

ジェスネルはというと、恋人テクラの心に起こっていることが、よくわかる立場にいた。ある朝、彼女が突然に彼に背をむけ、そのままうしろをふりかえりもしないだろうということを、彼は知っていた。そしてそのある朝が、町に住む若者、それも有名な家の姓を名乗りできれば明るい色の肌をしている誰かの顔をして現れるだろうということも。ある意味では、この疑念を裏書きしてもらうために、彼はセルジェットに会いにいったのだった。セルジェットとは彼の母親の姉で、この人もさまざまにもつれた事態をほどくことを仕事にしていた。セルジェットは蠟燭に火をつけ、指を聖なる水につけてから、旧約聖書を開き、それを読んだあとで、じっと考えこんだ。

「その娘さんはおまえとは合わないね。その娘は何の理由もなく、おまえにむちゃをさせるよ。しかし別の男がおまえの仇をとって、父なし子を生ませる」

「何だって?」

セルジェットにはそれは耳に入らず、そのままつづけた。

「だめだわ、その娘はおまえとは合わない。その娘はこの島を出ていって、一生遠くで暮らす……」

「一生!」

それ以来、ジェスネルは刑の執行を待つ死刑囚のように、その愛を生きた。

13

ある土曜日、ジャコブはアンス・ラボルドで車を降り、ジェスネルを犬のようにちょこんと足元に侍(はべ)らせてマンゴーの木陰に横たわっている娘が目に入らないふりをし、弟と二人で部屋にこもって、ジルベール・ド・サン＝サンフォリアンの話のその後をたどりはじめた。

もっとも粗末な四等の霊柩車が、ベールの遺体を墓地へと運んでいった。弔花も何もない。それでも、おなじ日に地元紙の「ラ・ガゼット・アンジェヴィヌ」に、一篇の詩が掲載された。

遠い岸辺に生まれ
きみはわれわれの土地で
死に出会った！
わが国では見られぬ色をした
アルベール君よ
眠れ！
永遠に眠れ！
われら異国の住民はきみを愛した。

素朴でぎこちない作品かもしれないが、これがベールにむけられた唯一の弔辞だった。

ベールが亡くなり、彼が残したもの、つまり彼の思い出は、特別な生命を生きることになった。寡黙で、ベッドでは熱心さに欠けた夫を、マリーは聖人か男の鑑のごとく語るのだった。

「あの人の物腰は、大貴族みたいでした。完璧なフランス語を話しました。肌の色があぁでなければ、よほどいい家の子息だと思われたことでしょう。というよりも、あの人の家は、全員黒人だったけれども、とても立派な人たちだったんです！　あの人の義理のお母さんがあの人にくれた手紙を見ればわかります！　何という美しい筆跡！　それに、綴りのまちがいなんて一つもありません。あの人は初聖体のときの銀の数珠を、ずっと持っていたの！　ほら、これです！　わたし、これをもって、いつだって上機嫌で！　あの人が笑うと、空が明るくなるみたいだった。わたし、彼とは舞踏会で知りあったんです。わたしの前にまっすぐ来て、「マドモワゼル、踊りませんか」って。ああ！　神さまは、いったい御自分が何をなさったのか、ご存じなのかしら。いちばん良い人間を召してしまい、他の者たちにはこの世で好き勝手に悪事を働かせる。あの人が逝ってしまったとき、私のベベールは二歳にもなっていなかったの！」

想像のベールというお手本とつきあわされて、その息子がゾンビ化してしまったのも驚くにはあたらない。ベベール〔「赤ちゃん（べべ）のベール」の意味〕は吃る子で、おねしょがいつまでも直らなかった。学校では、その肌の色、硫黄色の縮れ髪のおかげで笑われた。それに吃りも笑われた。母親に対する憎しみのせいで、彼はすべての音節を長いあいだじっとかかえこんでは、口を雌鶏の尻のようにすぼめて、ぽんと卵を生むように発音するのだった。考えてもみてほしい！　人が覚えているかぎり、アンジェにはたった一人の黒人しかいたことがなくて、彼の母親がそのたった一人の黒人の、子を生むことになったのだ！　月に一度、彼の代父のジルベール・ド・サン＝サンフォリアンが、パリから訪ねてきた。夏も冬も、彼はベベールを「オ・トレ・リッシュ・ズール〔「とてもゆたかなひととき」の意味〕」という喫茶店にアイスクリームを食べに連れていってくれて、ベベールにはちんぷんかんぷんのことをいって聞かせるのだった。

「大きくなったら、あっちにいって暮らそうな。あっちが、おまえの本当の居場所だよ。おまえは黒人なんだ。それを忘れてはいけないし、それに誇りをもつんだよ！」

やはり月に一度、母親がベベールに手をそえて、グアドループの家族に宛てて手紙を書かせた。手紙にはときどき写真をそえて、裏には非常に丁寧に「アルベール・ルイ。アンジェにて」と書くのだった（これらの写真がどうなったのか、私は知らない）。

戦争が終わると、冴えない十八歳となっていたベベールは、姿を消した。

「消えたって？」

ジャコブはおなじみの、両手を神経質そうにすり合わせる仕草をした。

「そうなんだ。彼は音楽をやりたくて、パリにいった。いろいろ調べて足跡をつきとめるには、何か月もかかっただろう。それでもコンセルヴァトワール〔国立高等音楽院〕に入学を認められたところまではわかったし、アベッス通りのホテルの住所もわかっていた……。そこに、あのラクーの事件が起きて、帰ってこざるをえなくなったんだ」

兄弟は、いつものように大好きな野原の長い散歩をはじめた。

四旬節の暑さはすさまじいものだった。砂糖黍を踏みしめて歩くと、燃える地面で草をあさるのに疲れた牛たちが飢えた鳴き声を上げた。二人が額の汗をさまそうとマンゴーの木陰に腰を下ろしたとき、ジャンがこう打ち明けた。グアドループの民衆を組織するための運動だという団体のメンバーが自分のところに来て、この運動の名誉会長になってほしいと頼まれた、というのだ。

「おまえが？」

役得ばかりを考えている旧来の政治家では大戦後すっぽりとはまってしまった深い轍からこの邦を救いだすことができない、とかれらはいって、いまだかつて発せられたことのない単語を口にした。独立。かれらは自分たちをこう呼ぶ。「愛国党」。

ジャコブは激しい不安にかられながら、弟をじっと見た。

「どうするんだ?」

ジャンは燃える水平線を見つめるようなようすをして、答えた。

「まだ、わからないよ」

けれどもその声を聞いて、ジャコブはジャンが嘘をついていると知った。その夜、ジャコブは夢を見た。彼は目の高さで枝に顔をひっかかれながら巨大な羊歯が生い茂っている小径を歩いていたのだが、すると喉を切られる豚の、たとえようのない叫びが聞こえた。この付近に農場はないはずだと驚いて歩みを早めると、ぽっかり開けたところにジャンがいたのだ。頭を草に埋め、足で逆さに吊るされて、血をどくどくと流している。

そのとき、ジャコブは理解した。死が弟を狙っているのだ。そこで彼は急いでラ・ポワントに帰り、エライーズ母さんに相談するために墓地にむかった。

この間、愛が私の母を美しくしていた。彼女からはぎこちなさが、しゃちほこばったところが消えた。優美さを身につけ、雌猫のような顔つきになった。その上、学校では相変わらずいつも一番だった。彼女がバカロレアの第一部に「良」の成績で合格したとき、ティマは神さまへの感謝のミサを上げてもらい、一方それほど信心深くないジャコブは娘に小箱を手わたし、それにはいずれこの子にやるつもりだった、エライーズが遺したもっとも美しい宝石類が入っていた。ジャンはむしろこの機会に容赦ないお説教をすることにして、それをこうしめくくった。

「これでおまえも、われわれの人種のためにしっかり働く土台ができたわけだ……」

テクラは、こうした人々が喜ぼうが、感動しあるいは誇りをもとうが、何とも思わなかった。ヴィクトワール広場で、彼女は最近セネガルから来たばかりの少年——父親がそこで行政官をしていた——と、正面からすれちがっていた。少年は軽薄なムラートだったが、なかなかの美男子で、彼女のほうを見もせずにゆきすぎると、その後にロジェ＝エ＝ガレの香水の匂いを残していった。その傲慢なようすの何かが彼女を刺し、胸をさわがせ、それは恋に似ていた。

こうして母はドゥニ・ラトラン、私の父に出会ったのだ！

14

人々の言い伝えでは、霊は海を越えてゆくことはできないそうだ。だったらベールは、かわいそうなベールは、その永遠の生をロワールの土地、あれほど歌にうたわれ自慢されながらも、彼の目には何の魅力もなく映った土地で、生きはじめたということなのだろう。最初の夏は、干ばつだった。熱く燃える砂の土手が、渇きに狂い力なくやっとの思いで海まで流れてゆく河から出現した。ポプラ、アカシア、柳の木は暑さに泣き、無数の昆虫はその悲嘆の声をいよいよ研ぎすました。

二度めの夏は、雨だった。さかりのついた河は、不注意な泳ぎ手たちの肉体によろこびを見いだし、たちまちのうちにかれらを河口にむかって押し流していった。川原の石は水のように、空のようにさびしかった。

三度めの夏は豪奢な夏だった。恋人たちは、愛に死ぬために、堤の丈の高い草むらに横たわった。

しかしベールには、もう耐えられなかった。彼は夜の空間を海岸線までかけめぐり、はるか彼方に、大洋の青の真只中に横たわる、禁断の島をひとめ見ようとした。

彼は泣いた。

「生きていようが死んでいようが、おれの腕は結局どうやっても、幸福にはとどかないんだろうか？」

第3部

1

私、クロード・エライーズ・ルイは、一九六〇年四月三日の夜、パリ十五区のある診療所で、誰にも知られぬままに生まれた。母は十八歳になったばかりだった。私の顔は完全にぺしゃんこで、頭は精製前の砂糖の山のように円錐形だった。出産の前夜まで、ドゥニとの関係からつきあいのあった金持ちのドラ息子ドラ娘たちにおなかを勘づかれぬよう、コルセットで締め上げていたからだ。それでもかれらは母のことを疑いはじめており、カップルの未来については誰も甘いことを考えてはいなかった。妊娠がわかった週から、ドゥニは自分が父の親友で父とおなじくムラートの行政官である人物の娘の、いいなずけになっていることを思いだしていた。それでも若い二人は私が生まれるまで一緒に暮らしつづけ、いざ生まれてやっと、テクラはドゥニが自分と結婚することはないと思い知ったのだった。

私が生まれたその夜、ティマは娘が非常な苦痛を味わっているという、報せをうけとった。破水した母の股を私の頭がくぐり抜けたちょうどそのとき、ティマは獰猛な手が自分のはらわたを引きちぎるような感覚を覚えたのだ。同時に、眼蓋の裏の暗いスクリーンに名前が浮かび出るのを見た。テクラ！　彼女はすやすやと眠りこけているジャコブの肩をどんどんと叩いた。それからこんどはジャコブが、台所のセメントの上に藁布団を敷いて眠ってる女中を起こし、医者を呼びにゆかせた。

目先のことしか頭にない愚直な医者のアルシオスは、すっかり面食らってしまい、この他人をこき使うことしか知らない女にむかって、とにかく体を休めるようにというのだった。

私が生まれて二週間後、ようやく人間のかたちをとりはじめたばかりの乳飲み子の私には何の配慮もなく、母はフィニステール〔ブルターニュ半島先端部〕行きの列車に乗った。社会福祉事務所で聞いたところでは、乳母を頼むならブルターニュの人がいちばん安上がりだというからだ。母は私をマダム・ボヌイユに預け、それから十年、忘れたままだった。

マダム・ボヌイユは黒人の子供を預かるのははじめてだったが、分け隔てなく私をかわいがってくれた。

ママン・ボヌイユのために、小さな詩を一つ。私が五歳のときに書いたものだ。読者のみなさん、お許しを！

白い手をしたママン
捨てられた
黒い子供にやさしい手
大きくて白い
パンの心をしたママン
捨てられた
黒い子供に親切な。

こうして私はベールならびにベベールとともに、人が口をつぐんでしまう存在の系譜に属することになった。おそらくそこから、私のかれらに対する本能的な連帯感が生まれたのだ。

私が追いやられた忘却の場所からは、もちろんグアドループで何が起こっているのかはまるでわからなかった。したがって、おなじルイ家といっても、人はアンス・ラボルドのルイ家、ラ・ポワントのルイ家、バッス＝テールのルイ家などと区別するようになっており、そのすべてがおなじエライーズ母さんの腹から出ていることすら忘れられているなどとは、私には知る由もなかった。

大叔父のセルジュは婦人科の医者となって島に帰っていた。彼は身内といってもいい相手と結婚した。カミーユ・デジールの娘の一人、したがって自分のおばのニルヴァの孫娘の一人であるセリュタを妻にしたのだ。それなのに！　この妻はそれから一年ちょっとで、午後の暑い盛り、汗をびっしょりかいているときにイチジクリンゴを食べて、死んでしまう。じつは医者である夫はそのせいではなくて、死因は心臓麻痺だったと考えているのだが。いまのはお手伝いのローズの意見で、セリュタがその果物を食べるのを見たローズは彼女に注意したが、むだだった。こうしてセルジュは三か月の赤ん坊をかかえてやもめとなり、ジャコブがとりしきって埋葬がおこなわれたときにはぽろぽろと熱い涙を流していた。人々は、棺のあとをゆくジャンが喪服を着ていないのに気づいたが、それについてとやかくいっている暇はなかった。その直後に、エール・フランスの飛行機から一人のブロンドの女が下りてきたからだ。いったい誰だろう？

私たちの邦の人々は、島の男と結婚する白人女性について、紋切型の考えをもっている。生まれの卑しい、教育のない女だと考えてしまうのだ。彼女らのことを、いつだってお天気の空の下、使用人に囲まれた甘い生活にたかってくる蠅のように思いこむ。これぞ楽しい植民地生活、ってわけ！

ナデージュ、私の大叔父セルジュの二度めの妻は、このような卑俗で単純なイメージには、まったくあてはまらなかった。彼女は佝僂病の研究で知られる医学部教授の娘であり、彼女自身も外科医で、イギリス人の育児係に育てられ、母親にさえ「あなた」で話しかける人だった。したがって彼女が、私たちひどい田舎者の黒人家族をどんな目で見たかは、いうにもおよばない。とりわけ、袖付けがふくらんで袖口が狭くなったジゴ袖のドレスを着て、明るすぎる色の靴下をはき、ギアナの黄金の歯を入れたティマは、彼女を死ぬほど笑わせた。

すると少しずつ、セルジュもナデージュの目で私たちの家族を見るようになり、妻の気に入るよう、距離をとるようになった。彼が彼女とともにバッス＝テールに診療所を開き、グルベイルに別荘を建てさせたとき、彼は決定的にブルジョワ陣営の仲間入りをしたのだった。彼はもうラ・ポワントまで降りてきても大急ぎで帰ってゆくようになり、そのうちまったく来なくなった。その息子が生まれたのをジャコブが知ったのも、たまたま「レヴェイユ・バッス＝テリアン」紙の「社交手帖」を見たからだった。深く傷ついた彼がティマにこぼすと、彼女は肩をすくめた。

「それがどうしたっていうの？　もうとっくに彼があっち側についてることは、わかってたでしょうが！」

セルジュとジャンとの確執はというと、それはずっと早くからはじまっていた。邦に帰ってきてまもなく、セルジュはアンス・ラボルドの隠れ家にジャンを訪ねていった。ジャンはそのころ出たばかりだった『知られざるグアドループ』第二巻を見せ、雨が流れて中には入ってこない小枝作りの小屋に感心させた。それからジャンはセルジュを友人の農民たちのあいだにすわらせ、自分がきちんと身につけ直したクレオル語を聞かせ、生のラム酒の杯を重ねた。セルジュははじめ何もいわず、どう見てもすっかり感服したようすだった。ところが、マリエッタがザビタン〔ザリガニ〕のスープを小さなクイによそって出すと、突然セルジュは皮肉にきらめく目を弟にむけて、あざけるような口調でこうたずねた。

「いったい何の真似だい?」

驚いたジャンは、言葉を失った! するとセルジュは立ち上がり、

「こんな人を欺くような真似はよせよ! こんなことをしてもむだだ、おまえはいつになっても自分に満足できない、民衆の味方面をした、けちなプティ＝ブルジョワでしかないんだよ!」

こういうと彼は高笑いし、自分の車へと戻っていった。それ以来、彼の姿をアンス・ラボルドで見かけた者はいない!

はじめ、セルジュとジャンの仲違いは、ジャコブには大きな悲しみの種だった。彼はエライーズ母さんの息子たちが、手の指のように一つによりそって生きることを熱望していたからだ。ところがやがて、ティマの健康が気がかりになって、他のことはすべてどうでもよくなってしまった。

実際、テクラはラ・ポワントを離れてパリに勉強にゆくと、もう父親にも叔父のジャンにも手紙の一つもよこさなくなっていた。彼女に捨てられたジェスネルには、もちろん。それどころか、母親にすら！

ティマは来る日も来る日も郵便配達を待ちかまえ、ついで郵便電信電話局——彼女にいわせれば共産主義者の巣窟——が意地悪をしているのではないかと疑って、パリの郵政大臣に宛てて事情を説明する手紙を書いた。それからついに、彼女は「恩知らず」という言葉を直視し、あれほど愛した娘が自分のことを忘れてしまったのだと悟らなくてはならなかった。

その日から、彼女は不機嫌に、うらみつらみの中で生きるようになったのだ。

毎朝、彼女は気分のすぐれぬまま四時に起き、黒いスカーフをかぶった、信心に凝り固まった女たちの一人として、明け方のミサにゆく。聖体拝領をうけ、聖体台から首を深くうなだれて戻ってくるので、一時、彼女には至福の幻視があったのだという噂がひろまった。もう女中たちを叱りつけることもなくなり、それで女中たちは家具や鎧戸に埃をつもらせ——もう女主人が人さし指を走らせて確かめてみることをしないから——屋内の植物に水をやるのをやめた。水をもらえなくなった鉢植えのミュルティプリアン(バナナの樹の一種)は枯れてしまい、家の中はすっかりどうともなれという空気に包まれてしまった。おなじようにティマはもうデュードネを押さえつける気力もなくなり、この子は平気で学校の悪友たちを連れてきて、自分の部屋で煙草を吸ったりハーモニカを吹いたりするようになった。夜は夜で、彼女は目を閉じたまま、顔をしかめることもやめてということもなく、意識を失ったようになって、ジャコブに好きなだけ体を弄ばせるようになった。ジャコブは、彼女のために用意してあるジュストンの別荘にいってすごすよう、妻を説得しようと努めた。しかし彼女はそれを頑として拒んだ。そこがいまや、あの旧敵スバルが君臨する立入禁止の私有地となっていることはわかっているのだとでもいうように。

それ以来、遠く離れ、沈黙によってのみむすばれているとはいうものの、ティマはテクラとおなじリズムで生きた。それがどういうことなのかは理解しようともしなかったが、テクラの出産の痛みをおなじように感じた。テクラが流産したときには、もはや月経のないティマの腹から、黒ずんだ血が噴きだした。テクラが神経衰弱になったときには、ティマもまた苦悩の紫色の水の中に沈み、バルコニーの鉢植えのブーゲンヴィリアのあいだに置いた揺り椅子を前からうしろ、うしろから前へと揺らす以上の力もなく、通りがかる人々はさびしそうに首を振るのだった。

「何という不幸（ア・パ・ジェ・ノン）だろうねえ！」

彼女、私の祖母ティマは、ある晩、眠ったまま死んでいった。私には一度も会うことなく、私がありったけの気持ちをこめておばあちゃんの心の痛みをなぐさめてあげることもできないまま。彼女が死んだ晩は、闇は本当の闇、疲れた月がモクマオウの林の背後に折り重なる雲の中で眠っている夜だった。その死は大きな悲しみをひきおこすことはなく、誰にも大きな痛みで迎えられはしなかった。ただ、なぐさめようもなかったジャコブを除けば！　棺のあとを、体を二つに折ってついてゆく彼の姿を見た人々は、もう彼は立ち直ることができないだろうと思った！

それでも彼はまだちょうど五十歳で、肉体の欲望はありあまるほどだった。彼はフォーブール＝デヌリー通りの自宅に、すでに長い長い年月にわたる愛人のフローラ・ラクールとその二人の私生児を入れることにしたが、この子供たちはあいかわらず他人に対するように彼のことを「ルイのおじさん」と呼んだ。しかしティマは、新しく移ったばかりの場所で、このことに苦しみはしなかった。人生がつねに拒んできたみちたりた晴朗さを、彼女はついに見つけたのだ。

2

ロンドンの霧の夜、いったい何人の男たちが、私の母のさびしい体の上をとおりすぎ、彼女の傷ついた自尊心の嘆きを悦びのうめき声ととりちがえたか、私は知りたいと思う。そのリスト、男たちのリストは、長いものだろうか？

認知する気もない私生児とともにドゥニが彼女をまるで顧みることなく捨てたとき、リセの六年間〔日本でいえば小学六年から高校二年にあたる〕ずっと優等をとおし、イポカーニュ〔カーニュへの進学準備級〕の一年、カーニュ〔高等師範学校文科受験準備級〕の一年を終え、それからソルボンヌ〔パリ大学〕で英語の学士をとった彼女、テクラは、自分がパリで嘲笑の的となり、いっそう悪いことには哀れみの対象となっていると、感じた。それでいたたまれなくなった彼女は、適当に衣類を鞄につめると、北駅から列車に飛び乗ったのだった。大学で勉強していたあいだ、ロンドンには何度も行ったことがあった。さびしい街、雨の多い街で、彼女はそこが大嫌いだったが、ふとロンドンこそ、自分のぼろぼろになった青春にふさわしい街だと思われたのだ。

彼女は習慣で大学に登録し、ジョゼフ・コンラッドについての研究をはじめた。『闇の奥』だ。

陰惨にネオンが灯る時刻、恥と痛みにどうにも耐えられなくなった彼女が、「カイロの紫の薔薇」という名の小さなナイトクラブに入ると、そこではカメリアの花を髪に飾った女の歌手がビリー・ホリデイの古い曲をいくつか歌っていた。深夜が近づくと決まって、テクラはハンカチをとりだして泣いている。ある晩、彼女のテーブルに一人の男が腰を下ろした。とても小柄で、とてもハンサムで、とても黒い男は、やさしくこう声をかけた。

「What is the matter, baby?（どうしたの、ベイビー）」

そのきらきら輝く目の何かが、ただ寝たいという欲望以上のものを伝えていた。

マヌエル・パスター〔スペイン語読みならパストール〕はキューバ人の農夫の息子で、父親は砂糖黍畑でくたくたになるまで働くのに飽きて、鉈を捨てニューヨーク行きの船に乗ったという人物だった。船を下りるとただちに、男は家政婦をしていたアメリカの黒人女と結婚し、四人の息子が生まれた。州刑務所でさまざまな長さの刑に服している兄弟とはちがって、マヌエルは学校にゆき、テンプル大学〔フィラデルフィアにある〕で博士号をとろうとしているところだった。数か月前からロンドンに来ている彼は、マーカス・ガーヴィーの書簡をすべて集めようと努力しているのだった。彼には二人の英雄がいた。一人は、残念ながら貧困と黒人たちの心の不毛な無関心の中で死んでいったマーカス・ガーヴィー。もう一人はマルコムXだ。

テクラは、マーカス・ガーヴィーの名なら、しばしば聞いたことがあった。父からではない、彼は自分の人生の政治の季節に関しては固く口をつぐんでいた。それを聞いたのはティマからで、彼女はジャコブのすべてのどうしようもない愚行、自分を小さな娘と二人きりで残して殺されるかもしれない夜の中に彼がどんな風にして出ていったかを、好んで思いだしていたのだ。彼女は「立ち上がった黒人党」がモットーとしていた有名な「I shall teach the Black Man…」という台詞をからかって、こう注釈した。

「黒んぼが美しいんだとさ！　だけど、あの男くらい醜い者はいないね、性根がひどく意地悪くできているんだから。私の母はこういっていたよ。「ああ、黒人男というものは台風だ、地震だ。通りすぎた跡はすっかり荒れはてて、悲しみしか残らない」って」

これに対してテクラはマルコムXの名は聞いたこともなくて、マヌエルは飛び上がった。

「マルコムを知らないのか、ベイビー？　もうじき彼の言葉がアメリカに火をつけるよ。そして白人たちの卑劣な人種差別の燃える灰の上に、おれたちはついに愛を植えることになる！」

理屈好きなテクラがもっと知りたがったので、マヌエルは説明した。

「彼の父親はマーカス・ガーヴィーの弟子だった。だからね、すべてのはじまりには、われらが父マーカスがいるんだよ。だがマルコムは何にもしたがわなかった。やったのは、盗み、強姦、麻薬、そして留置場入り……やがて彼がイスラムの黒い神に直面するまではね……」

「イスラムの黒い神ですって？」

「そう！　ばかにしちゃだめだぜ、ハニー！　さんざんたわごとを聞かされてきて、そんなつもりがなくても、いつのまにか信じこんでいるからな。ハムの呪われた人種だって〔ハムはノアの次男でエジプト人・カナン人などの祖とされ、「ハムの息子」というと黒人を意味する〕。本当はね、おれたち黒人はイスラエルの十二番目の部族であり、おれたちはおれたちの王国を再発見するんだ！」

はじめのうち、テクラは吹きださないよう自分を抑えなくてはならず、いったいこの人はどういう半狂人なんだろう、と思っていた！　ついで、少しずつ、彼の夢と言葉の魔術に彼女は乗せられ、それが身に沁みてきた。それにマヌエルは、ただ狂ったような言葉を次々に語るだけではなかった。彼は愛し方が、とても上手だったのだ！　彼がジャマイカ人の音楽家の三人兄弟と一緒に住んでいる、空気がシンセサイザーの大音響に震える郊外の煉瓦作りの家ですごす夜は、いつもあまりに短かった。朝になると、疲れ切ったテクラは急激に眠りに落ちてゆき、次に目を覚ますのは大学の図書館がとっくに閉まったあとだった。

テクラとマヌエルが知りあってひと月、彼はいかにもラテン的な丁寧さで片膝を地面につき、彼女に結婚を申しこんだ。彼女は、この幸福には障害があるの、と謎めいたことをつぶやいてその申し出を断ったが、一緒にアメリカにゆくことには応じた。

このマヌエルとの出会いによって、私の母の最初の変身がはじまったのだ。尖ったヒールに偽シャネル風のスーツ、眼蓋は青く唇は赤く塗りたくった顔をした、追いつめられたプティ＝ブルジョワの娘から、自然のまま短く切った髪に黒い布のバレエシューズをはいた（彼女はマヌエルよりもたっぷり二十センチは背が高かった）健全な女性活動家への変身だ。そのころ彼女はコンラッドの『闇の奥』をしまいこみ、代わりにアメリカの黒人小説家リチャード・ライトを読みはじめた。その作品を、マヌエルに教えられたのだ。それにまた、これもいっておかなくてはならないが、マヌエルのように、マヌエルとともに、強い酒をよく飲むようになったのも、この時期のことだった。

さらには、もうその二年ほど前から町の最近の変化を忌み嫌ってラ・ポワントの町ではまったく見かけなくなっていた私の大叔父のジャンが姿を現し（そして人々はかつてはあれほどハンサムだった彼が身なりにかまわずすっかり変わってしまったと思った）、ティマとむかいあって喜びのない昼食を終えたばかりの兄ジャコブの家に狂ったような勢いで入ってきたのも、やはりそのころのことだった。

「手紙が来たよ！　テクラからの手紙だ！」

親愛なる叔父上さま

私がいくつもの試練に会ってきたことを知ったら、ずっと手紙一つ書かなかったことも許してくださると思います。でもそんな辛い目のおかげで、私は一人前の女になりました。私は目が開きました。いまでは物事がはっきりと見え、叔父さんが教えてくれたことの意味がわかるようになりました。

そう、叔父さん、もうじき私のことを誇りに思うようになるわよ。ジェスネルによろしく伝えてね。叔父さんに、キスを送ります。

愛する姪より

ジャコブは便箋を封筒にしまい、それから何もいわずにそれを、片手を心臓に当てているティマに手わたした。こんどはティマがそれを読み、読み終えるとぐったりと全身の力が抜けたようにすわりこんでしまい、嘆きはじめた。

「私たちは！　私たちはどうなの！　パパのことは一言も書いてない！　ママンのことも一言も書いていない！　ああ、イエスさま、マリアさま！　子供をさずけてくださいとあなたたちにお祈りする者は、何も考えていないんだわ！　どうして？　どうしてなんですか、教えてくださ い。子供ほど恩知らずな者があるかしら！　愛情のかけらも残っていないのかねえ？　あの娘のために、私の腹は二つに割れたのよ。医者たちは私が死ぬと思った、それでもなんとか持ちこたえたけれど、いま、あの娘は叔父にだけ手紙を書く。そして叔父にむかって、母親のこの私が生きているのかもう墓に入ったのかさえ、たずねもしない！」

ジャコブとジャンは彼女に好きなだけ嘆かせることにして——それはまったくもっともな嘆きではあったが耳が破れそうになることに変わりはなかった——兄弟の父親の昔の書斎に閉じこもった。ジャコブは涙を隠そうともせずにひとしきり泣いたあと、しゃくり上げながらいった。

「あの娘、「試練」だなんていってるな。いったい何があったんだろうか？」

ジャンは肩をすくめた。

「さてね！　一時の恋愛沙汰がうまくいかなかったというくらいのことだろう！　あの年頃だからな！」

あわれな父親は大きな音をたてて鼻をかみ、一方ジャンは別の話題をもちだした。

「あの馬鹿者のセルジュが、こんどは何をやらかしたか知ってるかい？」

というのはセルジュとジャンのあいだには、まだ公の場では一戦を交えていないものの、戦争がはじまっていたからだ。政治だ！　いつだって政治！　セルジュはドゴール将軍率いる与党のメンバーとなり、その名簿で、グルベイルの市会議員に選ばれていた。ジャンが愛国党、AOPGの名誉会長をひきうけていたことから、お互いに相手のことを格好のトルコ人の首〔嘲笑の的〕としていた。ジャンにとってはセルジュは、もう三世紀も前から意気地なく「フランスばんざい」とばかり叫んできた、同化主義中流ブルジョワの象徴的存在だった。セルジュにとっては、ジャンは共産主義者よりも始末が悪かった！　この対立に、ジャコブはどちらの肩ももたないように用心していた。自分の経験からいって、政治とはラム酒に酔った獰猛な雄鶏でもなければ足を踏み入れるべきではない、野蛮きわまりない闘鶏場だということがわかっていたからだ！

「ドゴールがグアドループのために特別な地位を提唱するとき、将軍さんを案内することになるのはやつだよ！　それでたぶん、そのうちレジオン・ドヌール勲章でももらうんじゃないか！」

こうした議論は耳に入らない哀れな父親ジャコブは、あいかわらずしゃくり上げ、鼻をかみ、自分を苦しめていた。

「あの娘は『試練』といっているな。どういうことなんだろうか？　いいかい、ジャン坊、どこかの男がおれの娘を弄んだんだったら、おれは猟銃をもちだして、この手で、おれ自身の両手で、そいつを殺してやる！」

兄が蠅一匹殺せない人間だということをよく知っているジャンは、そんなことには耳を貸さず、自分の勢いに乗って言葉をつづけた。

「たぶん、やつは勲章をもらうよ！　セルジュがいずれは代議士になって、のらくらと国民議会にただすわっているだけの人間になると、賭けてもいい。どう思う？」

哀れな父親ジャコブはどうとも思わなかった。

その一週間か二週間後、ジャンが小枝作りの小屋で熱心に何かを書きなぐっていると、こんどはジェスネルが狂人のような勢いで飛びこんできた。

「手紙だよ！　テクラから手紙がきた！　ニューヨークに行くんだって！」

ジャンは呆然とした。

「ニューヨーク？　いったいニューヨークで何をするつもりなんだ？」

手紙には何も書いてなかった。

親愛なるジェスネル

私があなたにした残酷なこと、いつか許してくれるかしら？　私にできる言い訳は、私自身が自分の教育の犠牲者だったということだけ……。あなたが私にすべてを教えてくれたのであり、私が愛する男はこれからもあなただけだとは、いうまでもないことよね？

あなたのかわいそうなテクラ

かわいそう？　二人の男はお互いを見つめ、ジャンはジェスネルの美しい栗色の瞳に、父親からもらったちっぽけな土地を売り払って自分もアメリカにゆきたいという欲望が、狂ったように湧きおこるのを見た。若い！ 若い！

ジャンは口ごもりつつ、いった。

「熱くなるなよ！ いきり立ってはだめだ！ あの娘は、おまえに一緒に来てくれと頼んでいるわけじゃないんだよ、おれから見れば！ そんなことより、おまえは担架兵になる試験の勉強をしたほうがいいぞ！」

自分の血肉を分けた子とはいってもラ・ポワントでティマのもとで育てられ、心ならずもティマ流の習慣を身につけて、コップはぴかぴかに洗わなければ気がすまず、パンの実のミガンは一口食べたら押しのけてしまうデュードネよりも、ジェスネルこそジャンの本当の息子だった！はじめて見たころは、父親の膝の高さしかないでこぼこの大きな頭をして、父親の説明を真剣に聞きながら、小さな指を、はりつめた太鼓の皮にはわせていたものだ！ 教師時代には九九の表を覚えさせるために、両手に石をもったまま両腕を水平に上げさせて、運動場で罰として立たせたことも何度となくあった。それから、この子にはこの子がやりたがっていることをやらせたほうがいいのだということに、ようやく気づいたのだった。音楽を！

なんというミュージシャン！ 彼は自分の他に太鼓とフルート一人とティブワの奏者一人からなるバンドを結成した！ その音の驚異的なすばらしさ！

ジェスネルのバンドはクレィェ（「グループ」を意味する）という名で、プティ＝ブールからヴュー・ザビタンにいたるすべての町の祭りで大当たりをとった。かれらが出るというだけで、客席が熱心に耳をかたむける聴衆で黒山の人だかりになった。ジェスネルの音楽は、ビギンのように感覚に訴えるだけではなく、心と魂に語りかけてきたからだ。それはただ脚をばたつかせ、腰をゆらすだけではなかった。その音楽は一人一人の人間の中に、不思議なやり方で、愛し、伝えあい、分かちあいたいという欲望を起こさせ、コンサートの途中で見知らぬ二人がお互いを抱きしめ口づけを交わすのも珍しいことではなかった。その歌詞にはけっして下劣なところや卑猥なところがなく、詩情にみち、ちょっぴりしみじみさせた！

けれどもそのころはまだ、ジェスネルが自分を探していた時期だった。まだ私の母にささげた、あの歌を作っていなかった。後のことだが、その歌はたちまちフランス語圏と英語圏とを問わずカリブ海中にひろまり、それどころかキューバ、プエルト・リコ、アルーバ、ボネール〔アルーバとボネールはベネズエラ沖のオランダ領の島〕に伝わり、ついにはアフリカとヨーロッパを制覇したのだった。「ランベ〔「恋の病」〕」だ。

3

父親ジャコブからは二十年以上遅れて、一九六三年八月にテクラがニューヨークに着いたとき、彼女は父親よりは、はるかに有利な立場にあった。それはマヌエルが腕利きのガイドになってくれたからで、彼は貯金箱を開けるようにこの都会の腹をぽっかりと開いて見せることができた。百三十丁目で生まれ育ったマヌエルは、学資を稼ぐためにマンハッタンのあらゆる交差点で靴磨きをし、あらゆる公衆便所で麻薬を売り、気晴らしにはあらゆるベースメント〔アパートの半地下の部屋〕でセックスをしたことがあった。ストリートとアヴェニュー〔マンハッタンではストリートは東西に、アヴェニューは南北に走る〕が織りなす息のつまるような空間を、彼はテクラの腕をぎゅっとつかんで、歩いていった。

「目を開いて、よく見るんだよ！　これは世界でもっとも美しく、もっとも倒錯した代物だ！　おれが生まれたこの土地アメリカに対する、おれの気持ちは、この街そのものの姿をしているんだ。憎しみと愛が、隣あっている。乱暴さと詩が。こいつは、あばずれさ。甘くやさしくしてくれることもある。ときには詩的で、夢見るようだ。でも本当は、性が悪い。寝てみたなら、しゃがれた叫び声が鼓膜を破りそうになる。彼女なしではいられなくなる！」

たしかに、テクラにはこの街を知りつくしたガイドがついていた。彼女は大都会を知っていた。パリを、ロンドンを。ある夏にはドゥニと一緒にバルセロナまで行ったこともあり、バリオ〔バルセロナの旧市街〕で赤ワインを飲んできた。それなのに彼女は、生まれたちっぽけな穴をはじめて出てきたばかりのお人好しの父親が感じたような、パニックに似た感覚を経験するところから、遠くなかった。当惑し、呆然とし、恐怖にかられた。ニューヨークとは、もっとも頑健な者すら発熱してしまう、強力な媚薬だったからだ。それにマヌエルはテクラを地獄の第七圏にまで、まっすぐひきずりこんでいった。そこでは悪徳がもはや悪臭を放たず、暴力が法であり、人間の生命などまるで取るに足らないものだった。

彼の家族はあいかわらず百三十丁目に住んでいた。父親は若いころに農民からホテルのドアマンになった人で、人生のひどい冬を耐えるために安物のバカルディを、朝から晩までしきりにあおっていた。悪夢に捕らわれたまま、彼は窓際でこくりこくりと居眠りしているのだが、半地下室のその窓は、消火栓と通行人の継ぎをあてた古靴の高さにあった。ときどき、彼は泣き言をいった。

「ひどい人生！ 太陽がおれのために上ってくれたためしがなかった！ おれは海をわたってきたが、どちらの岸辺でも、出会ったのは空腹と悲嘆。そうさ、おれたちは呪われた人種なんだ！」

それを聞いてマヌエルは怒り、絶望と愛のこもった罵声を浴びせたが、一方、一日じゅう便所掃除の仕事をしてきたパスター夫人は、山のような食物を用意し、息子たちのうち三人までをアメリカ各地の厳重な監視付きの刑務所に入れることになった罪を反芻するのだった。それでも神さまのお慈悲で、お気に入りの息子のアールは、もうじき家に帰ってくる。

時計が七時を打ったとき、隣の室に住む神がかりの説教師のボルティモア夫妻が、匂いにつられて台所にやってきて、揚げた鶏のもも、ジャンバラヤ、海老のガンボ、サツマイモのパイを、二人で交互に一口分ずつ聖書を朗読しながら、平らげていった。

「おまえのパンを水面に投げよ。いずれは、それはおまえに帰ってくる。それを七人、いや八人の人にだって分け与えるがいい。地上ではどんな不幸が訪れるか、わかったものではないのだから」

あるいはまた、

「賢人は心が右にある。狂人は、心が左。分別のない人間は道行く姿を見ただけで、良識が不足しているということがわかるものだ」

神がかりの説教師ボルティモア夫妻は、アラバマの小屋を出てきたとき以来、その絶対確実なテクニックを鍛え上げてきたのだ！　毎朝、二人はどこかの街角に立って、足元にお金をうける椀をおき、みずからが犯した罪の悪臭の中で黒人という人種は滅びてゆくと予言するのだった。二人のうち、より神がかりの度合いが強いボルティモア氏は、声をはり上げた。

「急げ！　急げ！　すでに死の天使アズラエルが、きらめく刃を右手にもってかけつけてくるところだ。やつの乗る二輪馬車を止めるために、お布施を、お布施を……」

一セント、十セント、半ドルの硬貨が、雨あられと降った。お椀がいっぱいになると、ボルティモア夫妻は何本かの瓶を買って丹念に包んで持ち帰り、それを自分たちのアパートの室においてから、一日の仕事の疲れをいやすためにパスター夫人のところに来るのだった。ボルティモア夫妻は、テクラを怯えさせた。特に、赤い目をして、彼女のことをまるで獲物のように見る妻のほう。この息がつまるぼろアパートを出て、南、ずっと南のほうの、夢を売るような街路や、小春日和に樹木が色づいている裕福な郊外へと逃れてゆければ、どんなによかっただろう。だが、どうしようもない！　マヌエルは両親を、この上なく愛しているのだから！

九月半ば、アールが、強盗で十年の刑期をつとめたサン・クエンティン刑務所から帰ってきた。これまでに本物の強盗と会ったことのなかったテクラは、小柄な男が入ってくるのを見た。マヌエルよりもまだ小さく、マヌエルとおなじようにきらきらした瞳をして、ミサの合唱隊の子供のように甘い声をしていた。彼は老いた父親の額にキスし、しゃくり泣く老いた母親を抱きしめて、いった。

「さあ、さあ、もう終わったんだよ!」

彼はさらに二つ、重要なことをおこなった。まず夕食のときにやってきたボルティモア夫妻をきっぱりと追い返し、ついで夜になると、テクラとマヌエルが眠っていた折りたたみベッドにもぐりこんできたのだ。マヌエルは、こう説明した。

「おれたちは何でも半分こにしてきたもの!」

私の母の二度めの変身は、そのころのことだ。写真を見る。すると飾り気のない活動家は、もう姿を消している! それに代わって登場したのは、いかにも豪奢な女。体をさんざん磨き上げ、声は低くしわがれて、彼女が男たちと夜をすごす安酒場のサクソフォンのように鳴り響いた。麻薬のオーヴァードーズ(やりすぎ)の危険が絶えない一方で、それでも知的な関心がすっかり消えてしまったわけでもなかった。逆説的にも、強盗のアールのほうは非暴力主義を信奉し、マーティン・ルーサー・キングの熱心な支持者であり、キング牧師の行進のテレビ報道を興奮して見ながら、こういった。

「ほら、やった! 犬を放ったぞ! やつらは、本当におれたちを根絶やしにしたがっているんだ!」

マヌエルのほうは、あいかわらずマルコムXを尊敬していた。彼の夢は、自分にはまだよくわからないイスラムの教義のいくつかの点についてマルコムと語りあうことであり、マルコムに会えるかもしれないという期待を抱いて、百十六丁目にあるマルコムらの寺院に定期的に顔を出していた。あいにく、お目当ての偉大な男は、国中のあちこちで改革の火をつけようと試みるか、アフリカを訪問するか、ただ忙しすぎるかで、会えなかった。テクラは、二人の言い争いには中立を守った。彼女はリチャード・ライトを放棄し、自分の中にもっと野心的な主題が芽吹くのを感じていた。「アメリカの黒人の生活状況」だ。このために、彼女はパスター夫人にインタヴューをしようとした。彼女の両親は、ヴァージニアでの生活について、娘に話してくれることがあったのか？　北部で、かれらは何を見いだしたのか？

ところが、ああ！　二人の息子をこの闖入者の女にとられたと思っているパスター夫人は、唇を開こうともしなかったのだ。

親愛なるジェスネル
ニューヨーク、自由の女神が見守るこの都会で、私のまわりに目にするものといえば、考えられないことばかりです。これに比べれば、私たちや私たちの親たちの人生なんて、恵まれた、平和なものだわ……

何か月かのち、テクラのおなかが、たっぷりしたドレスの下で丸みをおびはじめた。ティマによって、神を敬い人間たちの意見を恐れるよう育てられたテクラだが、子供時代の戒律からはみずからを解放していた。それでも、自分の中で動きはじめた胎児の父親が誰かを決められなくても平気でいられるほどでは、なかった。彼女が陰鬱な気持ちになっていると、廊下ですれちがったボルティモア夫人の予言が、それをいっそう暗くした。

「罪の果実は熟さないよ!」

マヌエルは大よろこびし、跳ねまわった。

「また新しいチビ黒ちゃんの登場か! もう目に浮かぶようだよ、白人どもに禁じられた物事への欲望で、顔いっぱいなくらい大きく目を見開いて、きょろきょろあたりを見ているんだ。白人どもは、おれたちに好きにさせたなら、なんでもやつらよりうまくやるってことを知っているものだから!」

アールのほうはもっと控えめで、ときにはテクラとおなじくらい憂鬱そうに見えた。

「おれたちの息子が、この不幸の国で一番になれるような生活をさせるためには、マヌエルが大学で稼いでくるようなピーナッツ程度じゃ、どうにもならない!」

そういうと、彼は家具の上においてあった、銃身を切りつめたショットガンに油をさしはじめ、ある晩、姿を消したのだった。

4

いつだって、そうだ! 町中でアメリカ人を一人つかまえて、一九六五年という年にあなたをいちばん驚かせたのは何ですかとたずねると、その人がこう答える可能性は非常に大きい。マルコムXの暗殺。それは狂気のアメリカで、二年前のケネディ暗殺のあとを追うようにして起こったのだった。

ところが、指導者マルコムに対する称賛の気持ちにもかかわらず、マヌエルはその死にはほとんど無関心で、その年、一九六五年について何を覚えているかといえば、兄がひそかに姿を消し、ついで三日後の夜明けにシャツを紅く血で汚して帰ってきて、テクラを見つめながら最後の微笑とともにこう声をかけたことだけだった。

「元気でな(テイク・ケアー)、ベイビー!」

アメリカの黒人たち全体が、喪に包まれ、反抗を試みていた一九六五年が、マヌエルにとってはそれだったのだ! そして彼は、他の人々にとっては、三十三歳で世を去ったアール・M・パスターのこの地上での生が何の意味もなかったということを知って、ただ茫然とするのだった。

アールの死は、ボルティィモア夫妻を勝ち誇らせた。血を流している遺体が運びこまれたかと思うとすぐに、テクラの泣き声がパスター夫人のそれにこだまするベースメントの室に、夫妻が入ってきた。こんどは、二人を追い払える者は誰もいなかった。ボルティィモア氏が両膝を床につく一方で、ボルティィモア夫人は肉食性の蜘蛛のように、獲物に襲いかかった。それもあまりに容易な獲物であるパスター夫人は脇において、ただちにテクラに飛びかかったのだった。彼女がいうところを信ずるなら、この死の理由は明らかだった。

「おまえの罪の臭いが、神さまの鼻をついたんだよ。その罪のどす黒さが、いつも愛にあふれ何でもすぐに許してくださる神さまの心を怒らせたのだ。おまえは二人の男、二人の兄弟のあいだで、シーツにもぐりこみ眠っただろう! おまえの腹から出てくる怪物に、おまえはどういう名をつけるつもりだ?」

テクラは泣きじゃくった。

「それだけじゃないのよ！　あんたは、私の罪をぜんぶ知っているわけじゃないの。私、テクラ・ルイは、父と母を殺したの。父と母の心に、刃を突きたてたの。二人に、血を流させたの。それを私は舌なめずりして見ていたの」

「なぜ、そんなことをした？」

「両親が恥ずかしかったからよ。あまりに黒すぎることを、私は責めた。教育がないことを。母は、あらゆることを、何も知らなかった。料理の作り方と、自分の夢についてしか語れなかった。『豆のドムブウェを作るにはね……』って。そのくせ、母は自分がジュピテル〔ローマ神話の最高神〕の股から生まれたとでも思っていた。自分にお金があるので、世間の人みんなを軽蔑していた。そして父、父のほうは……」

「ほら、ほら、落ちつきなさい！」

「私は別の両親が欲しかった、別の家庭が欲しかった！　私は、できるなら……」

アールの死後、一週間がすぎて、彼女が聖書を読んでいるとこの一節があり――「分別のない者は、心でこうつぶやく。『神などはいない！』人間は腐敗し、そのふるまいはおぞましい。善行をおこなうものなど、誰もいない。空から、永遠の存在がそのまなざしを人間の子らにむけ、知恵のある者、神を求めている者がいないものかと探していた。人間たちはみんな、顔をそむけていた」――そのときテクラの腹に痛みが走り、そこからどす黒い血が流れだした。テクラは仰向けに倒れ、ボルティモア夫人は彼女に手を合わせさせ、彼女とともにこうくりかえすのだった。

「ホサナ！　あなたの正義がおこなわれますように！」

おなじとき、ラ・ポワントでは、正体不明の病気に歯をくいしばっているティマのベッドの周囲に集まった医者たちが、意見を述べあっていた。

「これは閉経ですよ！　女には辛いものなんです。本土に気晴らしの旅行にでも連れていって上げたらどうですか！」

ジャコブはその費用を計算した！


子供を失うことで過ちの報いをうけたテクラは、これ以上の罪を犯すことのないよう、よく気をつけるようになった。

彼女はマヌエルと百三十丁目に別れを告げ、ブルックリンに住むちゃんとしたハイチ人の家庭に、一部屋を借りた。

彼女は勉強を再開した。

5

そう、これほど多くの屍を土中に埋めたあとでは、さらに生きてゆくためには、テクラとマヌエルは別れるのが自然だった。

マヌエルはニューヨークの雪の中に踏みとどまった。昼間は博士論文にとりくんだが、これはしばらく前から彼にとっては死亡通知を見るような効果をもつものになっていた。夜には彼はある病院で老人たちを相手に尿瓶や痰壺の世話をし、彼の悲痛そのものの表情をからかおうとする老人たちの臭い息を顔いっぱいに浴びた。マヌエルにはかれらの声が耳に入らず、姿も見えなかった。いつも絶えることなく、テクラが視界を曇らせていた。

そのテクラはハイチの、ポルト＝プランスにいる。ずたずたになった彼女はなんとか態勢をたて直して、コロンビア大学に登録し、「ハーレム・ルネサンス〔ジャズ・エイジのニューヨークを中心とした黒人の文化芸術運動〕がハイチ知識人に与えた影響」という研究をはじめていた。彼女が研究をはじめたのは一種の習慣によるもので、研究によって無意味な人生にも何らかの意味が与えられると信じたからだった。

彼女がいるのはテュルジョー地区の、ヴォルデル夫人姉妹がやっているペンション、ポインセチア荘だった。

ムラートのヴォルデル一家は、黒人独裁者デュヴァリエ〔一九五七年に大統領、六四年に終身大統領に就任〕が権力を握ってからは、非常に苦しんできた。男たちは全員トントン・マクート〔デュヴァリエの秘密警察〕を逃れるために慌てふためいて中央アメリカか南北アメリカ各地に散ってゆき、残されたのは四人の女性だけだった。母親。叔母。上の娘。下の娘。四人とも十字架の象牙の色の肌をして、黒い服を着ていた。それぞれ、夫、許婚者、父親、結局愛を告白してくれなかった男友達の、喪に服しているのだ。怯え、頭を低く下げた若い女中たちを叱りつける以外の彼女たちの時間は、お祈りを唱えるか、来客と話をするかですぎていった。生者のための祈り。死者のための祈り。ここにいない者のための祈り。ここにいる者のための祈り。特に、苦しみのつきない、愛しい祖国ハイチのための祈り。喪に服している親戚や友人、全員の訪問。いたるところから押しかけてくる人々の行列。妻を失くした男。夫を失くした妻。聖水盤の水に反抗の気持ちをしずめる、両親を失くした孤児。

テクラが図書館から出てくると、昔ならまちがいなく一財産といっていい値がついたような本物の黒檀〔かつて奴隷商人たちは黒人奴隷のことを「黒檀（ボワ・デベーヌ）」と呼んだ〕が、彼女の前に立ちはだかった。

「マドモワゼル、大変失礼ですが、お許しください！」

まあ！　彼女はこれほど背が高い男を見たことがなかった！　それにたくましい！　彼女はもう何年も、マヌエルを見下ろし、ついでアールを見下ろして、子供とさして体重のちがわないかれらを自分の胸に抱きしめてきたのに！　この男にみなぎる力に、彼女は目眩がした！

「自己紹介します。エノック・マジステルといいます！」

エノック・マジステルは大した人間ではなかった。「ル・ヌーヴェリスト」紙のただの記者だったが、その長い腕はテクラの胴をゆうゆうと抱き、大きな唇は彼女を食いつくすように口づけし、巨大な男根は熱く燃えて彼女の唇や股間いっぱいにさしこまれた。それだけでなく、彼はジャクメル生まれのハイチ人だったが、その母親は家庭をもたないグアドループ女を、とても親切にやさしく扱ってくれた。このマジステル夫人は、長男とおなじくエノックという名の夫が作るパンを売っており、独裁については、はっきりした考えをもっていた。

「わたしたちはもう何世紀も苦しんできたんだから！　フランス人を追いだして自由を手に入れるために、わたしたちは戦った。するとフランス人はいなくなったけど、自由は来なかった。

それからこんどは、アメリカ人を追いだして自由を手に入れるために、わたしたちは戦った〔アメリカは一九一五年から三四年までハイチを占領〕。おなじことよ。アメリカ人はいなくなったけど、自由は来なかった！　ムラートの大統領たちを追いだすために、わたしたちは力を合わせた！　ムラートの大統領たちはいなくなった。黒人が大統領になって、もっと悪くなった！　わたしにいわせればね、わたしたちの人種は、どうにも救いがたいのよ！」

マジステルのおやじさんのほうも冷静でいるわけはなくて、激昂してくりかえした。

「おれに銃をよこせ！　照準器の先にデュヴァリエをおいてくれれば、おれが仕留めてやるさ！　冷たくなった野郎を、さっさと持っていけってんだ！」

記者通行証のおかげで大統領府に出入りできるエノックは、もっと事情を心得ているという顔をした。

「でもね、あいつはじつは人が考えているような生身の人間じゃなくてね、突き刺したところで血も出ないんだよ！　出てくるのは、少々の血膿が混ざった水だけさ。あいつは……あいつの正体は土曜男爵（バロン＝サムディ）〔民話の妖怪〕でね、いいかい、あいつは一週間がたとうがたつまいが、新鮮な肉をたっぷり食べなければ気がすまないんだ！　それでトントン・マクートが誰彼かまわず殺しまくってるのさ」

ある日、自分がいかに重要な人物であるかを愛しい女に知らせ、彼女に微笑も消えた真剣な目でこっちを見させてやろうと思ったエノックは、一通の招待状を彼女に持ちかえった。それには金色の文字で、こう書かれていたのだ。「大統領夫妻は外国人研究人（ママ）マドモワゼル・テクラ・ルイを、大統領府庭園において開催される園遊会にご招待いたします」

今回だけは、私は母に対して寛容になろうと思う。疑いの余地はない。彼女がもしこれほどまでに孤独で、途方にくれ、さまざまな死の重みが意識にのしかかり、毎日少しずつ失ってゆく時間に苦悩しているのでなければ、彼女だってその招待に応じることはなかったはずだからだ。

しかし、思い出とやるせなさに苦しむ彼女は、その招待をうけることにした。そして青みがかった大理石の水盤に金魚が泳ぎ、ピンク色のフラミンゴが招待客の手から餌をついばみ、緑のオウムが籠の中で絶えまなくおしゃべりしている大統領府を、彼女は美しいと思った。彼女はエノックと激しく踊り、エノックはすっかり得意になって、彼女を自分とおなじくらい背が高くがっしりした男たちに紹介した。ああ、ハイチの黒人とは、なんと美しい人種なのだろう!

大統領は前立腺のせいで尿の失禁にひどく苦しんでいるらしく、立ち上がったままでいることはほとんどできないとのことだった。それでもとにかく自力で立って、自分の政権の数々の功績を列挙する、非常に長い演説をおこなった。大喝采だった。それから三人組の楽士が舞台で配置につくと、オッタヴィアの登場が告げられた。

オッタヴィアの偉大な歌声は、世界のあらゆる舞台でハイチの人々の不幸を歌ってきた。だからその彼女がこんどは、まさにその不幸を作りだしている張本人の前で歌うということに、驚いた人もいた。ジェスネルによって音楽の手ほどきをうけていたテクラにとっては、調和のとれた音が天国の扉にまで沸き上がってゆくにつれ、時は止まった。彼女の頬を涙がつたい、その間、彼女は自分の子供時代、初恋、愛人の一人の死、子供を失くしたことを、ごちゃまぜに思いだしており（私としては母が、フィニステールという流謫の地で成長していた私のことも考えてくれたと信じたい！）、一方この涙にどうすればいいかわからなくなったエノック・マジステルは、いったいこの女はどこの天国から舞降りてきた人なのだろうかと自問するのだった！

Soufflé van　　風よ吹け
Soufflé van　　風よ吹け
Pitit-mwen ka mo　　私の子供が死んでゆく
Mari-mwen ja mo　　私の夫はすでに死んだ
Mwen mem an pa sav　　私自身のことだってわからない
Si se viv an ka viv　　いったい生きているのか死んでいるのか

その夜、テクラは非常に遅くなってから、エノック・マジステルの友人に送られて、大統領府から帰ってきた。その友人は、たまたま何かの大臣だった。あるいは国務長官だったかもしれない。

翌朝、ヴォルデル夫人たちは、いつも緑色の壁をした古い食堂で金色の頬髭をした祖先トリグヴェ・ヴォルデル――この祖先は靴の中に何クローネかを折りたたんで隠し、ノルウェーからやってきたのだった――の肖像の人の良いまなざしの下でとられる朝食に、姿を見せなかった。彼女らは昼食にも姿を見せず、さらには夕食にも現れないのでテクラは驚き、何か悪いことがあったのではないかと案じながら、テーブルについた。スープとランビ貝のパイのあいだに、女中の一人が震えながら、母親のヴォルデル夫人からのメモをテクラにわたした。それは彼女にこの家を出ていってくれと告げるものだった。「私たちは私たちの敵と手をむすぶ人間を、おなじ屋根の下におくわけにはゆきません」

テクラは謝ろうとは考えもつかず、憂鬱な気分で、荷造りをしホテル・イボ＝レレにむかった。ここで彼女がもらった室の、続き部屋になった隣室に、オッタヴィアが泊まっていたのだ。

6

女どうしの友情は、恋愛に似ることがある。恋愛に似た独占欲があり、嫉妬があり、おなじように すっかり身を任せきることがあるのだ。しかしその共犯性はより持続しやすい。肉体の言語に頼らなくてすむからだ。

ある意味で、テクラとオッタヴィアは、お互いにとって最高の話し相手だった。ちょうど島の音楽でいえば竹笛とティブワのようなもので、それが回転木馬をぐるぐるまわらせるのだ。オッタヴィアの父親はイタリア人の石工で、タイルを修繕しにきた先の、ドイツ人の血をひくムラートの上流階級のマルデン家で、いちばん美しい末娘のメラルダのベッドにもぐりこんだのだった。この石工は、酒飲みだった。メラルダに七人の子供を生ませたあと、屋根から落ちて死んだ。自分の指では何一つしたことのなかったメラルダは、しゃくり泣きながら、彼女にいつもつけで売ってくれるパン屋の肩にすがりついた。立派な体格の「黒檀」だったこのパン屋は、死ぬまでずっと、いつかある朝トラックを車庫に入れたまま仕事をやめたほうがいいのではないかと、自問しつづけたにちがいない。したがってオッタヴィアは大勢の兄弟姉妹、半兄弟や半姉妹に囲まれて、ぼろ小屋の集落（カイ）に住んでいる農民の子供たちとまったくおなじに、お昼にはマンゴーの樹に石を投げて実を落としつつ、それでも自分は人種がちがうと信じて、かれらを軽蔑しながら育ったのだった。その確信は、いくつか美しい宝石をもち、カリブ籠に入れたダマスク織りのテーブル・クロスをもっているメラルダによって、いっそう育まれた。それから彼女は母親の姉で、一度も結婚しなかったカルロッタの養女となった。カルロッタは、彼女の野育ちの肉体を白と青の制服に閉じこめ、ラリュの寄宿学校に入れたが、そこではブルジョワの子供たちがオッタヴィアの訛りをからかい、彼女の母親は結婚もしていない男と同棲しているのだとささやいた。こうして、オッタヴィアもテクラとおなじく自分の子供時代、家族、そしてそれらを象徴すると彼女の考える祖国を、ひどく嫌っていた。それでもテクラよりは幸運なオッタヴィアは、こうした恨みを昇華し、権力とブルジョワジーを激しく批判しつつ、こうした怒りから自分を解放したのだった。バルバンクールのラム酒の瓶を何本も空けながら、テクラとオッタヴィアは、並んで横になっていた。オッタヴィアは、ハイチ難民のために歌う予定になっているニューヨーク行きの飛行機に乗ることなど、もはや考えてもいなかった。夜通し、二人は世界について、人生とその根本的な意地悪さについて、黒人について、ムラートについて、快楽について、宗教について、死について、政治について、あちらこちらと方向を変えながら話をした。その結果、あわれなエノック・マジステルは、もはや愛するテクラを抱く方策も見つからぬまま、頭も男根もうなだれて、はてしなく公園をうろつくばかりだった。

それからの事態がどのように構想され、おこなわれたのかについて、私は正確な情報をもっていないし、いくつもの欠落を埋めることはできないと、告白しておこう。オッタヴィアは本当に、政治に関わる友人たちから使命を託されていたのか？　どの程度まで、彼女はやりすぎてしまったというのか？　どの程度まで、魔法使いの弟子〔魔法を使ってはみたがその止め方がわからなくて大騒ぎになる〕を演じたのか？　彼女が、儀礼音楽の研究をつうじて知っていたヴォドゥの司祭たちの力を借りたということは本当なのか？　この司祭たちが彼女の教唆をうけて、人々に街路に出て大統領府に押しかけるよう命令したのか？　同時にデュヴァリエの側近の中にも、彼女に協力するものがいたということは本当なのか？　いずれにせよたしかに、それはアンティーユの歴史に興味を抱くすべての人がよく知っている、あの事件へとゆきついたのだった。一九六七年の、野蛮な弾圧だ。

すべては内務大臣リュクネール・ダミダス、踊りがうまく女たちに愛された彼の家への放火からはじまった。深夜、オレンジ色の炎が黒い空を舐めた。（これが合図だったという者もいる。）リュクネールは、一人で眠っていた屋根裏部屋の窓から飛び降りるのがやっとだった。二階で眠っていた彼の妻と五人の子供は、生きながら焼かれた。カリブの島で火事となると起こる混乱に乗じて、無数のグループが夜陰から出てきて合流し、怒り狂った流れとなってこう唱和しながら、大統領府にむかった。

「政府を倒せ！」

トントン・マクートはただちに眠りから目覚め、殺戮にとりかかった。五日後、というのは暴動は五日間つづいたからだが、犬たちは我が物顔に血の海をぺちゃぺちゃと舐め、骨を齧った。人々は道路脇の溝からずたずたになった数々の死体をひきあげ、それを市の門の前にもってゆき焼いた。こうして火にはじまった事件が、火でしめくくられた。

オッタヴィアは逮捕された。しかし非常に有名であることと、アムネスティ・インターナショナルからの強い圧力によって、彼女はただちに釈放された。外国人である私の母は全速力でフランスへと送り返され、それで結局のところ大過なくすぎた、といえただろう。もしその事件で、エノック・マジステルが死んだのでなかったなら。

恋は目を眩ませる！

エノック・マジステルは、さして教養のない若者で、人間による人間の搾取についてはまるで悩んだこともなかった。それが愛する女の瞳という鏡の中に美しく映る自分を見たいという、強い願いにとりつかれてしまったのだ！　それで彼はある地区の作戦の指揮をとり、その最前線に立っていたとき、トントン・マクートと兵士たちが攻撃を開始したのだった。

私は、彼を私たちのために戦った殉教者の一人として数えてもいいと思う。そうした殉教者となるにはバカロレア合格者でなくてはならないなどというのでないかぎり！

ともあれこうして、母は一九六八年のはじめ、パリと出会い直したのだった。彼女のパリに対する見方が変わっていなかったとしても、どこかのカフェや映画館や公園にゆくたびに思い出が傷のついたレコードのようにくりかえし、くりかえし、鳴り響いても、パリのほうは彼女を別の目で見るようになっていた。彼女は、重要な政治的事件に、間近で巻きこまれてきたのだ。それを、彼女はうまく説明できるだろうか?

「テクラ・ルイさん、ハイチに対するアメリカの内政干渉について、どうお考えですか?」

「あなたはマルコムXが暗殺されたとき、合衆国にいらっしゃいましたね。アメリカの黒人社会は、どのように反応したのですか?」

ほっといてくれと叫ぶ代わりに、テクラはマイクにまっすぐ向きあって腰を下ろし、それに口を近づけて、語った。モンロー主義について、ヴォドゥについて、ブラック・モスレムについて、ブラック・パワーについて……。

そのとき、母は彼女の父親に微妙に似はじめたのだ。人は彼女を美しいといった。それは黒い穴のような彼女の両目の底に、恐怖と苦悩と絶望が混じっているのを見なかったからであり、たどたどしくやさしい口調で話される彼女の言葉の下に、支離滅裂と錯乱を感じとらなかったからだ。

写真がいくつもの新聞に出るようになったおかげで、母はある日、一通の手紙をうけとった。

アルベール・ルイ
北ホテル
アベッス広場二番地
パリ十八区

マドモワゼル

ある非常に重要な問題を解決するためにお力を貸していただけるのではないかと思い、失礼ながら突然、お便りさせていただきます。非常に重要というのは、もちろん、私にとって、ということです。

グアドループ出身である私はあなたとおなじ姓を名乗っておりますが、おそらくあなたが、私には今後もけっして知りえないほど、島の家系についてよくご存じだろうと想像するのです。私の父親もアルベール・ルイという名でした。一九〇四年生まれで（実際には、彼はまちがっている。ベールが生まれたのは一九〇五年だった）、アンジェの工業学校に勉強に来ました。母との結婚後、父は実家から連絡を絶たれ、絶望のあまり自殺しました。私は父の家族――すなわち私の家族でもありますが――のその後をつきとめたいのです。といっても復讐するためなどではありません、ご安心を。ただ、自分がどのような家系樹から出ているのかを知りたいためです。自分がどこからやってきたのかを知らずして、生きることはできません。ところがどこから手をつければいいやら、わからないのです。これももうとっくに亡くなっている人だとは思うのですが、もしかして商人だったアルベール・ルイという人物の子孫についてご存じではありませんか？　その妻はエライーズといいました。

「……」

私と会ってみようとお考えでしたら、私は楽土で毎晩「ラ・カバヌ・キュベーヌ（キューバの小屋）」

というクラブに出演しております。ホテルに訪ねてきていただいても結構です。お騒がせして申し訳ございませんでした……

私の母は、その手紙に返事を出さなかった。

7

一九六八年五月〔いわゆるパリ革命〕はパリを大混乱に陥れたが、このあまりにもよく知られた現代史のひとこまについては、私が語るにはおよばないだろう。

ある日、街路を夢遊病者のようにさまよっていたテクラは、バリケードに足をとられ、火災に火傷し、ついには額に石つぶてが当たって、そのせいで他の負傷者とともに救急車に載せられてヴァル＝ド＝グラース〔陸軍病院〕にむかった。彼女を三針縫ったインターンは三十二歳になったばかりで、名前をピエール・ルヴァッスールといった。

これまでにうけてきたすべての教育のせいで、白人というものは猫や牛とおなじく別種の生物であり、かれらと言葉を交わすなどとんでもないことだと、テクラは信じてきた。ところが一九六八年六月二十三日、彼女はサン＝ルイ＝デ＝ザンヴァリッド教会で、ピエール・ルヴァッスールと結婚したのだ。一週間後、彼の一家がもっている土地への新婚旅行を終えたカップルは、フィニステールにむかった。その一隅で私は、まもなく十歳になるやせっぽちの少女として成長していた。

ともあれ、この結婚が私の人生にもたらした激変についてあれこれ論じるまえに、それがグアドループの家族にひきおこした反響を語っておこう。

私の祖父ジャコブは、娘から一通の手紙もうけとらぬまま十年近くがすぎていたので、この手紙の到着にまずありったけの涙を流した。ついで幸福が少しずつ自分の中でひろがるのを感じつつ、彼は宛て名を読み返したが、傷ついた人間ならではの直観は、そこに葬式の通知のようなさびしさを感じて驚いた。かまうものか！　彼は大急ぎで階段をかけ上って、気分がすぐれぬまま揺り椅子に腰かけいつものように『キリストのまねび』〔十五世紀ドイツの修道士トマス・ア・ケンピス著とされる信仰論〕を膝の上にひろげて体をゆらしている、ティマのところにいった。

親愛なるママン、親愛なるパパ

これまで手紙を書かなかったのは本当にひどかったけど、信じてちょうだいね、私はママンとパパのことをずっと一瞬の休みもなく思い、愛していたの……

こんどはティマが熱い涙を流し、一時的に健康をとり戻して、娘がパリで白人の医者と結婚したという事実を親戚一同に発表する覚悟を決めた。白人だって？　一家は慌てた。それはかれらがテクラを永久に失うということを意味する。白人女と結婚した、バッス＝テールのセルジュを失ったように。ジャコブは、額を不安に曇らせたまま、まさにその結婚があるからテクラから連絡があったのだといったが、むだだった。

「それはあの娘が今後もずっとフランスに住むということだよ」

「その夫がこっちに顔を出すといううんじゃないだろうね？　グアドループはおしまいだ！」

もっとも衝撃をうけたのはジャンとジェスネルだった。二人は、予想に反して、若さゆえの避けがたい愚行をひととおりやってしまえば、テクラがこの邦の正しい道へと帰ってきて、初恋がじつはどれほどに正真正銘のキンバリーのダイヤモンドであったかを悟って、ジェスネルとともに祭壇にむかい、ついで丈夫な子供を何人も生んでくれるものと期待していたのだ。ところが、がしゃーん！　この夢に組んだ足場は、音をたてて崩れ落ちてしまった。はじめて、ジャンは兄のジャコブに対して激怒し、「ばかげた」教育によってその白人野郎にみすみすベッドを用意してやるはめになったのだと非難した。唖然としたジャコブの前で、ジャンはティマのことを劣等感だらけのけちなプティ＝ブル女だといい、ティマが自分の主体性のなさをそっくり娘に伝えたのだといった。不幸なジャコブはまた泣きだし、どんな弁解の言葉も見つけることができなかった。

私の大叔父ジャンは、非常に重要な人物になっていた。地下組織ということになってはいるが、実際にははっきりした主張をおこない、農民を見事に組織している愛国党が、彼を象徴的人物としているからだ。みずからの階級と訣別したプティ＝ブルジョワ、だ。フランス行政府によって、ひどい目にあってきた人。民衆の伝統に関する知識によって、この分野の比類なき作品『知られざるグアドループ』をあらわした著者。太鼓の名手ジェスネルの後継者にしてこの邦のもっとも偉大なミュージシャンの一人、ジェスネル・ジュニアの、精神的父親。

こうしたすべてでも、私の大叔父ジャンに、それにふさわしい性格を与えてくれたわけではなく、それでマリエッタは聞いてくれる相手にになら誰にでも、それをこぼすようになった。かつてはやさしく、夢見がちで、最初の妻の自殺がもたらした罪悪感につきまとわれていたこの男が、自分のことを黄金の口の聖ジャン〔四世紀、コンスタンティノープルの司教〕だと思いこんだ、うぬぼれた、横柄な人間になってしまった。彼はあらゆることを論じた。キューバとカストロについて。ギニアとセク・トゥレ〔ギニアの政治家で黒アフリカ労働者総同盟総裁（一九五六年）〕について。アメリカとマーティン・ルーサー・キングについて。ところがそのご本人は——マリエッタが嘲るように強調するのだが——マリー＝ギャラントよりも遠くには行ったことがないのだ。

象徴的人物としての誇らかな高みから、ジャンは姪に宛てて手紙をしたため、さまざまな事実を思いださせようとした。奴隷の売買とすさまじい虐待、マルコムXとマーティン・ルーサー・キングの暗殺（もちろん殺されたのは二人だけではない）、植民地化という悪業、植民地独立の苦しみ、そしてしめくくりは次の言葉だった。「おまえが、われわれ黒人の虐殺者と手をむすぶとは、信じられない」

かわいそうなテクラ！　双胴船（カタマラン）が海の大きくうねる背で転覆し、投げだされた舵取りが救命ボートにしがみついたからといって、それを責められるものだろうか？　彼女の周囲では、すべてが廃墟であり、荒涼であり、失敗につぐ失敗だったのだ。しばしば、彼女は墓地の真っ暗な小径をたった一人で歩いているような印象をもった。ピエール・ルヴァッスールは眼鏡をかけ、四角くて人のいい、一家全員のかかりつけのお医者さんという顔をしていた。彼といると彼女は大変に安心できて、彼には何でも話した。私のことだって。そして彼は彼女の話に審判を下すわけではなく、ましてや非難することなどなく、ただ彼女を理解しようと努めながら耳をかたむけたのだ。

こうして私の本当の人生は、あの私が最初の叫びを上げたパリ十五区の診療所ではなく、ママン・ボヌイユの小さな食堂ではじまったのだった。壁にはミレの『晩鐘』の複製、結婚式の大きな写真、水夫として海で行方不明となった夫の写真がかけられていた。私を永久に失う直前、私を本当にかわいがってくれたこのお母さんが破水したのは、その食堂だった。突然現れた見知らぬ女を見て、怒りの血が私の心臓にあふれ、空気が肺をつまらせたのはそこだった。ママン・ボヌイユはすすり泣いていた！

「おまえのママンにキスしなさい、ココ！」

（ママン・ボヌイユの愛情は私のクロードという名前をココに変えていて、それはまるで偶然のように、熱帯の果実の名でもあった。）

私は動かなかった。すると毛皮の襟のついたコートを着た、白熊のような男が近づいてきて、私を床から持ち上げ、顔中にキスした。

「何てかわいいんだ、きみは！」

私たちはパリの、散らかったアパートに落ちついた。窓はモンパルナスの墓地の、墓標の群れを見下ろしていた。私が母の姿を見ることは、事実上まるでなくて、母は私の手の届かないところで眠り、休息し、食べ、本を読み、書き、電話をかけていた。ピエールが私を洗い、服を着せ、学校や映画館や喫茶店や、フリーメーソンの支部（ロージュ）のお祭りやユマ〔共産党機関紙「リュマニテ」のこと〕の祭典に連れていってくれた。その間、彼は私に説明してくれた。

「ママンをうらんではいけないよ。実際、あまり具合がよくないんだ。ぜんぜんよくないんだよ。強い人もいるけどね、ママンはそうじゃない。わかるだろう、ん？」

ピエールの心遣いを考えて、私はうなずいた。

そんな状態がいつまでつづくのか、私にはまるでわからなかった。何週間も？　何か月も？　時は、刑務所の独房のような、灰色のコンクリートだった。ある朝、小柄な電報配達人が来て、私がドアを開けた。ユルティマ・ヴィクトワール・アポリヌ・ルイ、旧姓ルメルシエが、亡くなったのだった。享年五十歳。

テクラの苦悩は、恐ろしいほどだった。十年間に三通とは母親に手紙を書かなかったテクラが、キニーネのアンプルを何本も飲み、昏睡状態に陥って、真夜中に救急病院に運ばれた。それから何か月も、私たちが彼女を見るのは病室で、膝の上に手を組んでいる姿だけだった。それから彼女は、ついには回復した。心の痛みだけでは、人は死なないから。さびしいことだ！　でも、そういうもの！　私の祖母ティマの死は、祖母が私を抱きしめながら学課の暗唱をさせたり髪を編んだりベイラムで体を拭いたりすることのできる前にやってきて、それこそ私が母のせいだと考える大きな罪の、最初のものだ。悔恨に責め苛まれて、母は少なくとも墓に膝をついて祈るために、グアドループへゆくことを決意した。なぜピエールが一緒にいかなかったのか、私は知らない。私だけが、それについていった。

8

グアドループのライゼ空港では、一人の男が私たちを待っていた。それは私の知らない人なのに、その顔は知らなくもないのだ、というのは大変に混乱してはいるが、母の顔だちの特徴のいくつかを宿しているから。そうした特徴は現在の母の顔にも見られるものの、それだけではなく突如として、歳をとったらたしかにこうなるだろうという予測がつくようになった。とはいってもその男が歳をとっているというのではなくて、彼は永続性の印象、いつもそこにいたという印象、他の者たちがみんな消えた後にも——世界が光と影のたわむれのみになってしまった後にも——そこに残るにちがいないという印象を与えた。テクラは男に頬をさしだし、前の晩に出ていったばかりという口調で声をかけた。

「こんにちは、パパ！」

男は母にキスし、激昂して彼女を苦しいほど抱きしめたいという衝動を見るも明らかにおさえつつ、その視線は私から離れなかった。それからやっと、彼は涙を拭いて、たずねた。

「この子は誰の子だ？」

母は顎を上げて、虚勢をはる口調でこういったが、その目に恥辱が浮かんでいるのを私は見た。

「私のよ！」

9

私の大叔父ジャンが象徴的人間の地位にすえられてから、かつては自然の中にひっそり埋もれていたアンス・ラボルドの位置にも、変化が生じた。一週間の曜日を問わず、けれどもとりわけ週末の土曜日曜、若者やそれほど若くない者たちが押しかけてきた。この親分に会おうとして。あるいはただ、植民地行政府と悶着を起こして以来ジャンが身をひそめてきたマリオ（すでに亡くなってアンス・ベルトランの墓地に妻のアデリアとともに埋葬されている）が建てたつつましい家と、それに付属するジャンがみずから建てた小枝作りの小屋数軒ならびに口達者なマリエッタがあいかわらずどんどん酒を注いでいる「一杯飲み屋」を見ようとして。一九六五年にジェスネルがグラン＝フォン＝レ＝マングルを離れて、自分の精神的父親であるジャンのそばに住むようになってから、アンス・ラボルドはイスラム教徒にとってのメッカ、キリスト教徒にとってのルルドの町のような、巡礼地となっていた。（もちろんこれはグアドループ愛国主義者たちにとってのことで、それ以外の者はこの共産主義者〔ママ〕の巣窟を避けるため回り道をしてゆくほどだった。）それにつけこんで、商売の才覚のある抜け目のない男が、ここに「豊穣の角」という名のレストラン＝バーを開いた。この店はブルジョワジーが鼻をつまむような、パンの実のミガンやベベレ〔肉とパンの実と豆の料理〕やコンゴ・スープ〔ヤムと豆のスープ〕といった伝統料理を売り物にしていて、アンス・ラボルドはおかげで旅行パンフレットでは☆☆がつけられるようになった。

「〈豊穣の角〉は絶対におすすめです。この店ではマン・ティヌの最新の創作料理を味わうことができます。運がよければ、レストランに付属した小さなパーティー室で、この地区出身の偉大なミュージシャン、ジェスネル・アンブロワーズのバンドのリハーサルに立ち会うことができます」

しだいに高まる名声もジェスネルの気取らない性格やそのつつしみ深さにはまったく影響を与えなかったが、すでに述べたように、私の大叔父ジャンの場合はそうはいかなかった。『知られざるグアドループ』はもう放棄することにした——それでもすでに二百五十部を完売していた——後、彼は自分がより高貴であると信じる新作の、執筆にとりかかった。『黒人世界の革命運動』がそれだ。しかし残酷なまでに情報が欠けていることはよく意識していたので、彼はテクラの助力を頼み、テクラはこんどもまた自分の置かれた状況についてありのままの真実を語る代りに、ユエル（テープレコーダー）の前にもったいぶったようすで腰を下ろし、口から出まかせをしゃべった。そしてその仕事をよりよくこなすために、彼女はその近所に逗留することにした。つまり、ジェスネルのところだ。ことの真相は、彼女は父親がティマの死後一年も経たないうちにフローラ・ラクールとその二人の私生児を家に入れたことを、許せないと思っているのだった！　憤激した彼女は、ジュストンに住むことすら試みた。愛するティマが亡くなる前、その陰鬱と倦怠をいやすために、ジャコブは実際に、スバルが北米材で作ったあばら家を、サン＝クロードのベケたちのそれにもまったくひけをとらない立派な別荘に建て替えていたのだ。電気湯沸器でお湯が使えるばかりか、贅沢中の贅沢として、台所には冷蔵庫があった。しかし目に見えない数々の存在が、ただでさえ熱に浮かされていたテクラの眠りをさまたげた。スバルとエライーズは孫娘に再会できて有頂天となり、彼女のまわりをくるくると回ったあと蚊帳の襞に身をからめ、一方ついにまた娘と一緒になれたティマは彼女にぴったりとくっついて少しも離れず、首のまわりに巻きついて、下手をすれば窒息させるところだった。ときおり、彼女はごく小さな赤ちゃんにするように子守歌をうたってやるので、テクラは自分の周囲の壁から、あるいは頭上の天井から、聞こえてくる得体の知れない音に怯えて、暗闇を調べるために枕元のランプをつけるのだった。木に隙間があるのかしら？　昼間かんかんに熱くなったトタン屋根が冷えるから？

アンス・ラボルドの人々は寛容ではあったが、私がテクラを愛さないのに劣らず、彼女を愛していなかった。まず、彼女はまるで昔の兵隊喜劇のように、やたらに煙草を吸った。彼女が野原を散歩することがあると、白い煙を上げる砂糖黍列車のように、彼女の位置を知ることができた。ついで、彼女は強い酒をいくらでも飲んだ。このニュースを、まだ知らない人にいいふらす役目は、店の酒を底まで飲まれてしまったマリエッタだった。さらに、テクラはクレオルを話すと口に怪我をするとでも考えているらしかった。いつだって脇目もふらず、フランスのフランス語をしゃべっている！　そして最後に、人々は彼女がジェスネルのベッドから、もう三年もそこで居心地よくやっていたジェルティを追いだしたのが、気に入らなかった。ああ、まったくねえ！　男ってもんは、なんと目が眩むことがあるものだろう！　血も涙もない女に頭がいかれて、そのために自分を本当に愛してくれる人々を苦しめるんだから。けれどもそうしたことよりも、アンス・ラボルドの人々がとことん嫌気がさしたのは、母の私に対する扱いなのだった。私は髪の毛は麦わらのようにぼさぼさ、腕も脚もさんざん蚊に食われ、そこにすぐ黴菌が入って、あちこち膿んだ傷になっていた。体を洗ってもらったことがなく、服もめったに替えない。いやあ、ときどき、神さまは何を考えていらっしゃるのかと思うよ。子供を授かりたくてルルドまで膝で歩いてお参りをする人もいるのに、その一方でどうにもふさわしくないおなかを孕ませる！　そういう腹には、赤ちゃんという大切な贈り物ではなく、石ころを入れてやるべきなのに！　かわいそうに思った村の女たちは、私を家に招き入れて、髪を「ヴァニラ豆のさや」に結ってくれて、船のフォアマストのまわりの帆のように、その端にリボンを巻いた。こうしてきれいにしてもらってから、私が母の前に姿を現しても、母はいつもと変わらず革命や黒人世界の将来を論じることに忙しくて、私のことはちらりとも見ないのだ。

私はまだ幼くはあったが、大叔父のジャンがテクラをまたうけいれたのだということは、よくわかった。あの、白人との結婚問題は、どうなったのか？　誰も罪人の死を望んでるわけではないのだ。ただ悔い改めて、それ以上の罪を犯さなければ、それでいい。ただ例の白人を彼のもともとの場所に残して、気持ちがくじけたときに彼女が手放してしまった松明を、また手にとってくれれば、それでいい。彼女がふたたび新たに、革命と民衆の大義のために働いてくれるなら。

年が経つにつれて、言葉が少し変わってきたことがわかるだろう。スバルやジャコブなら「黒んぼ（レ・ネグル）」や「われわれの人種（ラ・ラース）」といったところで、ジャンは「民衆（ル・プープル）」というのだ。（もっともこの点に関しても、他の多くの点についてとおなじく、私の大叔父の考えはあまり明瞭ではなかった。彼は絶えず、黒人主義（ネグリスム）、黒人であることの自覚（ノワリスム）〔いずれもいわゆる「ネグリチュード」と類義に考えていいだろう〕と、マルクス主義的傾向のある民衆主義のあいだで揺れ動いていた。）

けれども、命ずることは変わらなかった。

「われわれの親たちは、自分個人の成功を追求しただけであり、それは裏切りにほかならない。人は、自分一人だけが成功することはできない」

ジャンはテクラの瞳の奥にある願いに気づかなかった。

「もうできない。私は自分自身の人生以外には、生きられないの！　私たちの誰もが、他人に木陰を与えるためのマプー・ロワイヤルの大樹になれるわけじゃない！」

だが人を聞かず見ずのジャンは、あいかわらずぺらぺらとしゃべりつづけた！

とはいえ、テクラの中にあるものをはっきりと見抜いている人がいるとすれば、それは愛国党の連中だった。

愛国党を名乗る者とその敵たちのあいだで熾烈をきわめ、いまもまだつづいている論争については、私はどちらの味方もできなかった。私にとっては愛国党だろうがなかろうが、かれらが大人であることに変わりはなかったし、つまり私の世界にとっては無縁の人たちだったからだ！

私が見たのは、忙しそうな男たちが次々にやってきては、せっかちに私の頬にぽんぽんと手をふれ、それから両肩をつかんでこういう姿だった。

「あっちで遊んでおいで、ココ！」

小枝作りの小屋の一つで、夜遅くまでつづく集会があるたびに、マリエッタが怒り、あの男たちは子供と家に残されている連れ合いのことをまるで考えていないのだとわめき散らし、最後にはこういうのを私は聞いた。

「邦を変える前にね、自分を変えろっていうんだよ！　やつらが女をきちんと尊重しないかぎりはね、あたしは……」

マリエッタが正しかったのだろうか？　私にはわからない。

私にわかっているのは、大叔父のジャンをよろこばせるために、愛国党がある午後、テクラと会うことを承諾したということだ。単に礼儀正しい紹介程度のことだったはずのそれが、ただちに殺気だってしまった。なぜ？　テクラがクレオルでうまくいいたいことをいえないという点が、どうやらかれらを苛立たせたと考えてよさそうだ。いっそう悪いのは、フランス語にちょっとした英語の単語をはさみこむ、彼女の癖だった。「Well（そうね）」とか「I mean（つまり）」とか「Let's see（さて）」とか……。

話題はすぐに、裏切り中の裏切りである白人との結婚という問題に移った。あるいは、アフリカ。愛国党は、一歩も足を踏み入れたことのないままにアフリカを無条件で称賛し、テクラのほうはマヌエルの影響で、こちらもかれら以上に知っているわけではないのに、アフリカを批判した。愛国党がアメリカのことを軽蔑した口調で話し、テクラがアメリカの黒人たちがとりくんでいる戦いの偉大さを指摘したとき——愛国党がマルコムXのこともマーティン・ルーサー・キングのこともほとんど何も知らないことに彼女は驚いた——すべては修復不可能なまでに台無しになった。道路に出て車に乗りこむとき、愛国党の一人が私の母はCIAのスパイなんじゃないかといって、その疑惑の雲は母の頭上に長いあいだつきまとった。いくら何でもさすがにそれはないだろうと肩をすくめた者たちにしても、スバルがいかにいかがわしい男でその一族もジャンを除いてうさんくさい人間ばかりだということを、思いださないわけにはゆかなかった。樹が樹なら、それになる実も知れようというもの！　民衆の搾取者の、血は争えない！

10

かわいそうなのはジャコブ！　あれほど待ちわびた娘がこうして帰ってきても、それは彼が期待したよろこびを、もたらしてはくれなかったのだ。娘のかたくななうなじや、態度の豹変や、彼を避けがちにすることが、いったい何を意味するのか彼にはわからず、夕暮れ時になると彼は泣きながらエライーズ母さんの耳にそれを訴えるのだった。

ただジェスネルだけが、果物の核心に何が潜んでいるかを知っている刃物のように、テクラの中で何が起こっているのかを知っていて、彼女は彼女でひどく苦しんでいるのだと、ジャコブに説明してやることができただろう。なぜなら夜、愛しあったあとでは、一日じゅう高慢と気取りのために真実を語ることのなかった口が開かれ、それから彼女はしゃべりづめにしゃべったからだ。つきることを知らなかった。

母親について。

「私は母を憎んでいると思ったけど、それから、母なくしては私の人生にも、もう意味がないということに気づいたの。すかすかのバガッス（汁をしぼりとった後の砂糖黍の木質のかす）よ。私が何をやるにしても、それは母にむけられたものだった。母を罰し、衝撃を与え、あるいはその反対にすばらしいことでびっくりさせてやりたかった。母はデリーかマックス・デュ・ヴーズィ以外には何も読んだことのない人だったので、私はすべてを頭にたたきこもうと思った。母は絵といえばミレの『晩鐘』と『落穂拾い』しか知らなかったので、私はソルボンヌで美術史の授業をとった。母の世界はひどく狭かったので、私は凧のように大空を飛びたいと思った」

父親について。

「父はあらゆるものを出し惜しみした。ラード。米。ひき割りのエンドウ豆。それでいて私には、父にないものを私が贈ることを期待した。バカロレアの免状を、月桂樹の冠みたいに。教育がありさえすれば、すべての扉が黒んぼにも開かれると信じた、かわいそうな、不幸な人なのよ！　ああ！」

夫について。

「私に何も強要せず、ありのままの私以外の何かであることを求めず、私にできる以外の役割を演じることを求めずに、私をうけいれてくれたのは、あの人がはじめて。それなのに、私に不可能なことを求めるあなたたちのために、私があの人と別れなくてはならないなんて！」

その一月は、ひどく雨がふった。アンス・ラボルドの農民たちは頭巾代わりにジュートの袋をかぶり、足は泥の海と化した畑にずぼずぼとはまった。この悪天候は、瀕死の状態に陥った島全体の雰囲気に、よく合っていた。大工場が、一つ、また一つと、閉鎖されていった。砂糖黍は枯れた。未来を憂える学生たちは、横たわってハンガー・ストライキに突入した。ある朝、一台のハイヤーが篠つく雨の下をがたごとと走り、この水びたしの天気にすっかり憂鬱になり自分の中に愛の歌のようにさびしいメロディーが生まれるのを感じていた、ジェスネルの小さな家の前で停まった。小柄だが、巨大なアフロ・ヘアーをした男が、そこから下りてきた。マヌエル・パスターだった。そこで雨の中をタクシーから下りた男は、テクラがニューヨークに残してきた彼と、すっかりおなじ人間というわけではなかった。アメリカで正義を唱える人々が、白人も黒人も一人、また一人と、倒れてゆくのを見てきたマヌエルは、アメリカという国の呪われたイチジクの樹には、食べられる実がなることはないのだと確信した。独裁者たちが幅をきかしているアフリカを避けた彼は、マイアミからすぐのところに、黒い神の到来を人々が祝う、小さな太陽の島を発見したのだった。ジャマイカ！　そうだ、そこでは神はジャーと呼ばれ、マーカス・ガーヴィーがその予言者だった！　その確信に力を得て、彼はあらゆる手をつくし、ついにはテクラを見つけたのだった。

マヌエル・パスターを前にすると、ジェスネルは見る影もなかった。マヌエルは自信にあふれ、三つの言語を話せ、またあちらこちらと見聞がひろく、革命をなしとげた島の出身だという長所があった。けれどもその自分の祖国――父親の出身地――の話となると、マヌエルのいうことははっきりしていた。

「キューバには、黒人のための場所はないね。キューバでは、黒人は犬のように扱われる。そこでもまた、幅をきかせるのは白人とムラートだけだ！　共産主義国家であろうがなかろうが、キューバはアメリカ合衆国とおなじく人種差別の国だよ！」

テクラが反論するたびに彼はただ肩をすくめ、一方、私の大叔父ジャンは彼の言葉を熱心に書きとめていた。みんなから忘れられて、ジェスネルは雨の下を大股で歩いていた。こういった状況で、彼はあの名曲「デイ・オ（「ああ、悲しみ（ドウーユ・オー）」）」を作ったのだ。

私の祖父ジャコブは、こうしたすべてにもかかわらずテクラを溺愛していたが、彼女がジャンのあまりにもてなしのいい小枝作りの小屋の一つでジェスネルの腕からマヌエルのそれに鞍替えしたことを知ると、彼女を戒めないわけにはゆかないと思った。ジェスネルとの関係は、まだ我慢できる。それは人が一生癒されることのない子供時代の恋愛が再燃しただけであり、それはそれで感動的でなくもないのだから！　しかし、この二人めの男は、いったいどこから湧いて出たんだ？　フォーブール＝デヌリー通りの家に占める位置に力を得たフローラ・ラクールが出まかせでいう狂った考えにも、家族の他の女たちの意見にも、ジャコブは賛成するわけではなかったが、自分でも彼女らに劣らず、この件では思うところがあった。そこで彼は雨の晴れ間を見て、陰気な、さんざん苦しんだという顔をしてアンス・ラボルドに出向いた。あまりに強い愛情が自分の内にひきおこす恐怖をおさえつつ、彼はテクラの顔を正面からじっと見て、こう叱った。

「人からとやかくいわれるようなことを、あえてするもんじゃないよ。おまえのかわいそうな母さんが生きていて、おれが目にしていることを見たなら、いったい何というだろうな？　ここは小さな島で、人は自分のシーツの臭いよりも他人のシーツの色を気にかけるようなところだ。おまえは結婚している身なんだということを、忘れるな。たとえ夫が遠くにいたとしてもだ……」

テクラがぴしゃりと言い返してやるつもりで言葉を探しているとき、顔を半分だけ剃り残し半分は白い泡をかぶったままのマヌエルが洗面所から飛び出してきて、持ち前の熱情をもって、ジャコブにひしと抱きついた。たちまちのうちにマヌエルは、いまではマヌエル一辺倒となっているジャンに対してとおなじく、ジャコブの心を捉えてしまった。まったく地獄のような口達者！

「人がいうにはね、ぼくの父親のじいちゃんのホアキン・パストールは、サンテーロ〔ヴォドゥに近いキューバのアフリカ系宗教サンテリーアの司祭〕だという噂のあるイボ族の黒人だったんですが、十二人ばかりの奴隷と一緒に山にこもったそうなんですよ。てっぺんに着くと、彼は地面に四角を描き、そのまわりに幅二フィートほどの溝を掘り、溝には毒を塗った杭を打ちこんでおいたそうなんです。こうしてカマグエイ〔キューバ中央内陸部の主要都市〕のキロンボ〔反乱奴隷が建てた王国〕が生まれ、それは十二年のあいだ、アフリカの神々のご加護で、白人どもにやられることなく続いたんですよ。やつらは犬を放ったけど、むだでした。あまりに近くまでやってきた犬は、口から泡を吹いて痙攣しながら死んでしまいました！　パパ、キロンボを復活させなくてはいけません！」

ジャコブは絶望とともにいった。

「どうやって？　どうやって？」

マヌエルは待っていましたとばかりに説明した。

「おれたちの中の戦いの精神は、死んではいないんです。ただ、眠っているだけなんだ！　だからね、一人一人の人間がきっぱり反抗を志して、他の連中を誘導してゆかなくてはならないんですよ……」

ジャコブは苦い笑い声を立てた。それから、自分からは話をしたことがない彼が——それは誰も彼の話を聞く者がいないからだが——「立ち上がった黒人党」の悲惨な顛末と、彼自身の幻想の難破について、語りはじめた自分に気づいた。そう、いまは聞き手も熱心に耳をかたむけてくれている！

「やつらはもう少しで本当におれを殺すところだったんだよ！」

マヌエルはジャコブの話を、なみなみならぬ注意を払って聞き、こう結論した。

「この邦では共産主義者が強いと聞いたけど、かれらには気をつけたほうがいいです。かれらがいちばん危ない。人種などは存在せず、あるのは階級だけだという理論をかれらは唱えているけど、かれらこそ、われわれ黒人仲間の墓掘人なんです。共産主義者はマーカス・ガーヴィーを殺した。まだまだ他の者を殺すことをやめてはいない」

それから三日三晩休みなく、マヌエルはその言葉の火と魅惑でジャコブを虜にし、それまではジャコブがごく混乱したかたちでかいま見たことしかなかった、ディアスポラ〔ここでは世界各地に流浪するアフリカ人たち全体〕の深い統一性を、まざまざと教えてくれた。マヌエルの目には、スバルも自分の父親も、おなじように砂糖黍に背をむけ、一人はカリフォルニアの黄金をめざして、一人はマンハッタンの摩天楼をめざして出発した、双子にほかならなかった。窮乏と拒絶の、おなじ腹から生まれた双子。だがスバルのほうが、運に恵まれていた……。するとそれを聞いて、父親の人生のすべての悲嘆を思いつつ、ジャコブが反対した。

「運に恵まれたって！」

「そうですよ、だって彼は自分にしても家族にしても、肉体の悲惨と手を切ることに成功したでしょう！　ぼくの兄貴たちとぼくにはね、つきまとって離れない一人の姉がいたんです──「飢え」という名前のね！　冬、ニューヨークが何キロにもわたって真っ白になるとき、ぼくらはぶるぶると震え、歯にまで霜がついいた。兄弟四人に一足しか靴がなくて、それもデュークはチャプリンみたいな大足だし、アールは中国女の纏足だ。四歳のとき、このぼくはね、セントラル・パークの麻薬中毒患者相手に〈雪〉を売っていたんですよ。ぼくは生き延びたけど、弟は刑務所を出たと思ったらオーヴァードーズで死んでしまった。二人の兄貴たちは、警官（コップ）に殺られた。いいですか、パパ、もう一回キロンボを復活させなくちゃならない。そのキロンボが海から出てきて、このすぐ近くの小さな島ジャマイカに出現したっていう。そういうことなら、ひとつ見にゆこうと思うわけですよ！」

11

私の祖父ジャコブは、感情を隠そうとするときにはいつもそうするように、ぎこちなく眼蓋を伏せて、こういった。

「おれはおまえがここにいられればどんなにいいかなあと思うよ。でもおまえのお母さんが、それはだめだというんだ」

私はしゃくり上げた。

「どうして？　あの人が愛情でむせかえっているわけではないということは、誰でも知ってるじゃない！」

祖父は困ったような、苛立ったような声を立てた。

「テュッ！　テュッ！　テュッ！」

それから私に、古いボール紙の箱を手わたした。

「さあ、こんな写真が屋根裏部屋から出てきたぞ。整理してみないか？」

それが私のいちばん好きな暇つぶしだということを知っていたのだ。

見つめるのはいつだって不愉快な、真実というものの体には、たくさんの矢がささり、そのいくつもの先端がついには着せられたシーツや屍衣を破って表に出てきてしまうものだ。結局は、おとぎ話の王様のようにそれが裸でぶらぶら街を歩きだすのを、止めることができない。「その子は誰の子だ？」という、空港での祖父のあの最初の叫びは、本当は質問ではなかった。それはむしろ、怯えながら真実を見抜いたことから、ほとばしったものだ。かつて、あの美しく誇り高いテクラ・ルイがそんじょそこらの百姓女とおなじく父なし子を孕まされてしまったという噂が、根強く流れたことがあった。ついで、テクラが都合よくパリから姿を消してしまい、自分の目で大きくなったおなかや赤ん坊を見た人間がいなかったことから、グアドループ出身の学生たちが集まって誰の不幸や彼の幸福についての情報を交換する場でも、この噂はそれ以上には語られ再燃することがなかった。とはいってもそれは完全に消えてしまったわけでもなく、ときおり思いだしたように浮上し、ささやかれた。ライゼ空港で私を見たとき、血を流しやすい祖父の心を苦しめたのは、彼の娘がたった一人で耐え忍んできた痛みと屈辱が、これで実証されたからだった。彼はこう夢想しながら、その意気地のない拳を握りしめたのだった。

「ああ、もしおれが、その若造が娘をたぶらかしているところに居合わせたなら、その面をでこぼこにしてやったのに！　おれが電光石火でがつんとやって、本人のお袋にだって見分けがつかんような面にしてやったのに！」

こうして、はじめの数週間は、祖父は私を見ることを避けていた。視線は私のまわりを注意深く迂回し、ほとんど止まることもなかったのに、ある日、どういう経過だったかはもう覚えていないが、私は気がつくと祖父の膝に載せられて、頬を祖父の白いドリルの上着にくっつけ、民話を語ってもらっているのだった。

「ある朝、お母さんが死んで美しいお葬式をやってから何日かして、ティ＝ジャンは家から出て、扉に鍵をかけました。近所の人たちは驚きました。

「おい、あの子、こんなに朝早くからどこに行くんだろう？　鶏小屋の鶏もまだ何ともいってないし、林の奥の道はまだ霧の中だよ」

この子の母親のお産を手伝ったマン・ソンソンは、心配になって龍血樹の垣根ごしに声をかけました。

「いったいどこに行くんだい、どうせまだコーヒー一杯飲んではいないだろうに？」

「父さんを探しに行くんだよ」

「おまえの父さんを？」

「ああ、父さんを見つけて、父さんが母さんにやったことを告げてやらないかぎり、ぼくは生きていたくもないもの……」」

私の祖父は、自分がある朝ティ＝ジャンのように介入しないかぎり、私がいつか命懸けの旅路に出てゆくだろうことを、よく知っていたのだ。それで祖父は私をひきとめようと、厚表紙のついた分厚いアルバムを優に一ダースほども持ち出してきて、私をその前にすわらせ、最初のページを開いた。そこにあるのは三十歳ほどの、卵型の頭をしたハンサムな男の顔で、顎には小さなくぼみがあり、大きな口が開かれて、世界を食いつくそうとでもいうような無限に並んだ歯が見えていた。

「おれの父さん、おまえのひいおじいちゃんのアルベール・ルイだ」

そう、その日、祖父は「父親不明……」という汚辱の系譜に代わるものを、私にくれようとしたのだ！　そう、祖父は私に根を与えようとした！

あいかわらずしゃくり上げながら、私はボール紙の箱を開いた。とっくの昔に一家のお墓の暗がりで埃に帰っている、これらすべての死者たちの顔を、私は見分けられるようになっていた。テオドーラ。マルーシア。ニルヴァ。スバルと呼ばれたアルベール。エライーズ母さん。ルネ。カミーユ・デジール。そして私は、かれらの人生を一連の儀式——洗礼、結婚、初聖体——と川での水浴びや海辺でのピクニックといったささやかな気晴らしに還元する、しだいに色褪せてゆくばかりのこれらの映像を、分類し、整理することを、愛した。私はそうしてぼんやりとページをめくっていたが、すると突然、はじめて、私は一人の男と目の前でむかいあい、彼は以後二度と私から離れることはなかった。ムラートの少年。髪は念入りにポマードをつけて、左側できれいな分け目をつけてある。セーラー服を着ている。輪回しの輪。深靴。笑顔もわずかな頬笑みもなく、レンズを見つめている。写真の裏には、いかにも字を書き慣れていない筆跡で、こうあった。アルベール・ルイ。アンジェにて。一九三四年。

「おじいちゃま、この人は誰？」

祖父の顔は彼が抱えてきた恥辱と苦痛にこわばった。

「この子がどうなったのかは、わからんのだ！」

え？「わからない」って！　どんな小さな事実でも目録に記載されているこの家、歯茎のできもので十年前に目に見える世界から去っていったマルーシアが彼女が作るいちばん大きなカボチャよりもまだ大きく腫れた頬をしていたのは何日のことだったか、あるいはエライーズ母さんが息子たちそれぞれを生んだときの陣痛がみんなに惜しまれ彼女を知らなかった者たちの心の中でまでいまも生きている彼女に何時にはじまったのか、誰もが正確に思いだすことのできるこの家で！「わからない」ですって!!!

絶望が、祖父の顔を曇らせた。

「どこの家庭にも一つは罪が隠されているものだ。この子が、うちの罪だ。おれの腹ちがいの兄のアルベールはね、おれの父さんがパナマで知りあったイギリスの黒人女とのあいだの子だったんだが……」

と、話はつづいた！

本当のことをいえば、ベールとベベールが私の頭から離れなくなったのはその午後のことではなかった。なぜなら、私は自分勝手な苦悩で、胸がいっぱいだったから。すでに自分のものと呼べるようになっているこの島を、私は出てゆかなくてはならないのだ。愛情をもって私を土に植え、ちょっとしたやさしい言葉をかけては私を潤してくれた人々を離れて。

「私の小さなシャビヌ（ティ・シャビン・アン・ムウェン）！」

「ココちゃんや（ココ・ドウードウー）!!」

「いい子（シュブルット）ね!!」

「かわい子ちゃん（ドゥーシェリー）！」

私はテクラのむなしい彷徨につきあって、さまよわなくてはならないのだ。

いったいどういうきっかけでベールとベベールが私の心を占めるようになったのか、よくわからない。しかし、いったんかれらがそう決めてしまうと、二人はもう私を放してはくれなかった。

12

親愛なるピエール

何も彼も、よくわからなくなってしまいました！　私に会いには来ないでください。自分の中のことがよく見えるようになったら、すぐ連絡します。あなたの人生に私が持ちこんでしまった混乱を、許してちょうだいね……。

あなたのかわいそうなテクラより

かわいそう、ですって？　また？

13

小都会キングストン〔ジャマイカの首都〕は、カリブ海の多くの都市がそうであるように、いくつもの地区の並列でなりたっている。ある地区はレゲエの曲にのせて貧困をわめきたて、別の地区はイギリス風の芝生の緑を丹念に手入れしている。クリケット場やテニス・コートが、廃車が捨てられた空き地と隣あっている。交差点によっては、ゴミがうず高く積まれている。

テクラとマヌエルが一行とともにそこに着いたとき、キングストンは飢えた群衆の暴動からまだ立ち直っていなかった。店はどこも空っぽだったのだ。アメリカからの援助米は、赤十字の粉乳とともに闇市場で売られていた。怒りに結集した農民たちが山から下りてきて、かれらを山に帰らせるには二個連隊による殺戮が必要だった。

マヌエルは、ラスタ（ジャマイカの宗教）の共同生活集団（コミューン）が根城にしているレッド・ヒルの邸宅（ヴィラ）に部屋を借りてあった。このコミューンには、アメリカの黒人が多数参加しているという特徴があった。じつはその一人が、アパートを売り家族に別れを告げるためにニューヨークに帰ったとき、マヌエルを「改宗」させたのだった。

ラスタの女たちは、なんて甘く美しいことだろう。ヴェルマは黒く、ガンジャ（インド大麻）の匂いがした。彼女のたっぷりとゆたかな髪を包むトリコロールのスカーフの下で、夜の黒をした両目のまわりにいつも汗の輝く真珠が浮かんでいるのを、私は見た——そして彼女の口は、テクラの代わりに私にキスを浴びせかけるとき、正午前に摘みとった野生のグアヴァの実の味がした。

ヴェルマの連れで、コミューンに住む一ダースばかりの騒々しい子供たちを相手にしてもいつも平然とにこにこしているラスタ・ロイが、私に英語を教えてくれたのだった。彼の褐色の髪はライオンのたてがみのようになって肩にとどき、そのシャバンの肌にはそばかすがいっぱいで、朝は少し緑がかり、一日がすぎてゆくにつれてしだいにオレンジになってゆくのだった。学校の先生としての仕事が終わると、木炭を手にデッサンをした。彼はヴィラについていた小屋を自分で改修した小さなアトリエに私を入れてくれて、私はなんでもおかまいなく手をふれ、なかでも一枚の肖像画に、何度でも飽きることなく立ち返った。それはボタンをきちんとしめた軍服姿に白い羽飾りがついた庇つきの帽子をかぶっている、頬のふくらんだ大きな男の肖像画で、その名はたしかに大叔父ジャンかマヌエルかテクラかその三人全員かによって発音されたのを聞いた覚えがあった……。

「それかい？　前にもいったじゃないか、彼がわれわれの予言者、マーカス・ガーヴィーだよ！」

ラスタ美術におなじみの人には、カリブの島々を巡回しニューヨークではアムステルダム・アヴェニューのハイチの本を売る書店で私が再会することになった『少女』という肖像画は、私をモデルにしたものなのだということを、知っておいていただきたい。反抗的な少女が腕を組み、豪勢にもつれた髪の下から挑むように正面を見すえている。ラスタ・ロイがお休みをくれた日には、私たちはヴェルマや他の女たちと一緒に市場にゆき、箒や、彼女らが編んだベチベルの籠を売った。それから丘の上めざして帰ってゆく前に、ヴェルマは私たちをヘルシャーのビーチに連れていってくれて、そこでは砂が溶けた黄金の色をしていた。ブルジョワとその子供たちは私たちを遠巻きに避けて泳いだ。心おきなく私たちを横目で見て、私たちがいかに汚いかと注釈できるようにだ。それから、すでにとことん意地の悪いお子さまたちは、罰せられることはないと知りつつ、私たちにこっそりと砂を投げつけ、私たちはそれが目に入って涙を流した。

なぜ、私たちは嫌われるのだろう?

私たちはジャー〔神〕の目をしっかり見つめながら、手は私たちを守ってくださるその大きな手に委ねて、歩いていった。ジャーが教えてくださったとおりに、野の草を吸った。不浄な食物は、絶対に口にしなかった。聖書のいくつもの長い節を読み解釈するために集った。日曜日の礼拝では、赤と黄色と緑の旗で囲ったハイレ・セラシエ〔エチオピア皇帝で即位前はラス・タファリ（タファリ王子）と呼ばれた。ラスタファリアンは彼を神格化し黒人の指導者と仰ぐ〕の巨大な写真の前で、私たちの賛美歌を歌った。

バビロンに流浪する
ここでは土地は人々の心とおなじく乾いている
そしてすべてのイチジクの樹は呪われている

私たちはあなたにむかって叫ぶ……

マヌエルとテクラにはあまり会わなかった。二人は『ブラック・ナショナリズムの歴史』という本の準備をはじめており、そのおかげでボブ・マーリーのコミューンにうけいれられていた。情けない！　私は二人の山師としての正体が暴露されて、批判されるところを見たかった！　ところがその代わりに、二人はまるですぐれた先達だというように、最大の敬意をもって扱われるのだ。二人はコミューンの活動にはまったく参加していないので、何の収入ももたらさない、それなのにまるでハイレ・セラシエその人の化身並みの待遇をうけている！　白いスカーフをかぶった若いシスターがひとり、二人が転げまわった精液の染みのついたシーツを替え、冷たい灰が臭う灰皿を空け、二人が強い酒を飲んだ汚れたグラスを洗う係となっていたほどだ。ヴェルマが私の母の洗濯物にアイロンをかけているのを見た日、私は怒りで息がつまった。私の気持ちを父親のようによく読みとれるラスタ・ロイは、授業のあとで私を呼びとめた。

「いいかい！　われわれが通りすぎてゆくこの地上では、一人一人の人間は自分の持ち前の才能をいちばんよく表すべきなんだ。あの二人は、私やラスタ・ジムとは別の仕方で、仕事をする。二人を、いまやっているようなかたちで援助してあげるのは、われわれの義務だ。なぜならかれらは目に見える世界にむかって、われわれ黒人は他人がそう信じこんでいるような者たちではないということを証言してくれるのだから。そうではなくて、真のイスラエルの子らだということを！」

私はせせら笑った。

「二人が書くはずのその本は、けっして書かれはしないわ！　他のがぜんぶ書かれなかったのとおなじように！」

彼は私の両手をとり、それを彼の胸の高さで合わさせてから、いった。

「後についていってごらん」

正しい人の父親は大いによろこぶ
賢い子供を得た者は
それをよろこぶ。
おまえの父親と母親もよろこぶように
そしておまえを生んだ人が快活な気持ちになるように。

この批判に私はひどく傷つけられ、心が胸に石のように重く感じられたときにはいつもそうするように、私は祖父のジャコブに手紙を書いた。祖父は綴りもまちがいだらけに書きなぐられたそれらの手紙をぜんぶビスケットの缶にとってあり、十五年近くたってからそれらの手紙を読み直した私は、そのころの私をみたしていた心の痛みがよみがえってくるのを感じた。

ある正午、授業が終わり、料理の匂いが台所から立ちのぼりはじめたころ、濃緑色をした数台のトラックが私たちのヴィラの前で停まった。暗い青の制服を着た何十人もの男たちが、警棒や軽機関銃をふりかざして降りてきた。たちまち、かれらは鉄柵をよじ上り、私たちに襲いかかり、殴り、突き飛ばし、もっとも弱い者や幼い者は倒れて床に転がった。（さいわいなことに）その日、マヌエルとテクラも家にいた。知識人であろうがなかろうが、二人も他の者とおなじく打ちのめされ、銃床で荒っぽくこづかれながら、口を大きく開けて成人男女と子供の獲物を待つトラックへと引き立てられていった。テクラが血を流しているのを見たマヌエルはかっとなって、フランス大使館およびアメリカ大使館に連絡して外交問題にしてやると息まいたため、顔面にものすごい一撃をくらって、二目と見られたものではない状態になった。

　それからトラックはがたごとと揺れて、中央警察署にむかった。

14

　留置場に大勢でつめこまれてすごした日々のあとでは、もはやすべてが以前とはちがっていた。テクラ、マヌエルおよびアメリカの黒人全員は、むりやり頭を剃られてっぺんの皮膚が顔よりも明るい色になっていたが、ともかく陳謝の言葉とともに放免された。しかしラスタ・ロイ、ラスタ・ジムその他の人々は、不法侵入と強盗の罪を問われ、刑務所に送られ、裁判をうけ、有罪となった。かれらには恩赦もおこなわれず、晴れて太陽の下に出られたのは一九七二年、マイクル・マンリー〔ジャマイカのカリスマ的政治家。彼自身はほとんど白人だったが、ラスタファリアンの支持を集めるよう努力した〕が権力の座についたときのことだった。女たちは勇敢に子供たちの世話をつづけたが、男たちの不在を悲しむあまり眼蓋が黒ずんでしまった。私は悪夢にうなされ、そのあいまにテクラのすすり泣きを聞いた。ある晩、私は庭のマグノリアの樹の下にいるマヌエルのところにいった。町じゅうで、ブルジョワたちは扉や窓に南京錠をかけ、番犬は月と歩行者にむかって吠えた。マヌエルと私のあいだには、愛情のかけらもなかった。けれどもその夜にかぎっては、彼のほとんど聞こえない小さな声が私の耳にまでつたわってきて、さらに耳から心にとどいた。

「黒人の人生とは、何と苦い薬なんだろうな！　それを甘くしようと思っても、入れる砂糖も見つからない。アメリカ、ハイチ、ジャマイカ……どこもおんなじ！」

私は希望をこめた口調で提案した。

「だったらグアドループに帰れば？　あそこだったら、少なくとも平和に暮らせるもの！」

彼は私の、またぼさぼさに戻った麦わらの黄色の髪を撫でた。

「まさか！　まちがえちゃいけない！　そのうちあの島も、血と暴力で大揺れになるぞ。あそこにいて、いいことはない……。いいかい、おれはここを出てゆく……」

「出てゆくの？」

「ああ、おれはジャマイカが好きだし、島のどこかに、幸せに暮らせる場所が見つからないとは思わない。そんな場所が見つかったら、戻ってくるよ。留守のあいだ、おまえの母さんの面倒をよく見て上げてくれ……」

幸運にも、私はその使命をはたさずにすんだ！

マヌエルが途方もなくいい所だと聞いていたネグリル〔ジャマイカ西海岸の地名、十キロ以上にわたって白い砂浜がつづく〕行きのバスに乗っていった三日後、一人のアメリカの黒人が、バックパックをしょって、ヴィラにやってきた。だがはたして、黒人といえるのか！　彼の中に致命的な血の一滴を見いだし、それによって彼をゲットーに閉じこめるためには、アメリカ流のあら捜しを徹底的にやらなくてはならなかっただろう！　テレンス・クリフ＝ブラウンソンはワシントンDCの、みずからを「一番乗り」と呼ぶ一群の家系の一つに属していた。なぜそう名乗るかというと、黒人仲間の大部分が、さまざまな障壁と戦ってでも、背中が曲がらずにすむ仕事を学んでみようと思いはじめたころ、これらの家族からは学校の先生や、看護人や、保険会社員などが輩出していたからだ。テレンスの父親は精神科医だった。母親は、しみじみと心にふれるお説教で神に愛された神父の、娘だった。息子が十六歳になると道を踏みはずし、麻薬と盗みに手を出し、自分が男たち女たちに対して与える効果を自覚して以後は売春に走ったのも、むりはない。

でもそうしたすべては、昔の話だった。ある青白い明け方、さびしい乱痴気騒ぎからの帰り道、彼は自分の人生の腐りきった悪臭にうんざりし、汚れた部分をすっかり一掃しようと決意したのだ。それで彼は、ラスタファリに改宗した。

テレンスがパパのお気に入りの坊やだったころ、彼は毎日五時間は音階と技巧の練習をやった。両親の夢は、息子がクラシックのコンサート・ピアニストになることだったからだ。彼は、もちろん、そんなすてきな経歴には背をむけた。それでも自分の中に音楽がおよぼす力を破壊することはできず、半ば音楽、半ば詩であるような言語を作りだそうと試みたのだった。それはやがて解説者たちから「ルーツ・ポエトリー」と呼ばれるようになった。彼は調査のために、ジャマイカに来たのだった。

テレンスが私たちの庭に入ってきたのは、太陽は毎日の水浴びのために海に沈み、ついにすずやかな薄明りが陽光の過剰から人をほっと一休みさせてくれたときだった。そこに突然、太陽という暴君が気まぐれを起こして、いま去ったばかりの位置にふたたび戻ろうと決意したかのようだった。まばゆく、堂々と、何者も抗しえない姿で。私はウィリーと一緒にマグノリアの枝にぶら下がっていた。そこに突然太陽が現れて、驚いた私は腕の力が抜け、息をつまらせて地面に倒れている自分に気がついた。彼は私にむかってかけより、私を立たせてから抱きしめた。

「痛かったかい、ハニー?」

それからこんどは、ベランダをうろついていた母が、私のほうにやってきた。

「これに懲りておとなしくするようになればね!」

しかし母はそういいながらも私を見ず、彼ももう私を見てはいなかった。はたしてその夜からテレンスがテクラのベッドで眠ったのかどうか、私は知らない。たしかなのは事態が急展開していたことで、まもなく誰もが、マヌエルにとっては「目に入らなくなれば心からも消える」という諺が本当だったということに気づいたのだった。

すべてのコミューンには、それがなければ生活が放埒乱脈な雑居に陥って身動きがとれなくなるという、いくつかの規則がある。連れ合いに対する貞操を誓うということはその一つで、非常に大切だ。もちろん男たちは、外から来た女性を自分のパートナーとすることまで自重しはしない(ウィニペグ州から来たあるカナダ人女性はここで六か月すごしていった! 別の時にはデトロイトのアメリカ人女性が！）。けれども、ラスタが自分の兄弟の女に目をつけるということは絶対になかった。しかしマヌエルがいないあいだ、批判の声を上げたり除名を勧告する者はいなくて、新カップルは情熱のおもむくまま、ありとあらゆる、見てはいられない行動にふけった。正午すぎまでベッドに寝たまま、笑ったり、ため息をついたり、ひそひそ話をしたりしていた。どこか人の来ない入江に出かけて、裸で泳いだ。二声の詩を作って、二人で朗読した。おなじ皿から食べた。ナイトクラブに騒ぎにいった。音楽と酒に酔って、明け方になってようやく帰ってきた。

ヴェルマはラスタ・ロイの子をもう一人おなかに宿していて、しだいにたっぷりした服を着るようになって、とても、ああ、うっとりするくらい美しかったのだが、不安に隈のできた目の上の額に心配のあまり大きな皺をよせ、行ったり来たりしていた。でもその声は、何も表に出さなかった。

「シスター・テクラ、町に行ってくるわ。何か欲しいものある？」

「はい！　はい！　タイプライターの紙を二包み買ってきて！」

私は、暴力を待ち望んでいた。血を。「デイリー・グリーナー」（キングストンの新聞）の一面に、こんな記事が出るのを。「レッドヒルのラスタ・コミューンで、恐ろしい殺人があった。数年前から、わが市の住民はラスタの悪行に苦情を訴えてきた。今朝早く、この麻薬と悪徳の天国にひきよせられてきた二人のアメリカ人が、一人の女性をめぐって殺し合いをはじめた。この女性はグアドループ出身で……」

けれども、いっておかなくてはならないことがある。母のベッドを順にうけついできたすべての男たちのうちで、テレンスほどよく私の面倒を見てくれた人はいなかった、ということだ。それは私の法的な養父であるピエールのような、義務感によるのではない。愛情のせいなのだ。好きだからなのだ。テレンスは私を愛した。毎日、彼は私に詩を書いてくれた。（ここには、あまりうまくない翻訳で載せる。）

薔薇色のグアヴァの樹が生えた
緑の草原で
黒い牛たちが草をはむ。
角のあいだに、白い染みが一つ
あれはウシツツキという鳥だよ！

（あるいはもう一つ、こんなのも。）

おいで、きれいないたずら娘
太陽がそばかすを散らした頬をして
星の鋲を打った目をして
おまえの白い笑い

黄金の顔の真ん中に。

肉体的には、私は彼に似ていた。彼の子供だといって通るくらいで、ヘルシャーのビーチで彼が私に潜りを教えてくれたときには、誰もそれを疑ってもみなかった。

「あのラスタ野郎と娘をごらん！　まあ、哀れなもんだねえ！」

彼はやすで魚を突き、唐辛子のソースを塗ったあと、炭火の上に並べた。口が爆発しそうな辛さ。私は彼の背中に乗って、道路沿いの人の家の果物に手を延ばした。ああ、それなのに！　彼はけっして許すことのできない二つの罪を犯した！

マヌエルの不在は無限につづくように思われたが、実際は一か月と二週間だけのことだった。ときどき、彼は島のあちこちの思いもよらないところから電話をかけてきた。彼の声は、まるで死人が警告なしにいきなり墓から出てきたかのように思いがけなく、墓地でよろこびのあまり大声で叫ぶ、妻を失くした男のそれのように衝撃的だった。

「ハイ、ベイビー！　ネグリルはサンフランシスコから来た時代遅れの連中に占領されちまってるよ。フラワー・ピープルってやつだけど、花びらの代わりに牡蠣の殻がついちまったやつらさ。おれたちの家を建てるのは、ここではないな。他所を当たってみるよ。じゃ、またな！」

ついに、ある日曜日の朝、礼拝の真最中に、彼は帰ってきた。ただ神のみぞ知る理由で牢屋行きをまぬかれていたラスタ・モーゼスが、聖書の言葉を朗読していた。「すべてのものには、時がある。天下のあらゆるものに、それぞれの時宜があるのだ。生まれる時があり、死ぬ時がある。

植えるべき時があり、植えたものを引き抜くべき時がある。殺すべき時があり、癒すべき時がある。壊すべき時があり、建てるべき時がある。泣くべき時があり、笑うべき時がある。嘆き悲しむべき時があり、よろこびに跳び上がるべき時がある」

15

マヌエルの帰還にともなって起こった唯一の暴力は、自然のそれだった。

その日曜日、太陽は昇ることを拒絶し、朝から空は鉛の色だった。突然、正午の少し前（マヌエルが教会に足を踏み入れた時だろうか?）、空はインクのように真っ黒になった。同時に水平線の四方から風が吹きつけ、海は狂女のように波としぶきの錯乱となって吠え、海岸の岩に襲いかかった。囲い場では家畜たちが鳴いた。鶏たちはクワックワッと鳴き騒ぎ、雌鶏は羽をふくらませて円を描いて走りまわった。犬たちは尻尾を巻いて悲鳴を上げながら家の中に入れてくれと懇願し、家の住民たちは大急ぎで扉や窓に板を打ちつけた。

子供たち（そして人々の心?）が泣く喧噪の中で、ラスタ・モーゼスはみんなを落ちつかせようと声をはり上げた。

私は永遠の神にむかっていう。「あなたは私の隠れ家、私の砦だ……」

キングストン湾に吹きこんだ風は町を通過し、樹々やバスを踊らせながらサヴァンナ＝ラ＝マール〔島の南西端にあり南東のキングストンから幹線道路がつうじている〕への道を疾走した。それから雨の馬が、はじめは地面にふれるとも見えないほど優美に進んだ。ついで、しだいにその激しさを増して、蹄ですべてを踏みにじり、ぺしゃんこにし、ねじり上げ、蹴りつぶした。

自然の暴力は三日間つづいた。四日めの朝、それは止んだ。ジャマイカがこれまでに経験したもっともひどい台風の一つ、ベヴァリー台風だった。行方不明者二百人、家を失った者は三千人を数え、増水した川の橋がいくつも流され、道路は穴が開き、何十何百ヘクタールもの土地に深い溝ができた。庭を片づけ終えたとき、テレンスが明日ブラック・リヴァーに行くぞと私に告げた。

その台風はグアドループには大きな影響がなく、ただ四月にしてはたくさん雨が降ったというだけのことだった。それでも私の祖父ジャコブの愛人であるフローラ・ラクール――彼女は数年前から夢で報せを見るようになっていた――が、時計が深夜を打ったときに目を覚まし、テクラに大きな危険が迫っているといったそうだ。どのような危険か、と問われても、彼女には説明できなかった。いずれにせよ、テクラのために一所懸命にお祈りをしなくてはならない。このような心遣いは、フローラがテクラのことを忌み嫌っていたのを思えば、驚くべきことだった。フローラは、おなじ枕で眠ることがもたらす親密さを利用して、ジャコブに、いちど娘に真剣に意見をすると、約束させていたほどなのだ。

「それはたしかにね、教育はお金で買えるけど、それが身につくかどうかは別問題よ。すでにあの娘は父なし子を作って、あなたの名前に恥をかかせているでしょう。それどころか、助け起こしてくれた夫を本国に残して、こっちに来たと思ったら、ジェスネルみたいな箸にも棒にもかからない黒んぼと暮らしはじめて。何をしてやってもむだ、何をいってもむだ。あなたがあの娘を育てたのは、グウォカ叩きのためじゃなかったでしょうに！　その上、あの娘はそのジェスネルにまで角を生やさせて〔浮気をして〕、さっさと英語かスペイン語かを話す黒人のところに走ったわけでしょう。ときどき思うんだけどね、こんなことをいろいろやってあなたにいい目を見せてくれるのは、あなたの弟のジャンが、うしろで糸を引いているんじゃないのかね！」

ジャコブは肩をすくめた。

「狂ったことをいうなよ！　おまえ、頭がいかれたんだよ。ジャンとおれの仲は変わらないよ」

けれどもフローラという、それ以外では善良で、四十五歳という年齢にもかかわらずベッドではかつてのティマでは比べものにならないほど才能のある女が見た夢の報せは、検討するに値した。花瓶の水を替え、火を灯した蠟燭の煙が螺旋を描いて立ちのぼりはじめると、ジャコブはエライーズ母さんの墓に腰を下ろした。

「おれのあの娘は、どうしたっていうんだろうか？　なぜ、あの娘が探しているものが見つからないのだろうか？　それにそもそも、あの娘は何を探しているんだろう？　父さんは金を欲しがった。おれは教育が欲しかった。あの娘は、両方とも持っている。いま、あの娘は何を求めていて、それがなぜ手に入らないんだろうね？」

エライーズ母さんはジャコブの汗を影の指で拭いてやり、こう答えた。

「ほっときなさい、ほっときなさい、ティ＝コンゴ！ いいかい、私にいわせれば、おまえは誰よりもいい父親だったよ」

万一のため、ジャコブはミサを上げてもらうことにし、一族の女たちの一人に、行きつけの霊媒に相談にゆくように頼んだ。それから自分は、もう何か月も行っていないアンス・ラボルドへの道をたどった。

というのも否定してはみたが、フローラの言葉が彼の心に残り、弟が娘を自分から奪うような真似をしているのではないかと気になったからだ。ああ、たしかにおれは面白みのある人間ではない。商人、それもラード売り！ しかしジャコブが定期的に十分な額の仕送りをしてやるから、デュードネだけではなくジャンの他の三人の子も、本国で勉強できるのだ。お金というものは、堆肥とおなじだ。汚くて、臭い。そこで人はそれを扱う仕事を庭師にまかせ、自分はただ花が咲くのを待つ！

ジャコブはすっかりかっとなってしまい、ジャンの家に着いたころには怒りに燃えていて、きっぱりいってやるつもりだった。ところが！ 偉大な男の小屋は空っぽだった！ やつれて目を赤くしたマリエッタは、サン＝フランソワのほうに行ってごらんなさい、そこでファビエンヌとかいう女の家はどこだと聞いてみるといい、といった。

「ああ、いっておきますけど、あの人はもうおなじ人間ではないのよ！ いまになって若い女を追いまわしているんだから！」

ジャコブはさびしく車に戻った。道路は、砂糖黍畑の黒さのあいまに、黒々とつづいている。

飽きることを知らないヒキガエルたちが、ついこないだ飲みこまれたばかりの水をふたたび求めて、しゃがれ声を上げ、立ちつくす牝牛たちは、みじめな声で鳴いていた。

突然、ジャコブは自分の人生など、このあいだの土砂降りで穴の開いた、このアスファルトの上で終わってしまえばいいと願った。

マリエッタの嫉妬は真実を語っていた。ジャンはたしかにファビエンヌとダブルベッドにいて、皺くちゃのシーツの下に潜っていた。

絶えず自分の性器に責めたてられているジャコブとはちがって、この点に関してジャンはムスティック川のように淡々と落ちついていた。それが突如として、砂糖黍労働者組合の今後の活動を話しあう会合で、すべてがひっくり返った。燃える目をした一人の若いムラートの女が、呆然としている仲間たちを罵倒したのだ。

「あなたたちとこうやってどた靴をひきずって歩いていても、投票の革命的集団棄権も実施せず、公然とした活動もいつまでも開始せずでは、西暦二〇〇〇年になっても、グアドループが独立することはないわ。武装闘争が必要です」

「武装闘争だって？」

「そう、ゲリラ戦よ！　あなたたち石頭そろえてるけど、世界がどんな踊りを踊ってるか知るために、新聞くらい読んだことあるの？　あるわけないわね！　ただ居心地のいいスローガンをわめいているだけでしょう。「クレオルを話せ（パレ・クレヨル）！　グウォカを踊れ（ダンセ・グウォカ）！」って」

女が男にむかってこんな風に話すことにかれらは耐えられなかったので、ファビエンヌは除名された。しかし彼女の言葉がただの戯言ではなく、若い連中にはそれが小川の塊金のようにうけとめられたことには、気づかぬわけにはゆかなかった。まもなく若者たちはグアドループ即時解放運動という一派を結成し、それが独立陣営の最初の大きな分裂だったと、歴史家たちは語っている。

ジャンは紐でつながれてもいないのに、みずからよろこんで服従する犬のように、ファビエンヌのあとをついて歩いた。彼女は彼よりも二十歳近くも年下だったので、彼にはまるで自分がこの娘の父親で、反抗を教えこんだとでもいうように思えた。ファビエンヌとは、テクラがそうありえたような存在なのだ！

だが四十八歳の男が、まだ三十にもなっていない若い女に惚れこむのは、望ましいことではない。なぜなら、自分に自信がないため、彼は昼も夜もどうやって彼女を眩惑しようかと考えてしまうからだ。ベッドでは、ジャンはファビエンヌを満足させられないことを恐れるあまり、すっかりそれが嫌になってしまった！ ベッドから出れば、彼女を知的に幻滅させるのではと気になる。そこで彼は革命について、マルクス主義について、民衆への回帰について、意識改革について、ありきたりなことを長々としゃべるのだが、彼女はそれを嘲笑するように聞き、それからきっぱりと注釈を加えるのだ。

「かわいそうなジャン坊（ジャノ）、あなた自分が話してることが本当にはわかってないのね！ あなた、グラムシ〔イタリア共産党創設メンバーの哲学者。十一年におよぶ獄中生活の思索で知られる〕を読んだ？」

かわいそうなジャノは、そこでその名は聞いたことがないな、と認めなくてはならなかった！　それに加えて、がっかりした昔の仲間たちが自分たちの新聞で定期的にジャンをこきおろすのだから、うなだれたジャンが老人のように足をひきずって歩き、人から話しかけられると内面の苦痛にみちた瞑想から我に帰って跳び上がるのも、わかってもらえるだろう。マリエッタはそんな彼を観察し、ぶつぶつと独り言をいった。

「変ねえ！　あの人が結局ジャコブ兄さんにどれだけ似ているか、気がついたことがなかったなんて！　色は兄さんみたいに黒くないけど、おなじくらい醜いし！　まあ、誰だっていつまでもおなじという訳にはゆかないんだから！　運がよかったのは、まだ子供たちがいるってことよ！」

それから彼女は自分のお気に入りの娘マヌエラのほうをふりかえったのだが、娘は黙りこくってアンゴラ豆のさやを剝いているのだった！

人々がいうには、その当時、一九七〇年代はじめは、私たちの島はひどい状況だったそうだ。だめになった砂糖黍をいつまでも嘆いているのに疲れた男たちは、他の土地に生きる希望を探しに出ていった。私の曾祖父とおなじく、他のアルベールたちがフランスに汗を売りにゆき、自動車のねじやボルトをしめて働いた。

ある出来事が、バッス＝テールからグランド＝テールまで、人々の涙をしぼった。ロズレーヌという、サン＝ソーヴールに住む小柄な女性は五人の息子が本国に出稼ぎにゆき、それで大きな家にたった一人で残されたせいで、頭がおかしくなってしまったのだ。真夜中のミサのある晩、彼女は腸詰め(ブーダン)と豚肉とアンゴラ豆の食事もとらずに寝支度をしていたのだが、いきなり戸口に出て、こう叫んだ。

「ちがう、こんなのは生活とは呼べないよ！　庭の手入れをしたり心を温めてくれる男たちは、一人もいない！　移住局の怪物が男たちをむさぼり食って、私たちはもうこの二つの目で泣くだけだ！　いつ、いったいいつになったら、また砂糖黍の花が見られるんだろう？」

それから隣人たちが駆けつけるよりも早く、彼女は倒れ、こと切れていたのだ。

第4部

1

マヌエルが経営することになった、ブラック・リヴァー〔島の南西部にあるジャマイカでもっとも古い町の一つ〕にあるウォータールー〔フランス語読みではワーテルロー〕という名のペンションは、ジョージ王朝時代式の住宅で、もともと一七九九年にバレット家というゆたかなイギリス人植民者一家が建てたものだった。建物は、粗暴な買い手たちの手を次々にわたるうちに古び傷んではいても、見事なものだった。木の屋根板は、トタン板に葺き替えられていた。バルコニーは板でふさがれ、鍛造鉄の手すりは撤去されていた。不体裁のきわみとして、誰かが家の正面の壁をぶちぬき、そこにウェスティングハウス社製の空調機を取り付けていた。この物件は、最近の数代の所有者たちであるボストンのアメリカ人たちの手をわたるあいだにはなはだ見すぼらしい状態になっていたものの、マヌエルはそれを客商売に使えるようにしようと固く決意していた。

扉を開けると、列をなしていたネズミたちが逃げまどい、毛深い蜘蛛は巣にむかってするすると上がってゆき、そこから冷やかな目でこちらを見た。あいかわらずおしゃべりな、けれどもその絶えることのないさびしさにしゃがれた声をしているマヌエルは、大げさな身振りで私たちに家の一階と二階を案内し、欠かすわけにはゆかない修理や改善について説明したのだった！

「あそこは仕切り壁をやり直さなくてはならないな、すっかり白蟻に食われているからね！こっちは、梁を二本、入れる必要ありだ。そこのところは、割れ目をふさがなくちゃ。それからあそこは……」
そうしたすべてのための費用がどこから出るというつもりなのかはさっぱりわからなかったが、それでも二階には人を泊められそうな部屋が五室あった。一階の食堂、その隣の客間、台所は、おおむねいい状態だった。一方、果樹園は、さまざまな果樹の野生の楽園となっていた。ライムの樹、桜、荔枝（れいし）、アヴォカド、オレンジ、マンゴー、レモン、杏、グレープフルーツ……なんだって生えている！

私たちがそこに着いたその日のうちに、その場所がすっかり気に入ってしまったテクラはただちに使用人を雇うために村までひきかえしたのだが、すると村のすべての扉は彼女の鼻先で閉ざされてしまった。小さなしずかな村であるブラック・リヴァーの住民には、風変わりな人間は一人もいない。ここに住むのは漁民たち、わずかな農民、商人が二、三名、医師が一名、司祭一名——この人は聖職者にあるまじき大罪を犯して村人たちから追い出された——と、独立後〔独立は一九六二年〕に暴力沙汰があいつぐようになると鎧戸を下ろしたまま息をひそめて生活している白人の数家族だけで、村の人々は私たちのことはまったく好まず、それを私たちにははっきりと知らせようとしていた。その意図は、よく伝わってきた。

翌朝、足を赤い糸でしばり口をぽかんと開けた三匹のヒキガエルが、ベランダに釘で打ちつけられていた。二日後には、犬の死体が雨水溜めに浮かんで牙を剝いていた。放たれたマングースが夜だけではなく昼間でも私たちの鶏を食い荒らし、扉の外に蛭をいっぱい入れたクイが置かれていたときにはテクラはもう少しで魂を手放してしまうところだった。テレンスが事の解決に当たることになり、村に出かけていった。六時間のあいだに彼がいったいどんな手を打ったのかは、神さましか知らない！　何がどうあれ、彼は一人は部屋係、一人は料理の手伝いとして、二人の（美しい）娘さん（?）を連れて帰ったのだ。けれども二人とも、一見おとなしそうな物腰にもかかわらず、じつは手に負えない性悪であることは、すぐに明らかになった。二人はやがてテクラにむかって、仕事があればあんたが自分でするがいい、ありがたいことに黒人を奴隷に使える時代はとっくの昔に終わったのだからと、ピジン〔島民の話し言葉であるジャマイカ・クレオール英語〕の罵り言葉を滔々とまくしたてて、彼女の批判を黙らせた。この事態の収拾のためにテレンスは彼女たちと部屋にこもり、何時間もかけて二人を相手になだめたりすかしたりして、ようやくまたエプロンをつけさせたのだった。そのうち四声の言い争いがあり、こんどはテクラの声が決定的な勝利をおさめ、マヌエルがこの時ばかりは終始沈黙を守って、二人の女は出てゆき、テレンスは壁にべったり黴が生えている屋根裏部屋に一人で引きこもった。彼は一週間以上もそこで眠り、マヌエルのこんな声にはまるで耳を貸さなかった。

「おい、ばかな真似はよせよ！　もう過ぎたことじゃないか！」

この三人夫婦のことはよく噂の種になり、人々はそれぞれの信条や気質にしたがって、それをけしからんことだと考えたり、称賛したりした。この所帯に、本人の意志とは無関係に巻きこまれている四人めの人間の意見は、ほとんど顧みられることがなかった。つまり、娘である私のこと！

テクラに暇を出された女中たちは、大急ぎで噂を流してまわり、ラスタ・ロイのところとはずいぶんちがったようすの学校では、私が姿を見せるとただちに、子供たちが笑いに身をよじりながら聞いてきた。

「おまえ、何人とうちゃんがいるの?」

私は「ダブル・ダディー」という仇名をつけられた。

あるいは、鼻をつまんで、こんな風にくちずさむ。

Pass the dutchie by the left hand side… ガンジャ（ダッチー）を吸ったら左に回せ（ジャマイカの古い民謡）

それでもこんな地獄の中でも、友情は花開いた。私には、一人の女ともだちができたのだ。彼女もまた仲間はずれの賤民、私とおなじく犠牲の羊だったが、そうなった理由はちがった。彼女、メリッサは白人ジャマイカ人の娘で、その両親は他の白い肌の同国人たちがそうしたようにフロリダに渡りマイアミに落ちつく代わりに、ここで鎧戸を閉ざしたままひそやかに萎れてゆくことを選んだ人々だった。歴史の授業のとき、女先生は青ざめた彼女を黒板の脇に立たせ、奴隷売買という屈辱、プランテーション経営者たちのサディズム、ウィリアム・ゴードン〔一八六五年、モラント・ベイでの暴動に際してジャマイカ総督エアを批判して処刑される〕の処刑やその他覚えきれないほど多くの罪状を手当たりしだいにあげて、彼女を責めた。そればかりか彼女は、キューバとアメリカとの国交断絶や、ハイチに対するアメリカの介入についてまで、非難されたのだ!

メリッサと私が、こうして責め苛まれる牢獄よりも林や海や丘を好んで、学校を逃げだしたのも驚くにはあたらない。愛なき子供にとって、自然はなんて愛にあふれていたことだろう！　飢えはマンゴーやグアヴァのたっぷり肉のついた果実がみたしてくれ、渇きは砂糖黍がうるおしてくれ、眠くなればギニア草の草枕があり、母なる海の熱いおなかに身をすりよせることもできた！　ときには私たちはサヴァンナ＝ラ＝マールへの道を、以前メリッサの両親の家で雇われていたペイシャンスの家まで歩いていった。彼女は私たちに、雪に埋もれたトロントへと移住していった息子の写真を見せてくれた。息子はトランジスター・ラジオや電熱トースターを送ってくれたけれど、彼女は最後には決まって泣き出してしまうのだった。

「人間の住むところじゃないよ、あの寒さは！　とても暮らせないよ、あんなに雪が降っては！この島の人間は、あっちでは、体も心も耐えられるはずがない！　ときどき政治家どものところに行って、あの子を、うちの息子を、返してくれっていってやりたくなるんだ！」

それから機嫌を直すと、彼女は私に石鹸をつけて体じゅうを洗い、それからおもむろに櫛をかまえて、ぶつぶつとつぶやくのだった。

「こんなにきれいな髪を！　切ってやらなくちゃいけないよ、あんたのママがね、この髪をどうやって手入れすればいいのかわからないのだったら！　私は二十になるまでココナッツ頭〔坊主頭〕だったんだよ。それから息子が生まれるとね、あらま、私も髪が伸びるようになったんだ！　髪はとても長くなって、自分がその上にすわれるほどになった！　髪のない女なんて、具のないスープみたいなものだからね！」

太陽が海に飛びこむ直前になって私が家に帰ると、マヌエルが中庭で薪を割っていた。彼は汗を拭った。

「またどこでぐずぐずしていたんだ?」

私は彼のほうを見もせずに前を通りすぎ、テレンスの足元にいって腰を下ろした。彼は三階の自分の部屋で、一本指で古いオリンピアのタイプライターを叩いていた。テレンスは朝から晩まで、ときには夜も更けるまでこうしてタイプを叩きつづけ、それからどこともしれないところへ散歩に出てゆき、気ままな時刻に戻ってくるのだった。これはマヌエルをひどく怒らせた。マヌエルは、薪を割るだけでなく、火を起こし、買い物をし、鶏をしめ、魚のわたを抜き、草むしりをし、芝生を刈るといった仕事をすべてこなしていたのだ。テクラはスカーフをし、厚手の青いエプロンをかけて、食事の支度をした。その料理人としての想像力と才能は、認めないわけにはゆかない。

こうしたすべてでも、ペンション・ウォーターループーに、お客がいたから! ヨーロッパやアメリカの若者が、バックパックを背負い、天国のようなネグリルにむかう途中で立ち寄るのだ! あるいはメルセデスに乗った観光局や環境局の役人! ときにはお忍びで週末を過ごそうという恋人たち! いかにもお金持ちで育ちのよさそうな二人のフランス女、エリアーヌとフレデリックは、まるで座礁したようにここに半年近くも逗留していた。エリアーヌは料理の献立に「鴨の蒸し煮、蕪のバター炒め添え」のような新しい献立を加え、フレデリックはテレンスと愛しあい彼が書く詩をフランス語に直したりしながら。彼女の存在がテクラを苦しめているので、突然、私はフレデリックと無二の親友となり、庭をぶらぶらしながら二人でさんざんテクラの悪口をいった。

「あなた、かわいそうね。黒人の女は母性愛が特別にあふれているって、いつも聞いてたけど。あの人ったら、母性愛なんて魚の骨くらいしかないものね」

私はそれに輪をかけたことをいった。

「あの男二人ときたら、いったいあの女のどこがいいっていうんでしょ。あんな女、すごく醜いじゃない、ね？」

フレデリックは口をすぼめた。

「それはどうかしらね！　それ以外のことなら、何でも賛成するけど。あの女、黒人の顔立ちじゃないし！」

かわいそうなテクラ！　自分の男たちの一人が浮気していることとの心痛で、蠟燭のように溶けそうになっているのに、いつだってあまりに大きすぎるエプロンの紐を、細い腰のまわりにしめて。声にはまるで張りがなくなり、計算をいつもまちがえるので、マヌエルはもう彼女には宿のお勘定をさせなかった。彼にしてみれば、これでまた仕事が増える！　魚のわたを抜き、鶏の首をひねり、床に雑巾をかけ、ごみバケツを運びながら、彼が大声で怒鳴るのもむりはなかった。

「くそ！　くそ！　とんでもねえ暮らしだ！　なんでこんなところに来ちまったんだろうな？　教えてくれ！　教えてくれってんだよ！」

私たちが軽蔑したように「かつぎ屋さん」と呼んでいたバックパッカーたちが、ほんの二、三人しか食堂に顔を見せない週が長くつづいたあと、マヌエルは食堂の隣の客間に閉じこもり、ついでそこから出てくるとこう宣言した。

「どうにかしなくちゃならん。金庫には、あと八十二ドルしかない。ジャマイカ・ドルでだよ」

2

太陽は大地とがっぷり四つに組んで、私たちの影は足元におとなしい牝犬のように丸くうずくまっていた。家に帰っても食べるものがないので、近くに住むメリッサが私を自分の家に連れていってくれた。彼女はごく薄い薔薇色をした唇に、人さし指をあてた。メリッサの家の中に入るのは、はじめてだった。ペンキはきちんと塗り直したほうがよかったけれど、美しい家だった。がっしりした、色あせた赤い屋根の下の豪壮な二階部分は、一階よりもわずかに張り出していて、その下の四角いベランダには、揺り椅子や円卓や植木鉢が雑然と置かれていた。私たちはそれを見て回ったあとで、古ぼけた台所に入ると、そこには煉瓦作りの「ポタジェ〔かまど〕」と石油式冷蔵庫があった。

「停電がよくあるからね」と思慮深いメリッサがいった。

彼女はオーヴンを開けた。羊の腿肉のローストと、ハヤウリのグラタン。おいしそう！　私は早速がつがつと食べたかったが、育ちのいいメリッサは私にまず手を洗って、食前のお祈りをするようにといった。

「ワイン、飲む？」

ワインですって？

いたずらっ子のメリッサは死にそうに軋む冷蔵庫をあけ、すでに栓の抜かれた瓶をとり出した。ラベルがどうにかこうにか読めた。ゲヴルツトラミナーだって！　物知りメリッサがいった。

「腿肉のときには白ワインは飲まないのよ」

どうして？

メリッサは肩をすくめ、知らない、といった。これは私の勝ち。私は食べ、彼女は食べる私を見つめ、さびしい水のような彼女の目の底には幸福があった。私はグラスに手を伸ばした。彼女も自分用にグラスにワインを注いで、私たちは乾杯した。ああ、なんておいしい葡萄酒！　こんなにおいしい飲み物、飲んだことがなかった！　彼女がお代わりをくれた。腿肉も、何もかも！

私たちは笑った。無邪気なメリッサがこうたずねた。

「どうしてみんな、あなたのことダブル・ダディーって呼ぶの？」

変だわ、そんな質問も苦にならなかった！　私は陽気に答えた。

「うちの母が二人の男と寝てるからよ！」

メリッサは呆然とし、それから馬鹿笑い！

「どうやってするのよ？」

私は肩をすくめた……。

「知らないわ、見にいったことなんてないもの」

メリッサはいよいよ大笑いした。文字どおり、体をよじっている。

「私の母が、どう思うかしら……」

彼女はしゃっくりのように喉をつまらせた。

「お風呂に入るときもシュミーズを着たまま、眠るときには髪にネットをかけて眠る、うちの母だったら！」

私たちは大声で笑った。ワインはねっとりと冷たく喉を流れた。

「私、ずっと不思議に思ってたんだけどね……」

「何よ？」

彼女は笑いすぎて、言葉が見つからないようだった。突然、扉が開いて、一人の女が入ってきた。白人の女！外に出れば太陽が体をきりきり灼くというのに、これほど白い女の人は見たことがなかった。真ん中で分けられた髪はなめらかで黒く、ところどころに白髪が混じっていて、私が後に見たジョルジュ・サンド〔フランス十九世紀の女性作家〕の肖像のようだった。両目の代わりには、二つの緑色の穴が開いていた。私たちを見ると、ゾンビのようなその顔は、塩を食ったように生気をとり戻した。紙粘土のような血の気のない唇が開き、こう叫んだ。

「メリッサ、メリッサ、これは誰なの？　さっさと出ていきなさい、汚らしいちびの黒んぼ娘！出ていきなさい！」

この場面は、夢だったのだろうか？

3

それはテクラの考えだった。

ジャマイカは音楽の女神に選ばれた王国であり、人々は作曲家を神々のように熱愛しているのだから、こんどはレゲエではない別の民衆音楽、たとえばグウォカとか、シュヴァル・ブワ〔クレオル語で「回転木馬」を意味する〕音楽のコンサートを開催してみたらどうかしら？　うちのペンションの庭は千人くらい入れる広さがあるし。一人五ドルとるとして、ちょっとした額になるわよ。それにこれはカリブ海の英語圏の島々とフランス語圏の島々がお互いの認識を深めるのにも役に立つし、とか何とかかんとか……。テクラはたちまちペンを手にすると、滔々と流れる川のように長い手紙をジェスネルに宛てて認めた。

ジェスネルがそれをうけとったのは、父親として落ちついた気持ちになって、ジェルティが生んだばかりの、ゆりかごに眠る大きな男の赤ちゃんをのぞきこんでいるときだった。そして手紙は、彼がどうにも抑えかねていたあの苦しみを、ぶり返らせてしまった！　ああ、まったくルイ家の人々は、ジェスネルに幸福をもたらしはしなかった！　テクラのことは大目に見よう、女というものは心変わりしやすく残酷なものなのだから！　でも、彼が父とも慕うジャンときたら！　ジャンが両手をあげて、ジェスネルからテクラを奪った張本人であるマヌエルをうけいれたと考えると！　突然ジェスネルは、ジャンのことをいやしいプティ＝ブルジョワ、その階級の囚人にしてけちで出世主義者で冷酷な人間だという「リベテ〔クレオル語で「自由」〕」紙の攻撃を、すっかり信じこんでしまった。それに彼とファビエンヌの関係が、ジェスネルをげんなりさせたのだとも、付け加えておかなくてはならない。ジェスネルは女の尻を追い回すようなこととは縁がなかったからだ。革命は、自己抑制からはじまるのではないか。まったくジャンときたら、その地位を利用して本物のハーレムを作ってしまう旧来の政党の政治屋どもと、まるで変わらないのだ！

そういうわけでジェスネルはごく素っ気なく、いろいろな先約をでっち上げて返事を出した。けれども彼はおかげで何日ものあいだ、昼も夜も悲嘆にくれてすごした。もう息子に注意を払うこともなく、苦悩する魂のように歩廊を行ったり来たりした。ジェルティの両目は涙に濡れた。ああ、あのテクラったら！　もう十分、彼をひどい目に会わせてきたじゃない？　ああいうインテリ女たちに、人が惑わされないようにしてくれるのは誰？　頭のいい女たちには、心がない！　ちょっぴり余計に脳味噌があって、それで男たちの愛を実験に使う。熱い血が流れていない、頭のいい女たちには！　蛇みたいに冷たくて、獲物を魅了し金縛りにしてしまう。ようやくのことでジェスネルは気をとり直し、よみがえった痛みの記憶から、彼のもっとも美しい曲の一つを書いた。「デヴィレ〔ふりむいて〕」だ。

テクラはテクラで、ジェスネルからのこの拒絶に、グラン＝フォン＝レ＝マングルでの少女時代のあれほど光にみちた愛を思いだして陰気になり、時化(しけ)た海にわざわざ漁に出るよりも、ただあの幸福に餌を撒けばそれでよかったのではなかったかと自問するのだった。けれども彼女も気をとり直し、コンサートの企画をあきらめる代わりに、オッタヴィアに交渉することにした。オッタヴィア、前回の難破のときの仲間！　オッタヴィアは石を投げれば届くモンレアル〔モントリオール〕でハイチ移民のコミュニティから女王扱いをうけており、この招待に応じるのに何の困難もなかった。

オッタヴィアがブラック・リヴァーに到着したのは、台風の接近が告げられている一日だった。台風はそのままフロリダの沿岸部を襲い、五人の死者と十数名の怪我人を出した。それにもかかわらず、オッタヴィアは大反響をまきおこした。ふだんは雨戸のうしろに隠れている人たちも罵詈雑言の渦巻く白昼に姿を見せ、彼女の二つのギター、インディアン風のポンチョ、ぎっしりと固く編んだ黒髪、戦う女神のように背の高い姿を見た！

私はテレンスとオッタヴィアが顔を合わせるのを、息を飲んで待っていた。その結果起きることで絶対にテクラが大いに苦しむと考えて、すでによろこびを感じていたのだ。テクラはどういうつもりだったのだろう？　どうやらずっと歳をとっている彼女は、人間の心のことを私よりもよく心得ているようだった。というのは肝心の二人はお互いをちらちら見やることすらせず、かたちばかりのふたことみことを交わしただけだったのだ。

「立派にやっていらっしゃって、すばらしいと思いますわ！」

「そちらも。ニューヨークで聴きましたよ！」

女たちをつうじてたくさんの家庭と付き合いのあるテレンスが、コンサートの宣伝を担当した。彼が司祭にどうやって話をつけたのかは知らないが、司祭はある日曜日に説教壇から、ハイチの兄弟たちの不幸を説き、その代弁者となった女性歌手のすばらしい才能を讃えた。こうして、教会の正面玄関の上には、こんな幟がかけられることになった。

オッタヴィア・ディ・マッジオ、ハイチを歌う

それからテレンスはこのよき報せを四方八方に伝えてまわった。ネグリルのラスタたちの多国籍コロニー、サヴァンナ＝ラ＝マールの小売商たち、マンドヴィルの役人たち、さらにはキングストンの新聞数紙に囲み記事を出させることまで手配した。マヌエルはたった一人で、サヴァンナ＝ラ＝マールで借りてきた電気鋸を使って、庭園の二本のマホガニーの木を切り倒し、それから板を切りだして舞台を作り上げた。さらに音響設備を準備し、木々には色電球を飾り、ついにはぎっくり腰をやって、一週間にわたって苦痛にうめきながら横になっていなくてはならなかった。

この間、オッタヴィアとテクラは、エアマットに寝そべって、以前のおしゃべりの続きを再開した。オッタヴィアはココナッツ・オイルを体に塗って陽の当たるところに、テクラは日陰に、そして二人のちょうど中間にはオッタヴィアが賢明にも買い溜めて持ってきておいたバルバンクールのラム酒が一瓶、置いてあった。オッタヴィアはテクラがよくも白人（白人！）なんかと結婚できたものだと憤慨し、質問を浴びせかけた。これに対して、「カリブ海における人種と階級」や「音楽と民衆権力」、はたまた「黒人世界各地の革命運動」といった主題についてならいくらでも演説することのできるテクラは、自分の心の襞に迷いこみ、自己分析を試みるのだった。

「私にとって、ピエールは白人じゃないのよ。あの人は……ただピエールなの！　私には、あれほど身近だった人はいない、たぶんジェスネルを除けばね、でもジェスネルと私は二人とも子供だった。どうして私たちがこれほど人種とか肌の色とかに凝り固まっていなくてはならないのか、私にはわからないわ……。どんな意味があるっていうの？」

「離婚するんでしょうね？」

「わからない、わからない」

私は、メリッサと一緒に勝手きままに走りまわっているのでなければ、あるいは町をうろつくのに疲れて教室のいちばんうしろの席で彼女の隣でうたた寝していないときには、暇つぶしに自分がオッタヴィアとテクラのどちらをより嫌っているかと自問して、どうやら前者の勝ちという判定を下すのだった。私は彼女のイタリアっぽいビロードの視線に「偽物」を読みとった。彼女の故国ハイチの大河であるアルティボニット川のように激しく流れるその声に「偽物」を聞きとった！「偽物」「偽物」「偽物」、どこをとっても偽物。自分が気難しく不公平な子供だったことは認めるが、その私にとっては、彼女の民衆への大変な気遣い——私の祖父のジャコブ流にいえば「黒んぼ好き」、私の大叔父のジャン流にいえば「人間による人間の搾取への憎悪」——は、まるで偽物だったのだ。彼女にあるのは、ただ奇抜さによって目立ちたいという欲望と、何とかはらしてやりたい個人的な恨みつらみによる怒りだけだった。

まもなく正午という時分になって、二人のおしゃべりにうんざりしたマヌエルは、苦痛に苦しむベッドから叫んだ。

「ファック・ユー、ウィメン！（くたばれおんなども）」さっさと飯の支度でもしろ！」

オッタヴィアとテクラはそこで台所に降りてゆき、小学生のように馬鹿笑いしながら、魚や肉にゆきあたりばったりな味つけをした。

オッタヴィアをお目当てにペンションにやってくる客も数人いた。フランス人やアメリカ人の、パリやニューヨークで彼女の歌を聴いたことがある人たちで、べたべたしたインチキ臭い称賛の言葉を彼女に浴びせかけた。

「あなたをオランピア座で聴きました。言葉にならないほどすばらしかった！」

「あなたのレコードは全部もってるんですよ！」

というわけで、会計担当のマヌエルはこの人たちへのお勘定は三倍にし、焼け焦げたメカジキの切り身にノルウェー産のスモークサーモン並みの値段をふっかけたのだった。

4

油のように静止した海面の上に、コンサート当日の青空が明けてきた。オッタヴィアは庭の奥のほうで何時間もリハーサルをし、その力強い声が私たちのいるところまで響いてきた。

ムウェン・クシェ・マラッド　（私は病に伏せっていて
パ・サ・レヴェ……　起きることができない……）

彼女はテレンスの詩を二つ、レパートリーに加えていた（それに私は疑惑を感じてもよかったはずだが、メリッサにペンションのあちこちを案内してまわるのに忙しくて、そこまでは頭がまわらなかった。メリッサはこの日まで、うちに足を踏み入れるのをためらっていたのだ）。

コンサート開始は六時の予定だった。最初の星が見えるようになる時刻だ。六時十五分前に、けばけばしい色を塗りたくった二台のミニ・バスが、四十人ばかりの信用できないアメリカ人、フランス人を運んできた。うちの自慢料理を食べてきたところだ。六時十五分、ブラック・リヴァーの悪ガキたちが庭園の周囲の樹に上りはじめた。そこからは楽々、舞台を見下ろすことができる。六時半、数人の若者がすっかり開かれた門の鉄格子によじのぼった。まるで罠のように門が閉まって捕まるのを恐れ、いつでも逃げられるよう準備しておくのだとでもいうように。七時、もうこれ以上はお客が入らず、マヌエルがきちんと通し番号をつけておいたチケットが結局ほとんど売れなかったということが明らかになると、オッタヴィアにはようやく歌う決心がついた。

メリッサと私は手をつないで聴いていたが、オッタヴィアが歌うにつれて、驚いたことに塩水が私たちの目で混じりあい、頬を伝って、光輝くすじをつけた。メリッサも私も、なぜ自分が泣いているのか、わからなかった。（それは私たちの国のためではない、まだこの国の喪と悲惨が私たちにはわかっていなかったのだから。）それはずたずたに引き裂かれた私たちの子供時代のためだった。出発点から恵まれなかった私たちを、待ち伏せして、たった一つのチャンスも与えようとしない、悪辣な人生のためだった。島アーモンドの樹のうしろで、テレンスは子供のように泣きじゃくり、私たちを抱きしめた。周囲には夜が漂っていた。

四人のうちでは、コンサートの失敗をいちばん気にしていないのはオッタヴィアだった。ぐったりしたテクラ、焦燥するマヌエル、運命論者テレンスにむかって、オッタヴィアは、ジャマイカの人々にクレオル語の歌でかたりかけるのはむりがある、音楽が誰にでも理解できる一種のエスペラント〔共通語〕だと思うのはばかげていると、はっきりいった。

「音楽は一つの文化を伝えるものだし、それぞれの文化というものは一つの島なんだから」

おそらくそういう考えがあったから、彼女はこの思い出と自分自身のあいだを海で隔てること、つまり会場をいつだって一杯にしてくれる北アメリカのファンたちのところに帰ってゆくことを、急がなかったのだ。彼女は出発を引き延ばし、同時に行いをすっかり改めた。太陽が出てからもいつまでも寝床でぐずぐずするのはおしまい！　バルバンクールのラム酒をやりながら、何だかんだとつまらぬおしゃべりにふけるのもおしまい！　乳房がつぶれるほどエプロンを固くむすんで小学生のように馬鹿笑いをすることもおしまい！　テクラの肩を抱いて、庭の梨やユリノキの林を縫って散策するのもおしまい！　鎧戸のうしろでまだ太陽がためらっている六時には起床し、水溜めの冷たい水で体を洗い、屋根裏部屋まで上がっていって、発声練習をする。クレッシェンドにデクレッシェンド、すると壁は振動し、屋根はきしみ、虫たちはちりぢりに逃げだし、私は学校にゆくかサボってどこかをぶらつくか決心する時間がやってきたことを知るのだった。おなじく行動を改めたテレンスも、大きなカップに入れたカフェをもって上がってゆく。これはオッタヴィアが彼の詩をまずフランス語、ついでクレオル語に翻訳した上で、それに曲をつけることにしたからだった。これは簡単な仕事ではない！　しばしば彼女は手すりから体を乗り出し、テクラに声をかけて助けを求めた。

「ねえ、これ、あなただったらどうクレオル語に訳す？　「空の階段に腰かけた、穏やかな月が……」」

しかしテクラのほうは、自分の部屋で熱に浮かされたように文章を書きなぐっていて、お返事もくださらないのだった。わが家には、私が聞こえないふりをしている、ある沈黙が住みついていたのだ。私はたぶん自分を守るために、見ざる聞かざるいわざるでいようと思った。どこかで何かが腐敗しているのだが、そのすさまじい腐臭を嗅ぐことを、私は拒絶していたのだった。ある晩、もう何週間も前から一人のお客も来ていない、海と黴の匂いだけがする食堂で、テレンスが私にテレビをやめてこちらを見るようにといい、彼が自分で最初からフランス語で書いた詩を私に読んで聞かせた。

「聞いてくれよ、スウィート・パイちゃん！

底無しの瓢箪のような水に
たっぷりと藍の青を投げこんだ
たくさん、たくさん
台所の白い塩を注いだら
私の目の前に

生まれたのは海……

私はうっとりして、ぱちぱちと拍手しようとしたそのとき、平手打ちが飛んできて、称賛の味はテクラによって涙の味に替えられた。テレンスとオッタヴィアが同時に立ち上がり、まるで雄鶏と人間が、いずれもモンテベロのラム酒に酔って、羽ばたきと叫び声とかちゃかちゃいう鉄の蹴爪とコンクリートの床に一滴ずつしたたる生ぬるい血の混乱の中であわてふためく、闘鶏場のような大騒ぎになった。それからマヌエルがばねのように跳び上がり、背の高いオッタヴィアの隣に小さな体で立って、力いっぱいテーブルを叩いた。突然、テクラは庭の奥に逃げこみ、全員が後を追っていった。こうなると、何かがうまくいっていないことを、私も認めないわけにはゆかなかった！

でも、何が？ 真実とは、それが大きく育つところを見たくないと母親が願っている、ゆりかごに眠る赤ん坊のようなもの。あるいは、一生使えなくするために細い帯でぐるぐる巻かれる、中国女の纏足のようなものだった。

ペンション・ウォータールーで、何が起きていたのだろう？

キングストンでの三回にわたるピーター・トッシュのコンサートのおかげで、垢じみたバスケットシューズを引きずりながら島じゅうを歩きまわるバックパック姿の若者たちの一定数が、私たちのところにもやってきた。ブラック・リヴァーの魅力に捉えられたかれらは、必然的にうちに泊まることになる。テクラとオッタヴィアは肩を並べて、けれどももう言葉をささやきあうことも視線を交わすこともせず、魚を網で真っ黒に焦がしては、唐辛子のソースをかけていた。マヌエルには給仕の仕事まで増え（これは彼がかつて五番街のレストランでやっていた仕事だが）無愛想な顔をしてテーブルからテーブルへと飛びまわっていた。テレンスはどこにいったのだろう？

何が何やらわからなくなったそれらの日々、私はテレンスの不在しか覚えていない。それはある種の存在に劣らず、はびこり、息をつまらせ、苦悩をもたらす不在だった。彼はそこに生身の体としてはいなかったものの、目に見える世界から彼岸に移りながらも生前に愛した場所や人々につきまとって離れないあの死者たちとおなじく、すべての空間をみたしていた。メリッサはこの解決しえない方程式を私が解くのを助けてくれようとしたが、私たちはいつもおなじはてしない問いに戻ってしまうのだった。

「かれらがもう愛しあっていないのだったら、なぜ一緒に暮らしているの？」

もう少しでようやく十二歳といった年齢では、くっつくよりも離れるほうがむずかしいのだということなど、どうしてわかっただろう？

ある午後、歴史の授業でメリッサがたっぷり泣かされたあと、私たちは公園に逃げこんで大人たちの心の計り知れない意地の悪さについて二人きりで話しあおうとしていたのだが、歩いているうちに一本のゴムの樹の、もつれあいこぶだらけの根につまずいた。

ゴムの樹の根ですって？

そのときあの、いてはいけないところを永遠にさまよっては邪悪な呪いをかける魔女（カラボッス）たちの杖に触れられたかのように、樹の根と見えたものは一人の男と一人の女の姿になり、二人は何も知らない私たちにはまったく思いもよらなかった格好をしていて、その格好からして二人がとりくんでいた行為がどんなものだったのかに疑いの余地はなく、その行為に二人の顔は紅潮し汗が流れていて、美しいと同時に恐怖を覚えるほど醜く、その男と女は魔女に植えつけられた欲望によっても私たちの足元で豚に姿を変えられることなく、そこにいた。

誰かが悲鳴を上げ（私だったような気がする！）、その矢は震え、飛翔し、村の家々の屋根も漁師たちの小舟も海の波も越えて、太陽の血まみれの心臓に飛びこんでいった！

それから私の踵には翼が生え、恐怖と憤りと苦痛に我を忘れた私は、一目散にその場から逃げだしたのだった！

5

ペイシャンスは私の髪を真ん中で分け、分け目の線に沿って椰子の油をつけた人さし指をはわせ、こういった。

「やっぱり家に帰らなくてはいけないよ、ココ。お母さんたちが心配するよ」

私は泣きだした。彼女はそれ以上はいわず、深いため息をつくだけだった。

「神さまは、いったいどういうおつもりなのかね。私は女の子が欲しくてたまらなかったというのに！」

彼女が私の髪を二つのお下げに編んで、それぞれの先にリボンをむすんでくれると、私は頬をさしだして口づけをうけ、お礼をいった。

「ありがとう、おばちゃま!」

これは彼女にしつけられた、ちょっとした礼儀作法の一つだった。他にもいろいろなことを教わったが、もうどれがそうだったのか、よくわからなくなっている。たとえば朝は、口をよくゆすぐ前には、絶対に彼女に話しかけてはならなかった。食物を飲みこむ前に、まず必ずそのかけらを少々、床にこぼさなくてはならなかった〔祖先の霊にささげるため〕。暑いと思ったらバナナを食べてはならず、寒いと思ったらライムを食べてはならず、アヴォカドは鱈と一緒に食べなくてはならず、イチジクは必ずモツと一緒に食べなくてはならなかった。虫さされを防ぐには体じゅうにベイラムをすりこむこと、そして脚をつやつやに見せるにはカラパの油をすりこむこと。その他いろいろ。テクラからは何も教わらなかったので、私はなんでも教えてもらうだけでうれしくて、とてもいい生徒だった。

ペイシャンスの住む小屋は二部屋からなっていて、蚊帳のついた大きなマホガニー製のベッドのある寝室と、がらんとした食堂に立派な冷蔵庫の置かれた台所があった。それから軒下になった回廊があって、そこには彼女の夫の船大工のベンが木材や道具の一部を置いていた。ベンは日没少し前に、小径を腰をふりながら歩いて帰ってきたが、ピンク、青、黄色と、色とりどりの魚を入れた魚籠(びく)を手にしており、私に、まったく悪気はなく、こう声をかけた。

「おう、また来たな!」

それから彼はライフボイ社の石鹸で体じゅうを洗い、ペイシャンスが大急ぎで仕度している魚のスープを待ちながら、パイプをくわえた。ときには彼は、その日の出来事を話してくれた。

「市場ではトマトがポンド一ドル近かったぞ。おまえがおれのいうことを聞いていればなあ……」

「ジョーは、舟のモーターを替えなくてはならんかったよ」

「ローリーンが、双子を生んだぞ！」

食事のあと、私たちはときどき音の途切れるラジオで、死者の数が生きている人間の数よりも多くなってようやく、ヴェトナムでの戦争が終わったというニュースを聞いた。それから最後に、ペイシャンスが人さし指をぺろりと舐めてから聖書を開いた。

牝ライオンのために獲物を狩るのはおまえか
子ライオンたちの飢えをみたすのは
かれらが隠れ場にうずくまっているとき
かれらが藪の中で待ち伏せているときに？

私はキャンプ用寝台で、トタン板のように固くて手が切れそうなほどぱりぱりのシーツに潜って寝た。

ああ、絵に描いたような幸福！

でもそれは、ほんの一週間しかつづかなかった！　ある朝、私が生者たちのリストから名前を抹消したいと思っている、まさにその相手の声が聞こえた！　来る夜も来る夜も、マヌエルが鰹を落とすときのように残酷で勢いのいい一撃で殺してやりたいと夢見ていた、まさにその相手の男が。彼は帽子をかぶらず、昇りはじめた朝日の輝きの中に、ドレッドロックの髪を肩まで垂らし、私がもう欲しいと思わない愛をあふれさせた目をして、裏切り者のメリッサを脇にしたがえて、立っていた。

「ココ、ココ！　家に帰らなくちゃいけないよ。とても不幸なことが起こったんだ！　彼女のそばに戻らなくてはいけない！」

6

一九七一年三月二十四日の未明に訪れた私の大叔父ジャン・ルイの死は、あらかじめお告げのあった死だったと、人はいう。ある晩、燃えるように輝く彗星が飛行機みたいにアンス・ラボルドの空を横切り、アンティーガ〔グアドループからは北北西に位置する〕のほうへと落ちていったのだそうだ。ある日の正午、太陽の半分がインク色に染まり、グラン＝フォン＝レ＝マングルの北方のある一線のむこうでは嵐のような雨が降りしきった。最後の一滴が流れ終えたあと、ヒキガエルやその他の水に住む生物が、黒焦げになってぬかるみに頭をつっこんで死んでいるのが見つかった。アンス・ベルトランでは、男を知らない四十歳の黒人女デリスが、いつものように聖体拝領をうけた夜明けのミサの帰り、錯乱（デパルレ）し、正しい者が皆殺しにされるぞよというお告げを口にした。復活祭が近い時分のことだったので、人々はそれはわれらが主イエス・キリストの永劫にくりかえされる受難のことをいっているだけだと考え、その予言にはしかるべき注意が払われないままにすぎた。

のちファビエンヌが、そのときはまだ胎内にいて四か月後に生者たちの世界を見て父なき子として泣くために両目を開くことになった息子のパブロが、まるで悲劇の勃発を告知するかのように、彼女のおなかの壁に三度激しくぶつかったと、証言した。

人々はまた、雄鶏がうばたまの夜の中でココリコと歌いだし、犬たちが蹴られても罵られても何時間も遠吠えをつづけるのを聞き、それからこれといった理由もないままにザンドリの丘のてっぺんに立っている一本のパンヤの木――「スクニャン（夜の精霊）」が宿る樹――が、葉をすっかり失いモクマオウの木のように裸になってしまったのを見た。

みんなの意見では、ジャンはその最後の日々を、困難な航海に旅立つ前の男のように生きたという。何か月も足を運んだことのなかったジェスネルとマリエッタのところを訪れた。ジェスネルは、早朝、丸々とした頬の息子にフォスファティン〔栄養飲料の名前〕を飲ませているときに、柵を押して入ってきたジャンのことをけっして忘れられないだろう。ひどい顔をして、服はまるでそれを着たまま寝ていたかのように皺くちゃだった。思わず、愛情が口にこみ上げてきて、悲劇の訪れを予感しつつ、彼はたずねた。

「ジャン、いったいどうしたの？　心配でたまらないとでもいう顔をしているよ。どうしたんだい？」

ジャンは長いあいだ黙りこみ、泣くのをこらえている赤ん坊のつるつるした丸い頭を撫ぜていたが、やがて意を決して、こういった。

「そのとおり！　まず、おれはわれらがテクラのことを心配しているんだよ。おれだけじゃない。あの白人の旦那がジャコブに手紙をよこして、テクラの状態がよくないのだがどうすればいいだろうかと聞いてきたんだ。しかし、おれたちにできることなど、あるだろうか？」

ジェスネルは言葉を失っていた。テクラの話を聞かされるのはあまりに苦しかったからだ。ジャンはため息をついた。

「妙なやつだよ、その白人は！　あの娘がかわいくてたまらないようなんだ！　奇怪なことだよ！　白人男が黒んぼ女を、心から愛することができるんだろうか？　おれはやつらが求めるのはセックスだけ、エクゾティシズムだけだと思っていたがな……」

この会話に明らかに身を切られる思いだったジェスネルは何もいわず、ジャンは煙草に火をつけた。

「テクラって娘は、ばかげたまねしかしない！　それにおれは、この島のことを心配している。ファビエンヌがいっていることは、さびしいが、真実だよ。愛国党が新しい戦術を考えださないかぎり、西暦二〇〇〇年になってもやはりわれわれは、最後の植民地諸地域の会議を開催しよう、などといっていることになるだろう」

黙っていたジェスネルがようやく口を開いて、嘲るような質問をした。

「いったい何を勧めようっていうの、あんたまで？　暴力か？　爆弾か？」

ジャンが視線を上げ、その目には星が輝いていた。

「そういうことだよ！　殉教者が必要だ！」

ジェスネルは聞きちがえたのだと思った。すでに太鼓腹になっているこの男が、いったい何をいっているのだ？　子供だっているくせに？　彼はくりかえした。

「殉教者だって？」

「そう、他の者たちが立ち上がるためには、何人かが肥沃な血を流さなくてはならない」

茫然としたジェスネルのことは意にも介さず、ジャンはそのままマリエッタのところにむかった。

いちばん下はまだ七歳にしかならない、五人の子供たちとともに捨てられて以来、マリエッタはこの昔の連れ合いにまるで愛情を感じていなかった。「どんどん注いだ」に来るお客たちが、その証人だった。

「男なんて、何だろう？　だめだめ、この地上では、愛なんてやめとき！　あたしは花の十八のときに、すっかりのぼせあがって、あの恩知らずに心をくれてやったんだから。うちの父親のマリオはフランスの白人だったけど、あたしがあの本当に黒い黒んぼを相手にシーツを汚すのを望まなかった。でもあたしは父さんにいったんだ、「もうやめて！　ばかなことといわないでよ。あたしが欲しいのは、彼なの。他の男じゃない」。そのあげく、いまのこのざまを見て！　いい罰が当たったわよ！　あと二月でまだやっと四十だというのに、寝床はお婆さんの寝床のように冷たい。あたしの心臓は、痩せた畑とおなじく、うっちゃられたまま！」

それからあのファビエンヌのことをいいだせば、いつかは思い知らせてやろうという気になる！　こうした長々しいいつもの繰り言を聞くのに飽きたお客は、じっと鼻を自分の腹のほうにむけてうつむいているだけだった。

けれどもいざ子供たちの父親があの葬式みたいに陰鬱な顔をして入ってくるのを見ると、マリエッタの心にはありったけの愛がこみあげてきた。はじめて出会ったときのようすが、鮮明によみがえってくる。彼が騾馬に乗ってやってきて、彼女は最初にべもなくはねつけ、それから彼の腕に抱かれて、羊歯のベッドで丸くなったのだ。彼女はたずねた。

「ジャノ、いったいどうしたのよ？」

ジャノは何もいわなかった。男たちの舌を軽くするのが何かを心得ている彼女は、ラム酒の瓶を彼のほうに押しやり、彼はぐいっとつづけて三口を飲み干したが、それは彼女が一緒に暮らした二十年間、いちども見たことのないふるまいだった。彼はいった。

「いわせてくれ、おれはばかで、傲慢だったよ。おれに何かが起こったら、フランスに行っている子供たちをみんな呼び戻してくれ。ジャコブにおれの分の財産を分けてもらい、子供たちに土地を買ってやり、陸稲とサツマイモと赤くて水気の多いトマトを植えさせるんだ……」

マリエッタはそれを聞くと、ジャンがあいかわらずひどく頭がおかしいということがわかり、苛々してこういった。

「あの子たちが医学や法律や薬学の勉強をやめて、手に豆を作りながら山刀をふるって働くとでも思うの？」

「そうしなくちゃならん！　そうしなくちゃならんのだ！」

マリエッタは、どうか落ちつかせてくださいい自分を抑えさせてくださいと、神さまに祈った。

ジャンはまたぐいっと一口飲み干し、くりかえした。

「そうしなくちゃならん！　それでこそ救われるんだ！　うちの親父たちは、何もわかっちゃいなかった。大地に背をむけてはいけないんだよ。ただ飢えと渇きをみたすために、ひたすら大地にしがみついていればいいんだ！」

突然、マリエッタはさきほどまでの不機嫌に戻り、怒鳴った。

「ここにきてお説教するとは、教会の神父さんにでもなったつもりなの？」

これで夫婦はまたもや喧嘩別れすることになり、マリエッタはそれからの長い一生のすべてを使っても、このときの仲たがいを悔やみきれなかった。

それからジャンは、共犯者たちのところにいった。

不正は、以下のようにおこなわれた。まず私の大叔父の死は、世界の大新聞の第一面に報じられた。「ニューヨーク・タイムズ」さえ数行、彼のことを記した。「カリブ海の小島で政治的暗殺の惨劇」。

というのもこの文章熱にとりつかれた、自分の所属階級と縁を切ったプティ＝ブルジョワ男は、新聞記者たちがネタにするには、思いがけない儲け物だったからだ。しかし彼とともに命を終えた他の二人のことは、かれらもまた子をもつ父親であり思いやりのある恋人にして孝行息子だというのに、誰も考えもしなかった。フェリックス・タラッサとロニー・カンダッサミーのことだ。

前者はアンス・ベルトランで、物理と化学を教えていた。プランテーション監督の息子でかつては名うての悪ガキ、下の者にはきびしい親父さんが白人の前に出るとなす術もない子供に戻ってただこびへつらうばかりでバクア〔麦わら帽子〕をもぞもぞ回しながら何をいわれても「へい、旦那」とだけ答えるのを見て、我慢がならなかった。自分で小さなモロトフ・カクテル〔火炎瓶〕の作り方を覚え、デモがあるたびにそれを爆発させた。建設労務者の大ストライキがあったとき、彼は待ってましたとばかりお手製の悪魔じみた兵器を砂に埋めておいて、共和国保安機動隊員たちの足元で爆発させたのだった。ロニー・カンダッサミーのほうはインド系だった。ポール＝ルイ生まれの彼はダルネル社所有の農場で育ち、模範的な農業労働者となった。ついで、自分のあまりの模範ぶりに倦んだ彼がパリにゆくと、ちょうど六八年五月を身をもって体験することができた。それから邦に帰って以来、もう四年も仕事がなかった。こうくりかえす父親の言葉を信じることを、拒絶したからだ。

「クーリー（インド系住民）には砂糖黍がいちばん。砂糖黍にはクーリーがいちばん」。

調べてみたが、なぜ年齢も経歴も社会階層もまるでちがうこの三人の男たちが出会い、友情の誓いをむすんだのか、私にはわからなかった。私にわかったのは、かれらが三人でこの計画を準備したということだけだ。

その土曜日には、フェリックスが作った爆弾を、かつては白人大地主たちの領土だったマトゥーバで、ルブルトン知事の車にしかけることになっていた。ルブルトンの娘の結婚式なのだ。招待客は、マルティニック、サン＝マルタン、さらにはフランスからさえ来ていた。カーニヴァルの山車のように花を飾られた婚礼の車が、よろこびに顔を輝かせた父親ルブルトンと花嫁であるその娘を乗せてココ椰子の並木道にさしかかったちょうどそのとき、車が爆発する手筈だった。こうして血まみれになる「フランス」以上に美しい象徴があるだろうか！　それなのに、いったい何があったのか？　それはいまもまだカリブじゅうで取り沙汰されている……。いずれにせよ、朝四時、車庫からの爆発音がルブルトン、家族、招待客たちを目覚めさせ、みんなは眠っているところを叩き起こされた男女ならではのぼうっとした顔をしてベランダに集まり、燃えさかる炎が空を焦がしているのを見たのだった。黒こげになった死体の破片から身元を同定するのには、何日もかかった。

愛国党の連中は、大急ぎで私の大叔父ジャンを殉教者に仕立てあげた。かれらは大急ぎで、意図的に殺されたのでなければそれぞれ貧困や心痛や周囲の無理解の真只中で死んでいった他の黒人たちのあいだに、ジャンの像を飾る場所を作ったのだ。トゥッサン・ルヴェルチュール〔ハイチ独立の立役者、一八〇三年フランスで獄死〕、デッサリーヌ〔トゥッサン・ルヴェルチュールの部下でハイチの独立を宣言し、一八〇四年、皇帝の座につく〕、マーカス・ガーヴィー、アミルカル・カブラル〔ポルトガル領ギニアおよびカーボ・ヴェルデ諸島独立運動の指導者、一九七三年暗殺〕、マーティン・ルーサー・キング、マルコムX。このリストはいくらでもつづくだろう。前日まで彼をけなしていた者たちが、今日は彼を称賛してやまず、おかげで人々は書店の棚で埃をかぶって眠っていた『知られざるグアドループ』のことを思いだし、この本はそれから一、二か月のあいだに千七百五十部が売れた。もっと悪いことには、私の大叔父のことをつねに笑うべき人畜無害の愚か者と考えてきた共産主義者たちが、彼の死が土地の人々――たしかに殉教者を必要としていた人々――におよぼした影響を理解して、彼を自分たちの側に回収しようとした。こういうわけでラ・ポワントの市当局は、昔からおなじみのヴィクトワール広場という名前を変えて、それをジャン＝ルイ広場と呼ぶことにしたのだ。もっとも住民たちは、政治屋たちによるこの変更など意に介さず、慣用によって確立された名を使いつづけた！　市会議員の中には、市内でもっとも美しいお屋敷のひとつ、以前奴隷制擁護論者の住宅だった十八世紀末建造の鉄と薔薇色の煉瓦の建物であるフーキエ＝バラ邸を買いとって、それを故人を記念する博物館にしようと提唱する者まで出てきた。そうはいっても、二つの階を使って、そこで何を展示するというのだろう？『知られざるグアドループ』を数部？　彼がそれに身を隠そうとでもいうかのように好んでかぶったバクア帽？　林を散策するときについた杖？　それだけではあまりにも貧弱なので、この案は結局、捨てられた。一方、私の祖父ジャコブには、この死に対する彼なりの見方があった。彼は弟のくだくだしい演説を真にうけたことはいちどもなく、最後の数か月熱心にその相手をしたことから、ジャンがなぜ死にむかって歩んでいったかを知っていると考えていた。じつをいうと、彼を死に連れていったのは、かつて彼に冷たい仕打ちをうけたあの花のような女、アナイーズなのだ。若いころの罪は私たちの島々の火山、スフリエール山やプレ山〔マルティニックの火山〕に似ている。人はそれを死火山だと思う。ついである朝、まえぶれもなくそれは目を覚まして、バナナの林を生命を禁ずる灰の屍衣で覆ってしまうのだ。

アナイーズのことは、彼の頭から去ったことがなかった。まったく、十六歳のころの彼女の美しさ、花のかんばせを羽根飾りのように載せたコンゴの砂糖黍のごとくしなやかな肢体を、忘れることなどできるはずがないのだ。甘く味わい深く、コーヒー・プラムのような薄紫色をした、その唇！　しかし彼が四十代になると、彼女は押しかけるように戻ってきて、彼はもう彼女としか暮らしていなかった。夜明け、彼がコーヒーに砂糖を入れる時分、彼女はそこにいた。彼が万年筆のキャップをとり、苦心の末に迷作をものするときにも、そこにいた。彼が農民たちと話をするときにもそこにいて、目敏い農民たちは彼のまなざしにうつろなところがあるのに気づき、われらが友人であるあの人は変わってしまったな、とささやきあった。彼女はとりわけ、彼がまさにファビエンヌを抱こうとしているそのときにそこにいて、怒りも恨みもなく彼女がただじっと蚊帳の中でうずくまりこちらを見ているのに気づくと、彼の欲望は雨に打たれた炭火のように消えてしまうのだった。眠ればまた彼女が出てきて、悪夢でうなされてかいた汗を拭ってくれる。そのことをジャコブに打ち明けると、ジャコブはそれはまったく不思議なことでも異常なことでもないよと、一所懸命にくりかえすのだった。

「それはエライーズ母さんとおなじだよ！　母さんはおれから絶対に離れようとしないもの。おれがやるべきすべてについて、こうしろと助言をくれるのは母さんなんだ。母さんがいなかったら、おれはさまよえる魂だ！　それにおれにつきまとっているのは、母さんだけじゃないんだよ……」

だがジャンはそんなことは聞きたくなかった。彼は自分なりのやり方でこの存在を解釈し、それを一種のお呼びであるととって、それにしたがったのだ。そうだ、彼は何をおこなうべきかを、じっくり考え抜いた！　増水して子牛や牝牛やヒヨコを流してゆく川に、こっそり身をすべらせることはしなかった。マニオカの毒のある根やマンチニールの実をひそかに嚙んで、痺れ冷たくなってそのまま永遠の眠りへと入ってゆくこともしなかった。ちがう！　彼は人目に立つことを選び、この島の光にみちた空に真紅の絵の具で、みずからの死をさらりと描きだしたのだ！　この最後の無茶はいかにもあいつらしいと、ジャコブは思った！　あいつは他のみんなのように暮らすということがいちどもできなかったのだ、あの台風の年に生まれた弟は！　一見欲がないように見えながら、結局はあまりに自信家で、あまりに傲慢だった！　死は、彼をあの世へと連れ去るために病の床まで迎えにきて、悲嘆にくれる妻と子供たちの前をありきたりな墓にむかって歩いてゆくということが、できなかった。ちがう！　ジャンがどうしても必要としていたのは柩にしたがって歩く人二、三千と、いつまでもくりかえしこう自問する、あっけにとられたグアドループの姿だった。

「そうなのか、どくりつというのは、人が命を賭けるほどのものなのか？」

7

テクラはぽっかり口を開けた地下墓所の脇に立ちつくしていた。自分もその腹の中に入ってゆき、体を丸めてそのまま死んでしまいたいとでもいうように。このときばかりは悲しみと遺憾の意を一斉に表した新聞各紙も、もはや目に何も映らない彼女は一つも読まなかった。何も聞こえない彼女の耳は、自分はジャンに共感しているのに司教が怖いというどうにも煮え切らない司祭のお説教を聞かなかった。両目から流れた塩でしょっぱい口は、それぞれに尊敬と同情を独り占めして当然と思っている二人の未亡人（とてもいうしかない！）に口づけすることができなかった。私はこれまで、母がこんなにも年老いたのだと実感したことがなかった。広いつばのある帽子や縁なし帽をかぶった人々のあいだで、いまの彼女は太陽の下、帽子もかぶらずにたたずみながら、いとこのニルヴァが雑に仕立てた大仰な喪服を窮屈そうに着こんだ、一人の年配の女性にすぎなかった。両の鼻翼から斜めのくぼみのある顎にかけて二本の垂直の溝ができている。頬は張りを失い、こけた。両目はマスカラでべとべとした睫毛のあいだで輝きを失っている。というのは修復不可能なものを修復するために、彼女はジャングル・ラインという銘柄（黒人女性専用）の化粧品を塗りたくるようになっていたのだ。カーニヴァルの仮面の黒人のようなこの外見の下で、彼女はひどく苦しんでいた。いつものことながら、失ってみてはじめて、彼女は自分がいかにこの叔父を愛していたか、自分がいかに恩知らずだったか、いかに彼を失望させてきたかが、身に沁みてわかったのだった。そう、彼女の人生は、インクの染みや線を引いた削除や大慌てで書きつけた単語がはてしなくつづく、草稿でしかなかった！　いったい自分はジャマイカで、何をしているんだろう？　そこに何を求めているのか？　もう彼女自身にもわからなかった。混乱した彼女はありったけの体重をかけて父親に身をあずけ、この接触にうろたえた父親はすっかりやさしい気持ちになって、この娘にとってティマと自分がすべてだったかつての短い年月のように、娘を両腕で抱きしめることを夢見た。父親であるとは、なんとも辛いことだなあ！　ああ、死がグウォカを打ち鳴らし終えたなら、ゆっくり話をしよう！　彼は揺り椅子に腰を下ろし、娘はその足元にすわり、二人のあいだには姿の見えないティマがいて、彼は娘にもういいかげんにあきらめて放浪をやめ白人ではあってもともかく夫のところに戻り子供の世話をするようにと諭すのだ。要するに、すべて断念しろということ！　さまざまな夢、野望、黒人としてあるいは「民衆」としての（なんとでも好きなように呼べばいいが！）懸念などを。なぜならどうあがいたって、結局は誰もが、このごてごてと金色を塗って飾った細長い箱に、つまずくことになるのだから。

死には家族の深い裂け目をしばしのあいだ埋める力があるので、私の大叔父セルジュもグルベイルから妻のナデージュと、下の子供たちを連れて降りてきた。襟にレジオン・ドヌール勲章を飾り、自宅のプールでのバタフライとスフリエール山腹での早歩きとバッス＝テールの町のサーブル通りのサウナのおかげで引きしまった体をしている彼は、家族の他の者たちとは対照的で浮いており、人々はいったいこのルイの人間らしくないルイは、どうしてできたのかと訝った。けれどもこの他所者の外見の下に、セルジュもまた台風の年に生まれたこの弟の、彼にとっては不条理というほかはない死に苦しみ、弟をデマゴーグ〔扇動家〕だの偽善者だのときびしく扱ったことで自分を責めていた。よく考えてみるなら、これほどの期間、水道も電気もない小枝作りの小屋に住んで、農民たちを隣人として砂糖黍の収穫や牛車での工場への輸送や野菜畑の草取りについて強く訛ったクレオル語で議論しつつ暮らすとは、大した根性のいることなのだ！　あるいはジャンとは、彼には真価が見抜けなかった、聖人だったのか？

私はというと、私たちが飛びこんだこの喪の熱いお風呂に、ただ一人、晴れやかに身を浮かべていた。まず、私は大叔父ジャンがぜんぜん好きではなかったのだ。気取り屋で横柄で、私にむ

かっていうことといえば、

「あっちで遊んできなさい!」

あるいは、

「しずかにしてな!」

何よりも、私は自分を取り戻すことができた。傷口が、ふさがってきたのだ。

母を憎むあまり私が愛想よく「おともだちのフローラ」と呼んでいたフローラ・ラクールは、私をとてもかわいがるようになり、私は体を洗われいろいろ世話を焼かれ彼女の息子の誰か(とはつまり私の叔父にあたるのだがとても私の祖父の精液から生まれたようには見えず自分たちの姉である私の母と言葉を交わすときにはへりくだったようすで視線を落としていた)のネルのパジャマを着せられて、イラン＝イランの花びらのようにいい匂いのするシーツにくるまって眠ったのだ! 私としては、死者が出ることの結果がこうであるなら、一日一人ずつルイの人間に血なまぐさい死を迎えてほしいくらいだった!

女たちは指にお数珠をかけて「われらが父」や「マリアさまへお祈りします」といった賛美歌を歌い、男たちは白いラム酒を飲み冗談をいいあっている、お通夜の席から私はそっと出て、祖父の書斎に忍びこみ、一家のアルバムをまた開いた。何冊もあるアルバムは、動いていなかった。ぜんぶそこにあって、私を待っていた。三十二歳くらいの美しい黒人男、卵型の頭をして顎にはくぼみがあり(私の母とおなじ!)大きな口が開くと世界を食いつくすための歯が無限に並んでいる、そのハンサムな黒人男からはじめて……彼まで。きみまで。

念入りにポマードをつけた髪を、頭の左側できちんと分けた、小さな男の子のアルベール。セーラー服。輪回し遊びの輪。深靴。にこりともせず神妙な顔でカメラのレンズをじっと見つめ、もはやどうなったのか誰も何も知らない子。

「これはおまえのひいおじいちゃんのアルベールが、パナマで知りあったイギリスの黒人女とのあいだにできた子だよ……」

私は早速、勤勉な蟻のような仕事にとりかかった。たくさんの情報のかけらを集めて、それらを私の頭の確実な場所にしまっておくのだ。

まもなく、驚きの声が上がるようになる。

「この娘は、好奇心の強い子だねえ！」

抗議の声も。

「そんなこと知りたがって、どうするの？　おまえのお母さんだって、まだそのころは生まれてもいなかったんだよ！」

額に皺を寄せて。

「待った、待った！　私だって、そのころはまだ小さかったんだよ。だから私も人に聞いた話なんだけどね。私が覚えているところでは、戦争前のことだね。それともソラン知事の時代だったろうか？　いずれにせよ、まだロピタルの丘の上に棗(なつめ)の林があり、インドのタマリンドの樹が生えていたころだよ。木曜日は学校が休みなので、私たちは〈熱い鬼ごっこ〉をやったり〈羊跳び馬跳び〉をやったりして遊んだものだ……」

8

私の大叔父ジャンは、墓穴の底に永遠に置かれたかと思うとただちに、生きた人間の世界にもういちど別のかたちで生まれ直した。エライーズが彼を生んだのは、一九二八年のすさまじい台風の一日だった。雨はトタン屋根の上でめちゃくちゃに荒れ狂い、ゴム長靴の中まで水浸しになりながら、産婆のマダム・フィデリウスは、顎まで不透明な膜をかぶって生まれてきた赤ん坊を水から救い上げ、おぎゃあおぎゃあと産声を上げさせたのだった。それから彼はベッドの枕元に立っている女中の震える手がささえる雨傘に守られて、はじめてのお乳をむさぼるように飲んだ。おそらくそのせいでか、水が、つねに彼のもっとも好む元素だった。四歳、子供たちがようやく両脚をバランスよく使えるようになるころ、彼はゴジエの小島まで一直線に泳いでいった。後には、彼はアンス・ラボルドの村人たちの丸木舟に泳ぎ勝った。その上、強情な子だった！ 六歳のとき、退屈きわまりないお決まりの昔話、

「われらが祖先ゴール人……」

を暗唱させられることになると、彼は大笑いし、不遜な顔をして口をつぐみ、その先をいうことを頑として拒絶した。おなじように十六歳のときには、他のみんなのように下男根性で生きてゆきたくはなかったので、一家の者がかつては捨てた民衆の道へとむかった。とか何とか、いろいろ……。グラン＝フォン＝レ＝マングルとアンス・ラボルドの両村のあいだには対立が生じた。

どちらもそれぞれが、彼の生涯の重要な出来事を列挙し、競いあったのだ。彼が植民地行政に背をむけたのはグラン＝フォン＝レ＝マングルでのことだよ。ああ、だがな、彼が『知られざるグアドループ』を書いたのはアンス・ラボルドでだ！　花のように美しい彼の最初の妻アナイーズはグラン＝フォン＝レ＝マングル出身です。うん、でもね、正式に結婚した妻はアンス・ラボルドの人間なんですよ！　とか何とか、いろいろ……。ああまったく、とパイプをくわえた老人たちはため息をついた。あいつは悪い黒んぼ（マルー＝ネグ）だった、まったくのところ、マロンの黒人だった！　ああいう黒んぼは、久しくいなかったんだよ……プランテーション監督だったシミドール以来。シミドールというのは「はい、旦那」とばかり答えるのに嫌気がさして、農業労働者を率いてベルタン・デマレのプランテーションを襲撃した男だ。それは一九一四年のことでね、フランスの白人たちがやつらのお気に入りの遊び、つまり戦争ごっこをはじめた、その年さ。とか何とか、いろいろ……。夫が本当はどれだけの器量の人間かを誰よりもよく知っているマリエッタさえ、つい誘惑にかられてこう口走ってしまった。

「彼は何日ものあいだ飲みも食べもせずにいられたの。コーヒー一滴すら、頭になかった。それでひたすら、書いて、書いて。もし不幸にも私が何かちょっとした食べ物、たとえばアヴォカドを切ったのとか、マニオカの粉とか、ニシンの燻製のシクタイ（アンティーユ料理の一種）とかをもっていったなら、目をぎらぎらさせていうのよ。「なんてこった、女房よ！　おれがいま食い物のことなんか考えているとでも思ってるのか！」」

この礼賛の頂点は、ジェスネルによってもたらされた。自分の恋敵をジャンがどんな風に歓迎したかも忘れて、彼はジャンを讃えてフルート二本、ティブワ、二台のグウォカのためのコンチェルトを作曲し、それをある日曜日の十一時に、アンス・ベルトランの教会で演奏したのだ！　聴衆たちは熱い涙を流し、それから津波のように聖体拝領台へと殺到した。「イテ・ミッサ・エスト」になると、うっかり中に入ってきてしまったカササギが、教会堂を横切って飛び、人々はこれは故人が彼の栄誉を讃える者たちと一緒に聖体をうけるためにやってきたのにちがいないと、口々にいった。

遺族が死者を思って泣く以外に少しは他のことに頭がいくようになると、フローラとテクラがフォーブール＝デヌリー通りのおなじ家に同居することは不可能であるということがわかってきた。まともに体面を重んじる人間がテクラのような生き方をするということは、フローラには理解できなかったのだ。

「あのね、あの人は女じゃないわよ！　いつも煙に取り巻かれている、消防夫だわ！　あの人がベッドから出ると決心してくれたら、私は部屋に入ってゆき、窓をいっぱいに開け放つのよ。空気よ、太陽よ、だわ！　おまけにね、ひどい大酒飲み！」

自分の娘に忠実な私の祖父ジャコブが、フローラにむかって黙るかそれともこの家を出てゆけといおうと思っていた矢先、テクラが機先を制してジュストンへと出発した。

いま私には、じつはテクラは身を隠そうとしていたのだということがわかる。二つの苦しみ、二つの痛みのうねりのあいだで、波に翻弄されへとへとになった泳ぎ手のように、なんとか息をつこうとしていたのだ。さしあたっては、私は彼女の存在を厄介払いできたということしか、目に入らなかった！

十二歳になってもほとんど読み書きができず、三つの言葉をおなじようにでたらめにしゃべるだけ、おまけにそれに第四の言語であるクレオル（いとこたちは大人の耳に届かないところにゆくともっぱらこの言葉だけで話をしていた）が加わったという状態の私は、マダム・ラクールに見てもらうことになった。この人はすでに引退した特殊学級の先生で、遅れた子供たちを相手にすばらしい成果をあげてきた人だった。

ありがとう、おともだちのアントニーヌ（そう呼ぶようにといわれた）！　あんなにしっかり我慢強く教えてくださって、ありがとう！

1ひまわり＋2ゼラニウム

3あざみ＋4マーガレット

5矢車菊＋6黄水仙

7チューリップ＋8忘れな草

9ひなげし＋10矮型ダリア

ああ、私はこれらの見たこともない、匂いをかいだこともない花々の花壇をさまようばかりで、やがておともだちのアントニーヌは意を決して、引退した特殊学級の先生ならではの美しく傾いた続け文字で、私の祖父ジャコブにむかって、この子は専門の教師につけるべきだと手紙を書くことになった。たぶん、フランス本土で？　すっかり心配してしまった祖父が、フローラの圧力に負けて娘と真剣に話しあう決意をするあいだ、私は自分の時間を自由に私の情熱にささげることができた。ベベール探しだ。

彼の父親の足跡は、大した困難もなくたどることができた。リセ。ジルベール・ド・サン＝サンフォリアンとの友情。アンジェへの出発。けれどもそこまでゆくと、私はつまずき、もう何もわからなくなった。この人とやがて生まれてくるその息子がルイ家の系図から抹消されているとは、いったい何があったのだろう？　私の祖父ジャコブは、彼の父親に忠実に、持ち前の混乱した言い方でこういった。

「事故があったんだよ！」

事故？　事故？

この謎を一日じゅう頭をかかえて考えてみたものの、夕方になると、もうおしまいだった。六時十五分になると祖父が一階から私を呼び、私たちは墓地にむかった。サン＝ジュール地区までは道のりはわずかなのだが、どうしても立ち止まらなくてはならないところが三か所ある。セラファン・シェラデューという名の従兄の靴修理屋の屋台、彼は釘を口から吐きだし、私に学校でちゃんと勉強しているかとたずねた。クローヴの匂いのするロロ（小さな店）では、従姉メリタ・ブランシュダンが、おなじ質問をした。盲目で一人暮らしの大伯母アルタグラ・ソフォクルも、彼女の客間でおなじ質問をして、おまけに骨ばった指を私の顔にはわせた。この三度の途中停車のあと、私たちは死者たちの都に入った。すっかり晴々した顔になった祖父は、少年のようにきびきびと元気よく動きまわり、花瓶の水を替え、まだもっている花々の茎は大変に上等なポケットナイフで切り、萎れてしまったものは取り替え、消えてしまった大蠟燭に火をつけ、地下墓所を小さな手箒で掃いた。こうしながら小さな声でひっきりなしにしゃべっているのだが、彼の目に見えない家族たちとのその会話をときおり中断して、ため息をついたり、首を振ったりした。一日太陽に焼かれて熱くなっている石にすわって、私は祖父を見つめ、祖父の幸福に自分も幸福になり、それからその自分の幸福を思ってこう祈った。

「天にましますあなた、神さま(ボン・ディエ)までもジャーでも、白くても黒くてもいいんですけど、どうか母が私をここに残していってくれますように！」

グアドループ、ここが私の故郷だった！

人々は自分の国を選ぶことはできない。それは母親や父親や兄たちや姉たちとおなじく、あらかじめ決まったものとして与えられるのだ……子宮の夜が明けるとき。でも私は、灰色で濡れたブルターニュ――そこではママン・ボヌイユとみちたりた日々をすごしたのだけれど――でもなく、ジャマイカ――荒れた海に守られて屈伏することを知らないキロンボ――でもなく、ここグアドループを自分の故郷として選んだのだ！

でも、ボン・ディエやジャーに祈ったからといって、何になるだろう？　かれらは人間どもの泣き言に耳をかたむけている暇はないのだから！　私はそのお祈りを毎日くりかえしたが、むだだった。ある夕方、墓地から帰ってくると、ふだんならフローラはバルコニーの暗がりで私たちを待っていてそれから降りてきて食事を温め食べさせてくれるのだが、この日は家のどの階も夜の貨物船のように明るく輝いているのが見えた。祖父は跳び上がり、歩みを早めた。

「テクラ！　テクラ！」

そう、マスカラをべたべたに塗りもじゃもじゃの髪をした母が、自尊心のかけらもないジェスネルを従えて、そこにいた。周囲の人間のことなど何も考えず、彼女はこういい放った。

「明日出発するわよ、ココと私は！」

ブラック・リヴァーで何が待っているかをテクラは知っていたのだろうかと、私は長いあいだ疑問に思ってきた。いまでは、彼女はすべてをよく心得ていたのであり、あたかも自分が犯したわけではない過ちの罰にむかうように、彼女の混乱した痛みにむかって両目を見開いたまま直進していったのだということが、理解できる。その過ちとは、私たち一家の血の中に永遠に流れているものだった。その血のとおり、彼女は満足することを知らず、自分が求めているものを手に入れることも、それらを楽しむこともできなかったのだ——お金も、名誉も、幸福も！

私は夜どおし涙を流し歯ぎしりをし、千もの計画を考えた。ジュストンに行って隠れたらどうかしら？　お百姓さんは私に「根っこ（ラシーヌ）〔農作物各種〕」をくれるにちがいないし、ヴィアールから戻ってくる漁師さんたちは「バラルー〔魚各種〕」をくれるはず。それとも六十キロか七十キロがんばって歩いてグルベイルまでいって、セルジュ大叔父さんに訴えたらどうだろう？　あの人だけは例外的に、自分の選んだ土地で落ちついてやっているようだから。夜にうごめくものたちも、私を怖がらせなかった。「ティ＝サポティ〔クレオル民話の小さな男の子の妖怪〕」に悪戯をしかけられたら、どうすればばいいかもわかっていた。「ベット・ア・マン・イベ」という妖怪は三本脚の馬だけど、それが遠くから近づいてくるのが聞こえたなら、溝に飛びこんでギニア草の陰に隠れればいい。それともむかし盗賊のテスメが捕まえにきた警官隊に三か月のあいだ立てこもって抵抗した、「地獄の門」

という名の海岸洞窟に逃げこんだらどうかしら？

そうこうしているうちに朝が灰青色の目を開き、ベッドで丸まっている私を見た。

祖父は――いまではロドリグとカルメリアンという二人の私生児が店での彼の右腕の地位をめざして競いあっているので――絶えて味わったことのなかった気楽さに身をまかせることにして、七時まで寝坊し、フローラが三つ編みパンとコロッソル〔棘だらけの外皮のある果実〕とともに運んでくれた熱いコーヒーをベッドで飲んだあと、八時ごろ、お葬式帰りのようなその善良な顔をかつてなかったほど沈鬱に曇らせながら私の部屋に入ってきた。彼は私の目を拭った。

「あの娘に話そうとしたんだがな。だめだそうだ」

「どうして？　どうして？」

彼は自分の娘の頭と心で起こっていることがさっぱりわからないというように、肩をすくめた。

それからしゃがれ声で強くいった。

「帰っておいで！　帰っておいで！　おれたちはおまえを待っているよ！　生きている者も死んだ者も、ここで待っているよ！」

9

飛行機の中で、一緒に暮らすようになった三年ではじめて、自分の壁のむこう側から、母はあのしゃがれてはいるけれども音楽的な、流れるようでいて吃ることもある、輝きにみちていて同時に翳りも多い、母以外の誰のものでもない声で、私にむかって話しはじめた。

「おまえが私の恥と悲しみの子であるということは本当よ。それは、忘れることができない。おまえが私の目の前にいるときに、ココ、私が見るのはおまえじゃない。あの育ちのいい少年らしい美しい白い歯を見せて微笑する、おまえの父親なの。どんなにいやしい砂糖黍刈りだって、彼よりは誠実だというのに。それに彼の母親の顔も見える。高慢にふんぞりかえって、私がどんな家の出身かとたずね、顔をしかめながら、私たちの苗字に塩漬け鱈の臭いを嗅ぎつけようとする。というのはね、誰も私の肌の色のことを口には出さなかったけれども、じつはそれこそ本当の問題だったのよ！　色のことはいわないものなの、見ればわかるとおり、どうにもごまかしようがなくてもね。口に出すわけにはいかない！　肌の色っていうのは、アメーバ赤痢の緑色の下痢便や失禁してもらす硫黄色のおしっこよりも汚いものなのよ！　おまえを見るとね、そう、私の過ちではなくて、そういったすべてがいちどに見えてしまうの！　かれらが、彼が！　救いがたい愚劣さ、偏狭な傲慢さ、卑劣さ、ああ、卑劣さ！　その背後にはたぶん私には見えない他のこともたくさんあって、それは私たち二人の心の光で照らしてみたなら美しいことかもしれない。でもね、そういうわけで、おまえにも私にも、どうしようもないのよ。私たちは一生こうして、お互いに手をさしのべあうことなく歩いてゆかなくてはならない運命なんだわ！　私の父、おまえのおじいさんが一所懸命話している、目に見えない世界に行ったなら、それも変わるということを期待しましょう！」

それから母は疲れた顔を、飛行機の窓の青い楕円のほうにむけた。

キングストンに着いたとき、私はまだ涙に濡れたまま考えごとをしていたので、マヌエルが一人でテクラを迎えにきて彼女が潜在的な病人でもあるようにいたわりつつメルセデスのハイヤーにむかって導いてゆくのを見ても、驚きもしなかった！

一九七一年十月十二日、テレンス・クリフ＝ブラウンソンとオッタヴィア・ディ・マッジオは、ワシントンDCの北シェパード通りにあるバプティスト教会で結婚した。式には八百五十人の参列者があった。周辺のハイチ人コミュニティ全体から出席者があり、中には元トントン・マクートでその後ニューヨークで洗濯屋としてまっとうにやり直している二人も含まれていた。挙式の前にオッタヴィアは夫が書いた詩を自分でクレオル語に直し曲をつけたものを歌ったが、それを訳しておこう。

空は巣を作り
牡牛のような太陽がやってきて舌を休ませる
蜘蛛たちはその襞で眠る……

その日以降、オッタヴィアはもう舞台に立ち人前に姿を見せることはなく、息子たちの教育に専心した。息子は四人で、最初の子はあの眩いばかりの婚礼から五か月もしないうちに生まれたのだった。

何年ものあいだ、私はテレンスがよこした、優しさにみちたお涙頂戴ものの手紙に返事を出すのを拒絶してきた。ようやく書くようになったのは三年前のことにすぎず、それは私が大部分の人よりも大人になるのが遅れたことの証明だ。たずねてゆきさえした。二人はフィラデルフィア郊外の住宅地に住んでいた。三、四冊の詩集を出してそれが批評家たちに称賛されたテレンスが、テンプル大学で教えていたからだ。彼の授業には学生がたくさん押しかけ、キャンパスでは絶大な人気があった。「カリブ海における音楽と民衆権力――ジャマイカとハイチの場合」というのがその授業題目。彼はその後も何度かジャマイカを訪れていて、ハイチにも行っていたが、オッタヴィアのほうは八六年のデュヴァリエ息子〔父親の跡をついで一九七一年から八六年までハイチを独裁〕のデシュカージュ〔失墜〕の際にしか、ハイチの土を踏んでいなかった。このとき彼女はみずからの誓いを破って、自由に酔う二千人の聴衆の前で、無料コンサートをおこなったのだった。あいかわらずハンサムなテレンスは、ドレッドロックだった髪をごく短く切っていた（ああいったことはもう子供時代の思い出でしかなかった！）。ジョギング・スーツを着て、彼は私の腕をとり、長靴の底で軋む雪におおわれた公園へと私を連れてった。

「彼女はどうだい？」

「元気よ！　元気！」

沈黙。霜のように硬い空気が、私たちの唇の皮を剝いだ。ようやく、彼は決心した。

「きみが考えていることはわかっている。おれにも責任がなくはないことは、認めるよ。でもきみも、少しはわかってくれよ。テクラは何でも自分には与えられて当然と信じこんで育ってきた……」

私は彼をさえぎった。

「私が理解したいと思ってるのは、そんなことじゃない。私がずっと考えてるのはね、あなたたちがいったいどういうつもりで、あんな真似をしたのかってことよ。もしあなたたちがただのいかさま師やぺてん師じゃなかったとしたらね！」

彼は長いあいだ考えこんだ。

「いや、いかさま師でもぺてん師でもないよ。ばかなプティ＝ブルジョワだったんだ！ それも、ひどく思い上がった！」

また、沈黙。それから彼は、私の目を見つめた。

「どんなやつだい、彼女の旦那って？」

「とてもいい人よ！」

沈黙。彼の頭の中でぐるぐると現れては消えるたくさんの質問を、私は見抜くことができた。それでも彼は質問を口にせず、私の手をとった。

「このままここにいなよ、ココ！ おれたちと一緒に住めばいい！ そうしてくれれば、おれはすごくうれしいよ！」

私はたぶんその誘いに乗っただろう、オッタヴィアがいなければ。彼女を前にすると、私は子供の自分の不機嫌が、そっくり残っていることを思い知るのだった。優雅な雌鶏である彼女は、雛である息子たちを大事に育てていた。彼女が子供たちを寝かしつけてしまうと――いちばん上のジュリアンは目まですっぽりマフラーを巻いて父親と一緒に夜のバスケットボール試合を見にいっていたが――私たちは、テレビの連続ドラマを前に二人きりになった。彼女もまた、この機会に、言い訳をしようとした。

「あなたがどう思っているかは知ってるけど、わかってちょうだいね……」とか何とか、いろいろ……。

その少しあと、アメリカの夜の中で、私はいろいろな想いが浮かぶがままに、涙を拭いつづけた。『招かれた女』か『殺人の夏』みたいなストーリーを、実演してやろうかしら。二人を痛い目にあわせてやったら、私の恨みを晴らしてやったら、それとも母の恨みを晴らしてやったら？というのも二人がなんと言い訳をしようとも、たしかに母を殺したのは、この二人だったのだから。

10

テクラがグリルの上にヴィヴァノー〔魚の種類〕の代わりに自分の指を置いて骨まで焼いてしまったとき、彼女が倒れドレスが股までめくれ上がっているのに起き上がれないということが四度も重なったとき、彼女にはどうやら周囲で起きていることが見えもせず聞こえてもいないようだと思われたとき、マヌエルはブラック・リヴァーの医者に相談することにした。医師は自分ではどうにもならないといい、フロリダ州マイアミにゆくことを勧めた。エア・ジャマイカの飛行機で一時間半の飛行だ。マヌエルはこれを断り、自分流のやり方でテクラを治そうと決心した。何が必要だろうか？　たくさんのたくさんの愛と、植物のことをよく知っている、ちょっぴりラスタがかった、霊媒だ。

テクラはティマに似てきた。朝から晩まで、膝の上に両手を載せ、目は見えないものの世界に開き、前からうしろ、うしろから前へと、揺り椅子をゆらしているのだった。マヌエルは子供を相手にするように飲ませたり食べさせたりし、足元に腰を下ろして新聞を読んでやったり、はてしない独り言を聞かせたりした。

「よくなるよ、ケリーダ〔スペイン語で「愛しい女」、恋人への呼びかけ〕。美が炭火のように、おまえの目の底で、また燃え上がる。おまえは微笑を取り戻し、おまえを苦しめたやつらは罰せられるんだ。わかってるよ、悪いのは、あの二人しかいない。人生をぜんぶやり直せばいいさ。ある朝、新世界に生まれ変わるんだ。その新世界の住民はすっかり別の人たちだ、みちたりて、しあわせで、もうその人たちには、さあ幸福にしてあげようなどとすらいわなくていい」

テクラが拍子をとるようにこっくりこっくりとうなずくので、マヌエルは彼女がわかったといっているのだと思い、有頂天になって彼女の両手に口づけした。

霊媒は、精霊にとっての吉日である木曜日にやってきて、そのマクート〔袋〕の中には種々雑多な小さな容器や小瓶が入っていて、いずれも丹念に麦わらで栓がしてあった。中身はいろいろな粉、軟膏、乳液、溶液などで、それらは飲んだり吸ったりうがいをしたり、あるいは頭や体や手足にすりこむためのものだった。あるものはマグノリアやオレンジの花のようにいい香りがした。またあるものはヒキガエルの粘液や山羊の糞のように臭く、別のものは山葡萄の葉陰に隠れているトワ＝ラン蛇の毒のように強い酸だった。霊媒は右むき左むき大声を上げ、ただ彼の目にのみ見える相手に、話しかけるのだった。

「下がって、下がって！　この人から手を引きなさい！　この人の頭が重くて暗くなっているからといって、そこにつけこんではいかんよ！　この人にかまうんじゃない、かまうんじゃない、わかったかい！」

メリッサと私はグアヴァの樹の枝に登って、この野蛮な演出を見ていた。私はせせら笑い、メリッサは震えながらこうくりかえした。

「あんた、そんな風に笑ってるけど。平気でからかってるけど！　うちのパパが死にそうになったとき、ああいう風にして、命が助かったんだから。もうすっかり血の気が引いてたのよ。オビア・マン〔霊媒〕がパパを自分の足で立たせて。目が開いたときにはね、パパはもう何も覚えてなかったの。いまでも頭の中は、そのときのことだけ大きな真っ暗な穴みたいなの。いまでも話しかけられる話題によっては、ゾンビみたいにぼうっとなっちゃうのよ！」

テレンスとオッタヴィアが恋に落ち結婚するために島を出てゆき、それにつづいて母が病気になってしまったという報せは、黒い縁取りのある死亡通知のように知れわたった。突如として、食堂にはばったりお客がこなくなった。いつも庭の小径をこそこそ歩いていた野良猫や、雨樋にとまる緑のアノリ（小さなトカゲ）すらいなくなった！　どうやら動物も人間も、不幸の悪臭はいやがるみたい！

けれどもペンション・ウォーターループの没落は、ある一面では、人々の心をすっかり変えた。

不可触民の子供だった私が、みんなの子供になったのだ！　他人には入る余地のない各家庭の水いらずを守って閉ざされていた鎧戸が、まるで魔法みたいに、さっと上げられた。扉は開かれ、千人もの善意のおばちゃまたちが私を招き入れて、アッケーと米と鱈を食べさせてくれた（ごくありふれた料理）。私の傷口には、小さな木の葉の膏薬が貼られた。咳をすれば、ラム酒を入れた島のお茶（ハーブ・ティー）を飲ませてくれた。私をいつも教室のいちばんうしろの席にすわらせていた先生までが、気を遣って、私にジャマイカの国民的英雄のリストを暗唱させるのだった。

一番。ナニー・オヴ・ザ・マルーンズ〔十七世紀、逃亡奴隷の町ナニー・タウンを作った女性指導者〕。

二番。マーカス・ガーヴィー。

三番。ポール・ボーグル〔一八六五年、モラント・ベイの反乱の指導者〕。

四番……、五番……。

ただ学校の子供たちだけが、この流行に乗ることを拒否して、あいかわらず私を避けつづけた。

メリッサは家に帰って毎晩お決まりの模範的お嬢ちゃまになって夕食のテーブルにつかなくてはならないので、私は彼女なしで一人でネグリルまでゆき、親しめるラスタたちが入江の岩で昆布のように寝そべっているのを見た。

すばらしいひととき。

空の下、海の無限のひろがり。

私には理解するのが遅すぎた。母が自分でそう告白したとおり、私に愛を与えることはできなかったものの、それでも母はやはり私に何かをくれようとはしたのだ。自分の子供時代とは、正反対の子供時代を。生き延びるために不毛な地面をひっかき、かき集めたかけらで満足することに慣れてしまった私は、それで鉄木のように硬く丈夫な心を手に入れるだろう。きっとそうなる。頭の中に巣くう夢、すべてを変え、やり直し、ある役割を、英雄やお手本となる人々の物語を演じるという野心にみちた夢想は、人を殺す！

「そこでティ＝ジャンは袋に魚突き用のやすを入れ、大きな山刀を手にし、褌を締めなおしてから、出発しました。「さあこれから、太陽を呑んじまったあの怪物を殺しにいってくるよ。そうすればこの土地、おいらのふるさとに、光が戻ってくるさ」」

ああ、でもこの点に関しても、彼女は成功しなかった！　私もおなじ血を流しているのだ！　それでもネグリルでしばらくすごすと、あの哀れな状態にいる母に背をむけたことが強く後悔されてきて、私はブラック・リヴァーへの道を戻りはじめた。

空っぽで陰気な感じがする揺り椅子を隅に残したまま、テクラはベランダに立っていた。すっかりやせて、腕や脚はグアヴァの樹の枝ほどしかなく、目はくぼみ火山の噴火口の溶岩のように血走っていたが、それでも彼女は回復し、私を叱りつけられるようになっていた。

「いったいまた、どこをうろついてたの？　マヌエルが心配して、ついに警察にいっちゃったわよ」

テクラの目をみはるほどの回復は、誰のおかげだっただろう？　メリッサはためらいなく勝ち誇ったように、それはあの霊媒の力だといった。私は、それとは別の説明を考えている。それをうまくいっている歌がある。「倒れた女は、けっして絶望するには及ばない」って。

けれども私たちは、何かの終わりにたどりついた。何か月か何週間かわからないけど、テクラとマヌエルは、ただふりをしていた。お客がいないので、二人はあの大著『黒人世界の革命運動』執筆に没頭した。それと同時にテクラはさまざまな思い出を書きとめはじめ、また一方で娘のいうことは何でも聞く私の祖父に手紙を書いて『ジャン・ルイ、グアドループの愛国者』という伝記を準備するためにいろいろ教えてほしいといい、この間マヌエルはアフリカのいくつかの先進的な国のために国際調査サーヴィスなる仕事を請け負った。けれどもこうしたすべては降伏を前にした最後の「名誉の戦闘」だということは明らかで、ついには両手を落として悪辣な人生にすみやかにその悪辣さを遂行させる前の、最後のパレードなのだった。

11

フィラデルフィアからの帰路、私はマヌエルを、彼が教えているロスアンジェルスのみじめな大学にたずねていった。彼はキャンパスの端にある四部屋の家に住んでいて、そこは何匹もの猫と、白人たちの人種差別についての泣き言をいいにくる黒人学生たちと、いつか注釈つきで出版することをあいかわらず心に誓っているマーカス・ガーヴィー書簡集の原稿で、いっぱいだった。心変わりしない彼は、独身でいた。私はマヌエルがまったく好きではなかったが、流行遅れのアフロ・ヘアーに白髪がまじり、そのざくろ石のようにきらきら輝く目をこうして見ると、甘美なところのまったくなかった私の子供時代が、甘美さをもって心にそっくり甦ってくるのだった。

彼は口ごもりつついった。

「彼女はどうだい？」

「元気よ、元気！」

心の痛みに耐える彼と、私はいろいろな話をした。ロスアンジェルスのあちこちにある壁画、パサディナで公演する舞踏家のアルヴィン・エイリー、ハンティントン図書館のサボテン庭園について。それから彼は思い切って、こういった。

「カップルというものはね、誰でも知っていることだが、必ずどちらか一方が余計に相手を愛してるものなんだ。おれたちの場合、それはおれだった。テクラはおれの目の中に、自分がこうなりたいと思っている姿がそのまま映っているのを見たんだな。才能にあふれた活動家、さ。現実には、とてもそんなもんじゃなかったんだが。彼女の両親は、彼女に自分は女王になるべく生まれついたのだと信じこませてしまった。ところが大多数の人にとってはそれはとんでもない話なのだということに気づいたとき、彼女はひどく驚き、突然、すべてをひっくりかえしてやろうと思ったのさ！　おれはね、母親が両手を骨まですり減らして、白人たちの床を磨き上げるのを見てきた。砂糖黍畑を出て以来、父親が尻をいいように蹴られ「はい（ウイ）、旦那（ミシエ）」といいつづけるばかりで、ぼんくらになっちまうのを見てきた。兄弟は、麻薬のやりすぎ＋留置場＋死。この世界は腐ってる、さっさと吹っ飛ばしちまえって、おれがいうときね、それは冗談じゃないんだよ！もしきっといつか世界が変わるという確信がなかったなら、おれはとっくの昔に自分にむかって拳銃の引き金をひいてるさ！」

私はひとこと皮肉をいおうかと思ったが、やめておいた。どっちみち、いまの彼の耳に入りはしなかっただろう、過去をふりかえるのに懸命なのだから。

「彼女がおれのものに、本当におれだけのものになったのは、人生からひどく卑劣なロー・ブローをくらって、それから立ち直ろうとしたときだけだ。まず、おまえの父親から捨てられたとき、それからおれの兄貴が殺されたときさ。それから、おまえの大叔父さんの爆死は、ほとんどテレンスが出ていったのと同時期だったよね。他にもいろいろあったが……。おれは看護人で、哺乳瓶をくわえさせてやる養育係みたいなもの、あるいは松葉杖で、それも彼女が彼女の偉大な白人の魔法使いのほうがおれよりも強力だと気がつくまでの役目だったのさ！ 考えてみると、こんなことはおれがあんなにくよくよ思い悩むほどのことじゃなかったんだよ、頭が真っ白になっちまうくらいにね！」

沈黙。それから、またつづけた。

「あの霊媒は、ちゃんとわかってたんだな。「彼女がまた自分の足で立てるようにしたいのか？ その足で、おまえから離れてゆくぞ」って。さんざんでっちあげの論文を書いて、ようやくダル＝エス＝サラーム〔タンザニアの首都〕大学で仕事を見つけたよ。おれは有頂天になった。新しい生活が見えたと思ったんだ。ウフル〔キリマンジャロ山〕があるし、あれも、これも、って……。それは昨日か今朝のことのようによく覚えているよ、なぜならそのとき以来、おれの人生は今日という日までつづく、苦い水薬の味がするようになったんだから。夫婦のお客がいた。四か月の赤ちゃんを連れた、シカゴから来たアメリカ人だ。母親が哺乳瓶を温めるために、台所に入ってきた。そして白人が好んでするように、ばかみたいにいらないことばかりいいながらあれこれいじくりまわしてやっと出ていってくれると、おれはテクラを驚かせるために隠しておいた手紙をふりかざしながらベランダに出ていって、彼女にこういった。「ベイビー、どうやらうまい話になってきたぞ！ ついにしずかな海に錨を下ろせる！ アフリカの国家の指導者で、他のごろつきどもとはちがうという人が二人いる。最初の人は、もう片づけられてしまった。クワメ・エンクルマ〔ガーナ独立運動の指導者、首相・大統領を歴任〕だ。二人目はジュリアス・ニエレレ〔タンザニア独立運動の指導者、初代大統領〕……」彼女はおれが興奮して言葉によって明日の世界を描きだすのにまかせたあとで、こういった。「私は行かないわよ、マヌエル。もうやっていけないのよ！ 私はフランスに帰る。夫のところに戻るわ」おれは愕然として、彼女を罵り、泣き、哀願したが、その間もずっと彼女はおれのことを、乗り手をまんまと振りおとした馬みたいな目で見ているんだ！ それから彼女は立ち上がり、二階の部屋に上がってゆき、中から鍵を閉めてしまった。そのあと何日かは、本当に甘い日々だったよ。彼女には、おれにどんなに謝っても謝りきれないことがすごくたくさんあるので、これまでおれに対して拒絶してきたことをもう何も拒絶しなくなった。彼女は子供のようにおれの腕の中で眠り、空の七段目に腰かけている月はブルボン・オレンジのように楕円形をしていた。そしておれは、結局ダル＝エス＝サラームにゆかなかった。おれは自分の孤独と苦悩の果てにゆきついただけだったのさ。いいかい、おれはまだ、あきらめちゃいない。このちっぽけな大学でね、おれは四十人の黒人学生たちが負ってきた傷を、わが年来の同志マーカスの助けを借りて癒そうと、精一杯やってる。何年も、彼女からは何の報せもなかった。おれたちが一緒に夢見てきたすべてのあとで、彼女が白人の旦那の腕に抱かれてるんだと思うと、これははたして夢なんじゃないかと血がにじむほど自分をつねってみなければならなかった。すると突然、去年、彼女から手紙が来たんだよ。見たいかい？」

彼はその手紙を探したが、マーカス・ガーヴィーが妻のエイミーやコージョー・トゥヴァロウやグラシアン・キャンダスやアドルフ・マチューリンなどといった人々にあてた手紙のコピーであふれかえった引出しでは、それはなかなか見つからず、私は私で一人そのころのことを追想してみた。

そのシカゴから来たアメリカ人夫婦は、よく私に赤ちゃんをあずけ、公園を散歩させた。デビーという名の青白く、生気のない目をして、米粒のような歯が生えたその赤ちゃんに、私はおともだちのフローラから聞いたいろいろな話を語って聞かせた。

「マノがぐったり横たえられ、いままでなかったほど長くなって、何年も前に仕立ててカリブ籠にしまってあった経帷子を着せられ髭はきれいに剃り眼蓋はその栗色の眼球の上できちんと閉ざされて地面に埋められたそのとき……」でも私はお話がうまくなくて、デビーはてんで聞いてもいなかった！　彼女はお空の黄金虫を見て、わけもなくにこにこしていた。ある午後、私がこうしてデビーを抱いてペンションに帰ってくると、テクラが台所から出てきた。か細い脚をしてぶかぶかのエプロンをつけ、まだあまり丈夫になったとはいえないのだけれど、私にこう命令するだけの力はすでにあった。

「そんなダー（守子）ごっこはやめて、その子を置きなさい！」

もちろん私はそうはせず、母を鋭い目でにらみつけた。彼女は、怒りにかられるたびにそうなるように、忍耐強い努力の層の下にふだんは埋もれているアンティーユ訛りが噴出するのを抑えながら、口ごもりつついった。

「そんな目で見るのは、やめてちょうだい!」

もちろん私はやめず、もういくら私に命令するふりをしたってだめだとあきらめた彼女は、話題を替えた。

「出ていくわよ。ジャマイカから出てゆく」

私はどきどきしながら、小さな声でいった。

「グアドループに帰るの?」

彼女は勝ち誇り、何もこの決意を変えられるものはないというようすで、私に背をむけた。この問題では自分が勝利をおさめたことを知りつつ、どうやら臭いからしてグリルではヴィヴァノーが焦げてしまった台所に戻りながら、こういったのだ。

「いいえ。パリよ!」

12

こうして一九七二年春、リュクサンブール公園のマロニエの木々のつぼみが芽吹くころ、ピエール・ルヴァッスールはテクラとその娘を取り戻したのだった。テクラに対する愛なら彼にはたっぷり貯えがあったものの、さすがにその娘に対する分までは、彼は持ちあわせていなかった。第一、ほとんど読み書きもできず、三つの言語をどれもおなじようにめちゃくちゃに話せるだけの彼女を、どうすればいいだろう？　やや遅ればせにではあったが、おともだちのアントニーヌの助言が生きてきた。専門の先生を探してくれたのだ。

この間、都合よく戻っていった夫の腕にぶらさがるようにして、テクラは世界一周旅行をしてきた。旅は若者にとっていい経験になるだけではなく、憂鬱に沈んでいる者を癒しもするからだ。タジ・マハールの大理石のファサードが水に映るのを見たなら、混乱した心も少しは落ち着きを取り戻す。

これはジャコブにとっては、また血が腐るほど思い悩む機会となった！　こうしたすべての異なった空の下に、いったいテクラは何を求めてゆくのだろう？　苔むすということを知らぬままに、彼女はすでに十分にふらふらしてきたではないか？　アルベールとエライーズ母さんがかつて眠り、彼自身が妊娠された場所でもあるハリエンジュ製の大きな寝台に横たわりながら、彼は声を高め、連禱を唱えているかのように単調な口調でいった。

「あの娘がいずれこんな風におれを苦しめることになるぞという人間がいたとしても、おれは耳を貸さずに、さっさと追い払ってやっただろうな！」

フローラは、くる晩もくる晩もおなじ泣き言を聞かされるのに疲れ、肩をすくめた。

「眠りなさい！　こっちまで眠れないわよ！」

娘から与えられるこの心配に加えて、私の祖父ジャコブには、やるべきことがいくらでもあった。ジャンの最初の息子デュードネが、賢明にも法学を修めて、クレルモン＝フェラン〔フランス中部の都市〕から戻ってきていた。だが殉教者の息子であるとは容易なことではない！　父親の血が呼び声を発し、とてもごまかしようがないのだ。それでジャコブが買ってやったオフィスでおとなしく仕事をする代わりに、かつてはものしずかで気取り屋ですらあった少年、十四歳のときチフスの療養中に発見したプルーストを愛読していた子が、貧しい農民や搾取に苦しむ労働者やその他この島にはいくらでもいる不幸な人々！　を擁護する運動の、先頭に立っているのだ。

この変身ぶりに、私は興味をもった。ごく若いころには、デュードネは将来こんな仕事をするという兆しは、まったく見せなかったからだ。彼の中でそれが目覚めたのは、ラ・ポワントの人々がいった言葉によるのだと、私は思う。彼がジャコブの家で育ったのを見てきた人々の中に、彼をジャコブの息子だと思いこむ人がいるのは当然だろう。すると系譜に詳しい誰かが首を振って、こういう。

「ちがうぞ。あれはジャンが最初の女房とのあいだに作った息子だよ……」

ついで声をひそめて、

「あの自殺した女房さ……」

すると最初に勘違いした連中がいう。

「殉教者ジャンの息子か？」

（私の大叔父は、もっぱらこの名で呼ばれるようになっていた。）そしてかれらは驚いていうのだ。

「父親にはぜんぜん似ていないなあ！」

これがついにはデュードネの耳に入り、かっとなった彼は自分にどれだけのことができるか見せてやりたいと思い、牛泥棒だの悪いラム酒を飲んで喧嘩をはじめた隣人同士だのばかりをお客とするのはやめることにしたのだ。

ソルラン事件が、彼の求めていた機会を提供した。

ソルランはサント＝アンヌのきらめく湾から数キロのところに位置し、そのころはまだ観光開発の波がおしよせていない百ヘクタールばかりの土地で、ここは以前、砂糖工場が所有していた。工場自体は錆びつき、放棄されて、陸生マングローヴの藪の中で難破した幽霊船のように見えた。その土地に、腕をこまねいて飢え死にするなどまっぴらだという農民たちが一か八か、米や、パカラやカヴェネーズという種類の芋を植えてみることにしたのだ。農民たちの組合事業はうまくゆき、サント＝アンヌの市場でぽっちゃりしたカボチャがトマトと肩を並べて売られるようになると、ソルランの土地の所有者である会社がはじめて名乗り出て、売上を要求し、訴訟を起こしたのだ。これに対し、若きデュードネ・ルイ先生は、見事に却下にもちこんでくれた。それ以来、グランド＝テールからバッス＝テールにいたるまで、その名は噂の的となり、弁護士会の機関紙「法廷の声」は、彼の口頭弁論の長い抜粋を掲載したのだった。

この高まった名声を利用して、デュードネは政党の創設を発表した。名付けてＰＮＧ、新グアドループ党〔パルティ・ド・ラ・ヌーヴェル・グアドループ〕。

甥がはじめたことを噂に聞くと、ジャコブは彼を呼びつけ、さしむかいですわって、こうやかましく叱った。

「政治はうちの一家を、さんざん苦しませてきたんだよ。おまえの父親以前にも、いまおまえの目の前にいるこのおれが、若い時分には……」

ジャコブは自分が「立ち上がったニグロ党」を創設しようとして味わった幻滅を、話して聞かせるつもりだった。しかしデュードネには彼の弄する駄弁に耳を貸すよりも他にやることがあったので、ただ肩をすくめた。

「ジャコブ伯父ちゃん、伯父ちゃんはおれがラード売りにむいてないのとおなじくらい、政治にむいていなかったんだよ。誰でも向き不向きがあるさ！　伯父ちゃんのころは、邦を三つに分けて考えてた。まず白人のことは怖がっていた。そうさ、怖がっていた。それからムラートのことは妬んでいた。そうだ、たしかに妬んでいた！　そして黒んぼだ。人種に対する義務という美辞の下で、黒人同士が憎みあっていた。そうした考え方では、島は少しもよくならないよ……」

ジャコブは一歩ゆずって、こういった。

「では、おまえの考えを聞こうか？」

しかしすでにデュードネは席を離れて扉にむかっており、ジャコブはさびしげに鼻をすするだけだった。

PNG創設と同時に、抗議の声が上がり、デュードネに対する猛烈な攻撃がひろくおこなわれるようになった。伝統的政党各派からの攻撃は、まだわかる。それぞれの権益を賭けた闘争の場に新参者が加われば、苛立つのは当然だからだ。しかし、愛国党からの攻撃には、驚いた！　かつての象徴的人物の息子なのだから、大目に見てもよさそうなものなのに。これはどういうことなのか、考えてみることにしよう。どうやらデュードネは、父親のかつての友人たちを苛立たせたらしいのだ。それはデュードネが、愛国党が農民に対して何の役にも立っていないことを取り上げて、かれらのスローガンである「パレ・クレヨル、ダンセ・グウォカ」を批判したからだった(ところで彼自身は――すでに述べたように――プルーストを愛読し、口を開けば華麗なフランス語、そして聴く音楽といえばブランデンブルク交響曲だけだった)。

「それでも、この私も、あなた方に劣らずグアドループ人なんだ!」

彼が主張しているのは、「より開かれた」「党派性のうすい」「人間の顔をした」などといえるかたちの独立なのだった!

愛国党の中でも反対側の一派に対しては、デュードネはかれらの暴力を拒み、爆弾をしかけた人間をきびしく糾弾した。

「植民地権力と対話しなくてはならない! 対話だ!」

私までこの論争に加わるのは、よそう。私にはっきりいえるのは、私はこの従兄デュードネが好きだったということだ。パリに来れば彼は必ず、私に笑顔を失わせた特殊教育の寄宿学校まで、会いに来てくれた。紫色のインクで書かれた祖父の長い手紙と、フローラが私のために愛をこめて作ってくれたお菓子を、届けてくれるのだ。シャデック、ドゥースレ〔キャンディー〕、スカココ・グラジェ〔ココナッツの実のお菓子〕。彼は、他の誰もしてくれなかったことだが、いくつかの現実について私にきちんと説明してくれた(特に母がそんな話をしてくれることは思いもよらなかった、母の「活動家」としての過去を考えるなら、それは母にとって義務だったとさえいえるのに）。

「おれたちの島は、接ぎ木されたマンゴーの匂いが、ぷんぷんしている。なぜ島の人間がこれほどまでに多く、大都会郊外のさびしい地区で細々と暮らし、マンゴーを味わうこともできずにいなくてはならないんだ？　パリ近辺で、どれだけのグアドループの人間が、青白く萎れそうになりながら生きているか、知ってるかい？」

そう、私は従兄のデュードネが大好きだった！

やがて彼は面会のとき、モニクという名前の若いブロンド娘を連れてくるようになり、その人を「マ・シェリー〔恋人への呼びかけ〕」と呼び、彼女は彼女で彼を愛情のこもったまなざしでじっと見つめていた。

これでまたわが一家に、別の色の血が加わることになると、私は見抜いた。

その勘は正しかった。三か月後、デュードネはラ・ポワントのカテドラルでモニクと結婚した。この婚礼に私は出席できなかったが、おともだちのフローラからの詳しい状況報告の手紙で、私はその細部にいたるまですべてを知っている。花嫁の付添いをつとめた子たちのドレスを縫ったのはどの服屋かということも、花嫁の靴はプエルト・リコから取り寄せなくてはならなかったということも、知っている。

おともだちのフローラが黙っていたのは、家族内の不和だった。ルイ家の多くの者が、かつてはセルジュの結婚を承服せず、またテクラの結婚には特に疑念をいだき、なぜあんなことをしたのかといまだに思っていた。一家の奥深く、いったいどこまで、白人が入りこむことになるのか？　それで不満な者たちは、今回の婚礼に出席することをぴしゃりと断ったのだ。ある者は出るには出たが、にこりともせず、頑として口を閉ざし、ジャコブが安く仕入れたアヤラのシャンペンを唇を湿らす程度に舐めていた。さらに別の者は、両手を上げてモニクとその両親を歓迎し、この人たちは他の白人とはちがうと、有頂天になってささやいた。これが、はてしない議論の的となった。

「それは、どういうこと？」

「つまりね、白人だって他のあれこれとおなじだってことだよ。いいのもあれば、悪いのもあるんだ。おれたちがこの島で知ってきたのは、白人でも最悪の連中だったからな。ベケっていうのはさ！」

「それはいえるわね！　うちの祖母が教えてくれたんだけどね、妊娠してる女奴隷をこらしめたいと思うときには、やつらは地面に大きな穴を掘らせるんだって。それでおなかが護れるようにしておいてから、背中や尻を鞭で打つんだよ」

突然、奴隷制の古い物語の数々が記憶の底から浮上し、かれらの顔を暗くし、祝宴を曇らせた。ああ、たしかに、ルイ家の人間全員が一つにまとまっておなじ仕事をし、浮かれ騒ぐ機会があれば飲み食いを共にしてステリオやマヴンズィーのビギンに踊ったのは、はるかな昔のことだった！

ジャコブはというと、エライーズ母さんの子孫にまたもや新たな色が生まれるということに、熱い涙を流す新たな機会を見いだしてしまい、フローラにこうお説教される始末だった。

「いったいどうしろっていうのよ？　人間、時代には逆らえないわ。あんたたちみたいにいつまでも黒は、黒は、っていったって、もう誰にも相手にされないわよ」

「ばかなことをいうなよ！」

「ばかなことじゃ、ございません！　もうすぐ、誰もが誰もと混血するようになる。いまだって、グアドループに本当に黒い黒人なんて、もうほとんどいないじゃないの！」

ジャコブは彼女のたわごとをそれ以上聞かずにすむよう、部屋を出た。

　その夕方、墓地で、彼は目に見えない家族たちがこの問題についてどう感じているかを知ろうとしたのだが、かれらには色など目に入らなくなっていることに気づき、驚いた。エライーズ母さんはただ、モニクの心が、焼き立てのほやほやのパンのように熱いことだけを見ていた。ジャンは、彼女が献身的な妻となり、夫がみずから選んだ政治というでこぼこ道を歩むあいだもその腕をけっして離すことがないだろうと考え、また彼女はいずれ「グアドループの者よりもグアドループの者らしいと思いこんでいる」と陰口をたたく者が出そうなくらい島の人間になりきろうとしていると思っていた（人々はけっして満足しないものだ）。生前はあれほど一徹だったスバルも、ただ肩をすくめ、哄笑して歩み去っていった。いいえ、私は結婚式に出席しなかったけれど、それを夢に見たのだ。島のことを夢に見るように。

　夜毎に、私はポワント・デ・シャトー〔グアドループ東端の岬〕に接岸するのだった。あるいは、他のどこかの岬に。島は私の呼びかけに答えて、水から出てきた。私は島の背に飛びかかり、その恥丘の秘密の森林や浜辺の剝き出しの尻の上空を飛翔し、それから砂糖黍の薄紫色の矢に、生きたまま貫かれた。私の血は滴り、血管の浮き出た大地をべっとりと濡らした。私は砂糖黍の搾り汁にあふれている工場をうろついた。

ときには、警告を発することもなく、季節が変わった。クリスマス前の、賛美歌を歌う時期になっている。回廊に立ち、トライアングルとグウォカで拍子をとりながら歌をうたう一団に、私もまぎれこんでいたのを思いだす。それはサン＝ソーヴールでのことだったと思う。

隣人よ、この大音響は何だ
今夜、私を目覚めさせ
近所のすべての人々を目覚めさせたこれは
私はひどく怒ったものだ……

朝には、昼間の姿をとりもどすジャン・ガジェ（民話に出てくる精霊）のように、私は夜の暗闇の中で襲われるすべての恐怖に縮こまっている失読症や情緒不安定や知能障害や失禁癖の子供たちのあいだで、以前からのおなじ服を身につけるのだった。ただ夢の思い出のみによって、支えられながら。

こうした特殊学校の、いったいいくつから、私は追いだされただろう？　どうにもならなかった。私の口は、鍵のなくなった箱だった。どんな音も出てこなかった。私は何度もこらえきれなくなって、大便をもらした。

ピエール・ルヴァッスール、面倒をひきうけてくれた非の打ちどころのない私の義父は、あきらめなかった。毎週、彼は祖父のジャコブに手紙を書き、安心しろというこれらの手紙を読んで、祖父はみずからを責め苛んだ。

私はテクラと会うことはなかった。いずれにせよ彼女自身、苦境に陥っていたはずだ。物事の顔を変えてやろう、『帰郷ノート』〔マルティニック出身の詩人エメ・セゼールの詩〕や『地に呪われた者たち』〔マルティニック出身の精神科医フランツ・ファノンの評論〕のような灯火となる著作に匹敵する傑作を自分も書いてやろうという野心を一度は抱いた彼女が、結局は「ルヴァッスール先生のマルティニック出身の奥さん」という座に甘んじなくてはならなくなったのだから！（あの人は非常に優秀なお医者さんだよ、特に患者の扱いはすばらしい！）ピエール・ルヴァッスールの家族には、テクラは気に入らなかったようだ。この一家には人種差別はなく、フェデルブ〔十九世紀フランスの軍人、セネガル総督〕の同志を一人と、プロヴァンスの僧院に暮らすフランシスコ会の跣足修道士を一人出していた。テクラは、話をしなかった。いかにも退屈したという顔をする。いかにもブルジョワ好みの話題が出たときだけ、目が覚めるようだった。アフリカのどこかの国のクーデタや、世界の飢餓問題や、アパルトヘイトなどだ。誰彼の誕生日やその他の機会に一家が顔をあわせると、こんなささやきが交わされた。

「いったい彼女のどこがいいんだろう？　まったく、ピエールは、彼女のどこが気に入ったというのかね？　美人だからというだけで、結婚したりするもんじゃないよ！」

13

人生の大きな事件が予告されるのは、夢の中でのことだ。夜毎の秘密の中で、凍てつき、震えながら、人は母親の死が迫っていることや、父親を襲う災難や、にこにこ笑いながら生まれてくるのが男の子だということを、教えられる！　神さまが新しい朝を作りだすたびに、一家の女たちは額に皺をよせて、眠りのあいだにうけとったメッセージを解読し、さまざまな解釈をくりひろげてみせるのだった。

「歯が一本抜けた夢を見たわ！」

「歯だって！　でも、それは前歯？　小臼歯？　臼歯？」

私の祖父ジャコブは、ジャンの死に先立つ数週間、刺繡のある枕カバーに頭を休ませて両目を閉じるだけで、何度でもおなじ場面がよみがえってきたものだといった。彼は木生羊歯がおいしげり、葉っぱで空が見えないほどの森の小径を散歩している。すると、喉を切られる豚の、真似のしようのない悲鳴が聞こえた。非常に驚いた。あたりに農場がないことは、わかっていたからだ。いきなり開けた道をたどると、空き地に出た。そしてそこには、縛られ、足から逆さに吊るされて頭は草に隠れている、ジャンがいた……。

「そうだよ、あいつを不幸が襲うことは、おれにはわかっていた。だが、どちらから攻めてくるつもりなのか？　どうやって避ければいいというのか？」

けれどもその夜、私は何の報せもない眠りをねむっていた！　いつもどおりに夜をさまよい、その果てに朝になると、ベッドに残していた問題だらけの思春期の子の体に戻っただけ。ところが！

新しいフランス語の先生が来たのだった。まだとても若くて、目は聖職の熱意に燃え、ちょっと肌が浅黒く、ちょっとアラブ風、まちがいなく外国人！　私は彼女のいうことをほとんど聞いていなくて、彼女もまたうんざりさせられる特殊教育の先生の一人に決まっているとさっさと片づけかけていると、授業の後で、彼女が私にちょっと残るようにといったのだった。

「あなたルイという苗字でグアドループ出身なのね？　私もよ！　というか、だいたいはね！　私たちがおともだちになったら、そのとっても長くて辛い話をしてあげる。だって、私たち、きっとおともだちになるでしょう？　わかるわよ、私には」

はじめ私は何の反応もせずに、その魅力とやさしさで私の心を開かせようとしている、この小柄な若い女を見ていた。そんな手は、前にも見ていたから！　でも彼女の明るい栗色をした未知の目には、頬骨のかたちには、私に親しげに頬笑みかけてくる何かがあったのだ。私は咳払いをした。

「先生の苗字はルイで、グアドループ出身だっていうの？　どういうこと？」

鈍くて、くどくて、ごめんなさい！　私には、すぐには、どういうことなのかがわからなかったのだ。自分の人生に不安が多くって、私はかれらのことなんか、しばらく考えたこともなかった。ベールとベベールを。ほとんど、忘れていた。祖父のジャコブがそばにいれば、私に家族のアルバムを手わたし、一枚の古い写真についてゆきあたりばったりにこんな話をしてくれただろう。何度聞いても美しい、こんな風にはじまるお話を。

「これはおれの父親、おまえのひいおじいちゃんのアルベールが、パナマで知りあった、イギリスの黒人女とのあいだの息子さ……」

まるで監獄みたいなさびしい特殊学校での、予期しなかった、でもたしかにどこかでそう定められていた、オーレリア・ルイとのこの出会いが、私を癒し、ふさがれた私の耳を開き、固くつぐまれた私の口を開き、くぐもり声の私の声に、高らかに明るい歌をほとばしらせたのだった。私たちは気力をふりしぼり、声が嗄れるまで語りあって、お互いの知るかぎりのことを集め、整理し、比べ、穴をふさぎ、演繹し、帰納し、なぜルイという名が呼ばれるとき、そこには二人の死者が欠けているのかを理解しようとした。二人の死んだ男。二人の自殺者だ。

オーレリアの話は、次のようなものだった。

オーレリアの話

ベールと呼ばれたアルベールの息子、ベベールと呼ばれたアルベールが、第二次大戦が終わって、財産といえばヴァイオリン一丁だけをもって大都会パリにやってきたとき、その貧乏ぶりは半端なものではなかったわ。本当に！　貧しさは、牙をむいて彼に襲いかかったの。彼は缶詰のスープを飲んで胃袋をみたし、安物の赤ワインで体を温め、ホテルの洗面台の冷たい水でたった一枚のシャツを洗った。彼の音楽好きは、どこから来たのか？　それは自分でもわからなかった。

マリー母さんからでないことはたしかだった、彼女はなんとかして彼に音楽の道をあきらめさせ、亡くなった父親が自慢に思うような息子に仕立てあげようとしていたのだから！　彼は入場料を支払えるだけのお金があるときには、ただちにラ・シガル〔蟬〕というナイトクラブにむかった。ここはアンティーユ出身の者たちが、島の音楽と島のラム酒で体を温めにくるところ。この無口な、何を聞かれてもぽつりと一言以上には答えないシャバンの若者のことを、何人かは覚えている人がいた。

「どこから来たの、あんた？」

「ルイだって？　どこのルイだい？　だってね、ルイっていう苗字の人間は、いくらでもいるからな！」

ナイトクラブの年老いたミュージシャン、ボビー・アルフレッドがベベールを気に入って、アルト・サックスをやらせてくれることになった。じつはこのとどまることを知らないおしゃべりのボビーが、自分自身の来歴を語って聞かせながら、そうと知らずにベベールにもその来歴を教え、彼を認知することになったのだ。

「おれも、おまえとおなじように、ヴァイオリンから入ったんだよ。最初のヴァイオリンは自分で作ったものでね。というのはうちの親が、カプステールの弦楽器職人ルトリエさんのところに、おれを弟子入りさせたからさ。そのころの島の暮らしがどんなだったか、想像もつかないだろう。うちの親は読み書きができなかった。知っているのは、砂糖黍をマルキザ社の工場に運んでゆくための、牛車の操り方だけ。一日に、十二往復するんだ。午前六回、午後六回だな。砂糖黍がないときには、牛に犂(すき)を引かせていたよ。これはボワラン・デロジエのプランテーションでのことだ。太陽が昇って、またおなじ貧困の上に沈んでいった。それである日、うちの親父がおれにとっておきの紺サージの服を着せ、白い靴下に編み上げ靴をはかせて、見習いを探している職人連のところを連れてまわったのさ。親父は、おれに自分とおなじように砂糖黍の中で死なせたくなかったんだ。ルトリエさんというのはとてもいい人だったよ、白人だったがね！（いいかい、白人にも、いい人も悪いやつもいるんだ。）十六になると、映画館のラルカンシエル〔虹座〕劇場で、無声映画の上映の伴奏という仕事を見つけてくれた。楽士は三人だ。一人はピアノ。一人はチェロ。そういう風にして、すべてははじまったわけだ……。はじめてフランスに来たのは植民地博覧会のためで、そのまま居ついた……。おれにサックスをやらせたのはデューク、デューク・エリントンさ。彼が一九三二年にパリに来たときのことだった。ミュージシャンの一人が病気になってね。そこでおれが、即席の代役さ。そんなもんだったのさ！　そのころのパリでは、何はさておき政治だった！　グアドループの人間は、ほとんど全員、共産主義者だった！　ロシアの、モスクワに行っちまったやつらもいる！　でもおれは楽士だからね。そうしたことには、関わりをもたなかったんだ！　おまえも、そうしなくちゃいかんよ！」

　ベベールは、このもっともな助言に、忠実にしたがいはしなかった。インドシナをめぐって騒然たる論争がわき起こったときには、国会のそばに足を運んだ。マダガスカルでの虐殺に憤慨するラミヌ・グエィェ〔セネガルの政治家〕の演説を、彼は冬季競輪場(ヴェルディヴ)で聞いた。けれども彼の本当の、唯一の心配は、あの小さな故郷、グアドループのことだったの。新年を迎えるたび、マリーが教えたとおり、彼は健康と繁栄と事業の成功を、ラ・ポワントの商人アルベール・ルイ氏とその家族にあてて送り、返ってくるのが沈黙だけでも、挫けることがなかった。

「まあ、いいさ、来年がある!」

彼がアンティーユ出身のミュージシャン仲間との付き合いを深め、みんなからただ「シャバン」とだけ呼ばれるようになると、彼は誰彼かまわず捕まえては、こういった。

「話してくれよ! 海の真只中に纜(ともづな)を下ろして、彼女はどんな風に見える? 自分の故郷を知らないというのがどんなに辛いことか、わからないかなあ! ときどき、心臓が喉元まで上がってきて、息がつまるんだ。そうなるとおれは主人のいない馬みたいに、街を早足で歩きまわるのさ!」

彼を息子のように愛していたボビーによると、一九五三年の終わりごろ、ジルベール・ド・サン=サンフォリアンが帰国していったあと、状態は非常に悪くなり、まるでベベールにとっては最後の希望の光が消えてしまったかのようだったって!

「おれはあの旦那は好きじゃなかったな。ときどきやってきては、動物園の獣を見るような目でおれたちの演奏を見て、さもこんなことをすると品位が汚れるとでもいったようすでビギンを踊ってくださったもんだ! そのころ、おれは島出身のある男に雇われて、クータンヴィルのカジノで演奏をしていた。おれはもちろんベベールも一緒に雇ってもらい、あの子がその名親の旦那を招待し、旦那は仲間をひきつれて来てくださったんだがね! やつらの腰のふり方を、見せてやりたかったよ! 悲惨だったぞ!」

(なぜ、島に帰ったジルベール・ド・サン＝サンフォリアンは、代子ベベールとの連絡を断ってしまったのかしら？　これは謎のまま。)

ジルベール・ド・サン＝サンフォリアンが、夢のように跡形もなく自分の人生から消えてしまうと、ベベールは転落をはじめたの。ほんの数か月前までは、「生」でちょっぴりやっただけで目にいっぱい涙をためていたのに、たいそうな飲み手になってしまい、ボビーは彼をたしなめなくてはならなかった！

「おまえはラム酒ってものを知らないんだよ！　こんなものは水みたいなもんだ、ただちょっと熱いだけだ、と思ってるだろう？　だが、これだけはいっておくよ。ラムが頭まで来たときには、もう逃げられないぞ。もう二度と離してはくれなくて、一巻の終わりってわけさ」

このもっともな助言もベベールは聞き入れず、その転落は誰にも止められなかった。彼は昼も夜も体をゆらすようになり、ナイトクラブにも遅れてきたりさっぱり姿を見せなかったりで、そんなことがたび重なってついには首になった。ある夜明け、ボンヌ＝ヌーヴェル大通りで小便の水たまりに倒れている彼が見つかったときには、ボビーは怒り、オベルヴィリエの彼の家に金輪際来ないようにといいわたした。

「はじめのうちは、何でも許していた。あいつは本当にすばらしいミュージシャンだから！　おれにいわせれば、あいつはアルト・サックスではチャーリー・パーカーの千倍もいいよ！　以前そういう話があったとき、あいつがそれに乗ってアメリカにわたっていたら、あいつの名前は最後の審判まで、人々に忘れられることがなかっただろう！　ところがあいつときたら、ただラム酒を腹に流しこみ、自分の家族について泣き言をいっているだけなんだから！　最後には、みんなうんざりさ」

　この成り行きまかせのミュージシャン、ベベールは、どこでどんな風にして、一流デザイナーの店の見習いお針子だったリュセット・ルジャンドルと知りあい、娘を生ませることになったのだろう？　この出会いは、どうもベベールの人生にとってはあまり重要なものだったとは思えず、ゆりかごの足元にじっと立って娘を見守ることもあまりあったとは思えない！　オーレリアが生まれて二年もしないうちに、リュセットはフランソワ・パオリというコルシカ出身のプジョー工場の専門工と結婚し、この男は、よく知られた言葉どおり、「この子を実の娘のようにかわいがった」！　だがオーレリアは、いまでも苦しんでいる。

「どうやって、どうすれば、私たちは子供時代を、過ぎたことだと考えられるようになるかしら？　私の誕生日が来ると、母は私にいちばんいい服を着せて、私の手を引いた。『あいつに、おまえを見せてやらなくちゃ！　あいつ以外の男がおまえの面倒を見ているんだってことを、恥だと思わせてやらなくちゃ！』それから私たちは、みじめな安ホテルからもっとみじめな安ホテルへと、このぼろぼろになった男を追跡してまわり、やっと捕まえると彼はぼそぼそと『学校ではよく勉強してるか？』と聞いて、ときには椅子にすっかり硬くなって身じろぎもせずにすわっている母に、そっとお金を手わたしていた。私は父に一人で会ったことはないのよ。それに彼がどうやって自分の人生を終えたのかを知ったのは、ずっと後になってからだった。私が最初に知ったのは、ある日、母に電話がかかってきて、母がわんわん泣いたときのこと。父をとても愛していたから。(ただ、ひどいろくでなしだったというだけ!) 非の打ちどころのない私の義父は、何度もこうくりかえした。「ほら、リュセット、これでよかったんだよ!」私が十歳になるまで、こういったことには大した意味がなかった。学校では、ときどき他の子たちが私のまわりで輪を作って、はやしたてた。

黒んぼ娘がミルクを飲んで
こうすりゃどうかと考えた!
お顔をミルクにつっこめば
フランス人より白くなる!

こうして私は、自分が他の子とちがうこと、金髪の弟や妹たちとちがうことに気づいていたけれども、それはとても漠然とした感じだった。ところがある日、アンジェにいる祖母から、母に手紙が来たの。祖母とはずっとすっかり連絡がとだえていたのだけど、何日か一緒に過ごせるよう、私を寄越してほしいということだった。私の完璧な義父は、賛成しなかった。でも母ががんばった。そのころから、島が私の中に入ってくるようになったのよ。島のことは何も知らなかった祖母マリーは、何枚か、黄ばんだ写真をもっていた。私の興味をひいたのは彼女の家族の写真や結婚式の写真ではなく、さまざまな年齢の父の写真ですらなかった。父の写真の最後のものは、すっかり衰弱する前に、麦わら帽子をかぶり花模様のシャツを着てきれいな歯を見せて笑っているアンティーユ出身のミュージシャンの一団の真ん中で、むっつり黙りこんでいる姿だったけど。ちがう、私がいちばん気に入った写真は、そういったのではなくて、島の風景の写真だった。二枚か、三枚。

もじゃもじゃに縮れた髪にむりやり分け目を入れた痩せた青年が、本を一冊手にもって、どこかの階段に立っているの。「おまえのおじいちゃんのアルベールだよ。でもみんな、ベールって呼んでいた。場所はラ・ポワントのカルノ高校だよ」

まわりをぐるりとベランダに囲まれた家、そのベランダに置かれた揺り椅子には顔のよく見えない女がすわり、赤ん坊を抱いている。「おまえのおじいちゃんの義理の母親のエライーズ」

小学校のスモックを着た二人の、なんだか醜い男の子がいて、その一人は親指をしゃぶっている。「おまえの父さんの腹ちがいの弟たちだよ、名前は知らない」

それ以来、すべてが変わってしまった！　でも、どこから手をつければいいだろう？　何からはじめればいいだろう？　母はくりかえしいっていた。

「あの人たちは、おまえの父さんに居てほしくなかったのよ。ある意味では、あの人たちが、父さんを殺したようなもんだわ。父さんのことを思ったら、おまえはあの人たちに会おうなんて考えないほうがいい」

そう考えようと考えまいと、そんなこと、どうすれば実現できたかしらね。

それで、私に残されたのは夢だけだった！　そしてその夢のせいで、私は住んでいた公団住宅から出ていきたいと、強く思うようになったの。母は泣いたわ。「この娘には心がない。頭で考えているだけだ」って。母たちから逃げてゆきたい、いうことを聞きたくない、顔も見たくないと思ったから、私は必死で勉強した。全科目、一番だった。先生は驚いたわ。うちの三部屋のアパートには、「フランス＝ディマンシュ」〔大衆新聞〕以外、印刷物が入ってくることはないって知っていたから！　そのあげく、医者にでも弁護士にでもなって、パオリ家を栄光で飾ることもできたのに、私は教師なんていう報われることの少ない商売を選んだ。なぜなら私は自分の子供時代、問題だらけの思春期、言葉を失い話し相手もなく先は見えず頬笑みもなく孤独の壁の裏側に閉じこめられていたころのことが、忘れられなかったからなんだけど。それで、はじめての勤務先に来てみたら、あなたとひょっこり出会ったわけ！　これだけで、何年もの苦労が、ほとんど忘れられるくらいだわ！」

これを聞き終えて、こんどはこちらの話す番になり、私はいろいろ尾鰭をつけたいという誘惑にかられた。現実がフィクションよりおもしろいことなどないと、よく知っていたから。でもオーレリアはうっとりとして私の話を聞いていた。驚いたことに、人物よりも島の風土に、より関心をしめしながら。そしてときどき話をさえぎって、どうにも無邪気な質問をした。

「ねえ、悪魔が娘を嫁にやるとき、一方の目をお天気にしてもう一方の目で雨を降らせることができるって、本当？」

「ねえ、海は羊水のプールみたいに温かいんだって、本当？」

実際、私が話して聞かせた家族のすべての肖像のうちで、たとえば大叔父ジャンのお告げどおりの悲劇的な死には瞬きすらしなかったオーレリアの注意をひいた唯一のものは、私がわざと辛辣さをこめて簡単にすませた、テクラの話だった。

「彼女、どんなに苦しかっただろう！」

私はせせら笑った。

「男どもがなぐさめてくれたわよ！」

オーレリアは非難をこめた目で私を見た。

「その反対だと思うわ！　会いに連れていってくれる？」

私はそのときは答えなかったが、いずれ私が「うん」ということを期待しつつ、オーレリアのほうは私をパオリ家に連れていってくれた。

不公平だ！　子供には自分の親を選べないなんて！　男の子たち女の子たちが作られる、目に見えない大きな世界で、人はこんな風にいう権利があるべきなのだ。

「あ、いやいや。ぼく、あの二人はやだよ！」

「あんなお顔、わたし、気に入らないわ！」

リュセット・ルジャンドル改めパオリは、そのミント水の緑色をした美しい目のまわりに、彼女をムラートのミュージシャンの腕に抱かせることになった、逃走への欲望の名残をとどめていた。結婚の翌日、彼女はジャック・ファトの店をやめ、それ以来、十二か月払いで買ったシンガー・ミシンのペダルを踏むのは、居間の片隅に限られていた。彼女はなんでも作った。コート、ケープ、パンタロン、下着……。そして賛辞の代わりにうけとるのは、甘いようでいて底意地の悪い言葉だけだった。

「腋の下がちょっときついかも！」

「長さが足りないみたいね！」

部屋の反対側では、フランソワ・パオリが「パリ＝プレス・ラントランシジャン」〔大衆新聞〕のうしろに身をひそめ、競馬の結果を分析していた。

学校ではあいかわらずビリをつとめているパオリの二人の子は、テレビの前に寝ころがり、ジャン・ノアンのゲーム番組を見ていた。

私はやさしいオーレリアがこの壁に閉じこめられて育ってきたところを想像し、彼女の前にひざまずいて、私の一家の者たちが彼女におこなってきたすべての悪を許してくれるよう、すがりつきたい気持ちになった！

なぜならこうしたすべては私たちのせい、私たちのそもそもの残酷な仕打ちのせいなのだから！　太陽からも温もりからも遠ざけられ、頭も心も鉋をかけられて！

真実にかけて、いっておかなくてはならないことがある。パオリ一家が、私に親切だったということ。そして、もう少しでかれらのいかにもがさつな労働者風の見かけだけで判断してしまうところだったのを、私が後悔しているということだ。こうした人たちのあいだに、しばしば非常な善良さ親切さが身を隠していることを、それから私は発見したのだった。兵役をマダガスカルですごし彼なりの異国情緒を味わったことのあるフランソワ・パオリは、私に長い時間をかけて、マダガスカルの女たちの美しさ、住民の親切さ、風景のすばらしさについて語ってくれた。リュセットは自分で作ったフラン〔カスタードプリン〕を出してくれて、小さな声でいった。

「学校で、色のせいでひどい目にあったりしない？」

私がいいえというと、彼女の目にはけっして癒されることのない古い古い傷の、しょっぱい水があふれた。

「時代は変わるのねえ！　私のオーレリアが、どんな目にあってきたことか！」

それからパオリ一家は私をとりかこんだ。

「あなたの邦のことを話して！」

私の邦ですって？　この人たち、私に、あの島をくれたのだった！

感謝の気持ちをこめて、私はかれらに夢を見させた。私たちは、ぽっかり開けた口で雲を飲みこんでいる火山の、斜面を上った。冷たい腹を隠している青すぎる海につかり、川の透きとおった水で大きなウアスー〔ザリガニ〕を捕まえた。

その訪問のあと、オーレリアは私をマリー、アンジェのお祖母さんのところに連れていってくれた。その旅路をはじめながら、私の心臓は早鐘のように打った。私たち一家によってあれほど苦しんだ女性は、どんな反応をするだろう？　オーレリアは、私の恐れをなだめるため、こうきっぱりといった。

「おばあちゃん（メメール）は、善良さそのものよ。あの人の善良さが、私の子供時代を明るくしたのだし、あの人はあなたたち一家のことを、一言だって悪くいったことはなかったわ。おばあちゃんは、愛するベールのことを、こんな風にいうのが好きだった。「あの人がダンス・ホールに入ってくるとね、他の男たちはみんな青白くて不健康な肌をした薄っぺらい木偶の坊になってしまってね、あの人の視線が選んだのは私だったの。マドモワゼル、一曲踊っていただけるでしょうか、って。マドモワゼルよ、わかる？　誰からもマドモワゼルとしか呼ばれたことのなかった私を！」

けれどもある大切な点について、私にはこれから起こることに対する準備ができていなかった。あまりに齢をとって、自分の船体のいたるところから浸水するほどまでには、人は生きないほうがいい。そうなるよりはずっと前に、慈悲にみちた死が、その船を海底に沈め休ませてやるべきなのだ。

実際、私は老人を知らなかった。私の祖父ジャコブは、さまざまな打撃をうけながらも昔ながらに頑健な体をしていて、曲がりはしても折れはせず、髪や髭だってようやく白くなりはじめたところだった。ピエール・ルヴァッスールの父親は、猟にゆけば息子たちよりも確実な腕前でモリバトをしとめてみせた。

手ごわい苦悩が距離を何倍にも引き延ばしたため、私には永遠につづくかと思われた旅路が、それでも終わって私たちがアンジェに到着すると、ちょうど市の立つ朝で街路は群衆であふれていた。露天商たちは得々として売り口上をいい、土地の発泡ワインを味わうための列ができていた。マリーは、ずっと以前から取り壊し再開発が決まっている地区に住んでいた。私は大きな安楽椅子に、青白い人形がすわっているのを見た。それは赤ん坊かミイラのようにすっぽり布にくるまれて、まっすぐに、自分の目の前の閉ざされた思い出の空間を凝視していた。体の一点からはゴムのチューブが出ていて衛生桶につながっており、その蓋の下には口には出せぬものがあった。オーレリアは、この腐りかけた肉の塊を抱きしめ、私にもそうするよう身振りでしめしたが、私にはどうしてもできなかった。それから彼女はキャンデーの包みを開け、老いた口はそれを身の毛がよだつような吸いこみ音をたてながら齧りはじめた。ついに、涙と老齢に衰え潤んだ目が私の上に止まり、大洪水前といいたいほど古い声が立ちのぼって、精神は肉体の衰弱を生き延びるのだということを私に証明してみせた。

「オーレリアがどういうつもりでおまえをここに連れてきたのか、おまえが私の前に姿を見せるようにしたのか、私にはわからない。おまえ、私の男たちを殺したやつらの娘を。最初は、かわいそうなベールを。それから息子、私のベベールを。ああ、私なんかは、おまえたち一家にはふさわしくなかったというんだろう、え？　自分たちが何者かを、忘れたのか？　黒んぼだ、黒んぼじゃないか！　私たちがいなかったら、おまえらは陰部を剝き出しにして歩いていたんだ！お互いを生のまま、むさぼり食いあっていたんだ！　人食い人種！　おまえらのおかげで、私のベールは電信柱から身を投げたんだよ。あの人はいったよ。「母ちゃん、心配するな。おれたちは、あのすてきなマダガスカル島にいって、人生をやり直すんだ。いいかい、おれは願書を出しておいたよ……」この願書に対する返事が届いたのは、あの人が死んだ三日後だった。それから、私のベベールは父親なしで育った。太陽なしで育つ植物のようにね。すっかり萎縮して。ひどくひ弱に。肝油を飲ませてみてもむだで、お医者さんはこの子は心臓が弱すぎるとくりかえすばかりだった。小さなころ、私のベベールは神さまのお付きの天使そのものだったけど、それから大きくなるにつれて、変わりはじめた！　私にたてつくようになった。やつらの側につくようになったんだ。私のことを恥ずかしがっていたようなのさ、私が女工だからって。瓶工場で手をぼろぼろにして、身をすり減らして働いている私のことを。それも、あの子がさよならともいわずに出ていってしまう日までのこと。ある朝、私がベッドを直しにあの子の部屋に入ると、そこは空っぽだった。まるで空っぽ。映画みたいな書き置きもない。それから何年も、私は心配しつづけた。ある日、誰かが、新聞で見たといってあの子の写真の切り抜きをもってきてくれた。それからは、何もなし。あの子の死体が届けられるまでは。郊外電車に、飛びこんだのよ。マッシー＝パレゾーで。私のベベール。こうしたすべてが、あんたたちのせい。汚い黒んぼ！　人殺し！　人殺し！」

この悲鳴を聞きながら私は階段をかけおり、気がつくと太陽に照らされて、笑いさざめく街路に立っていた。

14

「どうして私にそんな話をするのよ？　それが私に何の関係があるの？　私には他にいろいろ良心にやましいことがあるけど、そういった罪については全面的に責任をひきうけるわ。でも、あんたがいうようなのまでは、ごめんよ！　そんなのは、ごめん！」

私は食い下がった。

「彼女に会ってくれるでしょう？」

母は肩をすくめた。

「会って、どうするっていうの？　その娘の子供時代を変えろって？　そんなことができるなら、私はまず自分のを変えたいわ！」

ああ、たしかに彼女は美しかった、「ルヴァッスール先生のマルティニック出身の奥さん」は！　マチュラン通りでお洒落な美容院をやっている、アンティーユ出身のジュール＝ジュリエットは、テクラのもじゃもじゃのアフロ・ヘアーをばっさり切って、短くつやつやしたヘルメット型にした。眼蓋に上手に塗られた青は、目に刺激的な不可解さを与え、いまはその目が怒りの稲妻で縞模様になっていた。

「おまえは何を望んでいるの？　その子供の指で、憎しみを消し、死者の恨みをはらそうとしている。世界は何も変わりはしないというのに！　おまえの前にいくらでも、そうしようとして挫折した人間がいるのよ。世界って、とんでもないものなんだから！　どうしようもないのよ！」

突然、おなじみの豹変ぶりで、母は口調をやわらげた。

「本当だ、覚えてるわ！　きっと彼女の父親にちがいない男が、手紙をくれたことがあったわ。あれは……あれはいつだったか、もう思いだせないけど！　だけどね、信じてよ、そのころは私は他にやることがあって、それどころじゃなかった！」

これを聞くと、あの「人殺し」という悲鳴が、また私の耳の中に鳴り響くのだった。それ以上いうことはあきらめ（だって何になる？　卑劣な人間は地獄にいくしかない！）、私が扉にむかうと、母が呼び止めた。

「ココ、おまえのお祖父さん、ひどい病気なのよ」

私は動揺した。悪辣な人生が、また私に一撃を加えようとしているのだと思って。でもテクラは首を振った。

「もう危なくはないの。それはフローラがピエールに宛てた手紙に書いてきたんだけどね。その手紙ときたら、その件以外には、私に対する陰険な当てこすりばかり……。お祖父さん、良くなったお祝いのプレゼントに、おまえの顔が見たいんだって！　あと何週間かで学校がお休みになったら、行っていいわよ！」

茫然として、私は驚きの涙を浮かべた。

「どうして？　どうして？　いつもだめだっていってたことを、いまになって許すわけ？」

母は私の質問には答えなかった。

「それでも、ありがとう、くらいいってもいいんじゃない。島の言い方だと、誰かが歯で月をひっぱってきてみせても、おまえは満足しない人間ね！」

私自身が成長するにつれて、私にはテクラがどれほど小柄かがわかるようになっていた。子供時代の彼女の写真を見ると、そうは見えなかった、なぜなら彼女は一気に成長して十四歳のときには大人の背丈になっていたからだ。でもいまは、彼女の目の高さは私のそれと変わらず、この日、私は私たちを隔てる壁を打ち壊し、彼女に身をすりよせ、髪をくしゃくしゃにし、塩と水で彼女の頬紅を洗い落としてやりたかった！　いつもお互いに距離を置いていなくてはならないなんて、何という苦しみ！　特に、私がこんなに苦しんでいるときに！「人殺し」「人殺し！」両手を赤く血に汚して、私はオーレリアを待たずに列車に飛び乗ったのだった。彼女とは翌日学校で会ったが、やさしく、変わることなく、私たちのもつれた結び目をほどこうと努力していた。

「もう考えないで。あの人はあまりに辛い目にあってきたから、ときどき訳がわからなくなってしまうのよ。おばあちゃん、すごく泣いて、自分がいったことを後悔していたわ。でもあなた、もう遠くにいっちゃってた！」

そう、自分は愛してなんかいないとは思っていたものの、そのときばかりは、私はテクラに身をすりよせて、一度でいいから、ふだんは私の頭を飛び越えてピエール・ルヴァッスールにだけその優しさをとってある彼女の目の中に慈しみの光を呼び覚まし、近づくことのできない彼女の首すじに私の頭をもたせかけて、こうささやきたかった。

「どんな風に生きてきたのか、教えて！　大きなのも小さなのも、犯したいろいろな罪を教えて！　行動による過ちも、怠慢による過ちも！　いろいろな卑劣さ、裏切り、残酷さも！　陥って、すっかり途方に暮れた罠も！　動かすことのできなかった山も！　母さんの太陽を呑みこんでしまった獣たちのことも！　いまの母さんの歳になったとき、私が母さんみたいな負け犬にならずにすむように！」

その代わりに、ピエール・ルヴァッスールは一日びっしり働いて家に帰ってくると、ウイスキーを一杯自分で注ぎ、二、三の患者について私たちにおもしろそうに話し、最後には彼の個人的カルト映画である『イージー・ライダー』をまた観にゆこうと、私たちを誘うのだった！

私が島にゆくと知らせると、オーレリアはひどく動揺し、授業の作品解釈は、まるで上の空のみじめなものになってしまった。

「この詩では、ラマルチーヌ〔フランス十九世紀の詩人〕は、自然が苦しみに対するなぐさめをもたらしてくれることがあると、私たちにしめしているのだといえます」

私たちが一家の歴史について話しあっても、まだよくわからないままのいくつかの点をオーレリアは私に思いださせ、私はそれらの点をぜひはっきりさせてこなくてはいけない、といわれた。

「母がいうには、あるとき彼女は、家での私の行動と、義父と私のあいだの戦争に、すっかり絶望してしまったので、ラ・ポワントに手紙を書き、私の最初の聖体拝領のときの写真まで一枚送ったんだって。これは一九六〇年か一九六一年のはず。その写真、あっちに届いたのかしら？それからどうなったのかしら？」

「私の祖父の母親の、正式な戸籍記録を手に入れなくてはならないわ。あなたたちはただ、彼がパナマで知りあったイギリスの黒人女だっていうだけなんだもの！ということは私には、パナマに親戚がいるのかしら？ それともイギリス領の島に？ 私にとっては、それは大切なことなのよ！」

最後に、善良で、やさしく、その美しさとおなじくらい、いい人だったオーレリアは、すべての罪を赦し、それどころか私の祖父ジャコブに長い長い手紙を書いて、おまけに何枚もの写真をそれにつめこんだ！ それから、これだけの努力をこなした後で、彼女はどっと涙をあふれさせ、こういった。

「私も帰るわ、グアドループに、故郷に。すぐに、すぐにね！」

15

ジャコブとジャンがエライーズ母さんの腹から生まれた兄弟だということを覚えている老人たちは、いまでも驚きを隠さなかった。

「一本の樹に、二種類の実がなるものかね？　おなじ枝の隣どうしに、パンの実と栗が見られることもあるのかね？」

いったいどうして、「どくりつ」という言葉を嫌う者たちからさえ敬われ、サルバドール・アジェンデ〔チリの元大統領、一九七〇年に社会主義政権を樹立したが七三年、軍のクーデタに倒れる〕やウォルター・ロドニーと同列に置かれるようになった殉教者ジャンが、あの非情な小商人ジャコブの弟だなんていうことがありうるのか？　ジャンの事件がひきおこした失望の後、フローラがいうように時代とともに歩まなくてはならないという気持ちもあって、ジャコブはラクーを市に売却した。市は都市計画の一環として、いくつかの地所を購入していたのだ。この老朽化した共同住宅の代わりに、市は公団住宅と称する鉄筋コンクリートの兎小屋をいくつも建てた。はじめのうち、月々の家賃を払うことのできる人間たちは、この新しい建物に殺到した。スイッチを入れれば電気の妖精が出現し、トイレの鎖を引けば以前は人間が肥溜まで運んでいたものを流すことができ、蛇口をひねれば冷たい泉が湧き出るのだから。けれどもいくらもしないうちに、はてしない停電のおかげで単なるお飾り扱いされはじめていた古き良き蠟燭が名誉をとり戻し、水洗便所はつまって悪臭を放ち、真夜中の暗闇の中で水道から一滴の水も流れなくなると、人々は幻滅した。ああ、北米材を使った、懐かしの木造長屋は良かった！

愛国党、社会主義者、ドゴール主義者、中道派といった全方位からの批判にもかかわらず（共産主義者は例外、もちろん！　二十五年前、かれらは市政を奪取していたのだから）、ジャコブはひそかに新しいラ・ガバール橋のそばのラ・マングローヴ団地のCブロックを買い戻し、それを部屋ごとに相当な家賃をとって貸しはじめた。新聞がこのシャイロック（またもや！）のやり口をどんなに批判しようがむだで、彼は月々、相当な収入をポケットに収めていた！

それは怒った入居者たちのグループが復讐しようとしてやったのだ、という噂があった。でもそれは、証明されたわけではない！

いずれにせよ、ある土曜日の午後、バルコニーで涼みながら、何年か前に滞在したときテクラが残していった「プレザンス・アフリケーヌ」誌の古い号を読んでいるジャコブのところに、刺繡のある布を敷いたきれいなお盆に載せた、ココナッツ味のフランとマーブル・ケーキの美しい一切れが、客の一人からだといって届けられた。ジャコブは驚いた。彼に友情をしめす人間など、ほとんどいなかったためだ。けれども猜疑心をいだくこともなく、彼は早速フランとケーキをいただいた。二時間後、彼は吐き下しをはじめ、ひどく苦しんでいるため、周囲の人間はこれは命が危ないと思い、医者を呼びにやると同時に司祭も呼ぶことにした。司祭のほうが医者よりも先に到着し、お説教を聞くどころではないジャコブに密通者を待つ地獄の炎について説き、その場で正式に彼とフローラを結婚させた。

これで私生児のロドリグとカルメリアン、それぞれすでに二十七と二十四になっている若者たちは、苗字を変え、ルイを名乗ることになった。この変更は生まれたばかりのロドリグの息子にまで影響をおよぼしたのだが、ロドリグが妻にしていたのはマリー＝ギャラント出身の大変に美しい娘で、それもどうやら私の祖母ティマの遠い親戚にあたるらしい、エリザ・ビコックという人だった。

このもう少しで殺人となるところだった悪ふざけの犯人をつきとめようとする警察の努力は、ありきたりな言い方だが、むなしく終わった。

こうして私がラ・ポワントに着いたときには、祖父ジャコブはその中で泳げるほどぶかぶかのパジャマを着て、黒い肌に硫黄の塗り薬を妙な具合に塗りたくってはいるものの、積み上げた枕を背にベッドで体を起こしたままでいられる程度には回復していた。フローラ・ラクール、いや失礼しました、フローラ・ルイは、正式の妻の地位を得たせいで晴れやかに美しい顔色をして、彼の枕元にすわり、指はお数珠の玉を休みなくつまぐっていた。彼女の愛する夫を救ってくださったことを、神さまにまだまだ感謝し足りないと思っていたためだ。

私はこの事件の一部始終をことこまかに聞かされたが、これはやがて家族の者の記憶にきちんとしまわれ、一家の歴史の中でも特別な位置を占めるようになった。どうやって、あのまるで罪のない見かけのお盆が、フランス語を非常に正確に話す黄色い服を着たやせっぽちのインド系の混血女によって運ばれてきたか。彼女がまず礼儀正しく接吻をうけるために頬をさしだしてから、ムッシュー……と、ここでもごもごいったためその名は聞き取れなかったが、……の子供の誕生日なので、これをルイさんにお持ちするようにといわれたのだ、と説明したときのようす。フローラは慰めようもないほど苦しんでいた。

「それがねえ、あの日は、私はいったいどうしていたのかと思うわ！　ほんの一瞬すら、心臓がどきどきして気をつけなくちゃと思ったときがなかったんだから！　その娘、本当にやさしそうな、まじめそうな顔をしていたのよ。まったく、人は見かけによらないわ。まったく、そのとき、その娘を使いによこした人の名前を、きちんと聞くべきだった。でもねえ、神さまが何かを決められたときには、それはもう決まったことなの！　だいたいジャコブは、甘いものなんてぜんぜん好きじゃないのよ！　シュク・ア・ココも、ドゥースレも、シャデックも、ジャコブむきじゃないの！　コーヒーにだって、砂糖は入れてもスプーン一杯だけ。ところがこのときばかりは、フランとケーキに飛びついたんだから！　私が「あらっ」という暇もないうちに、もう食べちゃって。きれいさっぱり！　だけどね、ラ・ポワントにこんなことを考える人間がいるなんて、誰が信じたでしょう！　私はね、じつはあれはデュードネを狙っていたものじゃないかと思うのよ！　彼の奥さんのモニクは、おなかが大きいでしょう。それでお昼は、彼はうちで食べるの。ベルジェットの自宅には帰らない。モニクが、昼のあいだ十分休めるようにね。それでときどき、特にこの事件のときみたいに土曜日で、用事がないときには、彼は四時か、ときには五時までも家にいて、伯父と議論をする。彼を育てたのはジャコブだということを、覚えているでしょう。デュードネ！　父親のジャンは、政治と著作にかかりっきりだったから！　ジャコブは弟の子供たちを、次々と、全員育てたの！　毎月、為替を送ってね。こんどはこの子、こんどはどの子というように！　なんとかいう、アメリカのどこかの学校に留学させた子もいる。だからね、誰かが私のところに来て、ジャコブのことをあれは良くない男だなんていったら、私は一言いってやるわよ！　ジャコブはハンサムではない、それはそうね、男前は彼を素通りしていったけど、でもいい人よ。善良なパンでできた人間」

ここでフローラは一滴の涙をぬぐい、息をととのえてから、また言葉をつづけた。

「そうなのよ、考えれば考えるほど、あのお盆はデュードネを狙ったものだということがわかるわ！　政治となると、みんな狂犬だもの。お互い、血が出るまで噛みあい、殺し合いもためらわない！　デュードネがいう徹底独立に、頭にきている人たちにちがいないわ！　あのね、この独立っていう問題は、すでにいろんな面倒をひきおこしてきたの！　それもまだまだ序の口！

私はもうデュードネにいってあるのよ。「いいかい、あんたたちの準備ができたら私に知らせておくれよ、荷物をまとめて逃げだせるようにね！」って。私は姉の一人がフランスの、マコンに住んでるから。そこに一緒に住むわ！」

それから、私を見るときにはいつもきらきらして愛情にみちた彼女の大きな目が、意地の悪い翳りに暗くなり、一方、彼女の声は底意のある、皮肉のこもったものとなった。

「あんたのママン、どうしてる？」

「元気よ！　元気！」

「旦那さんは？」

「元気！　元気よ！」

それから哀れむような調子で、

「その調子がつづけばねえ！」

フローラは、塩が水を憎むようにテクラのことを憎んでいるのだが、まさか子供を相手にその母親をこきおろすわけにもゆかず、意味ありげな溜め息をつくばかりだった。

そして私は、テクラについて何かいえばフローラが耳を傾け、なんでもうなずいてくれることを知りつつ、ある曖昧な新しい義務感にとらわれて、何もいわなかった。

フォーブール＝デヌリー通りの家は、どこもかしこも阿魏〔油性ゴム樹脂の鎮痙剤〕とテレビン油とベンゾイン樹脂のチンキ、それに数知れない種類の葉っぱや根っこの匂いであふれていた。これはフローラが医者をまったく信用せず、私の祖父ジャコブをマッサージしたり薬を塗ったり蛭に血を吸わせたり芥子泥療法や湿布を試みたりといった、自分流のやり方で治療していたからだ。

フローラの他にも、一家の女たち全員が、それぞれの処方箋をもってやってきた。従姉のティ＝マルーシア、この人はおばあちゃんもいいところなのに母親（もうとっくにポール＝ルイの海辺の墓地に縫帆手だった夫と並んで横たわっている）とおなじ名前なのでいまもこう呼ばれているのだが、彼女はともかく毎週日曜日のきっかり正午、籠にしまった奇跡の薬をもってやってきて、フローラと部屋に閉じこもり、その効能を説明してみせるのだった。それがすむと、彼女は私の祖父の部屋に上がり、一時間後にやっと下りてきて、ひどくご自慢のアサリのパテを温め、私がそれを食べるのをさびしそうな顔をして見るのだった。

「この娘は、私なんか見たこともないものを見てきたよ。だけども、テーブルでのお作法を知らないねえ！」

「でもねえ、あなた、それはむりもないのよ！」

フローラの溜め息。

この祖父の状態がようやく心配するほどのものではなくなったと思うと、すぐ別の心配事がわが家を苦しめはじめた。カフェ・リッシュパンスで爆弾が爆発して（ああ！　こんな事件は島ではどんどん頻繁になっていた、まるで私の大叔父ジャンの血がさらに血を呼んでいるみたいに）迷いこんでいた二人のイタリア人観光客に怪我させたとき（さいわいにも軽傷！）、デュードネは警察の検問で停車することを拒否し、警官に挨拶もせずにさっさと通過してしまったのだ！　トロワ・シュマン・ザビームの近くで捕まった彼を牢屋に入れるには、それだけで十分だった！

（結局、デュードネはあるいは彼が求めていたのかもしれない殉教の機会をこのときは得られず、すぐに釈放された。けれども数時間のあいだは大騒ぎになり、家族はすでに彼が父親と並んでおなじ永遠の眠りを眠っている姿を想像せずにはいられなかった！）

こうしたすべては、自分の終わりを早めたいと願うほど自分を憎んでいる者たちがいるという考えや、ひどい打撃をうけた肉体の衰弱とともに、祖父の機嫌に相当な影響を与えずにはいなかった。頭をこっくりこっくりとゆらし、頬を涙で光らせて、彼はいつもの果てしない泣き言をくりかえした。

「この島では、黒人が成功するのは嫌がられるんだよ！　砂糖黍畑で、バクアを頭に載せている姿を見たがっているんだ、いまだって！」

私は思い切っていってみた。

「黒人が他の人間とおなじようにふるまい、成功のためには同類を踏みつけて進むということが、たぶん許せないのかもね」

呆然とした祖父は口をぽかんと開け、それからうめくようにいった。

「どこからそんなたわごとが出てきたんだ？　ココ、おまえは変わったな！　おまえもマルクスなんぞを読みはじめたんじゃないだろうな？」

祖父がよくなるのを待ちながら、私は祖父が失敗した作業に私は成功を収めたのだという報せを、後の楽しみとしてとっておくことに苦労していた。つまり、オーレリアについて話さずにおくということだ。けれども私はこの報せを心ゆくまで楽しみたい、祖父とともにゆっくり味わいたいと願っていた。島茶を飲みながら鶏の白身を食べて回復のための栄養をとっている体とおなじくらい衰弱している精神には、これはまだ話せない！　知恵遅れの子供の母親のように気をもみながら、私は祖父のようすをうかがい、回復の度合いを計り、いつか彼がシーツの下で胎児のように縮こまったままになってしまうのではないかと不安に思っていた。お昼に、彼が右をフローラ、左をカルメリアンに支えられて食堂に下りてくるようになると、私は告白の時が迫っているのを知った。愛と直観で祖父を理解している私には、今回の病気が、さいわい大事にはいたらなかったといっても、彼にとって終わりのはじまりであることがわかっていた。このころから祖父は自分の店にも、アパートにも、事業にも興味がなくなっていた……かつては人生であれほど大切だったものごとに。そして面倒なことはいっさい、もはや「私生児」ではなく「息子」と考えはじめていた、ロドリグとカルメリアンにまかせるようになっていたのだ。ついには彼は、どんどん増える車の排気ガスに嫌気がさしてラ・ポワントを離れ、父親のスバルがそうしたように、ジュストンの別荘にひきこもってしまった。そこでは、祖父はもう農業労働者を苦しめることもなく、ヤムの茎の支えを自分で直し、蔓を切り、アンゴラ豆を収穫し、それにつきそうフローラは歳はとっても達者そのもので、彼の飼う鶏が落とす糞について、さんざん文句をいっていた。

もちろん祖父は、エライーズ母さんとかわいい弟ジャンを、日々変わることのないお供としていた。もちろん、サテンのようにやさしいティマと再会していた。もちろん、自分のまわりに悔い改めた父親——生前の自分の粗暴さを恥じときおりは息子に話しかけようとしている——を感じてもいた。しかし二つのことが彼を苦しめ、苛み、彼の老いの日々を陰気なものとしていた。まず、娘テクラの不在。一日に十回も、彼は悲嘆の声を上げた。

「なぜ、なぜあの娘は自分の心からグアドループを追いだしてしまったんだろう！」

それを聞くたび、フローラは怒った。

「その話は、もうたくさんだわ！　あの恩知らずのために魂をぼろぼろにする気？」

ついで、一家の終わり。アルベールの姉妹たち、その夫たち、その親戚、その子供たちが、日曜というと集まって、テオドーラの、ついでエライーズ母さんの手料理を味わったあの日々は、どこにいってしまったのか？　ほら子供が生まれた、ほら結婚だといっては、みんなで大御馳走を食べていた、あのころは？　誰かが死んだって、お通夜で夜どおし騒ぐ口実になっていた、あのころは？　モニクも子供も連れず一人で来るデュードネを除けば、ジュストンへの道をたどり回廊に腰を下ろしてゆっくりおしゃべりを楽しむ人間は、ほとんどいなかった。赤ん坊は、ジャコブの知らないうちに、光の世界に生まれてきた。同様に、へとへとになった肉体が死の影へとまぎれこんでいっても、彼がそれを知るのはやっとラジオのニュース番組の最後の死亡通知を聞いてのことだった。それを聞いて、彼はうめいた。

「そしておれは、蟹みたいに、こうやって穴にひきこもっているだけ!」

人生の終わり、彼はニューヨークへの旅行について、くどくどとくりかえし話すようになった。それは彼の人生の労苦の、つかのまの休息の日々だった。会えずじまいだったマーカス・ガーヴィーのことを、古い知人のように話していた。

「彼がおれにいったんだ。『邦に帰って、私の名前を輝かせてくれ』とね。それで、おれは新しい黒人党を創ろうと思ったのさ。『私は黒人たちに、みずからのうちに美を見いだすことを教えよう』って。あい、やい、やい!」

死が彼を迎えにきたとき、テクラは医学会議に出席するピエール・ルヴァッスールについて、タイのバンコックにいた。それで棺は四日四晩のあいだ、彼女の到着を待たなくてはならなかった。溶けた蠟燭と萎れた花の匂いにつつまれ、エルキュール葬儀社が準備した装置で、巧妙に冷たく保たれて。テクラは涙も見せずに棺の後を歩き、フローラと遺産相続の相談もせずに、またボーイングに乗りこんだ。ところがどうにかして数日、サン=マルタン島でジェスネルとともにすごす時間はひねりだしていたのだから、みんなすっかりあきれかえった!

もうジャコブとつきあうこともなくなっていたセルジュは、あいかわらずドゴール派の市会議員をつとめているグルベイルから下りてきて、墓地まで一緒に歩いた。その顔は、フローラの喪のヴェールとおなじくらい、悲しみに沈んでいた。お悔やみを述べる代わりに、彼はフローラを抱きしめ、嗚咽した。

「兄さんがもし肌の色がちがって、もし他の国に生まれていたなら、相当な大物になっていたと思うよ！」

一つの心に素朴な善良さ、さもしい吝嗇、理想主義、狭量、家族への愛、そしてすさまじい搾取の才能を合わせもっていた男に対する、奇妙な弔辞だった！

16

長いあいだ、長いあいだ、私の祖父ジャコブの視線は空間の一点をじっと見つめ、それから戻ってきて、私に注がれた。

「「人殺し」って、いったのか？　たしかに、そうか？」

私は彼の頬にいまにもこぼれそうになっている悲しみを見て、何か気をそらす口実を探した。

「それよりもオーレリアの手紙を読んでみて！」

けれども彼は、まるでその言葉の残酷さとそれがもたらす苦悩を味わうかのように、つぶやきつづけた。

「人殺し。人殺し。たしかにそうだな」

それからがっくりと首をうなだれると、祖父は涙を流した。大人がこうしてすすり泣くのが決まり悪くて、私は退散した。それに、ベルジェットの自宅に連れていってくれるといって、デュードネが待っているのだ。

鉄格子をはめた窓のある公団住宅だのなんだので、すっかり変わりはてたラ・ポワントを嫌ったデュードネは、子供時代に休暇をすごしたプティ＝ブールの付近に住みたいと思ったので、古いプランテーションのお屋敷を買いとり、イギリス式の芝生の庭、カケスと孔雀、石の彫刻、きれいに刈りこんだ樹木にシェパード犬までそろえて、昔の壮麗さを取り戻していた。急行バスに乗って通りすぎてゆく人々は、首を振った。

「あれ、見てくれや！　愛国党が小屋に住む日が来れば、そうすればおれは真剣にやつらの話を聞くがなあ！」

デュードネは、家族の中では珍しくテクラを熱愛する一人で、子供時代にテクラがいかに自分を守ってくれたかを、飽きることなく私に語ってくれた。ティマから、ティマの女中たちから、彼に「ネグ・マウォン」と仇名をつけた学校の子供たちから、いつも彼にブラシをもたせて床を磨かせた継母のマリエッタから。そして最後には、彼はこうしめくくるのだった。

「テクラっていうのは、驚くべき人だよ！　いろんな経験をぜんぶ書いて、おれたちに読めるようにしてくれるといいんだけど！」

私はこっそり冷笑した。私の母が作家になるって！　神さま、それだけは勘弁してちょうだい！

デュードネの家は、てんやわんやだった。モニクが新しいジャン・ルイを生んだばかりだったからで、赤ちゃんは自分につけられた殉教者の名前の重みを感じることもなく、赤ちゃんなら誰でもそうするようにゆりかごでうわうわ泣いていた。ちょうどそのとき、クレルモン＝フェランから赤ちゃんの祖父母が到着し、私は私の曾祖父のアルベールならどんな顔をしただろうかと思った。なにしろベールを、あれほどぴしゃりと拒絶した人なのだから。ベールが、デュードネとおなじく、白人との結婚という罪を犯したばかりに……そしてテクラと！　私がこの（素朴な）疑問をデュードネに打ち明けると、彼は長々と一席ぶった。彼は職業柄、かなりはた迷惑な、美辞麗句への趣味をもっていたからだ。

「学者たちが、人種というものは存在しないということを、はっきり証明しているよ。ただ、さまざまな文化があるだけだ。われわれの両親や祖父母の世代は、やがて自然に廃れてゆく誤った考え方に、翻弄されていたんだな。だが、この件に関していえばだ、われわれの曾祖父アルベールは、地位の安定した小ブルジョワならびに中ブルジョワの目には自分自身も悪臭ふんぷんたる不可触賤民として映っていたにもかかわらず、階級的偏見を抱いていたと思うね！　もしマリーがただの女工でなかったとしたら、世界はまったくちがったものとなっていただろう！」

本当にそうだろうか？　十四歳半の私には、とても決めがたいことだった！

そう、プティ＝ブール一帯に対する愛を私に植えつけたのは、デュードネだった。別に見栄えのする場所ではない。息を飲むような美しさもない。曖昧な魅力。早くバッス＝テールの町に着きたいと思っている人は、何の注意を払うこともなく、ここを横切ってゆくかもしれない。ここでは、砂糖黍がすべてを支配してはいない。砂糖黍はその王国を、支えにからみつくヤムや、つやつやした葉っぱのバナナの樹と分かちあっている。野原には、一つ二つ、小川がまどろんでいる。私は独り言をいう、もしいつか私が「邦に」帰ってきて暮らすなら、私はここに根を下ろすことにしよう！

　ベルジェットの小径を散歩していると、農民たちは私の顔をじろりとにらみ、家々の女たちはアイロンを真っ赤におこった炭の上に置き、男たちはトランプを並べる手を休めて、かれらの目に私はおなじ疑問を読みとるのだった。

「この娘はまた、どこから湧いてきたんだ？（ア・キ・タ・ラ・エ・ン・コ）」

　というのは、ジュストンの農民たちが、かれらを平然と搾取するスバルを好まなかったのとおなじくらい、ベルジェットの農民は、かれらのためになることばかりを考えていると自称するデュードネを好んでいなかったから！　伝統的に、こういった町の旦那たちを信用していなかったかれらにとっては、黒人だろうがムラートだろうが、おなじことだったのだ！　こうした、しかるべき旦那方というものは！　たとえ上着を脱いで、夜の集いで語られる民話に一緒に耳をかたむけようと！　デュードネが生のラム酒をぐいぐい飲んでも、本当にそれが好きで飲んでいるわけではないのではないかと人々は思ったし、彼がクレオルを話さないのは遺憾であると考えられていた。中には、彼がソルランの人々を弁護したのは、父親と肩を並べるだけの評判を得るためだったとさえ、ほのめかす者もいた！　あの父親こそ、本当の愛国者だった！（まるで死者でなければ本当の愛国者にはなれないとでもいうみたい！）

元校長先生だったマダム・ニルマルは、倹約を重ねて建てたヴィラで元収税吏だった夫とともにおだやかに余生を送っている人だったが（兵役でアフリカに行ったなり子供たちは家に寄りつかなかった）、ある日、これ以上は我慢ができなくなったらしく、ブーゲンヴィリアの生け垣越しに私に声をかけた。

「あんたは、誰の子供なの？」

はじめのうち、そんな風に私にたずねることは私を苦しめるのとおなじことだった。その答えが否応なく、私の出自の暗くぽっかり口を開けた半分を剝きだしにしたからだ。会ったことのない父親。不在の。逃げだした。無責任な。無関心な。卑劣な。でもいまは、それは私にはどうでもいいことだった。この私の脇腹にぽっかり開いた口なんて！　祖父ジャコブ、フローラ、デュードネやその他の人々が、たくさんの愛でそれをふさいでくれたから！　そこで私は威勢よく、口上を切ってやったのだ。

「私はテクラの私生児です、彼女自身はティマとジャコブの待望の嫡子でした、母親には愛され父親には嫌われたジャコブ自身は、エライーズ母さん別名神さまの子とアルベール別名スバルの子で、スバルというのは黄金を求めてパナマに出かけてゆきさんざん汗を流し苦労を重ねたのち結局はそれが何にもならなかったことを発見した男でした！」

それから私は、あれこれ思いめぐらす彼女を後にした。私は、もう恥ずかしいとは思わなかった。私はこの島に、私の旗を立てたのだ。

週末をすごすだけのつもりで来たベルジェットに、私は一週間滞在していた。モニクのそばにひきとめられたのだ。彼女の母親がどんなになぐさめても、赤ちゃんの最初の微笑や知恵の兆しに関心をもたせようとしてもむだで、産後の彼女はただ泣き言をいうばかりだった。

「私が結婚した相手は人間じゃないわ、ココ、あんなの風みたいなものよ！　結婚記念日だって忘れていたのよ！　最初の陣痛が来たときにも家にいなくて、自動車の修理工のフェランに助けてもらわなくてはならなかったって、知ってる？　一日じゅう、顔も見せない。家にいるときには、十何人も人が来ていて、会合と称していつまでも話をしているんだから……」

私は（あまり確信のないまま）こういった。

「仕方ないじゃない？　邦のためなんだから……」

彼女は肩をすくめた。

「何いってるのよ、ココ。邦を作るのもだめにするのも、私たち女じゃないの？　女に手出しさせないようにしようとしているかぎり、あの人たち、何もできやしないわよ！　そしていつまでも、いつまでも、グアドループは最後の植民地のままよ！」

たしかに私はデュードネの顔を見ることはほとんどないまま、二週間がすぎた日、毎週日曜日の午後に子供たちが洗剤とたっぷりの水を使って洗いぴかぴかに磨くシトロエンDS19が門の格子の前に停まり、運転手役をつとめる貧しい従兄が降りてきて、祖父が私を呼んでいると告げた。

それも大至急、だった。

17

祖父は客間の敷居のところに立って、私を待っていた。黒地に白い細いストライプの入ったいちばんいい服の一つを着て、黒い深靴をはき、それで葬儀屋のように優雅に見え、頬は剃っているがそれでもざらざらで、幅広いつばのついたフェルト帽子が、翳りにみちた両目をさらに陰にしていた。私は祖父がこんなにしっかりしているのを見て、よろこんだ。最後に見たときには縞模様のパジャマを着て、顔色も良くなく、骸骨みたいに痩せていたからだ。祖父は怒ったような口調でこういったが、これは彼には珍しいことだった。

「なぜ、こんなにいつまでもデュードネのところにいたんだ？　やることがいろいろあるのは、わかっていただろうに！」

それ以上ぐずぐずすることなく、彼は私をひきずるようにして、通い慣れた墓地への道をたどった。途中には、もちろん寄らなくてはならないところがある。セラファン・シェラデューのところ。メリタ・ブランシュダンのところ。そして最後がアルタグラ・ソフォクルのところで、彼女は今回は骨ばった指で私のふくらみはじめた胸を鷲づかみにし、こう大声でいった。

「おやまあ、もうつぼみがわかるわ。いつ咲くかしらね？」

この人の家から出たとき、自動車や乗合トラックや高速バスの鼻先を、お下げに蝶々をむすんだ小さな女の子たちや小競り合いする男の子たちの大群が走ってわたろうとする道路の真ん中で

――ちょうどサン＝ジュール学園の下校時間で子供たちは最近明るい緑に塗りなおされたばかりの格子塀のところまでは尼さんに誘導されて絵に描いたようにおとなしく出てくるのだった祖父はしわがれた声で話しはじめた。

「おれはエライーズ母さんに聞いてみたよ。母さんは、気にするな、といった。大切なのは、死者たちの赦しだと。死者たちが赦してくれるなら、それが肝心なんだそうだ！ あの人がおれたちのことを何と呼んでもかまわん！ 「人殺し」だろうが何だろうが。おまえが考えていることはわかるよ。おまえは、あの人こそ正しくて、おれの父親、おまえのひいじいちゃんは、心も情けもない恐ろしい黒人だったと思っている！ ラ・ポワントの人間は全員そう思っているし、家族だってそう思っている！ 親父が死んだとき、はたして涙を流した者が一人でもいたかどうか！ それどころか、みんなこういってたよ。「ああ、悪魔が地獄に帰ってゆくぞ！」と。おれ自身、一時はそう思っていた。何しろおれが知っていたのは、背中をどやされた杖の味だけだったからな！ あるときなど、もう少しで親父に目玉を潰されるところだった。この傷口が見えるだろう、これは親父にやられたものなんだ！ だがそれから、おれは親父の心を胆汁のように苦く岩のように硬くしたのは何だったかを、理解したんだ！ いいかい、このおれが自分でいうんだが、おれ自身、いつか親父のようになるということが、おれにはわからなかったんだ！ なぜならおれもやはり、若い時分には夢を見たものだからな！ 頭いっぱいにつまっていたよ。目が覚めても、夢のせいで昼間から暗くなるほどだった。夜には夜で、夢のおかげで眠れず、おれはもぞもぞと何度も寝返りをうちながら、朝の四時まで寝つけなかったくらいさ。鶏が夜明けを告げても、まだおれはそんな夢の水に浸かっていた！　それから、それから……こうしていま生きている人生以外に自分に人生はありえないのだということをやっと理解したとき、おれはおれの夢をテクラに託した。この点は、まあ、どうでもいい！　あの娘は、ああやって白人の旦那と暮らしていて、しあわせだと思うか？　まあ、誰にもわからんことだがな。ああ、人生ってもんは！　いいかい、おれみたいな気分を味わってくるとね、おれには親父が、つまりおまえのひいじいちゃんのことが、わかるんだ。おまえはまだ小さすぎるけどね。親父はこんな独り言をいっていたよ。「おれの子供はおれのやれなかったことをやる、おれの歩けなかったところを歩く！自分の太陽に導かれて……」だって。ところが、ところが。いまおれがいうことは、エライーズ母さんがおれに教えてくれたことなんだ。というのも、おれもやっぱり、あの二人の死者について考えると、やりきれん気分だったんだよ！　あんな遠い土地で死んで。たぶん母さんはずっと変わらずアルベールを愛していたので、いつもその気持ちがわかったんだろう。だって愛するっていうのはそういうこと、わかるっていうことだから！　ある人間を悪くするもの、嘘つきにするものを理解して、それでもなお、愛する。ああ、大切なのはかれら死者たちの赦しなんだっていうことを、エライーズ母さんが説明してくれた。かれらの。かれらだけの！　おれは地面に両膝をついて、かれらにそれをお願いしたよ。蠟燭に火をともして。聖水を注いだ、それから、この考えを思いついたんだ。まあ見てろよ……」

墓地に着いた。

ちょうど埋葬を終えた人々が墓地から出てくるところで、吹奏楽団の楽士たちはちりぢりになり早足で急行バスにむかい、もう遅いので友人たちも三々五々帰ってゆき、喪服に身をつつんだ未亡人と遺児たちは取り残されたようにさびしく家路についていた。愛する死者たちが住む町に入るときにはいつもそうなるように、ジャコブは若返り、丸まった背中はしゃきっと伸びて、足取りは軽く、翼でも生えたようだった。母親に早く会って口づけの甘い匂いをかぎたいと焦れている子供のように、彼は急いだ。私は自分の歩調でついていった。いつもそうなのだが、立ち並ぶモクマオウの黒々としたトンネルをくぐってゆく、この墓地のそびえたつような陰鬱な門を、いくぶん恐ろしく思いながら。

ルイ家の墓は4と番号のついた小径の角にあった。アルベールははっきりと愛を告げそこねた伴侶エライーズのために、イタリアからたいそうな費用を使って取り寄せた大理石の、タジ・マハールみたいな墓を建てていた。それはルーヴル美術館にふさわしいような格子の柵のうしろに巨大に立っていて、二頭の石のグレーハウンドに守られていた。はじめ、かなりつつましやかな墓に眠っていたテオドーラも、この嫁の隣に移されており、それから息子が加わった。それ以来、ルイ家の人間は全員がおなじ道をたどり、おなじ石畳の下に横たわって、永遠をすごすことになったのだ。

いつもそうするように、祖父はポケットを探って鍵の束をとり出し、いらいらした手で鍵を五、六個も試して、ようやく格子の扉がゆっくりゆっくり開いた！　十字を切ってから、ひざまずいた。だが今日はいつまでも地面に膝をついたままにせず、さっと敏捷に立ち上がったかと思うと、私にいった。

「見えるか？　見えるか？」

何が？

私は何も目に入らぬまま、周囲を見わたした。すると祖父は墓の正面の上のほう、私たちの一家の死者たちの行列がつづくところを指さしたのだ。並ぶ名前の文字は、塗りなおされたばかりのように見えた。無垢の白の上に、黒。私がまだ何も見えずにいると、祖父は私の手をとって、それぞれの名に私の手を押しつけ、声に出して読みはじめた。


テオドーラ・ボナヴァンテュール・ルイ旧姓ブラスドール、一八五六―一九二五。

エライーズ・マリー・アポリヌ・ルイ旧姓ソフォクル、一八九五―一九三七。

アルベール・クエンタン・ルイ、一八七五―一九四八。

ユルティマ・マリー・マドレーヌ・ルイ旧姓ルメルシエ、一九一七―一九六九。

アルベール通称ベール・フォルテュネ・ルイ、一九〇五―一九二五。

アルベール通称ベベール・ジャック・ルイ、一九二六―一九七〇。

ジャン・イスマエル・テオドール・ルイ、一九二八―一九七一。


「わかるか？　みんな、ここにいるんだよ。全員だ。おれはかれらに、赦してくれと頼んだ。それぞれの名前をここに記すことの、許可を求めた。他の者たちの名と並べて。他の全員と。おれたちと。おれたちの、わが家に」

この夕暮れ時、私たちは長い、長いあいだ、墓地にとどまった！　墓からモクマオウの樹へと旋回しつつ飛ぶコウモリのキイキイという鳴き声と羽音を除けば、下のほうに轟く潮騒を超えて聞こえるのは祖父の嗚咽だけだった。私は、泣かなかった。私は一家のアルバムのページをめくるあいだに起こった、ベベールとの偶然の（偶然の？）出会いを生きなおしていた。黄ばんだ写真。そしてそれからはじまって、この最後の待ち合わせ、この死者たちの記念碑までにたどられた、道のりの全体を。

最初の出会い以来、なんて長い道のりだったことか。たくさんの疑問があって。たくさんの疑問を避けて。たくさんの、答えのない疑問。陰が取り除かれて。明るい暗がり。ぼんやりした明るみ。刈られた茨。火を焚いて。荷車で水を運んで。真実が、その顔の傷痕を隠さず見せるまで。生は死ほど大事ではないと信じていた祖父は、自分はこれで借りを返したと考えていた。私に対して愛情を注いでそうしてくれたように、彼は他人から加えられた傷を癒すことができると考えたのだ。ぽっかり唇のように開いた傷を、ふさぐことができると。折れた骨を、つなげることができると。はかない希望！　しかし、この永遠の純情を笑う代わりに、こんどは私が祖父の信念に力を与えられる番だった。

たぶん、私は話すべきではないだろうか、この物語を？　不快にさせ衝撃を与えることになろうとも、たぶんこんどは私が、負債を払わなくてはならないのか？　それはごくありきたりな人々の物語で、そのありきたりさをもって、それでもやはり血を流してきたことに変わりはなかった。（人殺し！　と彼女は叫んだ！）私は彼女に話さなくてはならないだろう、それが私にとっての、死者たちの記念碑となるだろう。母が書くことを夢見た野心的な著作、『黒人世界の革命運動』や何だかんだとは、大変に異なった本。すさまじい拷問者も、きらびやかな殉教者も出てこない本。けれどもやはり、その肉と血の重みを負った本。私の一家の、物語。

やっと立ち上がった祖父は、私たちを取り囲む宵闇よりも黒い色をしていた。十字を切り、膝の埃を丁寧に払うと、こういった。

「さあ、帰ろうか、ココ。フローラがどんなか、知ってるだろう？　もうやきもきしているにちがいない」

18

夏休みは何事もなく終わったわけではなかった。八月十五日、日曜日、マリエッタは、いちばんお気に入りの娘マニュエラを嫁がせた。お気に入りだというのは、学校の成績がよかったからでも、心映えに見るべきものがあったからでもない。ちがう！　母親自身が認めているところでは、この娘にはルイ家の血筋の黒さや醜さがまるでなく、もっぱら母方を思いださせる顔だちの、みずみずしい黄金のシャビヌで、水切りの穴ごしにあまりに長いあいだ太陽を見つめすぎたとでもいうようにそばかすだらけ、ブロンドのお下げを風にはためかせていた。ポール＝ルイの若い医者エフレム・ロベールが気を引かれたのもその金色で、彼は「どんどん注いだ」で、正式に結婚を申しこむことになった。こうなるとマリエッタは昔ばなしの蛙のように鼻高々で腹をふくらまし、聞く耳をもつ者なら相手かまわず、いかに自分が子供たちを育てるために血も汗も流して働き、その間ジャンは自分の夢物語を追いかけてあげくの果てにある夜明け当然の報いといっていい死に方をしたのだと思いださせ、これでやっと私も報われると語った。こうした言葉は、砂糖黍畑の噂となって、尾鰭をつけつつラ・ポワントにもベルジェットにもポール＝ルイにもアビームにも伝わり、それらの町に住むルイ家の人々には大きな苦痛をもたらした。にもかかわらず、もはやおなじ血を引きおなじ肌につつまれた、まとまった一家をなすわけではないという気がするため、誰も何をするわけでもなかった。いや、またまた火に油を注ぎ、ただでさえ疎遠なお互いを、いっそう遠ざけるわけにはゆかなかった！　マリエッタには、好き勝手にいわせておけ！

こういうわけで八月十五日の日曜日には、みんな正装し、感動しつつ、私たち一家の残された全員が勢ぞろいした。もちろんバッス＝テールの人たちは来なかったが、かれらはもう勘定に入っていなかった。集まったのは羊飼いジャコブが率いる最後の子羊たちだ。ジャコブはこの祝いの席のために明るい色の服を着て、イタリア風の麦わら帽をかぶったフローラと並んで立っていた。

これは私にとってはジェスネル・アンボワーズと再会する機会となった。彼はちょうど、風刺的で踊れるカーニヴァル用の歌「デヴロペ・ペイ＝ラ〔邦を発展させよう〕」で、ゴールデン・ディスク賞をとったばかりだった。母のすべての男たちのうち、ジェスネルはたぶん私がもっとも憎んでいる相手だった。母に顎で使われている彼は、ふだん私のことなどまるで眼中になく、たまに目に入るとすればあからさまに私がこの地上にいること自体が嫌だという顔をしたからだ。さらに、家族の、特におともだちのフローラの影響をうけて、私のほうも彼のことを、どたばたして、ぶきっちょで、言葉を知らず、どぎまぎした人間だと思っていた。

「テクラは、いったい彼のどこがいいんだろう?」

だがはじめて、私はこの音を自由自在に操る大男の、濃密でひそかな魅力に気がついたのだ!

そんな彼に、言葉など何の役に立っただろう? 音楽というもう一つの言語の達人だったら、言葉などいらないじゃないか? 島でのジェスネルの人気は、アメリカの六〇年代のボブ・ディランや今日のブルース・スプリングスティーンのそれほどだとはいえないかもしれない。けれども彼はそこにいて、つつましく、自信をもち、身近であり、同時に遠く、人々の土壌に根を下ろし、そこから栄養をくみ上げている。自分の小さな娘を腕に抱いて、彼は目をぱちぱちし、とても古い痛みを隠した口調でいった。

「母さんはどうだい?」

「元気よ! 元気!」

彼はそれ以上は私に何もたずねず、離れたマンゴーの木陰にいって腰を下ろした。

披露宴は、まずまずうまくはじまった。ちょっと堅苦しい感じだったけど! 見たところ緊張しつつまとまってはいるものの、その下でいろいろなちがいが、いまにも白昼の光の中に弾けだしてきたがっているのがわかった。本当なら花嫁の亡くなった父親の兄として、披露宴の主の席についているべきジャコブは、テーブルのいちばん下座の端にすわり、さびしそうな顔をしていた。

炭火で焼いたヴィヴァノーがヤムのピュレを敷いた上に寝かせて出されたちょうどそのとき、

すべてがだめになったということがわかった。そのときまでは、人々はいろいろおしゃべりをしていたのだ。女たちはランビ貝のタルトの作り方を論じていた。男たちの一人は、畑で働いているとき蜂の大群に襲われて、もう少しで顔がちぎれそうになったという話をした。そこにダルネル社の工場の名前を出したのは、誰だったろう？ 自分の祖父と父親についでそこで働いて三代目になる、したがって自分のパンの種を失うことを恐れてもむりもない、エフレムの父親だったにちがいない。それを聞いて、そのときまで黙っていていつものように義母と同席することに居心地の悪さを感じていたデュードネが、口をきわめて罵りはじめたのだ。まず、次々に工場を閉鎖してゆく工場経営者たちを。ついで、島を本土の工業に労働者を提供するだけの土地にしたがっている、フランスの植民地権力を。

この演説は、みんなの気に入るものではなかった。特にエフレムにはそうで、こんどは彼が口先でスローガンを唱えるばかりの愛国者きどりの連中を攻撃しはじめ、やつらに好き勝手にさせておいたらいずれまちがいなく島全体が病院送りになる、といった。その助っ人として誰かが不幸な隣国、何百人という難民たちが野菜畑で苦労して働いている姿が日々私たちの目に入る、独立国ハイチの例を引き合いに出した。

この「独立」という危険な単語が発せられて、テーブルに火がついた！

家族を分断する、両刃の剣より危険な政治というものを批判する女たちが、男たち以上に声をはり上げたとき、騒ぎは頂点に達した。

詰め物をした子豚のローストが出されたとき、それでも、凪が訪れた。唐辛子やアサツキやベイラムの葉をつめた獣を見て、みんな口に唾が湧いたからだ。

アビームで自動車修理工場をやっている親戚の娘ニジダは、もう四日もマリエッタの手伝いに借りだされていたのだが、この料理のレシピーは自分の祖母の帳面をめくっていて見つけたのだと説明し、みんなはうなずいた。

「きょう日はもう、みんな、料理を知らないからなあ！」

言い争いは、どんな風にして、再開されたのだったか？

エフレムとデュードネは落ち着きを取り戻し、乾杯まで交わしたところだったのだが、そこに誰かが「砂糖黍」という一語を口にしてしまった。するとエフレムはまた激昂し、それは過去の恥ずべき遺産であり、古の絞首刑用鉄環だの奴隷に焼き印を押した鉄鏝だのと並んで博物館に入れるにふさわしい代物だと論じた。

「砂糖黍、それは黒人の死だ！」

それを聞いてデュードネは、そうはいってもその現況をよく考えてみなくてはならないといい、砂糖黍栽培がよく栄えているオーストラリアの例を指摘した。そこに誰かが加勢して、主な収入を砂糖に頼っている、お隣のキューバの例を上げた。

「キューバ、賛成（シー）！　キューバ、反対（ノー）！」

（私はまだ、このキューバという島がどれほどまでに不和の種であるかを知らずにいた！　どれほどまでにカリブ海の火種であるかを！）

かれらをどうにも黙らせることができなかったので、マリエッタがすっくと立ち上がり、ルイ家の人間はいつもすべてを台無しにするといって罵った。ああ、まったく、もうたくさんよ！　けちで、偉ぶっていて、無節操で。私の祖父ジャコブは、あれはかわいい弟の女房なんだからと自分にくりかえしいい聞かせては、冷静でいようと努めた！　しかしあまりに怒り狂った彼女がテクラのことを、みんながさも大切に扱っているあの女はじつは父なし子の母親で、とても他にお目にかかったことのないほどの売女、ついにはみじめなフランスの白人しか捕まえられずに恥の上塗りをしたとまで口走ったときには、これはゆきすぎだった！　祖父が突進しはじめると、同時にそれよりも早く、デュードネとジェスネルがマリエッタに飛びかかり、紅い鮮血が流れた！

このはなばなしい紅い血が、私たちの離反を決定的なものとした。かわいそうなジャコブお祖父ちゃん、あんなに苦労して二人の死者を故郷に迎えたと思ったら、こんどは生きている者たちが逃げだした！

もちろん、それからひどい騒ぎのうちに、みんなは謝り、赦し、後悔し、涙を流し、もう二度とこんなことはしないと誓った。もちろん、輿入れの一行は予定の時刻にアンス・ベルトランの教会にむかって出発した。オレンジの花冠を頭に載せたマニュエラは、カーニヴァルのときのように花で飾った車に乗り、亡き父の兄の右手に腰かけて。しかしそれはうわべだけのとりつくろい、倒壊寸前の建物に塗られた漆喰でしかなかった。その日以来、ジャコブもデュードネも、二度とアンス・ラボルドに足を踏み入れることはなかった。ジャンの子供たちはというと、全員一致で自分たちの母親が正しいと考えた。医者や薬剤師や歯医者となってアミアンやクレルモンやスシー＝アン＝ブリーその他のフランス本土の片田舎に落ちついた者たち以外は、急いで伯父に挨拶に来て、それ以来、二度と近づかなかった。

一家の歴史を語れるものがもはや誰もいない、そもそも何も知らない、という時代が、こうしてやってきたのだった。もはや人が、母親たちのおなかの中で、終わりのないほどの懐胎期間に、古くからの家系の物語をしっかり身につけようやく生まれてくるのではない時代は。現代が現代でしかない時代は。そして個人が個人でしかない時代は！

私は夏休みを、かなり憂鬱な気分で終えた。それでも自分で決めた役目はきちんと果たしたし、それについてはいずれオーレリアにちゃんと話すつもりだ、集められるかぎりの蜜をすべて集めて。

ときどき、私はいらいらした。

「アルベールがどれだけサンフランシスコに住んでいたのか、誰も知らないっていうの？」

私は食い下がった。

「彼の妻だったイギリスの黒人女については、何がわかっているの？」

そしてゆっくり、ゆっくり、記憶は眠りから覚め、舌はなめらかに動きだすのだった。

その夏は、とても暑かった。ガバールの橋の付近では、蟹が何匹も腹を空中にさらして死んでいるマングローヴの茂みから、ひどい臭いが立ちのぼった。牛たちは畑で、紫色でよだれだらけの巨大な舌をたらして、あえいでいた。犬たちは牙をむきだし、暑さに頭がおかしくなって、子供たちの踵に噛みついた。川はどれも干上がっていた。海すら、水平線にむかって後退したようだった。

「エスペランス〔希望〕」という名前の老婆は、自分の小屋のトタン屋根の下で、黒焦げになって死んだ。

19

私が出発する朝、祖父は一晩がかりでオーレリアにあてて書いた手紙を私に手わたし、フローラは旅行鞄の底に念入りに包装しラベルを貼ったピスケット（シラスに似た小魚で、とても珍重される）、ポトー（一種のバナナ）のマーマレード、シャデック、そしてお得意のランビ貝の酢漬けの瓶を入れておいてくれた。たぶん、私が牢獄みたいな寄宿学校に直行し、こうした怪しい食物はすべて仕事熱心な寮母に没収されてしまうということを忘れているのだ。こうして出発の準備をしているところに、思いがけない来客があった。それはジェスネルで、何にでもさわりたがるお行儀の悪い息子の手をひいていた。彼のことをまったく好かなかったフローラだが、ともかく客間に通し、彼は肘掛け椅子に腰を下ろした。肘掛けには二等辺三角形の模様のレースがかけてあり、これをピアノといわず椅子の背もたれといわず小型の円卓といわず、彼女はおよそ何にでもかけていた。ジェスネルは長いあいだ黙ったままで、きれいに磨いた白いスペイン革のテニスシューズの爪先をじっと見つめていた。それから意を決して、とても低い声でこう語りはじめた。

「おまえを見るとね、おまえの母さんが目の前に浮かんでくるんだよ。もっと肌の色は明るいけどね、もちろん！　テクラは、イカコの実のように青く、唇は海辺の野葡萄のように薄紫がかったピンクだ！　でもおまえは、彼女の顔だちをそっくりうけついでいる。彼女の微笑。自分がしたくないことをするときの、あの頑ななようす。彼女のことをおれはよく知っているからわかるんだが、彼女はおまえに、おれのことなんか何も話さなかっただろうなと思う。でもおれは、恥じることなく、こういえるよ。おれは十二のときに彼女を愛しはじめ、その愛はおれがこの人生を終えるまでつづき、さらにあの世でも新しく生まれ変わるんだって。彼女がおれから離れていったとき、おれはさんざん踏みにじられたおれの人生の道を、背中を丸め足をひきずりながら歩きつづけるしかなかった。さいわい、おれには音楽が残されていた。音楽ってものがどんな風にして人間にやってきたか、知ってるかい？」

　私は彼をじっと見た。私のことを、おとぎ話をよろこんで聞くような子供だとでも思っているのかしら？　彼はちょっと単純すぎる心の善良さをいっぱいに表して、微笑した。

「そのころ、地球は岩みたいに平らでね、生えているものといえば大きなハシラサボテンだけ、そしてすべての存在はそれ自身の言語をもっていた。男と女には、言葉と涙。牛はモーモーという鳴き声。蛙はケロケロ。そして鳥には歌だ！　お互いに他の者たちの言語はわからなくて、こうしたやりとりのない生には死がすぐに訪れて、それを短くした。グラン＝フォン＝カカオにノラというきれいな黒人女が住んでいた。生活は苦しかったけれど、彼女は自分の小屋で朝から晩まで笑っていた。ジュリー・マンゴーの樹の枝にとまっているケスケデ（アンティーユのサヨナキドリ）は狂ったように彼女を愛し、欲望の虜になっていた。ある晩、どうにも耐えられなくなって、ケスケデは枝から降り、羽をすぼめて、ノラのベッドに身を隠した。彼女が寝床に入ると、鳥はそっと近づき、花の雌蕊にそうするように、嘴を彼女のあそこにさしこんだ。この悪さを鳥は何晩かつづけて、ついには幸福に死んでしまい、ノラはシーツのあいだに小さくて熱い丸いものがぐったりしているのを見つけ、驚くことになった。何か月か後、彼女のおなかがふくらみはじめ、みんなは驚いた。島の人間がどんな風か、知ってるだろう？「なんだ、腹ぼてかね？　誰からもらったんだ？……」九か月がたって、ノラの息子が、震えるようなさえずり声を上げながら生まれてきた……」

ジェスネルはこのまぬけな話を私がどんな顔で聞いているかにようやく気づき、むにゃむにゃと話を中断した。

「おまえの母さんは、このお話が大好きだったんだよ！　自分の母親からは何のおとぎ話もしてもらったことがなかった彼女は！　おまえの母さんは！　おれは毎日神さまにお祈りしているんだ、おれたちをとりまくこうしたすべての悲嘆の中で、せめて彼女だけはしあわせでいられますように、って！　白人の旦那と、しあわせに。白人だってかまわないから。人生、この人生ってやつは彼女をさんざん打ちのめしてきたんだから、彼女には与えられていいよ、幸福が！　やっと！　ああ、おれがおまえにいいたいのはね、おまえが、おまえこそが、おれたちの明日を生きる子だっていうことだ。この島を見てごらん、おれたちの島、おまえの島が、競り売りにかけられて。たぶん、すぐに島は思い出でしかなくなり、心の中で少しずつぼやけてゆくんだろう。おれがやろうとしているのはね、その島の声を守ることなのさ。そしておまえも、おまえには何かができるし、何かをしなくちゃならない。まだそれが何かはわからないし、おれにはおまえを導いてゆくことなんかできない、だいたい学校に行ってないんだもんな。おまえの大叔父さんのジャンの仕事は、まだ終わっていない。おれにいわせれば、まだはじまったばかりだ。くるぶしにひっついてくるイラクサやギニア草や鳳仙花でいっぱいの野原は、まだこれから解読されなくてはならない。おれたちは、もう疲れちまった。悪辣な人生ってやつに、一人また一人と、こてんぱんにやられて。でもおまえは、おまえが、おれたちの明日の子だ。考えてみてくれよ！」

私は何と答えていいのかわからず、彼が私からとりつけようとしているその約束に、心で逆らい、また恐れを感じていた。彼が私にやらせようとしている、その役割に。彼が私に負わせるつもりの、その義務に。それでも、私の心のひそやかな片隅で、自分がもうすぐ大人になり、私の死者たちのためになすべきことを終えたら、彼のいう義務が必ず、避けられないものとなることを感じながら。

それに私にどうして、私の家系をなすすべての人間——それこそこの物語、私の物語のもう一つの面だ——の血をごまかすことができるだろうか、世界を食いつくせるほどきれいな歯並びをしてパナマにゆきさんざん汗を流してお金を稼ぎついにはお金では何も買えないことに気づいた私の曾祖父のアルベールからはじまり、私の母——そう母さえも、いやとりわけ母——すべての敗北に血を流しすべての失望に身を焦がしたのち世界の反対側に逃げていった彼女にいたるまで、もちろん自分の店の床に釘づけになったまま生涯をすごしたかわいそうな祖父のジャコブと、私の大叔父、愛国者で殉教者の英雄、その豪奢な血を島の土に染みこませたあの大叔父ジャンのことも忘れることなく？

訳者あとがき

カリブ海の現代文学

今世紀最後の四分の一、世界でもっとも新鮮で強烈な文学作品が次々に書かれてきた地域の一つとしてカリブ海があげられることには、その事実自体に、どこか感動を誘うものがあります。その理由をひとことでいえば、現代カリブ海文学が、小さな場所から生まれた大きな文化衝突の文学だからです。そしてこの性格は、書かれる言語が英語／フランス語／フランス語系クレオル語／スペイン語などのいずれであろうと、共通して見られる特色です。

比較的大きな土地と人口をもつキューバ、イスパニオラ島（ハイチおよびドミニカ共和国が分有）、ジャマイカ、プエルト・リコを除けば、カリブの島々はどこもごく小さく、その多くはこの数世紀の歴史を反映して、いまも欧米諸国に領有されたままです。もちろんこれらの島々にも南北アメリカ両大陸の各地とおなじく、一四九二年のコロンブス到来のはるか以前から多くの人々が住んでいたのですが（ある推計ではイスパニオラ島だけでも八百万の人口がいたといいます）、ヨーロッパ人による殺戮とヨーロッパ人がもちこんだ疫病の流行などで、こうした先住民人口はほとんどが非常な短期間のうちに壊滅してしまいました。ヨーロッパ世界に侵略された当初は、新大陸からスペインがヨーロッパに持ち帰ろうとする金銀財宝を奪いあう海賊の戦いの場だったカリブ海域ですが、やがてその気候を利用して砂糖黍の単一耕作が巨大産業となり（砂糖生産はそれをイスラム諸国から学んだスペインが南米各地にひろめ生産の拡大とともにドライヴがかかって十八世紀をつうじてヨーロッパでは砂糖消費量が爆発的に増えました）、そのための労働力としてアフリカ西海岸から連れてこられたのが、ヨルバをはじめとする種々の言語・文化グループに属するアフリカの人々でした。少数のヨーロッパ人が支配し、白人と黒人の混血児が中間層を形成し、大多数の黒人は奴隷としてプランテーションで働かされるという構図が、こうしてでき上がります。やがて名目上の奴隷解放がおこなわれると（アフリカ系奴隷が世界で最初に解放されたのはフランス大革命後まもない一七九三年、やがてハイチとなるサン＝ドマングでのことでした）、こんどはそれを補うものとしてインド系労働者や、数としてはわずかながら主として商業にたずさわる中国系および中東系の人々が流入し、白人の絶対的支配は変わらぬまま、島の人々の顔はいっそう多彩なものとなりました。

ヨーロッパ資本の支配の意志により、熱帯の島々でむりやり出会わされることになった、先住アメリカとアフリカとアジア。こうした混住の植民地社会は、もちろんきびしい抑圧とさまざまなレベルでの葛藤にみちた、いたるところで軋む音をたてる苛酷な社会にはちがいありません。けれども同時に、種々の正統性（自分をささえるために「本来」のものと人が主張する「血」「土地」「言語」「資産」など）を徹底的に奪われた人々が物理的に隣あって暮らし、ときには反発し離反しときには融和し合流することから必ず生じずにはいない文化のまったく新しい位相が、陽だまりの水がゆったりと泡立つように人々の意識の表面に浮上しつづけるのも事実です。支配者のヨーロッパ人すら、そこでは世代を超えていつまでも「ヨーロッパのヨーロッパ人」でありつづけることはできません。「純血」による優位を主張する者たちには混血がその土台をゆるがし、規範的な言語で身を守る者たちには新たな文法・語彙・語法が攻撃をしかけ、みずからの利潤のために計画的労働を仕組む者たちには踊りと歌がまったく別の秩序を暮らしにもちこむ。各地の島社会が生んだ、アフリカ系のリズムを基盤とするいろいろなカリブ音楽が、どれほどのゆたかさと変形を世界音楽にもたらしたかは、改めていうまでもないでしょう。音楽の響きの中に、メディアのけばけばしい光の中に、現代のわれわれは世界のどこに住もうとカリブ海を日常的に体験している、とすらいえそうなくらいです。

そして音楽に対応する強烈さと躍動は、文学にも、たしかに存在します。以下にいくつかの人名を列挙するだけで、それはうかがえるでしょう。名前をいくつあげようとそれだけでは何にもなりませんが、少なくともそれらは、ぼくらの視界を遮る壁の「向こう側」をしめしてくれるにはちがいありませんから。名前とは、いわば壁に加えられる一撃、壁にうがたれる穴の役目をはたすものなのです。

一九九二年、コロンブスによる新大陸侵略五百周年の年、セント・ルーシャ出身の英語詩人・劇作家のデレク・ウォルコットがノーベル文学賞を受賞し大きな注目を集めました。峻厳な声調と驚異的な語彙をもち壮大な歴史感覚につらぬかれたウォルコットの作品が、高い評価を受けるのは当然です。しかし作品の規模と水準を考えると、このとき同賞は彼と同世代で友人でもあるマルティニックのフランス語詩人・小説家のエドゥアール・グリッサンが受けてもおかしくないものでしたし、何よりもこの二人のすぐれた先達にあたるマルティニックのフランス語詩人エメ・セゼールにこそ、それよりもずっと以前に与えられるべきだったという声も強くあるのです。もちろんノーベル賞が文学の絶頂だなどというつもりはありません。けれどもそれは文学の地勢を目測するためのある目印にはなり、賞により作品の流通ぶりが確実に変わることは否定できません。

以上の三人はいずれも「黒人」ですが（そして黒人といいアフリカ系といってもその「黒さ」や「アフリカ」自体非常に多くの系列をなし層をなした混成的なものであることを忘れるわけにはゆきませんが）、すでに一九六〇年にはグアドループのフランス人植民者の家系出身の白人詩人サン＝ジョン・ペルスが、主として長らく住んだアメリカで書いた作品群の名声によって、カリブ生まれの詩人としてははじめてノーベル賞を受賞していました。おもしろいことに、きわめて端正で華麗なフランス語で書かれたように見えるサン＝ジョン・ペルスの作品にしても、その表現の多くがクレオル語を下敷きにしていることは、読む人が読めば明らかだといいます。つまり規範的なフランス語からは逃れてゆく線が、そこにはいくつも潜んでいるのです。セゼール、グリッサンという複合的な線を中継し延長し批判し革新しつつ、さらに若い世代のパトリック・シャモワゾーやラファエル・コンフィアン（いずれもマルティニック出身）が粘り強い創作をつづけていることは、すでに日本語に訳されているかれらの著作のいくつかから知られるでしょう。ウォルコットの他にも英語圏では、カリブ社会に対する批判的な見方のせいで政治的攻撃を浴びることが多くともトリニダードのインド系作家V・S・ナイポールが疑いなく現代英語最大の作家の一人ですし、島国ではありませんが南米大陸のカリブ海沿岸にあるガイアナ出身の混血作家ウィルソン・ハリスも、その圧倒的な力量が広く認められています。スペイン語圏には今世紀初頭生まれのニコラス・ギリェン、アレホ・カルペンティエール、ホセ・レサマ・リマといった巨星とともに眩い星座をなす一世代後のギリェルモ・カブレラ・インファンテやレイナルド・アレナスといった特異な作家を次々に生んでいる文学大国キューバを中心とした独自の流れがありますし、世界最初の黒人独立国の栄光と悲惨にみちたハイチでは、ずっと亡命生活を送ってきたルネ・デペストルの他に、偉大なシャバン（白い肌の黒人）の作家／劇作家／俳優フランケチエンヌが、あらゆる政変を超えてあえてハイチに踏みとどまり、孤立の中からハイチ・クレオル語とフランス語の両言語で旺盛に実験的作品を書きつづけています。

そしてこうしたすべてのカリブ海文学は、書かれる「言語」のちがいを超えて、どうやらたしかにある共通の精神をもっているようなのです。その精神のもっとも端的な現れは、多言語性の意識です。グリッサンは、晩年の個人的な会話でカルペンティエールが述べた言葉として、次のような言葉を紹介していました。「われわれカリブ人は四つか五つの言語（ラング）で書いているが、おなじ一つの言語的態度（ランガージュ）をもっているね」と（『多様なるものの詩学序説』）。それは言い換えれば、自分が書く言葉のかたわらに、つねに他のいくつかの言語がたたずんでいることの自覚であり、自分がそれらの他の言語を知っているかいないかにはかかわらず、私の言語は必ずそれらとのあいだに関係をむすび、すでに響きあっているという認識です。それは欧米諸国による島々の奪い合いの数百年のはてに、分断された「アフリカ」と「アメリカ」と「アジア」が信じがたいモザイクを形成しそれぞれの界面で融合と離反の実験をくりかえしている状況において、カリブの人々の集合的な感受性が到達した、最良の認識だといえるでしょう。

さきほど名前をあげたのは男性の作家ばかりになってしまいましたが、女性作家はどうでしょうか（作家を語るのに男性／女性の区別をもちこむのは一面ではばかげていますが、一面では一社会での性関係が作品の中でどう扱われるか、女性が作品を書くための物質的条件がどのように整えられるのかなど、たしかに作家自身の現実生活上の性別と性差意識を反映した部分も大きいわけですから、ここでは「女性作家」という範疇を避けることなく使います）。英語圏では、最大の島であるジャマイカ（英語で行政がおこなわれているという便宜的な意味から「英語圏」と呼びますが大部分の島民が話すのはジャマイカ・クレオール英語）がアーナ・ブロドバーやミシェル・クリフといった興味深い作家たちを生み、ガイアナからはベリル・ギルロイ、アンティーガからはジャメイカ・キンケイドが出ています。さらに、アメリカ合衆国内のバルバドス移民社会で生まれ育ったポール・マーシャルや、ニューヨークのハイチ移民の子で英語で書く注目すべき若手（一九六九年生まれ）のエドウィッジ・ダンティカットも、やはりまぎれもなく「カリブ海の作家」と呼ぶべき存在です（ここで英語作家の存在が、特にアメリカの文学市場と連動していることは、よく考えてみなくてはならない点です）。一方、フランス語圏（これは「英語圏」以上に便宜的な枠ですが）ではグアドループが、二人のすばらしい小説家を生んでいます。まず、ぜひ日本語訳が現れることを期待したい、『奇跡のテリュメに雨と風』および『水平線のティ＝ジャン』という二冊の傑作で知られるシモーヌ・シュヴァルツ＝バルト。そしてここに『生命の樹』をお贈りする、フランス語における現在もっとも充実した作家の一人、マリーズ・コンデです。

「悪辣な生」／「生命の樹」

本書はそのマリーズ・コンデの長篇第六作にあたる *La vie scélérate* (1987) の全訳です。原題を直訳するなら「悪辣な生」。いたるところで人に不意打ちを食わせ、あらゆる辛いこと悲しいことを準備して人をいじめぬくこの「人生」という得体の知れぬものをさして、そう呼んでいるのだと考えていいでしょう。しかしそれは同時に、この物語がかたる家系の最初の登場人物であるアルベールにはじまるルイ家の人々それぞれが二十世紀をつうじて生きた、けっして普通の意味で「良い」とはいえない人生、その苦くさびしい後味を残す生き方をいうものでもあり、いわばこれはカリブ海の一つの家系全体を主人公とするピカレスク小説（悪漢小説）だといってもいいでしょう。作者によれば、このタイトルの着想を得たのは、母親がよく口にしていたクレオル語の「ラ・ヴィ・セ・アン・セレワ（人生というのはひどいワルだよ）」、あるいは「フー・ラ・ヴィ・セレワ（こんな意地の悪い人生はもうごめんだ）」といった言い回しからだそうです（フランソワーズ・プファフによるインタヴューから）。どうあがいても勝ち目のない不幸に見舞われる人々が、せめて当の相手の「人生」にむかって毒づいてみせる文句でしょうか。ただ「悪辣な生」という題名ではやや抽象的すぎると感じられるため、ここではイメージのはっきりした英訳のタイトルを借り『生命の樹』と呼ぶことにし「あるカリブの家系の物語」とサブタイトルを付しました。『生命の樹』とはすなわち家系の樹木でもあり、むせるように濃い緑を噴出する島のゆたかな自然力を連想させるものでもあります。

ピカレスク小説とは、高貴な血筋や家名やゆたかな資産に守られないどこの誰とも知れない出自の主人公が、自分の才覚と運命の助力だけを頼りに各地を巡歴し、ゆく先々でいろいろな冒険をくりかえし、憎めない悪事を重ね、ひどい目に会ったり笑いものになったりしながらもやがては成功をおさめる、といった定型をもつジャンルです。読者はゼロから出発して荒々しい世界を生きてゆくその主人公の才覚に共感し、ときにはその悪ぶりにげんなりし、冒険にはらはらし、小さな成功に喝采し、ついには主人公が達した高みから、単純に良いとも悪いともいえない遍歴の人生そのものをふりかえる視点を手に入れることになる。そこにあるのは「時がたしかに流れた」という感覚、「この人はたしかにこう生きた」という感覚であり、小説の語りという純粋に言語的な冒険にみちびかれて、読者がある波瀾にみちた他人の人生を想像的に見通し、それに同一化し、そこから自分自身の生きる世界に立ち向かうために必要な勇気を汲み上げられるということが、このジャンルがいつも変わらぬ魅惑をもつことの大きな理由です。

砂糖黍の単一耕作が島の畑をおおいつくしているという典型的な植民地経済のもと、もはや奴隷ではないといっても実質的に奴隷と大差ないプランテーションの単純労働者であることを強いられたアフリカ系住民の一人、屈強な大男アルベールが、「もうこんな暮らしはごめんだ」と島を出てゆく決意をする。彼の目の前にあった大きなチャンスは、パナマ運河建設でした。一八八〇年代にレセップスの率いたフランスの失敗をうけて、アメリカの指揮下に本格的な建設工事がはじまったのが一九〇四年、その開通は一九一四年。ある意味では二十世紀の両アメリカを文字どおり分断することによってかえって一体化させたといってもいい、この途方もなく「新大陸的」な事業は、多くの賃金労働者を雇い入れることでカリブ海全域の人々に大きな影響を及ぼしました。グアドループでも人々にたずねるなら驚くほど多くの家庭に「おじいちゃんはパナマに働きにいった」という家系の伝説が残っているそうですが、そういえばアンティーガ出身の作家ジャメイカ・キンケイドもまた、自分の義父からその父親がパナマ運河建設にたずさわっていたという話を何度も聞かされながら育ったという思い出を語っていました。危険と引換えの、プランテーションでのあまりに安い賃金とは比べものにならない金額の給料を、アメリカ・ドルで蓄えることによって、アルベールのその後の人生、ひいては彼の子供たち孫たちといったルイ家の人々の人生は、がらりと変わります。ルイ家は島の小都会に住む黒人都市中産階級となり、人からは守銭奴と嫌われ、子供たちはフランス「本土」に留学し、高等教育をおさめて専門職につく。あるいは物語の語り手であるココの母親、アルベールの孫娘にあたるテクラのように、もてあますほどの頭の良さと矜持をもちつつ、夢想と目先の欲望にふりまわされ、自分が何を求めているのかもわからぬまま世界じゅうを流浪して生きることになる。

グアドループ、パナマ、サンフランシスコで暮らし流浪のうちに金銭を蓄えたアルベールの人生と、それをうけるように、パリに留学しロンドンにゆきニューヨークに移りジャマイカに飛び、そのたびごとに生き方のスタイルを変え、変えたつもりで変わらず、やがてはすべての夢と恋に破れ逃げるようにフランスの白人の夫の下に帰ってゆくテクラの生涯を二つの焦点として、このカリブの家系は小さな島を出発点に、ほとんど惑星規模といっていい拡がりを生きることになります。そのとき改めて明らかになるのは、カリブ海とはつくづく不思議な場所だ、という感覚です。そこはいわば、広い意味での「アメリカ」(南北アメリカの統一体)と「ヨーロッパ」と「アフリカ」に、同時に所属している。そしてすべてに同時に所属しているということは、そのどれからも、じつは弾きだされているということです。その拠り所のなさ、あらかじめ強いられた流浪が、この本の基調をなしていることは、いうまでもないでしょう。この作品が作者コンデとその家系をそのまま描いたものだと考えることはあまりに素朴なまちがいですが、それでもいろいろな点でこのルイ家と作者自身の家系とのあいだに平行し呼応する部分があるとは、見てもよさそうです。コンデの作品の中で、ぼくがまずこの小説を翻訳しようと思った理由は、それに関係します。以下、現代のカリブ人ならではの惑星的彷徨を身をもって生きてきた作者の経歴をふりかえりつつ、そのことを述べておきましょう。

マリーズ・コンデについて

マリーズ・ブーコロンは一九三七年、グアドループの首都ポワン＝タ＝ピートルの黒人都市中産階級家庭の八人の子供たちの末子として生まれました。十六歳でパリに留学した彼女はそのままパリ大学に進学し、やがてギニア出身のママドゥ・コンデと知り合い結婚します。夫は一九五九年、ジャン・ジュネの有名な作品『黒人たち』(ロジェ・ブラン演出)で主演をつとめた俳優でした。一九六〇年、マリーズはアフリカに移り、以後の十二年、コートジボワール、ギニア、ガーナ、セネガルを転々としながらフランス語教師として生計を立てます。ママドゥとはほどなく別居し、子供を育てながらの異郷での流浪の暮らしは楽なものではなかったでしょう。正式に離婚したのはかなり後なので、作家としてはデビュー時に使ったコンデの名を、そのまま使っているそうです。

アフリカでは、彼女は完全な他所者でした。「フランスのフランス語」を話し、イスラム教徒ではなく、土地の文化に染まることもしなかった彼女を、人は「白人女」とすら呼びました。独立後まもないアフリカの新しい国々はどこも政治的問題が山積みでした。当初は自分も観念的に支持していたギニアの初代大統領セク・トゥレの非道な独裁ぶりを実地に見て、彼女が強い嫌悪感を抱いたのは、この時期です。

一九七二年、コンデはパリに戻ります。有名な比較文学者ルネ・エチアンブルのもとで博士号を取得して大学教師への道を歩み、かたわら劇作を試み、ついで末の娘が大きくなって子育てが一段落してから小説を書きはじめた彼女ですが、初期の作品ではカリブ海の人間が混乱したアフリカに自分自身の「根」を探ろうとする帰還と探究が、大きな主題となっていました。

『エレマコノン』(一九七六年)が彼女の最初の小説です。タイトルは西アフリカのマリンケ語で「幸福を待ちながら」という意味。魅力的なアンティーユ女性の主人公が、遠い父祖の地であるアフリカの大地にむかって自分は何者なのかという謎を問いかけつつ、現実のアフリカ社会にはまるで場所を見いだせずにいるという姿が、前面に現れてきます。つづく『リハタの一季節』(一九八一年)もその延長上にあり、いずれも独立後のアフリカの現実を安易に美化したりせずに容赦なく描いて、特にアフリカの読者たちには強い衝撃を与えました。ついで彼女自身の先祖が属していたバンバラ族の、十八世紀の王朝に題材を得た歴史小説『セグ――土の壁』(一九八四年)とその続編『セグ――崩れた大地』(一九八五年)がフランスで三十万部を超えるベストセラーとなり、マリーズ・コンデは作家としての地位を確立しました。東からおしよせる世界宗教イスラムと、西からおしよせる奴隷貿易の圧力のはざまで崩壊してゆく王国の姿を物語る『セグ』はやがて英訳も高く評価され、すでにブラック・ディアスポラ(世界に分散したアフリカ系の人々全体)の現代の古典となっていますが、多くの人々からその語り手としての才能が絶賛を集めた作品であるにもかかわらず、ふりかえって見るコンデ自身にはそれは作家的冒険にとぼしい、やや安易なところのある作品だとも映っているようです。

この間、イギリス人でコダック社の翻訳者として働いていたリチャード・フィルコックスと再婚。フィルコックスはその後、彼女の代表的作品の英訳を手がけます。八〇年代初頭からは、コンデはアメリカの大学で教えるようになっていましたが、あるとき偶然に図書館で、二十人もの人々がまったくの濡れ衣で処刑された一六九二年の陰惨な「マサチューセッツ州セイラムの魔女狩り」事件の際、魔女の一人とされ投獄されたティチューバが、カリブ海のバルバドス出身の黒人女だったことを知りました。興味をひかれた彼女は、このティチューバの架空の自伝というかたちをとって『わたしはティチューバ──セイラムの黒人魔女』(一九八六年、女性文学大賞受賞)を書きます(風呂本惇子・西井のぶ子訳、新水社、一九九八年)。ヨーロッパ、アフリカを巡歴した彼女が、さらに北アメリカの、それもニュー・イングランド地方という迂回を経て、カリブに帰還してゆこうとする行程が、これではっきりと輪郭をとってきました。

『わたしはティチューバ』刊行の年、コンデは二十六年ぶりにグアドループに帰ります。以後、アメリカとグアドループをゆききしながら暮らす体制を作った彼女は、まるで自分の放浪の総決算のように、本書『生命の樹』を書き上げるのです。『セグ』までは作品の舞台をなしていた「アフリカ」が、ここではたえず参照されながらけっして到達されることのない土地として現れていることは、明らかにわかるでしょう。かといって、故郷グアドループもまた、本当に帰ってゆく場所ではありません。『生命の樹』の印象的な登場人物の一人に、ココのフランス語の先生として赴任してくるオーレリアがいます。父親の「血」によりその島につながることを信じ、まだ見ぬグアドループに心からあこがれて、私もすぐにその故郷に帰るわ、と涙をどっとあふれさせながらいう彼女の純真な姿は、けっして「いい」登場人物ばかりではないこの物語の中では稀な無垢の輝きをもつ瞬間ですが、そのオーレリアには、島への「帰還」はありえない。あらゆる「本質」への帰還、帰属の断念はコンデの作品の周囲をおおう薄い膜のように存在しますが、現実生活におけるコンデ自身、たしかに故郷だった島で最初にラジオ・インタヴューを受けたとき、グアドループの人々に彼女はフランスの白人女にちがいないと思われたそうです。その理由は、「フランスのフランス語」を話すから! アフリカでも、故郷でも、もちろんヨーロッパやアメリカでも、自分は結局は他所者。このことをはっきりと自覚したとき、彼女はあくまでも個人的な想像力の中で呼びかわし響きあうさまざまな場所の総体を、世界と呼び故郷とする決意がついたのではないでしょうか。現実の彼女が島に帰ったのと平行して書かれた、この帰還の断念の物語としての『生命の樹』こそ、作家マリーズ・コンデの二度めの大きな出発点だったといえるでしょう。この作品でコンデは一九八八年、アカデミー・フランセーズからアナイス・ニン賞を授与されています。

その着想に関しては、非常におもしろい逸話があります。あるときロスアンジェルスの大学で講演をおこなったコンデは、赤毛で明るい色の肌をした黒人の若い男から、いきなりクレオル語で声をかけられます。「カ・ウ・フェ、マリズ・コンデ？（元気ですか、マリーズ・コンデ？）」。驚いたコンデはそれからさらにクレオル語で彼と話をし、いったいきみはどこの出身なの、とたずねます。すると男、アルバート（フランス語読みならアルベール）は、自分はパナマ人だと答える。フランス領アンティーユ出身の彼の曾祖父がパナマ運河建設に参加し、そのままその土地にいついたというのです。それで一家は、スペイン語、英語、クレオル語を話すのだけれど、フランス語はもう家族の舌には残っていない。この話に興味を覚えたコンデは、それからサンフランシスコにゆき、パナマ運河建設の記録を所蔵する博物館でさらに当時のようすを調べます。こうして、小説の最初の人物、「アルベール・ルイ」が造形されたのでした（ちなみに物語の語り手ココの生年月日はコンデのいちばん上の娘のそれを借りたそうです）。

以後、グアドループを舞台にしフォークナーの『死の床に横たわりて』に語りの技法上の着想を借りた『マングローヴわたり』（一九八九年）、フランス植民地主義に抵抗してマルティニックに島流しにされたダホメ王国最後の王ベアンツィンの末裔たちを追う『最後の王たち』（一九九二年）、南米コロンビアを主な舞台として宗教的コミューンの挫折を描いた『新世界のコロニー』（一九九三年）、エミリー・ブロンテの『嵐が丘』を下敷きにドミニカ生まれの白人女性作家ジーン・リースの『広大なサルガッソ海』（この作品自体シャーロット・ブロンテの『ジェイン・エア』のカリブ海的読み替え＝書き換えとして構想されているものですが）とも対話するような作品である『移り住む心』（一九九五年）、そして最新作の、グアドループに付随した小島の一つラ・デジラッドで育った女性マリー＝ノエルを中心に三世代の女たちの足跡をたどりながらカリブ海の近現代史を浮き彫りにする『デジラーダ』（一九九七年）にいたるまで、一作ごとにそれまでの自分自身の方法と限界を乗り越えようという強い意志をもって、六十歳をむかえていよいよソウルフルに、コンデは作家として油の乗り切った活動をつづけています。

人は誰でも、いまいる場所いま生きる暮らしを離れて未知の世界を探し新しい生活をはじめたいという欲望と、現実の世界の嵐にさらされ翻弄される自分を守り暖かくつつみ根底からささえてくれるはずの（結局は想像的な）土地や言語や集団に帰ってゆきたいという欲望とのあいだで、いつも迷い揺れ動いているものではないでしょうか。故郷グアドループをあとにして二十六年の放浪を経たマリーズ・コンデは、肉体上の「帰還」と意識上の「帰還の断念」を同時に経験することで、現実のグアドループに重ね描きされた彼女自身の語るべき「グアドループ」さらには「カリブ海」を見いだしたにちがいないと、ぼくは思います。そんな彼女が、どんな小さな場所にも世界の他のすべての場所が響きわたっているというエドゥアール・グリッサンのヴィジョンや、複数の言語と文化の圧倒的混沌の中から抑圧された声を救出し可能なかぎりその鋭敏な意識化を試みるシャモワゾーとコンフィアン、自分自身こそ国境と多層的な言語のせめぎあいを内面化した十字路にして戦場にほかならないと考えるチカーナ（メキシコ系アメリカ人女性）詩人グロリア・アンサルドゥーアらに強い共感を覚えるのは、当然でしょう。

混沌の中に秩序の螺旋的な発生を探り、それ自体としてはどんな方向にもむかいうる文化のクレオール化の中に新しい、解放的な文化創造の糸口を求めるのは、すでに「作家」の立場です。フランス小説は深くペシミスト的かつ観念的で、生を作りだすよりははるかに生の批判だ、とドゥルーズ＝ガタリはいっていましたが、一見ペシミスト的にも思える生の疲労と悲しさ、さびしさを描きながら、コンデの作品にはその彼方にひろがった明るさ、強さ、広大さが感じられます。つまり、それは人がいまあるそれとは別のかたちで生を作りだすための、手がかりとなるということです。『生命の樹』の場合、何よりも数奇な運命に翻弄されて育った語り手の少女ココに最後に訪れた、「家系の物語」と「世界史」の発見が、海岸に立ちつくすような視界の拡がりと希望を、彼女自身のみならず読者の未来のためにも、準備しているといっていいでしょう。

流浪と混乱のはてに「生」の創造を追求する作家の、あくまでも個人的な冒険の軌跡が、さまざまな線の集積した作品としてかたちをとり、それが読者の生という線に接続されてゆく。この接続に関して、人にはもはや出自も所属もなく、身をまもる神話も資産もなく、われわれはただ徹底して裸で、言語そのものに身をさらすしかありません。コンデがフランス語で書いた作品を、訳者であるぼくは日本語へと中継しました。さらにその先に、まったく予想もつかなかった転身と放浪の可能性が読者のみなさんによって延長されてゆくとき、カリブ海の列島と東アジアの列島も突然に接続され、まるでかけ離れた異質の言語が互いに響きあう世界は、その空間をまた少し拡大することになるでしょう。

一九九八年四月七日、シアトル

平凡社ライブラリー版 訳者あとがき

二〇一八年、選考委員会に生じたスキャンダルのため、ノーベル文学賞の選考が一年間見送られるという事態が生じました。そこでこれに代わるものとしてスウェーデンの市民団体が「ニュー・アカデミー文学賞」という一回限りの賞を創設し、グアドループ出身のマリーズ・コンデが選出されました。フランス海外県出身のフランス語作家として、英語圏のトニ・モリスンに匹敵する、代表的黒人女性作家という重要な位置をすでに確立していた彼女ですが、この受賞をもってその名声はいよいよ高まりました。

カリブ海の島から出てフランス本国、アフリカ諸国、アメリカ合衆国を遍歴して暮らした生涯を根拠として、思索し、創作する。教育し、発言する。アフリカという大陸とアフリカ系の人々が、ヨーロッパが主導した近代においてどのような運命を強いられてきたかを見失うことなく、あくまでも地球大の視野と想像力で主人公たちの人生を物語ってゆく彼女の骨太な小説は、すでに創作言語の壁を超えて多くの人々の共感を呼んでいます。

本書『生命の樹』は彼女の初期の代表作であるとともに、世界を流浪しながら生きるカリブ海の人々の現代史を、もっともよく作品化したものといえるでしょう。印象的な人物たちのエピソードをたどるうちに、読者は多くの疑問に捕われるはずです。近代以後の「世界」とは何か、植民地とは何か、「かれら」のみならず「われわれ」の人生を編み上げる力とは何か。まさに小説を読むことの楽しみ、知性と情動のすべてを嵐のように巻き込む作品の強さを、この平凡社ライブラリー版で体験してください。

マリーズ・コンデの作品世界への導入としては、日本語で読める唯一の本格的研究書である大辻都『渡りの文学――カリブ海のフランス語作家、マリーズ・コンデを読む』（法政大学出版局、二〇一三年）をお勧めしておきます。高齢のため、もう新作を読むことはできないかと思われていたコンデですが、二〇一七年には堂々たる長篇小説 *Le fabuleux et triste destin d'Ivan et d'Ivana*（『イヴァンとイヴァナのすばらしくも悲しい運命』）を発表し、健在ぶりをしめしました。重要な作品がまだいくつも翻訳されることを待っています。日本語という言語が、彼女とともに世界を想像する冒険は、まだはじまったばかりです。

二〇一九年一〇月二二日、東京

管啓次郎

本書では、原著・日本語訳書ともに、人種や肉体的特徴に関し、表面的にその語彙だけをとりだせば「差別的」と誤解されかねない用語が用いられています。しかしそれらは、「混血」と躍動する歴史の中に展開する物語世界全体のなかで、物語を構成する言葉として用いられているものです。著者、訳者、出版社に、差別的意図があるわけではありません。

（編集部）

[著者]

マリーズ・コンデ（Maryse Condé）

1937年、カリブ海のフランス海外県グアドループ島生まれ。16歳で島を離れ、パリで教育を受ける。1960年代を通じて4人の子供を育てながらギニア、ガーナ、セネガルで教員生活、70年代にはパリに戻り、75年にパリ大学で博士号を取得（比較文学）、また76年に *Heremakhonon* を発表して小説家としてデビューする。84-85年、*Ségou* 二部作がフランスで30万部を超えるベストセラーとなる。以後、アメリカ合衆国各地の大学で教鞭をとり、フランス語圏文学を教えながら旺盛に作品を発表してきた。2004年、「奴隷制記憶委員会」の初代委員長に。コロンビア大学退職後はパリを経て南フランスに在住。2018年、ノーベル文学賞中止に際してスウェーデンの市民団体が設立したニュー・アカデミー文学賞を受賞。英語圏のトニ・モリスン（1931-2019）と並ぶ、フランス語圏の代表的黒人女性作家。邦訳された小説として本作のほかに『わたしはティチューバ』『風の巻く丘』。2017年にはグアドループ生まれの双生児を主人公に現代社会の問題を描く長篇 *Le fabuleux et triste destin d'Ivan et d'Ivana* を発表した。ほかに自伝、戯曲、児童文学など、数多くの著作がある。

[訳者]

管啓次郎（すが・けいじろう）

1958年生まれ。詩人、比較文学者。『コロンブスの犬』『狼が連れだって走る月』以後、多くの批評的エッセーを書いてきた。『斜線の旅』で読売文学賞（随筆・紀行）受賞（2011年）。詩人としては『Agend'Ars』四部作、『数と夕方』『狂狗集』『犬探し／犬のパピルス』と英文詩集 *Transit Blues* を発表。スロヴェニア、リトアニア、フィンランド、フランス、ドイツ、オーストラリア、アメリカなど、世界各国で招待朗読を行っている。英・仏・西語からの訳書多数（カリブ海文学ではエドゥアール・グリッサン『第四世紀』『〈関係〉の詩学』、ジャメイカ・キンケイド『川底に』など）。明治大学大学院理工学研究科総合芸術系教授。

平凡社ライブラリー 891

生命（せいめい）の樹（き） あるカリブの家系（かけい）の物語（ものがたり）

発行日…………2019年12月10日　初版第1刷

著者……………マリーズ・コンデ
訳者……………管啓次郎
発行者…………下中美都
発行所…………株式会社平凡社
〒101-0051　東京都千代田区神田神保町3-29
電話　(03)3230-6579［編集］
(03)3230-6573［営業］
振替　00180-0-29639
印刷・製本……中央精版印刷株式会社
D T P…………大連拓思科技有限公司＋平凡社制作
装幀……………中垣信夫

ISBN978-4-582-76891-6
NDC分類番号953.7　B6変型判(16.0cm)　総ページ448

平凡社ホームページ https://www.heibonsha.co.jp/